每本书都是一座传送门

次元书馆

OVERLORD ①
不死者之王

(日)丸山黄金 著

晓峰 译

新 星 出 版 社　NEW STAR PRESS

目录

001	Prologue
007	第一章　开始与结束
067	第二章　楼层守护者
147	第三章　卡恩村之战
221	第四章　冲突
281	第五章　死之统治者
315	Epilogue
327	角色介绍
332	作者后记

Prologue

在少女和一名更加幼小的少女面前，装备全身铠甲的人举起手上的长剑作势挥下。

高举的长剑，在阳光照耀下闪闪发亮，像是要慈悲地让她们一剑毙命，死得毫无痛苦。

少女闭起双眼，不由自主紧咬下唇，准备无奈地接受这个命运。如果少女拥有力量，或许她就能反抗眼前的敌人，或者逃跑吧？

但是，少女没有任何力量。

因此最终只有一种下场，那就是少女即将死于此地。

长剑挥下——

少女身上感觉不到任何疼痛。

她睁开原本紧闭的双眼，首先看到正要挥下却突然静止的长剑，接下来看到长剑的主人。

眼前的骑士仿佛遭到冻结，动作定格在空中，眼神看向少女的身边。对方毫无防备的模样，强烈显示出内心异常恐惧。

受到骑士目光的吸引，少女不禁也将脸转向同个方向。

只见得到黑暗，代表绝望的黑暗。

薄薄的，像是没有终点的漆黑，半椭圆形的漆黑从地上浮现。这幅光景充满神秘的色彩，同时也令人感到言语无法形容的强烈不安。

这是门吗？

少女看着眼前的景象不禁如此猜想。

心脏跳了一下之后，少女的想法得到证明。

从那道黑暗之中，似乎冒出什么东西。

就在看清楚的瞬间——

"咦——"

少女立刻发出嘶哑的惨叫。

那是人类绝对无法战胜的对手。

已经化为白骨的头盖骨上，两个空洞的眼窝闪烁着有如火焰的红光。那两道红光冷冷地注视着少女等人，就像紧盯眼前的猎物。在对方无肉无皮的枯骨手中，握着既神圣又令人畏惧，集世上之美于一身的法杖。

身上穿着点缀着精致装饰的黑色长袍，就像是随着黑暗从异界诞生的"死"之化身。

空气瞬间冻结。

仿佛是对无上至尊降临的膜拜，连时间也忘了走动。

少女有如失魂落魄般忘记了呼吸。

就在这个有如世界静止的状况中，少女渐渐觉得呼吸困难，开始用力吸气。

为了带自己前往冥界，死亡使者才会现身。原本如此认为的少女立刻发现有些奇怪，因为后方原本打算杀死自己的骑士依然静止不动。

"嘎啊……"

耳里传来不似哀号的惨叫声。

这道声音是谁发出的？像是自己，也像是全身发抖的妹妹，或是眼前的持剑骑士。

没有任何血肉的白骨慢慢伸出手指，接着像是要抓住什么似的张开手，越过少女往骑士的方向伸出。

明明想要转开眼睛，还是因为害怕无法移动视线。总觉得如果移开目光，或许会出现更加可怕的景象。

"心脏掌握。"

死亡化身的手一握，少女便听到身旁传来响亮的金属碰撞声。

虽然目光不敢离开"死"，但是在好奇心的驱使之下，移开目光的少女看到骑士趴倒在地，一动也不动。

死了。

没错，他已经死了。

几乎危及少女生命的危险，就这样轻松化解。可是现在不是高兴的时候，因为"死"只是变成另一种更加强烈的形式现身。

在少女恐惧的注视下，"死"愈加接近少女。

视野中的黑暗不断膨胀。

应该会就此将自己吞噬吧。如此心想的少女，紧紧抱住自己的妹妹，脑中早已不存在逃走这个念头。

如果对方是人类，或许还能够抱持些许希望挣扎一下。然而眼前的存在可以轻易粉碎这个希望。

希望至少能够毫无痛苦地死去。

只能这样期望。

全身发抖的妹妹抱住自己。想要保住她的性命却无法做到，如此没用的自己除了道歉别无他法。只能祈祷妹妹因为和自己一起走上黄泉路，不至于觉得寂寞。

于是……

OVERLORD 1. The undead king

1章 开始与结束

第一章 | 开始与结束

1

在公元二一三八年的现在，出现名为DMMO-RPG的新名词。

这个名词是"Dive Massively Multiplayer Online Role Playing Game"的简称，人们利用网络与纳米技术设计出脑内纳米计算机网络——这个网络和神经元纳米接口、专用控制接口链接在一起。如此一来，人们在虚拟游戏当中游玩时，就能够像是身在真实世界一般，具有身临其境的感受。

也就是可以让玩家仿佛进入游戏世界的体感型在线游戏。

在不断开发出来的众多DMMO-RPG之中，有一款特别引人瞩目的游戏。

——YGGDRASIL。

那是在十二年前的二一二六年，经由日本厂商充分准备、精心开发之后上市的游戏。

"YGGDRASIL"和当时的其他DMMO-RPG相比，是"玩家自由度异常宽广"的游戏。

基本的职业种类，包括基本职业和高阶职业在内，轻松超过两千种。

每种职业的最高等级只到十五级，因此如果想要达到综合等级的极限一百级，至少要练七种以上的职业。不过只要达成条件，还是有可能"多方涉猎"的；只要有心，也能以相当没有效率，即每个职业都只有一级的方式练到一百级。因此在这个游戏系统里，只要不是特意为之，就不会出现一模一样的角色。

关于视觉表现，也可以利用另外贩卖的编辑工具改变武器防具的外观、内部数据、自己的外表，以及拥有住处等详细设定。

等待玩家冒险的游戏世界，拥有广阔的舞台。共有阿斯嘉特、亚尔夫海尔、华纳海尔、尼达维勒、米德加尔特、约顿海姆、尼福尔海姆、赫尔海姆、穆斯贝尔海姆等九个世界。

广阔的世界，众多的职业，还有能够随意改变的外形。

这样的设计就像是在日本人的创作意欲中注入燃油般一发不可收拾，到了后来甚至出现人称"造型风潮"的现象。因为受到如此疯狂的欢迎，所以在日本只要提到DMMO-RPG，大家直接联想到的就是这款"YGGDRASIL"。

不过这已经是很久以前的事了。

●

房间中央摆放着散发黑曜石光辉的巨大圆桌，四周围着四十一张豪华座椅。

不过几乎都是空位。

过去曾经全部坐满人的椅子上，如今只有两个身影。

坐在其中一张椅子上的人，身披相当豪华的黑色学士袍，边缘绣有紫金色装饰。衣领部分看来有些过度装饰，不过反而觉得十分相称。

只是他显露在外的头部，却是没有任何皮肉的骷髅头。大大的空洞眼窝闪烁着赤黑光芒，脑袋后面散发有如光环的黑色光芒。

坐在另一张椅子上的也不是人类，只是一团黏稠的黑色物体。有如焦油的表面不停蠕动，没有一刻保持相同的模样。

前者是在死者大魔法师——魔法吟唱者为了学习终极魔法而化身的不死者之中，位于最高阶的死之统治者。后者则是古代漆黑黏体，在史莱姆族当中拥有最强酸蚀能力的种族。

在难度最高的迷宫当中，偶尔可以发现这两种魔物的身影。死之统治者可以使用最高阶的强大魔法，古代漆黑黏体具有劣化武器防具的能力，因此恶名昭彰。

不过他们并非游戏当中的魔物，而是玩家。

在YGGDRASIL里，玩家能选择的种族大致分为人类、亚人类和异形类三种。人类的基本种族有人类、矮人、森林精灵等；外表丑陋，但是能力比人类强的亚人类有哥布林、半兽人、食人魔等；最后的异形类具有怪物的能力，虽然能力值高于其他种族，但是也有各种缺点。包括这些高阶种族在内，全部的种族高达七百种。

当然，死之统治者和古代漆黑黏体都是玩家可以扮演的异形类高阶种族之一。

两人之一的死之统治者，说话时嘴巴并没有张开。因为即使是过去最顶尖的DMMO-RPG，在技术上还是无法做到让角色的表情根据对话产生变化。

"真的好久不见了，黑洛黑洛桑。虽说今天是YGGDRASIL的最后一天，但是老实说真没想到你会出现。"

"嗯，真的好久不见了，飞鼠桑。"

两人都以成人的语气开口，但是与前者的声音相比，后者的声音感觉似乎没什么霸气，或者该说没什么精神。

"在现实当中换了工作之后就没上线了，所以大概有多久呢……大约有两年了吧？"

"嗯……差不多那么久吧？哇啊！已经那么久了……真是糟糕，因为老是在加班，最近对时间概念已经变得有点奇怪。"

"这样岂不是很不妙吗？不要紧吧？"

"身体吗？已经一塌糊涂了。虽然还不到看医生的地步，不过也差不多了，相当不妙。超想逃避的，只是想要活下去还是得赚钱才行，所以才会像遭鞭打的奴隶般拼命工作。"

"哇啊……"

死之统治者——飞鼠做出仰头感到受不了的动作。

"真的很惨呢。"

像是要对真心感到退缩的飞鼠火上浇油，黑洛黑洛带着难以置信的真实感阴沉开口。

两人变本加厉地对现实生活中的工作大发牢骚。

完全不懂报告、联络、商量的部下，和前一天完全不同的规格表，没有达成业绩遭到上司责备，每天工作忙到无法回家，生活作息不正常导致体重异常增加，越吃越多的药，等等。

就像即将溃堤的水坝，黑洛黑洛不停抱怨，飞鼠则化身倾听的一方。

很多人都相当避讳在虚拟世界里谈论现实世界的事。会有这种在虚拟世界不愿继续谈论现实生活的心情，其实也很正常。

不过，这两人却不这么认为。

他们所属的公会是由玩家共同建立，一起组织经营的团体——安兹·乌尔·恭，有两项规定是加入公会的成员必须遵守的。第一项是必须身为社会人士，另外一项则是必须以异形类种族加入。

因为有这种规定，大家谈论的话题很多都围绕在现实世界的工作上。公会的成员也都接受这样的话题，因此两人的对话，在安兹·乌尔·恭中可以说是司空见惯的日常光景。

过了好一阵子，从黑洛黑洛溃堤而出的浊流，已经慢慢转变为清流。

"抱歉，让你一直听我发牢骚。因为在现实世界中不太能够抱怨。"

黑洛黑洛像是头部的地方动了一下，似乎是在低头道歉，飞鼠于是回应：

"不用在意，黑洛黑洛桑。这么忙还要你上线，听听牢骚是应该的，不管你有多少牢骚我都会耐心倾听。"

黑洛黑洛似乎回复了生气，发出比刚才更有活力的笑声回答：

"啊，真是多谢，飞鼠桑。登入之后能够遇到久违的朋友，我也觉得很高兴。"

"能听到你这么说，我也相当开心。"

"不过我也差不多该下线了。"

黑洛黑洛的触手在空中移动，似乎在操作什么。没错，他正在操作控制接口。

"嗯，时间的确很晚了……"

"不好意思，飞鼠桑。"

飞鼠轻轻叹了一口气，似乎不想让对方察觉内心的遗憾。

"这样啊，那还真是可惜……快乐的时光总是那么短暂。"

"我也很想和你一起待到最后，不过实在是困得不得了。"

"啊——你好像真的很累了。那就早点注销，好好休息吧。"

"真的很抱歉……飞鼠桑。不过公会长打算待到什么时候啊？"

"我打算一直待到结束运营时的强制注销为止。因为还有一些时间，或许在这段时间里有人会再回来也说不定。"

"这样啊……不过我真的没想到这里会保存到现在。"

这时真的很感谢没有显示表情的功能。如果有的话，对方会马上看见他的扭曲表情吧。即使如此，声音还是会表现情感，所以飞鼠没有开口。因为他要压抑瞬间涌上的感情。

正因为是和大家一同打造的公会，所以才一直努力维持至今，但是从其中一名成员口中听到这样的话，内心当然会产生难以形容的复杂情绪。不过这样的情绪也因为黑洛黑洛接下来的话而瞬间烟消云散。

"飞鼠桑以公会长的身份继续维持公会，以便我们能够随时回来吧？多谢了。"

"因为这是大家一起建立的公会，善加维持、管理好，才能让成员随时回来，这也是身为公会长的工作！"

"正因为是飞鼠桑担任公会长，我们才能够如此尽情享受这款游戏吧……希望下次再见时，是在YGGDRASIL Ⅱ的游戏里。"

"虽然没有听说Ⅱ的消息……不过正如同你所说的，要是这样就好了。"

"到时候还请务必继续指教！我已经快要抵挡不住睡魔……先下线啰。最后能够遇到你真的很高兴，晚安。"

飞鼠瞬间想要开口，不过愣了一下便说出最后一句话：

"我也非常高兴能够遇到你，晚安。"

黑洛黑洛的头上冒出笑脸的感情图示，在YGGDRASIL中角色无法显示表情，因此想要表现感情时，就会利用感情图示。

飞鼠也操作一下控制接口，冒出同样的感情图示。

黑洛黑洛最后一句话是：

"希望之后在哪里再见了。"

——上线的三名公会成员当中，最后一人的身影也就此消失。

鸦雀无声。

像是不曾有人来过的寂静再度降临。没有留下任何事物。

飞鼠看向刚才黑洛黑洛所在的座位，口中喃喃说着原本想说的最后一句话：

"今天是游戏运营的最后一天，我也知道你已经累了，不过机会难得，要不要一起留到最后呢……"

当然没有得到任何回应。因为黑洛黑洛已经返回现实世界。

"唉。"

飞鼠打从心里发出叹息。

还是不应该说出口。

从简短的对话还有声音，他很了解黑洛黑洛有多累。即使这么累，他还是响应自己发送的邮件，在YGGDRASIL结束运营的最后一天上线。光是这样就该深表感激了。如果拜托对方留下来，那么已经不只是厚脸皮，而是在找麻烦了。

飞鼠凝视刚才黑洛黑洛坐的位子，然后移动目光，看向其他的三十九个座位。那是过去其他同伴坐过的位子。环视一圈之后，再次回到黑洛黑洛的座位。

"希望之后在哪里再见……啊。"

希望之后在哪里再见。再见了。

过去也听过好几次这种话，但是几乎不曾实现。

没有人再次回到 YGGDRASIL。

"要在何时、何处再见呢……"

飞鼠的肩膀剧烈颤抖，过去不断压抑的真心话终于爆发：

"开什么玩笑！"

飞鼠用力地拍桌怒吼。

判断这是攻击的 YGGDRASIL 系统，开始计算飞鼠的空手攻击能力与桌子的结构防御值等复杂的数据。结果飞鼠用力拍打的地方冒出"0"这个数字。

"这里可是大家共同打造的纳萨力克地下大坟墓！为什么你们可以这么轻易抛弃？！"

在激烈的愤怒情绪爆发之后，内心涌现空虚的寂寞感。

"不，应该不是。他们并非轻易舍弃，只是面临现实或虚拟的抉择。这是不得已的事，没有任何人背叛公会。大家都面临痛苦的抉择吧……"

飞鼠像是在说服自己一般不停自言自语，接着站了起来。他往墙壁的地方走去，那里装饰着一根法杖。

模仿赫耳墨斯权杖的那根法杖缠绕着七条蛇。痛苦挣扎的蛇口中衔着不同颜色的宝石，握柄材质像是晶莹剔透的水晶散发蓝白光芒。

任谁都会认为这是极为高级的法杖，各个公会只能拥有一件的公会武器，也可以说是安兹·乌尔·恭的象征。

原本应该是公会长持有的宝物，不知为何会被装饰在房间里。

那是因为没有其他可以用来代表公会的物品。

因为只要公会武器遭到破坏，就代表公会瓦解，所以公会武器通常不会拿来发挥它的强大性能，而是安置在最安全的地方。即使是最顶尖的公会安兹·乌尔·恭也不例外。

即使这根法杖是为公会长飞鼠量身打造，飞鼠却连一次也没有拿过，只把它装饰在这里也是因为这个理由。

飞鼠往法杖的方向伸手，不过伸到一半就停了下来。因为在这个瞬间——在YGGDRASIL即将停止运营的最后瞬间，这么做等于是将大家共同编织的光辉记忆全部抛弃。

为了打造公会武器，大家每天同心协力一起冒险。

当时大家分组比赛收集材料，对于要让武器呈现什么外观也起了不少争执，慢慢整合大家的意见之后，武器才被一点一滴打造而成。

那段时间也是安兹·乌尔·恭最鼎盛、最光辉的时刻。

有人辛苦工作之后还拖着疲惫的身体上线，也有人玩到没有照顾家庭而与妻子吵架，甚至有人笑着表示特地请了假上线。

有时候光是闲聊就过了一整天。大家时而说些无聊的蠢事炒热气氛；时而筹备冒险的计划；时而一起寻宝；也曾经向敌对公会的根据地发动奇袭，攻陷对方的城堡；还曾经遭到号称隐藏的最强世界级敌人怪物头目的袭击，公会差点儿就此毁灭；也找到许多未曾发现的资源；为了抵御入侵者在根据地设置各种魔物，解决入侵的玩家。

可是如今一个人也不剩。

四十一人中有三十七人离开公会。剩下的三人虽然以公会成员的名义留下，但是已经忘记在今天之前到底有多久没来这里了。

飞鼠开启控制接口，连上官方数据库，查看数据库的公会排行。在现今不到八百个的公会里，过去曾经高达第九名，现在已落到第二十九名。这是在运营最后一天的名次，最差的时候曾经落到第四十八名。

名次不再下滑并非飞鼠的功劳，是托过去同伴遗留下来的道具——过去的遗物之福。

这个可以说是只剩下残骸的公会，曾经有过辉煌的时代。

当时的结晶就是这个公会武器——安兹·乌尔·恭之杖。

不想让这个具有光辉记忆的武器，留在这个只剩下残骸的时代。不过相反的想法也在飞鼠的心里蠢蠢欲动。

在安兹·乌尔·恭中，一直以来都是采用多数决定的做法。飞鼠虽然身为公会长，但是他所做的事大多是联络之类的杂务。

正因如此，在没有任何成员的现在，飞鼠第一次有了试着行使公会长权力的想法。

"这副模样真是落魄。"

飞鼠一边低语一边操作控制接口。这是为了帮自己装备和顶尖公会长相称的武装。

在YGGDRASIL的武器系统里，会根据数据大小来加以区分。数据越大的武器位阶越高。从最低阶开始依序为下级、中级、高级、最高级、遗产级、圣遗物级、传说级等，而飞鼠选择的是最高阶的神器级武装。

在十根只有骨头的手指上，戴上九个具有不同能力的戒指。还有项链、护手、靴子、披风、上衣、头冠也都是神器级。如果以金钱的角度来看，全都是拥有惊人价值的极品。

护胸和护肩下方的飘逸锦袍，比起刚才的那些装备更加华丽。

赤黑色灵气从脚底缓缓升起，看起来极为邪恶不祥。这道灵气并非飞鼠发动特殊技能。因为长袍的数据还有多余的空间，因此这道灵气只是因为注入"不祥灵气"的特效数据所造成的。触摸这道灵气当然不会发生什么事。

在飞鼠的视野角落，冒出好几个代表能力值提升的图示。

改变身上的装备，全副武装的飞鼠对自己身上这套与公会长身份相称的装备，以相当满意的模样点点头，接着伸手抓起安兹·乌尔·恭之杖。

飞鼠将安兹·乌尔·恭之杖握在手上的瞬间，法杖发出摇曳的赤黑色光芒。光芒有时候会出现像是人脸的痛苦表情，然后崩落、消失。逼真的模样好像可以听到痛苦的哀号。

"这个设计未免太细了。"

制作出来之后不曾拿过的最高阶法杖，终于在YGGDRASIL的运营迎向终点的此时，握在原本的主人手上。

飞鼠确认属性急遽上升的图标，在喜悦之余也感到落寞。

"出发吧，公会象征。不……我的公会象征。"

2

飞鼠离开名为圆桌的房间。

这里设定为只要戴着公会成员才拥有的戒指，进入游戏之后除了特定条件之外，都会自动出现在这个房间。如果有成员回来，应该会待在这个房间吧。不过飞鼠也知道公会的其他成员不可能再回到这里。在这个巨大的纳萨力克地下大坟墓度过最后这段时间的玩家，只剩下飞鼠一个人。

飞鼠默默漫步在城里，压抑有如汹涌的潮水不断涌出。

这里是看似白垩城堡，充满庄严气氛的绚烂世界。

必须抬头仰望的天花板上，每隔一定的距离垂吊着华丽的水晶灯，发出温暖的光芒。

宽广的道路铺着磨亮的地板，像是大理石反射来自水晶灯的光芒，闪闪发亮的模样有如镶嵌的星星。

如果将道路两旁的门打开，目光应该会被里面的奢华家具深深吸引吧。

若是有第三者在场，应该会因此目瞪口呆。

这个恶名昭彰的纳萨力克地下大坟墓，过去曾经遭到服务器开启以来最大规模的讨伐军进攻。共有八个公会联军和其他相关公会、佣兵玩家、佣兵ＮＰＣ等合计一千五百人意图侵入，结果却以全灭收场。过去曾经创造传说的地方，现在竟然是这幅景象。

过去地下六层的纳萨力克地下大坟墓，在安兹·乌尔·恭统治之后，整体有了戏剧性的转变。目前已经变成地下十层，每层都有各自的特色。

地下一至三层——坟墓，地下四层——地底湖，地下五层——冰河，地下六层——丛林，地下七层——岩浆，地下八层——荒野。然而地下九层和地下十层是神城——也是过去曾在YGGDRASIL的数千公会中名列前十的安兹·乌尔·恭的根据地。

在足以用神圣来形容的世界里，响起飞鼠的脚步声，还有随之而来的法杖杵地声。走在宽广的通道上经过几个转角，飞鼠看到前方有名女性正朝自己的方向走来。

那是个茂密金发披肩、五官深邃的美女。

她身上穿着围裙很大、裙子很长的沉稳女仆装。

身高约一百七十厘米，体形修长，丰满的双峰几乎快从女仆装的胸口部分涌出，十分引人注目。整体给人温柔优雅的感觉。

两人的距离慢慢接近，前面的女生靠到路边，向飞鼠深深鞠躬。

飞鼠则是稍微举手致意。

女子的表情没有任何变化，脸上和刚才一样挂着若有似无的微笑。在YGGDRASIL中，外观的表情不会改变。但是这名少女和表情不会出现变化的玩家角色又有点不同。

这个女仆是NPC，并非由玩家操控，而是根据设计好的AI程序行动，简单来说就是会动的人偶。即使设计得栩栩如生，对方的鞠躬只不过是程序的动作而已。

刚才飞鼠的回礼可以说是愚蠢的举动，因为对方只不过是人偶。然而对飞鼠来说，也有不想冷淡对待的理由。

在这个纳萨力克地下大坟墓里工作的四十一名女仆NPC，都是根据不同的插画设计而成。创作者是当时以插画为生，目前在月刊杂志连载漫画的公会成员之一。

飞鼠目不转睛地注视女仆。除了长相之外，飞鼠也仔细观察女仆的服装。

精致的设计令人惊叹。特别是点缀围裙的刺绣，已经精美到了令人叹为观止的地步。

正因为是发下豪语"女仆装是决战兵器"的成员设计的插画，因此整体的细致设计超乎常规。飞鼠看见女仆，想起负责制作女仆外形的成员还曾为此惨叫抱怨，不禁感到怀念。

"啊……对了。好像从那个时候开始，他就认为'女仆装是我的全部（正义）！'……这么说来，他现在画的漫画女主角也是女仆。过度讲究的设计会惹哭助手吧，白色发饰桑？"

至于行动AI程序，则是由黑洛黑洛桑和其他五名程序设计师所设计。

也就是说，女仆全是过去公会成员共同努力完成的心血结晶，不理会她似乎有点说不过去。因为和安兹·乌尔·恭之杖一样，这名女仆也是光辉记忆的一部分。

正当飞鼠想着这些事时，抬头的女仆像是发现什么异样，歪头表现出诧异的模样。

只要身处在她的附近超过一定的时间，女仆就会摆出这个姿势。

飞鼠在记忆中搜索，对于黑洛黑洛如此细微的程序设计感到佩服。应该还有其他几个隐藏的姿势。虽然心里想要看见所有的姿势，可惜时间相当紧迫。

飞鼠的眼睛看向左手手腕的半透明手表，确认目前的时间。

果然没有多余的时间可以优哉游哉了。

"工作辛苦了。"

飞鼠说出这句充满感伤的道别，从女仆的身旁走过。对方当然没有回答，即使对方没有响应，不过因为这是最后一天，飞鼠认为还是应该这么做。

离开女仆的飞鼠继续前进。

过了不久，飞鼠的眼前出现了让十几个人张开双手一起走都没问题的巨大楼梯，楼梯铺设豪华的红色地毯。飞鼠缓缓下楼，来到最底层——纳萨力克地下大坟墓的第十层。

走到的这个地方是个宽广的大厅，里面有几个人影。

最先映入眼帘的是名身穿正统管家服的老人。

他的头发全白，就连嘴边的胡须也是一片白。不过老人的背挺得很直，就像钢铁打造的剑。有如白人的深邃脸庞上有明显皱纹，看来和蔼可亲，不过锐利的眼神仿佛捕捉猎物的老鹰。

在管家的背后，有六名如影随形的女仆。不过这些女仆的装备和刚才的女仆大不相同。

她们的手脚分别戴着金、银、黑等不同颜色的金属护手、护膝，身穿以漫画里的女仆装为概念所设计的铠甲，头上没戴头盔，而是白色头饰。而且每名女仆手上都拿着不同类型的武器，是名副其实的女仆战士装扮。

她们的发型也相当多彩多姿，像是挽起来绑成发髻、马尾、直发、麻花辫、卷发等，不过共同点是清一色美女。同时美的类型也包括妖艳、健康美、和风美人等多种风格。

虽然他们也是NPC，可是与刚才那名只是带着玩心设计的女仆截然不同，他们存在的目的是为了抵御外敌。

在YGGDRASIL这款游戏里，公会如果拥有比城堡更高阶的根据地，可以获得几项特别的好处。

其中一项就是拥有保护根据地的NPC。

纳萨力克地下大坟墓可以获得的NPC是不死魔物。这些自动出现的NPC最高等级可到三十级，即使遭到消灭，经过一段时间也会自动复活，公会不需要支付任何费用。

不过这些自动出现的NPC，无法让玩家根据自己的喜好变更外形与AI程序。

因此对于抵御入侵者——其他玩家来说，其实没有什么太大的作用。

另外还有一项是可以从头开始打造完全原创的NPC。如果占有城堡等级的根据地，占领的公会可以将至少七百级的等级随意分配给NPC。

因为YGGDRASIL的最高等级是一百级，因此如果按照刚才的规则，就可以打造出五个一百级的NPC和四个五十级的NPC。

在自行创造NPC时，除了服装、AI之外，还能够在武装方面下功夫，因此就能创造出远比自动出现的NPC更强的警备兵，配置在重要的据点。

只是也不需要全都为了战斗创造NPC。某个占领城堡的公会——猫咪大王国便是把所有的NPC全都创造成猫或是其他猫科动物。

所以这也可以说是让公会营造专属形象与气氛的权利。

"唔嗯。"

飞鼠将手撑住下巴，注视对自己行礼的管家们。一向利用传送魔法在各房间穿梭的飞鼠，来到这里的机会不太多，所以他对管家们的外表有些怀念。

飞鼠伸手操作控制接口，打开只有公会成员才能观看的页面。接着勾选其中一个选项。随着他的动作，管家们的头上冒出自己的名字。

"原来这就是他们的名字啊。"

飞鼠轻轻一笑。这是忘记对方名字的苦笑，也是感到怀念的微笑。这些从记忆角落再度浮现的名字，在当初命名时也和同伴发生过不少争执。

塞巴斯的设计是包括家事一手统括的管家。

身旁的六名女仆是直属于塞巴斯的战斗女仆，队伍名称是"昴宿星团"。除了这些女仆之外，塞巴斯还有指挥男佣与管家助手。

文字栏里应该有更加详细的设定说明，不过飞鼠现在没有心情细看。时间所剩不多，在运营结束之时，他想去一个地方坐一下。

题外话，包含女仆在内的所有NPC都有这么详尽的设定，是因为安兹·乌尔·恭的成员全都是喜欢详细设定的人。成员大多是插画家、程序设计师，而且又有这种重视外形的游戏环境可以任意打造，更是助长了这个趋势。

原本是将塞巴斯和女仆们当作抵御外敌的最后一道防线。不过敌方玩家如果能够入侵到这里，他们根本不是对方的敌手，所以只不过是用来争取时间的弃卒。只是到目前为止还没有玩家能够入侵至此，因此他们一直在这里等待出场的机会。

没有收到任何命令的他们，只是一直在这里等待可能来袭的敌人。

飞鼠用力握紧拿在手里的法杖。

替NPC感到可怜，这种想法实在太愚蠢了。NPC只不过是电磁数据，如果觉得他们具有情感，只是因为设计AI人工智能的人很优秀。

不过——

"身为公会长应该要指示NPC工作吧。"

对于这句装模作样的发言，飞鼠在内心稍微吐槽一下，接着下令：

"跟我来。"

塞巴斯和女仆们恭敬鞠躬，做出接受命令的动作。

让他们离开这里，和当初公会同伴设想的目的并不同。安兹·乌尔·恭是个尊重多数决定的公会，不准一个人擅自指挥这些由众人一起创造的NPC。

然而今天是一切都将落幕的日子。在这样的日子，大家应该会允许吧。

飞鼠一边想着这件事，一边带领跟在后头的众多脚步声前进。

众人来到的地方，是半球体造型的巨蛋大厅。天花板上的四色水晶闪耀白色光芒，上有七十二个洞，里面大多摆放着雕像。

每个雕像都是模仿恶魔的外观，总数是六十七个。

这个房间名叫所罗门之钥，取自著名的魔法书书名。

摆在洞里的雕像是以魔法书中记载的所罗门七十二柱恶魔为概念原型，以超稀有的魔法金属制作的哥雷姆。原本应该有七十二个哥雷姆却只有六十七个，那是因为制作者还没做完就感到厌倦了。

位于天花板上的四色水晶是种魔物，只要有敌人入侵，他们就会召唤地水风火等高阶元素精灵，同时展开广域攻击的爆击魔法。

如果这些水晶同时发动攻击，强大的威力可以轻易打倒两支一百级的玩家小队，大约十二人。

这个房间可以说是保护纳萨力克地下大坟墓核心的最后防线。

飞鼠带领跟在后方的仆人们穿过魔法阵，面对眼前的巨门。高度超过五米的雄伟双开大门点缀着精雕细琢的雕像，右门是女神，左门则是恶魔。设计得相当逼真，远远地就可以感觉到它们像是要从门里袭来。

虽然看起来很生动，但是就飞鼠所知，这两个雕像不曾动过。

既然能够攻到这里，我们就盛大地欢迎那些勇者吧！虽然很多人在背地里说我们的坏话，不过我们还是应该尽一下地主之谊，在里面正大光明地迎接他们才对。

某人的提议根据少数服从多数的决定获得通过。

"乌尔贝特桑……"

乌尔贝特·亚连·欧德尔，可以说是公会成员当中对"恶"这个字最执着的人。

"因为厨二病的缘故吗……"飞鼠环视大厅，深以为然。

"那么这两个雕像不会发动攻击吧？"

充满不安的发言并没有错。

即使是飞鼠,也无法彻底掌握这个迷宫的所有机关。某个隐退的成员留下一些稀奇古怪的礼物也不奇怪,而设计这扇门的人就是那种类型。

因为他曾说过设计出很强的哥雷姆,不过在启动之后却发现战斗AI有错,自己突然遭到它们的攻击。飞鼠至今依然怀疑那个错误是故意的。

"路西★法桑,要是它们在今天发动攻击,我可是真的会生气喔。"

战战兢兢地伸手摸门的飞鼠只是杞人忧天,那道门仿佛自动门一般——不过是以符合重量的缓慢速度开启。

气氛为之一变。

虽然之前的气氛也是有如神殿般静谧庄严,不过如今眼前的光景更是有过之而无不及。气氛转变,形成袭击全身的压力,设计得十分精巧。

这里是个宽敞的挑高房间——就算来了几百个人也不会觉得拥挤。天花板相当高,墙壁以白色为基调,里面点缀金色为主的各种装饰。

数盏吊在天花板上的华丽水晶灯是由七彩的宝石打造,散发如梦似幻的绚丽光芒。

墙上插着绘有不同花纹的巨大旗帜,从天花板到地板共有四十一面旗帜随风飘扬。

大量使用金银色调的房间里，有个十几阶的楼梯，最上方是以巨大水晶切割而成、椅背高可参天的巨大王座，背后的墙上挂着绘有公会标志的巨大红色旗帜。

这里就是位于纳萨力克地下大坟墓最深处，也是最重要的地方——王座之厅。

"喔……"

即使是飞鼠，也不禁为这个房间的气势赞叹。他认为如此精巧的设计，在YGGDRASIL当中也可以说是数一数二的。

只有这里才是最适合用来迎接最终时刻的场所。

飞鼠踏入仿佛可以吸纳脚步声的宽敞房间，目光看向站在王座旁边的女性NPC。

那是一名身穿纯白礼服的美丽女性，面露浅浅的微笑，有如女神。与礼服颜色相反的一头黑发充满光泽，长及腰际。

虽然散发金色光芒的虹膜与直立的椭圆瞳孔有些异常，不过除此之外可说是无可挑剔的绝世美女。只是在她的头部长出两根有如山羊角的卷曲犄角。不仅如此，在她的腰际还可以看到黑色的天使翅膀。

可能是因为犄角的阴影，女神一般的微笑看起来也像隐藏内心的面具。

她的脖子上戴着一条发出金色光芒、有如蜘蛛网的项链，一直从肩膀覆盖到胸口。纤细的手上套着发出丝绸光泽的手套，手拿像是短杖的奇怪武器。在长约四十五厘米的短杖前端，有个黑色圆球在没有任何支撑的情况下，轻飘飘地浮在空中。

飞鼠还不至于忘记她的名字。

因为她正是纳萨力克地下大坟墓的楼层守护者总管，雅儿贝德，负责管理总计七名楼层守护者的NPC。也就是说，她是纳萨力克地下大坟墓里位居所有NPC之上的角色。正因如此，她才能够待在最深处的王座之厅待命吧。

不过飞鼠以有些锐利的眼神看向雅儿贝德问道：

"我知道这里有世界级道具，不过同时有两个是怎么回事？"

在YGGDRASIL当中，总数只有两百个的终极道具，就是世界级道具。

世界级道具拥有独一无二的能力，有些破坏平衡的道具甚至能够要求官方更改游戏系统。当然并非所有世界级道具都有这种疯狂的能力。

即使如此，只要玩家拥有一个世界级道具，在YGGDRASIL的知名度便会蹿升到最高的地步。

安兹·乌尔·恭拥有十一个这样的道具，也是所有公会里拥有数量最多的，而且与其他公会有着不同位数的差距。因为第二名的公会只拥有三个。

在公会成员的许可下，飞鼠以个人名义持有这些终极道具的其中之一，其他的世界级道具则散布在纳萨力克之中。不过大多安置在宝物殿的最深处，受到不死化身的保护。

雅儿贝德竟然可以在飞鼠不知情的状况下持有这样的秘宝，

唯一的理由就是设计雅儿贝德的公会成员私底下给她的。

安兹·乌尔·恭是非常重视民主的公会，绝对不该擅自动用大家一起收集的宝物。

飞鼠感到有点不满，同时想出手夺回对方的宝物。

不过今天已经是最后一天，多少也应该顾及将宝物交给雅儿贝德的同伴的想法，因此他没有付诸行动。

"到这里就好。"

来到通往王座的阶梯前方，飞鼠以郑重的语气向跟随在后的塞巴斯和昴宿星团下令。

接着踏上阶梯爬了几级，发现后面还有脚步声，飞鼠不禁苦笑——只是骷髅头外表当然没有任何表情。

NPC只不过是不懂变通的程序。如果没有说出特定的句型，他们不会接受命令。差点儿忘记这件事的飞鼠知道，刚才没有正确指示NPC。

在公会成员离开之后，飞鼠一个人在不勉强的情况下独自狩猎，赚取足以维持纳萨力克的资金。没有和其他玩家建立友情，尽量躲开他们，也避开公会成员还在时会去的险地。

然后将赚到的金钱放进宝物殿之后再注销，几乎日复一日地做着类似的事，因此没有与NPC接触。

"待命。"

脚步声停止了。

飞鼠发出正确的命令之后，爬上最后的阶梯来到王座前方。

飞鼠毫不在意地打量站在身边的雅儿贝德。先前即使进来这个房间，在记忆中好像也不曾像这样目不转睛地看过她。

"到底将她设定成了什么样的角色呢？"

对于雅儿贝德的角色设定，飞鼠只记得她是守护者的总管，位居纳萨力克地下大坟墓最高阶的NPC而已。

受到好奇心驱使的飞鼠操作控制接口，开始浏览雅儿贝德的详细设定。密密麻麻的文字有如洪水充满视野，简直就像史诗级巨作。仔细阅读的话，应该会一直看到运营结束吧。

感觉像是踩到地雷的飞鼠的脸如果会动，现在一定抖个不停。内心很想痛骂自己，竟然忘记设计雅儿贝德的成员就是对这种事异常执着的那个家伙。

不过既然已经开启那也没有办法，只能带着放弃的心情开始浏览。并非只挑重点的跳跃式浏览，而是只看标题一口气快速卷动页面。

跳过漫长的文字，来到最后的角色设定时，飞鼠停止思考。

"同时是个贱人。"

飞鼠忍不住瞪大眼睛。

"咦？这句话是什么意思？"

飞鼠不禁大叫。他抱持着怀疑多看了几次，还是找不出这句话有其他意思。几经思考之后，只能浮现一开始想到的意思。

"贱人……就是骂人的那个贱人吧。"

四十一名公会成员，每个人至少都要设定一名NPC，然而会对自己设计的角色做出这种设定，实在令人感到不解。或许仔细将整篇文章看完之后，才能理解其中的深意吧。

不过在公会成员中，确实有人会想出这种与众不同的古怪设定。

设计雅儿贝德的公会成员翠玉录，就是这种人。

"啊，莫非是落差萌吗？翠玉录桑……就算如此……"

这样的角色设定也未免太夸张了吧？

飞鼠不由得有了这样的想法。各个成员制作的NPC等于是公会的遗产。位居NPC之首的雅儿贝德被设定成这样，总觉得有些无药可救的感觉。

"唔嗯——"

因为个人的判断，变更公会成员独立设计的NPC好吗？飞鼠经过一番思考之后，发出如此疑问。

"要变更吗？"

目前持有公会武器的自己，可说是名副其实的公会之主。稍微行使一下之前不曾行使的会长权力也可以吧。

内心出现应该修正公会成员错误的歪理，让飞鼠原本的迟疑烟消云散。

飞鼠伸出手上的法杖。原本必须利用编辑工具才能改变的设定，因为使用公会长的特权，直接就能连上设定。在控制接口操作几下之后，贱人这个词立刻消失了。

"嗯，大概就是这样吧。"

飞鼠又想了一下，望着雅儿贝德设定的空白处。

再填上一些内容比较好吧……

"感觉有点蠢啊。"虽然嘲笑自己的想法，不过依然在控制接口的键盘上打字。那是短短的一句：

"如今爱着飞鼠。"

"哇啊，真不好意思。"飞鼠伸手掩面。像是在设定自己的理想女友、撰写恋爱情节的害羞情绪让飞鼠心跳加速，忸忸怩怩。虽然感到害羞想要重写，不过最后还是打定主意，觉得这样就好。

游戏将在今天画下句点，现在的害羞心情很快就会随之消失。

而且消除的句子与写上的句子字数刚好一样，相当完美。如果删除之后留下空白，会让人觉得有些可惜。

坐上王座，带着些许满足与害羞的飞鼠环顾室内，发现眼前的塞巴斯和女仆们还处于静止状态。即使是一起待在这个空间，但是一动也不动地站着令人感觉有点空虚。

我记得好像有个指令。

飞鼠回想起过去曾经见过的命令，伸出一只手轻轻地从上往下挥。

"膜拜吧。"

包括雅儿贝德、塞巴斯和六名女仆，一起跪下做出跪拜之礼。

很好。飞鼠举起左手，确认时间。

23：55：48

刚好赶上时间。

恐怕GM已经开始不断广播，外面也在施放烟火吧。不过将全副心思放在这里，与外界完全隔绝的飞鼠不知道。

飞鼠背靠王座，慢慢抬头望向天花板。

正因为是消灭讨伐队的公会根据地，所以飞鼠认为会有玩家队伍在最后一天入侵。

等待。为了以公会长身份等待前来的挑战。

虽然对过去的所有成员寄出邮件通知，然而过来的人很少。

等待。为了以公会长身份欢迎同伴。

过去的遗物啊——飞鼠在心里思考。虽然现在的这个公会虚有其表，但是之前也曾有过愉快的时光。

移动目光数着从天花板垂下的巨大旗帜，总共四十一面。和公会成员的数量相同，上面有每个成员的印记。飞鼠伸出白骨手指指向其中一面。

"我。"

然后移向旁边的旗帜。那面旗帜代表安兹·乌尔·恭——不，是YGGDRASIL当中最强的玩家。这个公会的发起人，也是将前身"最初的九人"整合在一起的人。

"塔其·米。"

接下来指出的旗帜，上面的印记是在现实世界担任大学教授，也是在安兹·乌尔·恭里最年长的人。

"死兽天朱雀。"

手指移动的速度越来越快,指出的旗帜是安兹·乌尔·恭里仅有的三名女性之一。

"红豆包麻糬。"

飞鼠流畅地念出印记的主人名字:

"黑洛黑洛、佩罗罗奇诺、泡泡茶壶、翠玉录、武人建御雷、可变护身符、源次郎——"

念出四十名同伴的名字不用花费太多时间。那些朋友的名字依然深深烙印在飞鼠的脑中。

飞鼠疲惫地瘫在王座上。

"是啊,真是愉快……"

尽管这款游戏免月费,不过飞鼠还是花了三分之一的薪水在上面。这并不是因为薪水很高,而是因为他没有其他兴趣,顶多只会在 YGGDRASIL 花钱。

游戏当中有瞄准玩家奖金的付费抽签,飞鼠几乎把所有奖金花在上面。花了这么多钱,好不容易才抽到的稀有数据,却听到公会成员之一的夜舞子只花了一顿午餐的钱就抽中,令飞鼠不甘心到差点儿想要滚来滚去。

也因为安兹·乌尔·恭的成员都是社会人士,因此几乎所有人都花了钱,其中飞鼠花的钱更是多,或许可以挤进服务器的前几名吧。

他就是这样着迷。除了冒险相当有趣,能够和朋友一起畅游才是最大的乐趣所在。

对于双亲已经不在，在现实世界没有朋友的飞鼠来说，这个公会安兹·乌尔·恭正是自己与朋友度过美好时光的灿烂回忆。

如今这个公会即将消失，他内心满是遗憾与不舍。

飞鼠紧握手上的法杖。只是普通社会人的飞鼠，没有什么财力和关系可以改变这个事实。不过是个只能默默接受结束时间到来的玩家。

映入眼帘的时钟停在23：57，服务器终止服务的时间是0：00。

时间已经所剩不多。虚拟世界结束，面对现实世界的每一天。这是理所当然的事。人无法总活在虚拟世界里，所以大家才会一一离去。

飞鼠叹了一口气。

明天四点要起床。服务器关闭之后必须立刻就寝，才不会影响到明天的工作。

23：59：35、36、37……

飞鼠也随着时钟念出秒数。

23：59：48、49、50……

飞鼠闭上眼睛。

23：59：58、59……

随着时钟念完剩下的秒数。等待幻想世界的落幕——

等待强制注销——

0∶00∶00……1、2、3……

"嗯?"

飞鼠睁开眼睛。

没有回到熟悉的房间里。这里还是YGGDRASIL内的王座之厅。

"这是怎么回事?"

时间没有错。现在的自己应该因为服务器关闭而遭到强制注销才对。

0∶00∶38

确实已经过了零点,时钟不可能因为系统问题出现错误。

一头雾水的飞鼠看向四周,寻找附近有什么线索。

"莫非是关闭服务器的时间延期,或是延长的补偿措施?"

虽然脑中浮现各种原因,但是都和正确答案相差甚远。不过最可能的应该是遇到什么不可抗力,延后了服务器的关闭时间吧。如果是这样,GM应该会发表声明才对。飞鼠急忙想要连接已经关闭的通信,但是不禁停下动作。

没有出现控制接口。

"发生什么事了……"

飞鼠虽然感到焦躁与疑惑,不过也对自己还能如此冷静有些意外,打算叫出其他功能。不用透过控制接口的强制联机、聊天功能、呼叫GM、强制结束——

全都没有任何反应,像是遭到系统完全排除。

"这到底是怎么回事！"

飞鼠充满愤怒的吼声响彻王座之厅，然后消失。

今天是最后一天，竟然在全部画下句点的今天发生这种事，难道是在戏弄玩家吗？

飞鼠对于无法精彩迎接光荣的终点感到相当不满，从脱口而出的怒骂声就可以感受到他的愤怒。原本应该不会有任何声音响应飞鼠有如迁怒的疑问，可是……

"您怎么了，飞鼠大人？"

第一次听到悦耳的女声。

飞鼠虽然吓了一跳，还是寻找声音的来源。在他发现这句话发自谁的口中之时，不由得惊讶到哑口无言。

回应的正是抬起头来的NPC——雅儿贝德。

3

卡恩村。

位于帝国与王国的边境——安杰利西亚山脉的南边山麓，有一片称为都武大森林的广大森林。卡恩村就是森林近郊的小村庄。

人口大约一百二十人，由二十五个家庭组成的村庄，就里·耶斯提杰王国的边境村庄来看，这样的规模并不稀奇。

这个村庄的生计主要来自森林资源与农作物，除了医生会来采集药草，税务官每年只会过来一次。身处这个人迹罕至的村庄，时间都仿佛都静止了。

村庄打从一大早就很忙碌，基本上村民会在日出时起床。没有大都市那种魔法之光——"永续光"的村庄，基本上都过着日出而作、日落而息的生活。

安莉·艾默特早上起床的第一件事，就是到附近的水井打水。打水是女生的工作，将家里的大水缸装满水，第一件工作就算结束。这时母亲会准备早餐，一家四口一起享用。

早餐吃的是大麦或小麦煮成的麦粥，还有炒青菜，有时候也会吃些水果干。

用餐之后和父母一起到田里耕种。十岁的妹妹会到森林的入口捡些柴薪，或是帮忙田里的工作。村庄中央——广场附近的钟声响起的中午时分，大家便会休息吃午餐。

午餐是几天前烤的黑面包，还有加入碎肉干的汤。接着继续田里的工作，在夕阳西下时分返家吃晚餐。

晚餐和午餐一样是黑面包，还有豆子汤。要是村里的猎人猎到了动物，有时候晚餐就能分到一些肉来加菜。晚餐之后大家利用厨房的灯光一边闲话家常，一边缝补破损的衣物。

大约在十八点就寝。

安莉·艾默特这名少女在十六年前诞生，成为村庄的一分子，一直以来都是过着这样的日子。她在心里思考，这种一成不变的日子到底要持续到什么时候？

这一天安莉和往常一样，起床之后就前往水井打水。

打来的水倒进小水缸里，大约需要往返三趟才能装满家里的大水缸。

"哟咻。"

安莉卷起袖子，露出没有晒到太阳的肌肤，雪白的肤色相当醒目。久经农活锻炼的手臂虽然纤细，但是非常结实，稍微有点肌肉。

装满水的水缸虽然很重，安莉还是一如往常地搬起。

如果水缸再大一点，或许可以减少往返的次数，也能轻松一点吧？不过应该搬不动那么重的水缸吧。如此想的安莉在回家的路上听到什么声音，往声音的方向一瞧，空气便像是沸腾一样，心中涌现出恐怖的感觉。

耳朵稍微听到的声响是木器遭到破坏的声音。紧接而来的是——

"哀号？"

有如鸟被掐住的声音，不过那绝对不是鸟的叫声。

安莉的背脊不禁一冷，无法相信这是错觉。绝对不是人的声音。脑中出现几个消除不安的想法，然后消失。

她赶紧飞奔过去。因为哀号的声音是从自家方向传来。

把水缸扔在一旁，拿着这么重的东西无法奔跑。虽然长裙绊到脚差点跌倒，不过总算幸运地勉强保持平衡。

声音再次传来。

安莉的心脏剧烈跳动。这是人发出的哀号，绝对没错。

她不断奔跑、奔跑、奔跑。

记忆中不曾以这么快的速度奔跑过，已经快到双脚要缠在一起的地步。

马的嘶吼，人的哀号，还有呼喊声。

声音越来越清晰。

在安莉的眼前，远远看见一名身穿铠甲的陌生人对着村民挥剑。

伴随着哀号，一个村民倒在地上，接连刺出的剑给了他致命打击。

"穆尔加先生……"

这么小的村庄里没有陌生人，大家都像亲人一样。现在被杀的人，安莉当然也认识。他虽然有点聒噪却是脾气很好的人，不应该这样无辜丧命。她想要停下脚步，但最后还是咬牙继续往前跑。

运水时感觉不远的距离，现在却觉得相当漫长。

耳里听到随风传来的吼叫与怒骂，自家的房子终于映入眼帘。

"爸爸！妈妈！妮姆！"

安莉一边呼唤家人，一边打开家门。

她发现三个熟悉的家人正露出恐惧的表情，一动也不动。不过在安莉进门之后，众人的表情瞬间放松下来，露出安心的神色。

"安莉！你没事吗？"

爸爸从事农活的结实双手紧紧抱住安莉。

"啊啊，安莉……"

妈妈温柔的双手也抱住安莉。

"好了，安莉也回来了，我们快逃吧！"

艾默特家的情况相当危急。大家因为担心和安莉错过而没有离家，因此错过逃走的时机，危险应该已经迫在眉睫。

没想到这个恐惧终于变成事实。

正当众人打算一起逃走时，门口出现一道人影。站在阳光下的人，就是那全身铠甲装扮的骑士，胸口刻有巴哈斯帝国的标志，手里拿着一把出鞘的长剑。

巴哈斯帝国是里·耶斯提杰王国的邻国，是个经常发动侵略战争的国家。不过侵略的战火通常只会在要塞都市耶·兰提尔周围，还不曾蔓延到这个村庄。

但是这样宁静的生活，也终于画下句点。

从全罩头盔的空隙中，可以感觉里面的冰冷眼神似乎在计算安莉一家的人数。安莉感受得到对方可怕的眼神。

骑士在持剑的手上施加力道，护手的金属部分传来摩擦声。

接着在他准备进入家中时——

"喝啊！"

"唔！"

父亲往骑士的身上扑去。两人就这么撞在一起滚出门外。

"快逃！"

"你这家伙！"

父亲的脸渗出一点血，应该是在扑向对方时受的伤吧。

父亲和骑士两人抓着彼此在地上滚动。骑士单手按住父亲手上的刀子，父亲也单手按住骑士拔出的短剑。

注视家人身上的血，安莉的脑袋变得一片空白。犹豫着到底是该去帮助父亲，还是赶快逃走比较好。

"安莉！妮姆！"

母亲的呼唤声让她回过神来，看见母亲露出悲伤的神情摇着头。

安莉牵着妹妹的手大步奔跑。虽然内心的迟疑与愧疚令安莉感到挣扎，不过最后还是决定赶快逃到大森林。

马嘶声、怒吼声、金属声，还有烧焦的臭味。

这些声音不断从村庄的各个角落传达给安莉的耳、眼、鼻。这到底是从哪里传来的？安莉拼命想要分辨，同时奋力奔跑。逃到宽敞的地方时就尽量缩起身子，或是躲进房子角落。

仿佛要冻结身体的恐惧，剧烈的心跳不只是因为奔跑的缘故。即使如此，手中握住的小手还是驱使她奔跑。

妹妹的生命。

稍微跑在前方的母亲正要转弯时突然停下动作，接着立刻往后退，手还在背后比出往其他地方逃的手势。

想到母亲为什么要这么做的瞬间，安莉立刻咬紧嘴唇，拼命忍住差点儿就要发出的哭声。

握着妹妹的手奔跑，尽可能快地离开原地。因为不想看到接下来会发生的光景。

4

"有什么问题吗，飞鼠大人？"

雅儿贝德继续发问。飞鼠不知道该如何回答，因为令人无法理解的事层出不穷，所以思考有些短路。

"失礼了。"

飞鼠只能傻傻望着站到自己身边的雅儿贝德。

"您怎么了？"

雅儿贝德的美丽脸庞凑向飞鼠面前观察。

一股淡淡的幽香刺激飞鼠的鼻腔，那股香气似乎修复了飞鼠的思考回路，飞到九霄云外的思考慢慢回复正常。

"不……什么事也没有……不，没什么。"

飞鼠并非那种单纯到对人偶使用敬语的人。不过……听到雅儿贝德的问题，差点儿忍不住用敬语响应。因为她的动作、语气，处处都可以令人感觉到无法忽视的人性。

飞鼠虽然对雅儿贝德还有自己身处的环境有强烈的异样感，但也无法厘清这种异样是怎么回事。他只能在一知半解的情况下，尽力压抑内心的恐惧与惊讶等多余情绪。不过只是凡夫俗子的飞鼠还是无法做到。

就在飞鼠想要放声大叫的瞬间，脑中突然闪过一名公会成员常说的话。

——焦急是失败之本，必须随时保持冷静的逻辑思考。保持冷静、目光放远，思考时不要钻牛角尖喔，飞鼠桑。

想起这句话的飞鼠回复了以往的冷静。

飞鼠对人称安兹·乌尔·恭的诸葛孔明——布妞萌表达感谢之意。

"您怎么了？"

距离好近。近到几乎可以感受彼此气息的雅儿贝德，偏着可爱的俏丽脸庞发问。好不容易恢复冷静的飞鼠，差点儿因为那张逼近的脸再次失去冷静。

"呼叫 GM 的功能好像失效了。"

被雅儿贝德水汪汪的眼睛吸引，飞鼠忍不住询问 NPC。

在飞鼠过去的人生中，不曾被异性以那样的表情关怀，尤其是还带有撩人的气氛。虽然知道她只不过是人为的 NPC，但是有如真人的自然表情与举动，令飞鼠不禁感到心动。

不过内心涌现的这股情感，像是遭到压抑一般再次回归平静。

飞鼠对于内心不再出现大幅起伏的自己感到些许不安，心想这应该是刚才想起同伴那句话的缘故。

不过真的如此吗？

飞鼠摇摇头。现在不是思考这些事的时候。

"还请原谅我无法回答飞鼠大人刚才问到的呼叫GM问题。抱歉无法符合您的期望，如果可以赐予机会弥补这次的失误，我将感到无比喜悦。请务必再次下达命令。"

两人正在对话，绝对没错。

发现这个事实的飞鼠惊讶到说不出话来。

不可能。这是绝对不可能的事。

NPC竟然会说话。不对，可以利用自动化处理方式（编辑宏指令）让NPC说话，因为有提供吼叫声数据和欢呼声数据让玩家下载。只是要和NPC进行对话，还是不可能的事。刚才的塞巴斯等人也只能接受简单的指令。

那么为什么会发生这种不可能的事？只有雅儿贝德与众不同吗？

飞鼠向雅儿贝德挥手发出退下的指令，对方露出一闪即逝的遗憾表情。飞鼠将眼神从她的身上移向仍然低着头的管家与六名女仆。

"塞巴斯！女仆们！"

"是！"

所有声音完美地重叠在了一起，接着管家和所有女仆一起抬头。

"来到王座前面。"

"遵命。"

所有声音再次重叠，管家和女仆们站了起来。接着以抬头挺胸的优雅姿势走到王座前面，再次单膝低头跪下。

这下子可以了解两件事。

第一是即使不特意以指令关键词下达命令，NPC依然能够理解意义加以执行。

第二是能够说话的并非只有雅儿贝德。

至少在这间王座之厅里的所有NPC，都发生了异状。

如此思考的飞鼠对于自己，还有眼前的雅儿贝德，产生了和刚才一样的异样感。飞鼠想要厘清这种异样感到底是怎么回事，以锐利的目光注视雅儿贝德。

"怎么了？难道我做错了什么事……"

"喔！"

终于得知这种异样感是怎么回事的飞鼠没有大叫，也没有默不出声，而是发出不成声的惊叹。

那种异样感出自表情的变化。嘴角会动，还能发出声音的——

"可……能！"

飞鼠急忙将手伸向自己的嘴巴，试着发出声音。

嘴巴在动。

就DMMO-RPG的常识来说，这是绝对不可能发生的事。嘴巴不可能配合角色说话有所动作，基本上外观的表情是固定不动的。若非如此，就不会有感情图示这个设计。

而且飞鼠的脸是骷髅头，既没有舌头也没有喉咙。往下看了一下手，也是同样无皮无肉的一双手。由此可见应该没有肺部之类的内脏，那么为什么能够说话？

"不可能……"

飞鼠察觉自己过去累积的常识逐渐瓦解，同时也感到相同程度的不安。

压抑想要呐喊的冲动。如同预期一般，冲动的内心突然回归平静。

飞鼠用力往王座的扶手一拍，但是就像飞鼠预测的那样，并没有出现任何损伤值。

"该怎么办才好……有什么好办法……"

完全无法理解目前的状况，即使发脾气动怒也无人相助。

那么现在的第一要务就是——寻找线索。

"塞巴斯。"

从抬头的塞巴斯脸上看到了诚挚的表情，感觉就像活生生的人。

对他下达命令应该没问题吧？虽然不晓得会发生什么事，不过还能认定这个坟墓的所有NPC都忠于自己吗？说不定眼前的这些人已经不是大家制作出来的那些NPC了。

脑中浮现众多疑问，还有随之涌现的不安，只是飞鼠将这些情绪全部压抑。无论如何，最适合搜寻线索的人只有塞巴斯。

虽然看了身旁的雅儿贝德一眼，不过飞鼠的心意已决，决定命令塞巴斯。

脑中浮现公司高层对职员下达命令的情景，飞鼠摆出高高在上的姿态下令：

"离开大坟墓到周围查探附近的地理状况。如果遇到有智慧的生物，就友善地和对方交涉，邀请他们过来，交涉时尽可能答应对方的要求。行动范围仅限于周围一公里，尽量避免发生战斗。"

"遵命，飞鼠大人。立刻开始行动。"

创造出来保护根据地的NPC竟然可以离开根据地，这个原本在YGGDRASIL里绝对不可能发生的事，如今已经遭到颠覆。

不，这要等到塞巴斯真的离开纳萨力克地下大坟墓之后，才能确定。

"从昴宿星团当中选一个人一起前往。如果遇到战斗就立刻撤退，将收集到的信息带回来。"

这样姑且是走了第一步。

飞鼠的手离开安兹·乌尔·恭之杖。

法杖没有因此滚落地面，而是像有人拿着一般浮在空中。虽然完全不符合物理法则，不过这样的光景还是与游戏中的状况一样。放手便会浮在空中的道具，在YGGDRASIL里并不稀奇。

看似露出痛苦表情的灵气特效依依不舍地缠住飞鼠的手，不过飞鼠完全不予理会。早已司空见惯……并非如此，不过因为觉得会有这种宏指令也不奇怪，因此飞鼠转动手指将灵气特效拨开。

飞鼠双手抱胸沉思。

下一步是——

"联络游戏公司吧。"

对于飞鼠目前面对的异常状态，知道最多消息的应该是游戏公司。

问题是要怎么联络。原本只要利用呐喊指令或呼叫 GM 功能就可以立刻取得联络，但是在这些方法都已失效的现在……

"讯息？"

这是游戏当中取得联络的魔法。

原本只能在特殊状况和场所使用，不过现在或许能够好好利用一下这个魔法。只是这个魔法基本上是用来和其他玩家联络的，是否也能联络 GM 便不得而知了。

而且遇到这种异常状态，也无法保证这个魔法是否还有效。

"可是……"

还是非得调查不可。

飞鼠是一百级的魔法师。如果无法使用魔法，别说战斗力，就连行动力和情报收集能力也会大幅下降。在这个完全不知道是怎么回事的状况下，更要确认魔法是否可以使用，而且要尽快知道结果。

那么有哪个地方适合使用魔法——如此思考的飞鼠环顾王

座之厅一圈之后摇头。虽然眼前是紧急状况，还是不想在这个宁静又神圣的王座之厅进行魔法实验。于是在思考哪里比较适合之后，脑中浮现出一个符合期望的地方。而且除了自己的能力，还有一件事也要一起确认。

那就是自己的权力。

必须确认自己身为安兹·乌尔·恭公会长的这个权力，现在是否依然存在。

到目前为止遇到的NPC，大家似乎都忠心耿耿。不过在这个纳萨力克地下大坟墓中，还有几个NPC的等级和飞鼠不相上下，必须确认他们是否依然忠心。

但是——

飞鼠俯视跪在地上的塞巴斯和女仆，并且看向站在自己身边的雅儿贝德。

雅儿贝德脸上挂着若有似无的微笑，虽然很美，但是从某些角度看来却像是带着心事的微笑，似乎隐藏着什么秘密。这一点令飞鼠感到不安。

目前NPC对自己的忠心依然不变吗？如果是在现实世界中，遇到那种老是出错的上司便不再忠心，他们应该也一样吧？还是说只要输入忠心数据，就永远不会背叛？

如果他们的忠心出现动摇，又要怎么做才能让他们继续保持忠心？

给予奖励吗？在宝物殿里藏有巨大的财宝。虽然动用这些过去同伴遗留的宝物令人感到心痛，不过如果这是关系到安兹·乌尔·恭存亡与否的紧急状况，他们应该能够体谅。只是也不知道应该给予NPC多少奖励才适合。

除此之外，也不知道是不是身为高位者就比较优秀？但是拥有什么能力才算优秀，这点依然不明。感觉只要将这个迷宫继续维持下去，应该就能慢慢了解这些事。

抑或是力量吗？

张开左手的飞鼠握住自动飞来的安兹·乌尔·恭之杖。

"凌驾一切的力量？"

镶在法杖上的七颗宝石闪闪发亮，好像在要求主人使用它的巨大魔力。

"算了，这些事等到以后再来慢慢思考。"

飞鼠放开手上的法杖，摇晃的法杖便以好像生气扑倒的动作滚落地板。

总之只要表现出身为领导者的举动，就不至于马上与他们敌对吧。不管是动物还是人类，只要不暴露弱点，敌人就不会露出利牙攻击。

飞鼠气势十足地放声开口：

"昴宿星团听令，除了跟着塞巴斯的女仆，其他人前往第九层警戒，防止敌人从第八层入侵。"

"遵命，飞鼠大人。"

在塞巴斯身后待命的女仆们恭敬地响应，表示了解命令。

"立刻开始行动。"

"知道了,我的主人!"

回复的声音响起。塞巴斯和战斗女仆们向坐在王座的飞鼠跪拜之后,同时起身离开。

巨大的门开启之后再度关闭,塞巴斯和女仆们消失在门的另一边。

他们没有回答"不要"真是太好了。

飞鼠放下心头大石,同时看向还留在身边的人,就是一直在旁边待命的雅儿贝德。雅儿贝德露出微笑询问飞鼠:

"那么飞鼠大人,接下来我要做什么呢?"

"啊,啊啊……有了。"飞鼠挺身离开王座,一边捡起法杖一边说:

"过来我旁边。"

"是的。"

以发自内心的微笑回复的雅儿贝德向飞鼠靠近。飞鼠虽然对雅儿贝德手上那把浮着黑球的短杖有所戒备,但也只是一瞬即逝,还是先暂时忘记它的存在。就在飞鼠如此思考之时,雅儿贝德已经靠到仿佛是要拥抱的距离。

好香……我在想什么啊。

再度涌现的想法马上被飞鼠赶出脑外,现在不是胡思乱想的时候。

飞鼠伸手触摸雅儿贝德的手。

"唔……"

"嗯？"

雅儿贝德浮现忍耐痛楚的表情。飞鼠则像是触电一般，立刻把手移开。

这是怎么回事？该不会是让她感到不舒服了吧？

几次难过的回忆掠过他的脑海——例如被天上掉下来的零钱砸到之类的——不过飞鼠立刻找到了答案。

"啊——"

死之统治者的低阶职业死者大魔法师，在升级时能够获得的能力当中，有一种能力是对接触的对象通常是攻击目标，给予负向伤害。

莫非是因为这个缘故？不过若是真的如此，还是有些疑问。

在YGGDRASIL这款游戏里，出现在纳萨力克地下大坟墓的魔物和NPC，在系统上判定为隶属于安兹·乌尔·恭公会的旗下。而且只要隶属相同的公会，就算同伴互相攻击，也应该没有任何效果。

莫非她不隶属我们的公会，还是已经不再禁止同个公会的伙伴互相攻击？

后者的可能性比较高。

如此判断的飞鼠向雅儿贝德道歉：

"抱歉了。我忘记解除负向接触这项技能。"

"请不用在意，飞鼠大人，那种程度不算伤害。而且如果是飞鼠大人，那么不管是怎么样的都不算痛苦……呀！"

"……啊……嗯……是吗……不、不过还是很抱歉。"

看到发出可爱叫声，同时害羞地伸手遮住脸庞的雅儿贝德，飞鼠有些不知所措，回答得有些支支吾吾。

果然是因为负向接触造成的结果。

飞鼠从不停说些破瓜之痛如何如何的雅儿贝德身上移开视线，开始思考如何暂时解除那个随时发动的技能——这时突然理解解除方法。

使用死之统治者拥有的能力对现在的飞鼠来说，已经变得有如呼吸一样简单、自然。

面对目前自己身处的异常状况，飞鼠不禁笑了。发生了这么多的异象，这点程度的异状已经不值得大惊小怪，习惯真是可怕。

"我要摸了。"

"啊。"

解除技能之后伸手碰触雅儿贝德的手。虽然心里涌现好细啊、好白啊等无数想法，但是这些身为男人的欲望全被飞鼠抛出脑海，只想知道对方的脉搏。

——正在跳动。

扑通扑通的跳动声。如果是生物，这是理所当然的事。

没错，如果是生物。

放手的飞鼠看向自己的手腕，眼前只有无皮无肉的白骨。

因为没有血管，当然也感觉不到心跳。没错，死之统治者是不死之身，是超越死亡的存在，当然没有心跳。

移开视线的飞鼠注视眼前的雅儿贝德。

飞鼠看到雅儿贝德似乎有些湿润的眼睛里，浮现自己的身影。她的脸颊泛红，大概是因为体温急速上升的缘故。雅儿贝德身上出现的变化，已经足以令飞鼠感到震撼。

"这是怎么回事？"

她不是NPC吗？不是单纯的电磁资料吗？怎么会像是活人一般带有感情，到底是怎么样的AI才能做到？最重要的是YGGDRASIL这款游戏好像变得有如现实世界……

不可能。

飞鼠摇头否定。不可能会出现这样的幻想情节。可是想法一旦根深蒂固，就没有那么容易消除。对于雅儿贝德的变化感到些许不自在的飞鼠，已经不知道接下来该做什么才好。

接下来是……最后一步。只要能确认那件事，所有的预感都将变成事实。究竟自己身处的现况，会倾向现实还是非现实呢？

这是势在必行的事，就算被对方以手上的武器攻击也是没办法的事……

"雅儿贝德……我、我可以摸你的胸部吗？"

"咦？"

空气似乎瞬间冻结。

雅儿贝德惊讶地睁大双眼。

飞鼠也觉得很难为情。

虽说是没办法的事，但自己到底对女生说了些什么啊。真想高喊太低级了。不，利用上司的职权进行性骚扰，的确是最低级的行为。

可是已经无计可施。没错，他必须这么做。

飞鼠用力说服自己，精神急速稳定下来的飞鼠努力以统治者的威严开口：

"应该……无所谓吧？"

感觉不到半点威严。

对于飞鼠战战兢兢的要求，雅儿贝德却像是心花怒放一般露出灿烂的笑容：

"那是当然，飞鼠大人。还请您任意抚摸。"

雅儿贝德挺起胸膛，丰满的双峰就这么立在飞鼠面前。如果能够咽口水，恐怕已经咽了好几次吧。

即将伸手触摸撑起身上礼服的胸部。

有别于异常的紧张与激动，飞鼠脑海角落的冷静情绪正在客观地观察自己。感觉自己实在够蠢，为什么会想到这种方法，而且还要付诸行动？

悄悄瞄了雅儿贝德一眼，发现对方的眼睛闪闪发亮，还以"快来吧"的模样不断挺胸。

不晓得是兴奋还是害羞，飞鼠以意志力压抑快要发抖的双臂，下定决心伸出双手。

飞鼠的手先是传来洋装下方稍硬的触感，接着是一阵柔软变形的感觉。

"呜……啊……"

在雅儿贝德发出煽情的呻吟时，飞鼠又结束一个实验。

如果自己的脑袋正常，飞鼠对目前的状况得到两个答案。

一个是目前可能有一款新的DMMO-PRG，也就是说在YGGDRASIL结束的同时，新游戏YGGDRASIL Ⅱ上市。

只不过根据这次的实验来看，推出新游戏的可能性相当小。

因为YGGDRASIL严禁在游戏当中做出十八禁的行为。搞不好连十五禁的行为都不行。若是违反规定，不但会在官网公布违规者的姓名，账号还会遭到删除，处罚相当严厉。

这是因为如果这些十八禁行为的纪录遭到公开，可能会触犯社会秩序维护法的妨害善良风俗法规。一般来说，这个行为即使被视为违法也不奇怪。

如果现在依然是在游戏中——YGGDRASIL的世界里，游戏公司应该会采取某些方法，让玩家无法做出这种行为。GM和游戏公司如果正在监视，一定会禁止飞鼠的猥亵行为，但是完全没出现任何阻止的迹象。

而且根据DMMO-PRG的基本法律与计算机法，在没有获得许可下，强制玩家进入游戏游玩就已经触犯营利诱拐法。强迫玩家以试玩方式加入游戏，是会立刻遭到检举的行动。尤其是发生无法强制结束游戏这种事，游戏公司即使因此被控监禁也不足为奇。

假如发生无法强制结束的情况，因为受到法律保障，所以能以专用控制接口撷取一个星期的游戏纪录，可以很轻松地告发游戏公司的违法行为。如果飞鼠一个星期没进公司，应该会有人觉得不对劲而到家里察看，警察只要调查一下专用控制接口就能解决问题。

只是有哪个企业会冒着可能被立刻逮捕的风险，犯下这种组织性的犯罪呢？

的确，只要谎称这只是"YGGDRASIL Ⅱ的抢先体验版"，或是以他们遇到"更新档"这类介于灰色地带的说法即可脱罪。但是这么危险的事对游戏制作公司和运营公司来说，根本一点好处也没有。

这么一来，这种状况唯一的可能性，就是有其他人从中搞鬼，和游戏制作公司无关。如果真是如此，那就必须颠覆之前的想法从其他方向思考，否则永远找不到答案。

问题是根本不知道该从哪个方向思考。另外还有一个可能……

那就是虚拟世界变成了真实世界。

不可能。

飞鼠立刻否定这个想法。怎么可能发生这种不合理的蠢事！

不过相反地，这才是正确答案的想法，正随着时间的推进而变得更加强烈。

而且，飞鼠想起刚才从雅儿贝德身上飘来的香味。

根据计算机法，虚拟世界已经将五感中的味觉和嗅觉完全消除。虽然YGGDRASIL有饮食系统，不过基本上只是属于系统方面的消耗。此外触觉方面也受到相当程度的限制，理由是为了避免和现实世界产生混淆。因为有了这些限制，以至于利用虚拟世界的色情产业并不是那么流行。

但是现在一点限制也没有。

这个事实对飞鼠产生剧烈冲击，"明天的工作要怎么办，这样下去该怎么办"，这些担心已经变得微不足道，几乎可以抛到脑后。

"如果虚拟世界没有变成现实世界……那么就资料量来说，根本是不可能……"

飞鼠动了一下无法发声的喉咙。脑袋虽然无法理解，但是心里已经理解了。

飞鼠的手终于离开雅儿贝德丰满的胸部。

感觉似乎摸了很久。不过飞鼠的解释是为了确认，不得已才会摸这么久，绝不是因为摸起来很舒服，才不愿意放手……应该。

"雅儿贝德，抱歉了。"

"呜啊……"

满脸通红的雅儿贝德发出喘息，似乎可以令人感受到体内发出的热气。接着她害羞地询问飞鼠：

"我会在这里迎接第一次吧？"

稍微别过头的雅儿贝德如此问道，令飞鼠不禁以失控的声音回答：

"咦？"

飞鼠的脑筋突然转不过来，无法理解这句话是什么意思。

第一次什么的，这是怎么回事？话说回来她为什么一脸娇羞？

"请问衣服要怎么办呢？"

"啥？"

"我自己脱比较好吗？还是劳烦飞鼠大人呢？穿着衣服的话，之后……会弄脏……不，如果飞鼠大人要求穿着衣服，我也没有意见。"

脑袋终于理解雅儿贝德的意思。不，现在的飞鼠头盖骨下是否有脑子，还是个疑问。

察觉雅儿贝德为什么出现这种反应与行为的飞鼠，内心有些天人交战：

"好了，到此为止，雅儿贝德。"

"咦？遵命。"

"现在不是做那种……不，没有时间做那种事。"

"非、非常抱歉！明明面临紧急状况，我竟然只顾及自己的欲望。"

往后迅速一跳的雅儿贝德正要下跪道歉，不过飞鼠伸手制止道：

"不,一切都是我的错,我就原谅你吧,雅儿贝德。比起这件事……我要命令你。"

"无论什么事,都请尽管吩咐。"

"通知各层的守护者,要他们过来六层的竞技场,时间是在一个小时后。还有亚乌菈和马雷由我联络,所以他们两个就不用通知了。"

"遵命。在此复诵命令,除了六层的两名守护者之外,通知各层守护者在一小时之后前往竞技场集合。"

"没错,去吧。"

"是。"

雅儿贝德迅速离开王座之厅。

望着雅儿贝德的背影,飞鼠像是筋疲力尽一般叹气。在雅儿贝德离开王座之厅后,飞鼠发出痛苦的呻吟:

"我干了什么好事。那只不过是无聊的玩笑……早知如此就不开那种玩笑了。我……玷污了翠玉录桑创造的NPC……"

雅儿贝德会有那种反应的理由,经过思考后只有一个答案。

那个时候变更雅儿贝德的设定时,改写了一句"如今爱着飞鼠"。

这就是雅儿贝德会有那种反应的理由。

"啊,可恶!"飞鼠念念有词。

翠玉录在白色画纸上努力绘制的名作雅儿贝德,却被别人擅自拿着颜料在上面随性修改,结果变成这副德行。

飞鼠的心情就像糟蹋别人的名作一般郁闷。

不过表情扭曲的飞鼠——因为是骷髅头所以没有明显的表情——还是离开王座起身。

飞鼠告诉自己,暂时把这个问题抛在脑后,先将当务之急依序处理完毕之后再来伤脑筋吧。

2章 楼层守护者

第二章　楼层守护者

1

"回来吧，雷蒙盖顿的恶魔们。"

由稀有矿石打造的哥雷姆听从飞鼠的命令，伴着与笨重躯体相反的轻盈脚步声来到飞鼠面前，然后摆出和刚才一样的警戒姿势。

虚拟现实世界变成真正的现实世界——已经正式接受这个猜测的飞鼠，进行的第一件事就是保护自身的安全。虽然目前遇到的NPC姑且都会对自己表现出毕恭毕敬的模样，但是今后遇到的角色不见得都会是同伴。而且即使遇到的都不是敌人，也不知道接下来会出现什么危险。

确认纳萨力克内部的设备、哥雷姆、道具、魔法……这一切是否还能运用，正是攸关飞鼠生死存亡的当务之要。

"总算解决了第一个问题。"

安心的飞鼠一边自言自语一边望着哥雷姆。接着对他们下达只能听从自己的命令的指令，这么一来，即使遇到最差的状况——NPC叛乱时，也可以多一道保命符。

对哥雷姆勇猛的外表感到满意的飞鼠，看向自己的白骨手指。

十只手指戴着九个戒指，只有左手无名指空无一物。

在YGGDRASIL中，通常左右手只能各戴一个戒指。不过飞鼠利用永远有效的高价付费道具，让十只手指都能戴上戒指，而且还可以发挥所有戒指的能力。

并不是只有飞鼠比较特别，只要是重视能力的玩家，大家都理所当然地花这笔钱。

飞鼠看着手上九个戒指中的一个。那个戒指的模样，与王座背后墙上红布的刺绣标志一模一样。

那个戒指名为安兹·乌尔·恭之戒。

戴在飞鼠右手无名指的戒指是魔法道具，安兹·乌尔·恭的所有成员都拥有这个戒指。

虽然可以发挥十个戒指的力量，但是在使用付费道具时，还是必须选择想戴的戒指，之后便不能变更。即使如此——飞鼠还是把左手无名指的戒指拿下来放到宝物殿——飞鼠之所以会装备那个能力较弱的戒指，是因为它在特定的状况下使用概率很高，所以才会戴在手上以便随时利用。

那个戒指的能力能让飞鼠不限次数地在纳萨力克地下大坟墓里有名称的房间之间瞬间移动，甚至可以从外面瞬间移动到内部。除了几个特定地点之外，这个具有阻挡传送魔法效果的大坟墓都不能随意瞬间移动，所以这个戒指相当方便。

不能瞬间移动的房间，只有王座之厅和各个公会成员的房间等少数地方，而且必须有这个戒指才能进入宝物殿，因此绝对不能没有这个戒指。

飞鼠大大叹了一口气。

接下来要使用这个戒指的能力。在目前的状况下，这个戒指是否还能发挥预期的效果令人存疑，不过还是有尝试的必要。

解放戒指的能力，眼前瞬间被漆黑笼罩。

然后，眼前的景色为之一变，周围变成阴暗的通道。在道路的尽头可以看到落下的巨大栅栏，里面装置着类似白光的人工照明。

"成功了……"

传送成功令飞鼠感到放心地喃喃自语。

飞鼠走在宽阔的通道上，往眼前的巨大栅栏前进。石造的通道放大了飞鼠的脚步声，有时候还会出现回音。

插在通道旁的火炬，因为火焰不断摇晃产生阴影，影子感觉像在跳舞。那些影子混在一起，仿佛有好几个飞鼠。

靠近栅栏，应该只是两个空洞的鼻子闻到各种味道。飞鼠停下脚步呼吸。那是浓烈的青草味与泥土的味道——是森林的味道。

和刚才面对雅儿贝德时一样，原本在虚拟世界当中没有作用的嗅觉竟然如此逼真，让飞鼠更加确信目前身处的地方就是现实世界。

可是没有肺脏与气管的身体要怎么呼吸呢？

有所疑问的飞鼠觉得认真思考下去太过愚蠢，立刻放弃思考。

察觉到飞鼠接近，栅栏有如自动门在恰当的时机迅速向上开启。走进栅栏，映入飞鼠眼帘的是个圆形竞技场，四周围绕着好几层的观众席。

圆形竞技场是个椭圆形空间,长径有一百八十八米,短径为一百五十六米,高是四十八米。就是罗马帝国时期建造的罗马竞技场。

处处都施加"永续光"的魔法,让四周散发明亮的白色光芒,因此才能像是白天一样清楚看遍整座竞技场。

坐在观众席上的众多土制人偶——哥雷姆没有活动的迹象。

这个地方名为圆形剧场。演员是入侵者,观众是哥雷姆,坐在贵宾席上的是安兹·乌尔·恭的成员。上演的戏码当然是厮杀。除了超过一千五百人的大侵略之外,不管是多么顽强的入侵者,都在这里迎接末日。

飞鼠走到竞技场中央仰望天空,眼前是一片全黑的夜空。如果周围没有那些白色光芒,或许可以看见天空闪烁的星星吧。

不过这里是纳萨力克地下大坟墓第六层,位于地底,所以眼前的天空只是虚拟的天空。然而因为用上了庞大的数据,这里的天空不但会随着时间出现变化,甚至还会出现具有日光效果的太阳。

虽然身处虚构场景里,却依然能够感到放松,是因为飞鼠的内心与外表不同,依然是个人类吧,同时也是因为感受到公会成员对此付出心血的关系吧。

虽然心中出现想要待在这里放空的心情,但是目前身处的状况不允许他这么做。

飞鼠看向四周——不在。这里应该是由那两个双胞胎管理……

这时眼睛突然看到什么。

"嘿！"

随着呐喊声，贵宾席上跃下一道人影。

从六层楼高的建筑物跳下的影子，在天空转了一圈之后，像是长了翅膀般轻飘飘落地。对方没有使用任何魔法，只是单纯运用体能的技巧。

双足轻轻一弯就能消除冲击力道的身影，露出自豪的表情。

"V！"

同时伸手比出胜利姿势。

从天而降的是一名十岁左右的小孩，脸上露出太阳一般灿烂的笑容，有着小孩子特有的，兼具少年与少女的可爱模样。

仿佛金丝的头发在肩膀附近切齐，反射周围白光的头发有如顶着天使光圈。左右不同颜色的蓝绿双眼像是小狗的眼睛一般闪闪发亮。

他的耳朵尖长、肌肤微黑，这是与森林精灵是近亲的黑暗精灵的特征。

身上穿着合身轻皮甲，上面贴着赤黑色的龙王鳞，白底金绣的背心胸口上，可以看到安兹·乌尔·恭公会的标志。下方是一件与背心成套的白色长裤，脖子戴着散发金色光芒的橡实项链，此外手上还有贴着魔法金属片的手套。

腰部和右肩各自缠着一条鞭子，背上则背着一把巨弓，弓身、弓背和握把上都点缀着奇特的装饰。

"是亚乌菈啊。"

飞鼠说出眼前这名黑暗精灵之子的名字。

对方正是纳萨力克地下大坟墓第六层的守护者——亚乌菈·贝拉·菲欧拉，是名能够使唤幻兽与魔兽的驯兽师兼游击兵。

亚乌菈以小跑步的动作往飞鼠的方向跑来。说是小跑步，速度却和野兽的全速前进一样飞快。两人的距离急速拉近。

亚乌菈以脚紧急刹车。

脚上的运动鞋镶着硬度超过钻石的绯绯色金合金板，摩擦地面掀起尘雾。尘雾没有飘到飞鼠身上，如果这是事先计算的结果，那么这个身手算是相当不得了。

"呼。"

明明没有流汗，亚乌菈还是装模作样地擦拭额头。接着露出小狗讨好主人的笑容，以小孩特有的偏高音调向飞鼠打招呼道：

"欢迎光临，飞鼠大人。欢迎来到由我看守的这个楼层！"

打招呼的方式和雅儿贝德、塞巴斯等人一样充满敬意，不过感觉似乎更加亲近。对飞鼠来说，这样的亲近感反而让他不必那么拘束。要是令人太过畏惧，对没有这种经验的飞鼠来说只会感到伤脑筋。

从亚乌菈脸上充满笑容的表情，感受不到任何敌意，而且

"敌扫描"也没有任何反应。

飞鼠的目光离开右手腕的束带，放松握住法杖的力道。

若是遇到紧急状况，他打算全力攻击然后立刻撤退，不过现在看来没有那个必要。

"嗯，我稍微打扰一下。"

"您说什么啊——飞鼠大人可是纳萨力克地下大坟墓的主人，至高无上的统治者喔！不管您造访哪里，都说不上是打扰！"

"原来如此……话说亚乌菈刚才好像在那里……"

听到飞鼠的问题，恍然大悟的亚乌菈利落转身，望向贵宾室高声大叫：

"飞鼠大人大驾光临！还不快点出来，这样太没礼貌了！"

在贵宾室的阴影下，可以看到晃动的影子。

"马雷也在那里吗？"

"是的，没错，飞鼠大人。因为那家伙非常胆小……还不快点跳下来！"

一道几乎听不见的声音响应亚乌菈的呼叫。就这里到贵宾室的距离来看，对方能够听到简直就是奇迹，不过这是因为亚乌菈身上的项链拥有魔法。

"没、没办法啦……姐姐……"

亚乌菈叹了一口气，抱头解释道：

"那、那个，飞鼠大人，他只是非常胆小，绝对不是故意这么失礼。"

"我当然了解,亚乌菈。我从来不曾怀疑你们的忠诚。"

身为社会人士,必须懂得真心话和场面话的时机,有时候也需要说些谎话。飞鼠用力点头,以能让对方安心的态度温柔地回答。

看来似乎松了一口气的亚乌菈立刻变脸,对贵宾室里的人怒目相向:

"最高阶的飞鼠大人大驾光临,楼层守护者竟然没有出来迎接,这是多么不成体统,你应该也很清楚吧!如果你敢说因为害怕不敢跳下来,那我就把你踢下来!"

"呜呜……我走楼梯下去……"

"你想让飞鼠大人等多久啊!快点下来!"

"知、知道了……嘿、嘿!"

虽然鼓起勇气,不过发出的声音有点没用。随着这道声音,一道人影跳了下来。

果然是黑暗精灵。这名黑暗精灵着地的双脚非常不稳,和刚才的亚乌菈有着天壤之别,不过似乎没有受伤的样子。大概是运用身体技巧将落下的冲击力道抵消了吧。

接着立刻快速跑来。那应该是全力奔跑吧,但是和亚乌菈相比还是慢多了。同样如此认为的亚乌菈皱眉大叫:

"快一点!"

"好、好的!"

现身的小孩外表和亚乌菈一模一样。不管是头发的颜色长度、眼睛的颜色，还是五官长相，除了双胞胎之外不可能这么接近。不过如果说亚乌菈是太阳，那么他就是月亮。

小孩子战战兢兢地露出害怕挨骂的模样。

对于两人显露在外的表情变化，飞鼠感到有些惊讶。

根据飞鼠所知，马雷的个性并非如此。话说NPC的基本表情就是那一种，毫无变化。即使对NPC做出很长的角色设定，NPC也不会表现出来。

但是这两名黑暗精灵小孩却在飞鼠的眼前，展现丰富的表情变化。

"——这应该就是泡泡茶壶桑理想的亚乌菈和马雷吧。"

泡泡茶壶是设计这两名黑暗精灵角色的公会成员。

真想让她亲眼看见这一刻。

"让、让您久等了，飞鼠大人……"小孩胆战心惊地抬眼窥视飞鼠。

他身上穿着蓝色龙王鳞铠甲，上面披着和森林树叶一样绿的深绿色短披风。

虽然服饰和亚乌菈一样都是以白色为基底，不过下半身稍短的裙子却露出一点肌肤，只露出一点是因为他穿着白色裤袜。脖子上的项链和亚乌菈的很像，不过是由银色橡实制成。

武装方面比亚乌菈简单许多，纤细的小手戴着散发丝绸光泽的白色手套，只有手里握着一根扭曲的黑色木杖。

马雷·贝罗·菲欧雷。和亚乌菈一样,同为纳萨力克地下大坟墓第六层的守护者。

飞鼠眯起眼睛——虽然只有空洞的眼窝没有眼球——目不转睛地注视两人。亚乌菈挺起胸膛,马雷则是畏畏缩缩地承受飞鼠的目光。

觉得眼前的两人果然是昔日同伴的心血结晶之后,飞鼠点了几次头:

"看到你们的精神都不错,真是太好了。"

"活力十足喔!只是最近实在闷得有点受不了,偶尔出现入侵者也好吧。"

"我、我才不想见到入侵者……我、我会害怕……"

听到马雷的发言,亚乌菈的表情为之一变:

"唉。飞鼠大人,稍微失陪一下。马雷,跟我过来。"

"好、好痛喔。姐、姐姐,很痛耶。"

看到飞鼠轻轻点头后,亚乌菈揪住马雷的尖耳稍微离开飞鼠身边,然后在马雷的耳边窃窃私语。即使身在远处也可以了解,亚乌菈正在斥责马雷。

"入侵者啊。我和马雷一样,不想见到他们呢……"

希望至少能在做好万全准备之后再遇到敌人,如此心想的飞鼠远远看着双胞胎守护者。

回过神来才发现马雷已经跪坐在地,面对亚乌菈有如狂风暴雨的言语攻击。

眼前的景象似乎在说明过去两名同伴的姐弟关系，飞鼠见状露出苦笑：

"呵呵，马雷明明不是佩罗罗奇诺桑设计的。还是泡泡茶壶桑认为'就是要听姐姐的话'才对呢……不过仔细想想，亚乌菈和马雷应该死过一次……那件事又是怎么处理的呢？"

过去一千五百人大军入侵时，曾经攻到第八层。也就是说亚乌菈和马雷都已经死了，那么他们还记得当时的事吗？

死亡这个概念，对于现在的两人来说，到底具有什么意义呢？

根据YGGDRASIL的设定，只要死亡，等级就会下降五级，并且掉落一个装备道具。也就是说，如果原本是五级以下的角色就会直接消失。只是玩家角色因为受到特别保护不会消失，不过等级会降至一级。因此这一切仅是设定上的情况。

利用"复生"或"死者复活"等复活魔法，可以减轻降级的情况。不仅如此，如果使用付费道具便只会减少一点经验值。

NPC的情况更加简单。只要公会支付依等级而定的复活费，便能毫无影响地复活。

因此对于想要重练角色的玩家来说，利用死亡降级的方式，是他们相当爱用的手段。

的确，对于需要很多经验值才能升级的游戏来说，即使只降一级也是很重的惩罚。不过在YGGDRASIL中，降级并不是那么可怕的事。听说这是因为游戏制作公司希望玩家不要因为担心降级而不敢前往新领域冒险，应该勇敢深入未知领域发现新事物。

面对这种死亡规则,眼前的两人和当初在一千五百人进攻时阵亡的两人,已经是不同的人了吗?或者是死后复活的两人?

虽然想要确认,但也不必太过打草惊蛇。或许那次的大举入侵对亚乌菈来说,也是一次恐怖的经历。只因一己的好奇心就擅自询问没有敌意的她,感觉也不太好。最重要的是他们是由安兹·乌尔·恭成员创造出来的心爱NPC。

等到所有悬而未决的疑问全都厘清之后,再来询问她本身的想法吧。

而且过去和现在的死亡概念,很可能已经有很大的不同。在现实世界中死亡,当然一切就结束了。不过现在或许不是这样。虽然觉得必须做个实验,不过在尚未获得各种信息之前,无法决定行动的优先级。因此暂时搁置这件事,应该算是明智的抉择。

到目前为止,飞鼠所知的YGGDRASIL已经改变到什么地步,还有很多疑问。

正当飞鼠愣愣地思考这些事时,亚乌菈还在继续说教。飞鼠觉得马雷有点可怜,他应该没有说什么太过分的话,需要被人这样责备。

过去的同伴姐弟吵架时,飞鼠只会静静旁观,但是现在不同。

"差不多到此为止吧!"

"飞鼠大人!可、可是马雷身为守护者——"

"没问题。亚乌菈,我很了解你的心情。身为楼层守护者的马雷说出这种怯懦的话,特别是在我的面前,你当然会感到不高兴。不过我也相信,只要有人入侵这个纳萨力克地下大坟墓,你和马雷都会勇敢地挺身而战。只要能在必要的时候做必要的事,那么就不需要过度苛责了。"

走到两人身边的飞鼠伸手握住马雷的手,拉他起来。

"还有马雷,你要谢谢体贴的姐姐喔。即使我觉得生气,但是看到你被姐姐责备成那样,也只能原谅你了。"

马雷露出有点惊讶的表情看向自己的姐姐。这时亚乌菈急忙开口:

"呃?不,不是,才不是那样。这不是为了演戏给飞鼠大人看才责备他的!"

"亚乌菈,没关系的。不管你的意图是什么,你的体贴心意,我都已经非常了解……不过我想让你知道,我没有对马雷的守护者身份感到不安。"

"呃,啊,是、是的!谢谢您,飞鼠大人。"

"谢、谢谢。"

看到两人恭敬行礼,飞鼠不禁感到全身不自在。特别是两个人都以炯炯有神的闪亮双眼注视飞鼠。不曾受到如此尊敬眼神注视的飞鼠为了掩饰害羞,刻意咳了一下说道:

"嗯,对了。我想问一下亚乌菈,没有入侵者让你觉得很闲吗?"

"啊，不，这、这个嘛……"

看到亚乌菈支支吾吾的害怕模样，飞鼠觉得自己的问题有些不妥。

"我没有责备你的意思，所以你就大胆说出心里的真正想法吧。"

"是的，有点闲。附近没有能够和我战斗五分钟的对手。"

她一边将双手食指靠在一起，一边抬眼如此回答。

身为守护者的亚乌菈，等级当然是一百级。在这个迷宫中能够和她匹敌的对手寥寥无几。以NPC来说，包括亚乌菈和马雷在内，全部共有九人，还有例外的一人。

"让马雷当你的对手如何？"

缩起身子像要躲起来的马雷突然抖了一下。他睁大湿润的眼睛不断摇头，看起来十分害怕。亚乌菈看着害怕的马雷叹了一口气。

随着她的叹气，四周弥漫出甘甜的香味。和雅儿贝德散发的香味不同，这个甜香让人感觉有些纠缠。这时想起亚乌菈能力的飞鼠，退后一步远离气味。

"啊，抱歉，飞鼠大人！"

亚乌菈发现飞鼠的异样，急忙伸手驱散空气。

在亚乌菈拥有的驯兽师特殊技能中，有种能够同时发挥强化与弱化效果的常驻技能。这项技能只要透过呼气，就能让效果到达半径数米的范围，有时候半径还可达到数十米，若是使用技能，效果甚至能扩展到难以置信的距离。

在YGGDRASIL里，因为强化效果、弱化效果的图示都会出现在眼前，所以可以清楚得知对方发动与否。不过现在这些变化没有出现在眼前，变得相当麻烦。

"那个，已经没事了，已经停止效果了！"

"这样啊……"

"不过飞鼠大人是不死者，这种精神作用的效果对您来说应该没用吧？"

在YGGDRASIL当中确实如此。不死者不会受到精神作用的影响，无论是好是坏的作用都一样。

"……刚才我进入效果范围了吗？"

"嗯。"

亚乌菈缩起脖子感到害怕，就连旁边的马雷也跟着缩起脖子。

"我没有生气，亚乌菈。"飞鼠尽可能温柔地安抚对方，"亚乌菈……你不需要那么害怕。难道你以为那种随意使出的技能可以影响我吗？我只是单纯问你，我刚才是否在你的效果范围里。"

"是的！您刚才已经进入我的能力效果范围。"

听到亚乌菈如释重负的响应，飞鼠察觉自己的存在令亚乌菈感到十分戒慎恐惧。

飞鼠觉得这股压力就好像衣服下方不存在的胃开始抽痛。如果自己因此变弱又该如何是好？每次只要想到这里，他就想全力抛开这种想法。

"那么那个的效果是什么？"

"这个，刚才的效果……应该是恐惧。"

"唔嗯……"

他不觉得恐惧。在YGGDRASIL中，公会的成员或是组队的队友，彼此的攻击不会产生任何效果。虽然现在这个规则很有可能已经失效，不过还是应该在此先确认一下。

"我记得亚乌菈的能力，先前对同公……组织的人不会产生负面效果。"

"咦？"

亚乌菈忍不住瞪大眼睛，旁边的马雷也露出相同的表情。飞鼠从两人的表情得知，事实并非如此。

"是我记错了吗？"

"是的，只是自己可以自由改变效果范围，会不会是跟这件事搞混了呢？"

禁止同伴互相攻击的规则果然失效了。人在附近的马雷看来不受影响，可能是身上装备有防止精神作用的道具吧。

反倒是不死者飞鼠装备的神器级道具，没有抵抗精神作用的资料。那么飞鼠为什么感觉不到恐惧呢？

这里有两个推测。

靠着基本能力值加以阻挡，或是以不死者的特殊能力让精神作用失效。

因为不知道到底是哪一个推测才对，所以飞鼠打算进行下一步的实验：

"你可以试着使用其他效果吗？"

亚乌菈歪头发出奇怪的疑问声。飞鼠再次想起小狗的模样，不禁伸手抚摸亚乌菈的头。

她的头发有如丝绸般的滑顺触感，摸起来相当舒服。因为亚乌菈没有露出不悦的样子，让飞鼠不由得想要一直摸下去。不过在一旁盯着的马雷眼神有些可怕，所以飞鼠就此住手。

马雷的心中到底在想什么？

经过短暂的思考，飞鼠放开法杖，用另一只手抚摸马雷的头发。

感觉马雷的发质好像更好。飞鼠心不在焉地想着这些事，一直摸到心满意足为止。这才终于想起该做的事。

"那就麻烦你了。我正在进行各种实验……需要你的帮忙。"

一开始两人还显得有些不知所措，不过在飞鼠的手离开他们的头时，两人露出有些害羞又有些高兴的得意表情。

亚乌菈开心地回应：

"是的，我知道了！飞鼠大人，请交给我吧。"

飞鼠伸手阻止跃跃欲试的亚乌菈。

"先等一下——"

飞鼠将浮在空中的法杖握在手里，与当时使用戒指能力一样，飞鼠集中精神在法杖上。在众多的能力当中，飞鼠选择装饰在法杖上的一颗宝石。

神器级道具"月之宝玉"的能力之一——召唤月光狼。

随着召唤魔法发动,空中冒出三只野兽。

随着召唤魔法出现魔物的特效与YGGDRASIL一样,所以飞鼠并不感到惊讶。

月光狼与西伯利亚狼非常相似,不过身上散发银色的光芒。在自己与月光狼之间,飞鼠感受到奇妙的连接,清楚地显示谁是主宰者,谁是受支配者。

"是月光狼吗?"

亚乌菈的声音隐含无法理解的含意,那就是为什么要召唤这么弱的魔物。

月光狼的速度相当敏捷,可以用来发动奇袭,但是等级只有二十左右,以飞鼠和亚乌菈的角度来看是相当弱的魔物。不过以这次的目的来说,这种等级的魔物就足够了,威力弱一点比较好。

"是的。把我纳入吐气的效果范围里吧。"

"咦?可以吗?"

"没关系。"

飞鼠强迫感到迟疑的亚乌菈放手去做。

在并非与游戏完全相同的现在,有个无法忽略的可能性,就是亚乌菈的能力可能没有正确发动。为了避免这个情况,必须和第三者一起承受亚乌菈的技能,因此才召唤出月光狼。

之后亚乌菈不断用力呼出几口气，不过飞鼠没有受到任何影响。途中还尝试向后转或是放松精神，还是没有任何异样。只是同在效果范围里的月光狼似乎受到影响，因此可知亚乌菈的技能效果确实发动了。

从这个实验可以得知，精神作用的效果似乎对飞鼠无效。这表示——

在YGGDRASIL中，亚人类和异形类的种族只要达到规定的种族等级，就可以得到种族的特殊能力。身为死之统治者的飞鼠，现在拥有的特殊能力是——

一天创造四只高阶不死者，一天创造十二只中阶不死者，一天创造二十只低阶不死者，负向接触，绝望灵气Ⅴ（立即死亡），负向守护，黑暗灵魂，漆黑光芒，不死祝福，不净加护，黑暗睿智，理解邪恶语言，能力值损伤Ⅳ，突刺武器抗性Ⅴ，挥砍武器抗性Ⅴ，高阶击退抗性Ⅲ，高阶物理无效化Ⅲ，高阶魔法无效化Ⅲ，冰·酸·电属性攻击无效化，魔法视力强化／透明看穿。

另外职业等级附加的能力——立即死亡魔法强化，熟练暗黑仪式、不死灵气，创造不死者、控制不死者和强化不死者等。

接下来是不死者的基本特殊能力。

致命一击无效，精神作用无效，不需饮食，中毒·生病·睡眠·麻痹·立即死亡无效，抗死灵魔法，肉体惩罚抗性，不需氧气，能力值损伤无效，吸取能量无效，利用负能量回复，夜视。

当然也有弱点,那就是正·光·神圣攻击脆弱Ⅳ,殴打武器脆弱Ⅴ,位于神圣正属性区的能力值惩罚Ⅱ,火焰损伤加倍等。

这下子可以得知这些不死者的基本能力,以及升级时获得的特殊能力,自己依然持有的可能性非常高。

"原来如此,有了充分的结果……谢谢你,亚乌菈。你那边有什么问题吗?"

"没有,没问题。"

"这样吗?回去吧。"

三只月光狼像是时光倒转一般消失无踪。

"飞鼠大人,今天您来到我们守护的楼层,目的就是为了做刚才的实验吗?"

马雷也在一旁点头。

"咦?啊,不是的。我是为了训练才会过来。"

"训练?咦?飞鼠大人吗?"

亚乌菈和马雷的眼睛睁大到眼珠快要掉下来。因为实在太过惊讶,不知道身为最高阶魔法吟唱者,统治这座纳萨力克地下大坟墓,地位在所有人之上的飞鼠大人在说什么。已经预知这个反应的飞鼠很快回答:

"没错。"

看到飞鼠简短响应,将法杖往地下轻轻一敲之后,亚乌菈的脸上立刻浮现理解之色。预料之中的反应令飞鼠相当满意。

"请、请问,那、那就是只有飞鼠大人能够接触的最高阶武器,传说中的那个吗?"

传说中的"那个"是什么意思?

飞鼠对此有点疑惑,不过看到马雷眼睛闪耀的光芒,也知道他的问法不带恶意。

"没错,这正是……由公会成员共同打造的最高阶公会武器安兹·乌尔·恭之杖。"

飞鼠举起法杖,法杖立刻反射周围的光线,发出美丽的光芒。那个光芒有如法杖正在炫耀自己一般耀眼。不过光芒的四周同时出现不祥的摇晃黑影,令人只能感受到邪气。

飞鼠比以往更加骄傲,声音也变得更加激动:

"法杖上七条蛇衔着的宝石,都是神器级遗物。因为属于整套的系列道具,所以完整收集之后能够发挥莫大的力量。必须花费无比的毅力与时间才能全部收集齐全,其实在成员之中,也曾经有人在收集期间不断出现想要放弃的念头。都不知道持续打了多少会掉落宝物的魔物了……不仅如此,这根法杖本身拥有的能力也超过神器级,可以媲美世界级道具。最厉害的能力就是其中的自动迎击系……咳咳。"

不小心讲到忘我了。

虽然是和以往的同伴共同打造,但是因为不曾拿到外面,所以也没什么机会炫耀。现在遇到可以炫耀的人,才会一次爆发出来。然而飞鼠把想要继续炫耀的情绪压抑下来。

真是太丢脸了……

"嗯，就是这么回事。"

"好、好厉害……"

"太厉害了，飞鼠大人！"

两名孩子的闪耀眼神，令飞鼠差点儿发笑。努力抵抗差点儿流露的喜悦表情——骷髅头原本就没有表情——继续说道：

"所以我想在这里进行关于这把法杖的实验。希望你们能够帮忙准备。"

"是！遵命。立刻就去准备。那么……我们也可以见识一下法杖的威力吗？"

"嗯，没问题。就让你们见识一下只有我才能持有的最强武器的威力吧。"

"太棒了！"亚乌菈兴奋地大叫，不停跳来跳去，可爱至极。

马雷也难掩兴奋之情，证据就是他的长耳不停抖动。

不妙，我的严肃表情可别因此放松了。飞鼠如此提醒自己，努力保持威严。

"还有一件事，亚乌菈。我已经命令所有楼层守护者过来这里，不到一小时就会全体聚集在此。"

"咦？那、那得赶紧准备——"

"不，没有必要。只要在这里等待他们过来就可以了。"

"是吗？嗯？所有的楼层守护者——那么夏提雅也会来吗？"

"所有的楼层守护者。"

"唉。"

亚乌菈突然无力地垂下长耳。

但是马雷不像亚乌菈那么夸张。根据角色设定,亚乌菈和夏提雅的感情不好,只是马雷可能并非如此吧。

等一下究竟会发生什么事呢?飞鼠轻轻叹了一口气。

2

总数约五十人的队伍策马在草原上奔驰。

队伍里的每个人都肌肉结实、身材魁梧,其中有一名特别抢眼的男子。

没有什么形容词比"健壮"更适合这名男子。即使身穿胸甲,也能看出他身上的肌肉。

他三十几岁,久经日晒的黝黑脸庞出现明显的皱纹。黑色短发修剪整齐,黑色眼眸射出有如利剑的眼神。

身旁并肩前进的骑手向男子开口:"战士长,差不多快到第一个巡逻的村庄了。"

"嗯,没错,副长。"

里·耶斯提杰王国引以为傲的战士长——葛杰夫·史托罗诺夫,尚未看到任何村庄。

葛杰夫压抑急切的心情,驱策坐骑保持一定的速度。虽然速度维持在不会让马过于劳累的程度,但是已经从王都急行到这里，些许的疲劳逐渐渗入葛杰夫的身体深处。对马来说也是一样累吧，因此不能继续给予马太大的负担。

"希望没发生什么事。"副长如此说道。

这句话中隐藏些许不安，葛杰夫也有同样的心情。

国王对葛杰夫等人下达的命令是"有人在国境发现帝国骑士。如果目击的证言属实，立刻前往讨伐"。

原本从近郊城市耶·兰提尔派兵前往会比较快，但是考虑到帝国骑士兵强马壮，武装军备也相当充实，程度与新征兵入伍的士兵可说是天差地别。在王国里能够与帝国骑士匹敌的，只有直属葛杰夫的士兵而已。只是现在将讨伐、护卫的工作全都交由葛杰夫等人负责，实在是愚蠢至极。

在葛杰夫等人赶达目的地前，也可以动员其他士兵保护村庄，这样就足以抵挡了。也有其他不少可行的办法，但是完全没有这么做——不，是无法这么做。

知道个中缘由的葛杰夫焦躁不已，紧握缰绳的手尽量不去用力。即使如此，还是难以压抑在心中燃烧的想法。

"战士长，要等我们到达之后才开始搜索，这样未免太过愚蠢了。不仅如此，如果可以将所有队员带来，不是可以分头搜索吗？或者招募耶·兰提尔的冒险者，委托他们搜寻帝国骑士也可以，为什么会采取这种做法呢？"

"别说了，副长。如果被人得知帝国骑士正大光明地出现在王国领地内，情况会变得很不妙。"

"战士长,这里没有其他人。场面话就算了,我希望你可以告诉我真相。"

副长的脸上露出轻视的笑容,其中感觉不到半点好意:"是那些贵族从中作梗吧?"

听到这句带着不屑的发言,葛杰夫没有回答。因为事实就是如此。

"那些该死的贵族竟然想把人民的生命当成权力斗争的工具!不仅如此,这里是直属于国王的领地,如果出了什么事,也可以用来挖苦国王吧。"

"并非所有贵族都有这种想法。"

"或许战士长说得没错,贵族里也有替人民着想的人,例如那位黄金公主。然而除此之外根本寥寥无几……如果可以像帝国皇帝那样独揽大权,不就可以无视那些该死的贵族,只为人民着想了吗?"

"如果过于冒进,或许会引发分裂国土的战争。目前我国正面临邻近帝国野心勃勃地不断扩展领地的危机,如果发生这种分裂国土的战争,才是国民的不幸吧。"

"我知道,可是……"

"这件事暂且……"

话说到一半的葛杰夫突然闭嘴,目光炯炯地注视前方。

前方的小山丘冒出袅袅黑烟,而且不是一缕、两缕的程度。在场的人没有人不知道这代表什么意思。

葛杰夫忍不住咋舌，往马腹施加压力。

在急驰至小山丘的葛杰夫等人眼前，出现不出所料的景象。到处都是化为焦土的村庄废墟，断壁残垣中只有几个烧剩的屋顶残骸仿佛墓碑一般竖立。

葛杰夫以坚定的声音下令：

"全体展开行动。动作要快。"

●

村庄付之一炬，只有烧毁的房屋残骸勉强残留一丝原本的面貌。走在残骸中的葛杰夫闻到烧焦的臭味，还有掺杂其中的血腥味。

葛杰夫的脸上非常平静，感觉不出感情起伏。但是没有任何表情比现在这副模样更能清楚说明葛杰夫的心情，走在葛杰夫身旁的副长也是同样表情。

超过一百人的村民，只剩下六个人活着，除此之外全都遭到无情杀害。不管是女人、小孩，还是婴儿都一样。

"副长，派几个人保护幸存者回耶·兰提尔。"

"等一下，这是下下……"

"你说得没错，这是下下之策。不过也不能放任他们不管。"

耶·兰提尔是国王的直属领地，保护周围村庄是国王的义务。如果在这里将幸存者弃之不顾，对国王来说是一大问题，而且也可以想见处心积虑想要找国王麻烦的贵族派系绝对会趁机起哄。更重要的是——

"还请三思。有多名幸存者目击到帝国的骑士，因此我们算是达成国王下达的第一个任务，属下认为应该先暂时撤退，在耶·兰提尔做好准备再执行下个任务比较恰当。"

"不行。"

"战士长！您应该很清楚，这肯定是个陷阱。村庄遭到袭击的时间，与我们到达耶·兰提尔的时间未免太过巧合。这些残酷的行为绝对是等我们到来之后才干的，而且故意没有赶尽杀绝，这绝对是彻头彻尾的陷阱。"

生还者并非躲起来逃过骑士的毒手，而是敌人手下留情才能幸存。恐怕是为了让我方派人保护生还者，以便分散兵力的计谋吧。

"战士长该不会明知前有陷阱，还要继续追下去吧？"

"没错。"

"您是认真的吗，战士长？您确实很强，即使面对一百个骑士也绝对可以获胜吧。可是帝国里有那名魔法吟唱者，只要那个老人在敌阵中，就算是战士长也相当危险。即使只是遇到帝国引以为傲的四骑士，以目前武装不完全的战士长来看，说不定也有输的可能。所以求求您还是撤退吧。对王国来说，即使再牺牲几个村庄的损失也没有失去战士长来得惨重！"

葛杰夫只是静静聆听，副长说得相当激动：

"如果不想撤退……那就抛下幸存者，所有人一起追击吧。"

"这或许是最明智的抉择……但是这么做等于见死不救。将幸存者留在这里，你觉得他们能够活命吗？"

副长无话可说。因为他知道幸存者的活命机会微乎其微。如果没有派人将他们带到安全的场所，他们几天内就会丧命。

即使如此，副长还是要说——不，是非说不可。

"战士长，这里最有价值的生命就是您的，已经管不了村民的性命了。"

葛杰夫非常理解副长的痛苦决定，也气自己为什么让副长说出这样的话。即使如此，他还是无法答应副长的要求：

"我出身平民，你也一样吧。"

"是的，属下是因为仰慕战士长才会投身军旅。"

"我记得你好像也是出生在哪个村庄的？"

"是的。所以说……"

"村庄生活很不容易，经常要与死为邻。遭受魔物袭击，造成众多伤亡的情况不少见，不是吗？"

"没错。"

"遇到魔物时，如果只是区区的士兵根本难以招架。若是没钱聘请专门对抗魔物的冒险者，只能低头等待魔物通过。"

"没错。"

"那么你不曾期待吗？需要帮助时，不曾期待贵族或是拥有实力的人相助吗？"

"若说没有期待是骗人的，但是实际上从来没有人出手相助过。至少邻近村庄的贵族不曾出过钱。"

"既然如此……就让我们来证明事实不是这样的吧。现在我要帮助村民。"

副长无言以对，想起自己的体验。

"副长，就让村民见识一下吧。见识一下什么叫明知有危险也愿意舍身相救的勇者，什么叫帮助弱者的强者吧。"

葛杰夫与副长的眼神交会，彼此间无数情感交流。

副长虽然有点累，还是以慷慨激昂的语气响应道：

"那么就让属下带领部下前往吧。可以取代我的人数不胜数，但是没有人可以取代战士长。"

"别说傻话了。我过去的话生还率比较高。我们并非是要去送死，而是解救王国的人民。"

副长好几次想要开口，最后还是选择闭嘴。

"立刻挑选保护村民前往耶·兰提尔的士兵吧。"

●

被夕阳染红的草原上，出现许多人影。

人数是四十五人。

那群人从空无一物的地方突然现身，伪装的手法实在高明，一定是使用了魔法。

一眼就能看出那群人并非单纯的佣兵、旅行者或冒险者。

他们外表装扮完全一致，身穿的衣甲是由特殊金属编织而成，兼具机动性与防御性。施加强大魔法效能的服装，防御效果更胜全身铠甲。

他们身背的皮袋很小，如果上面没有附加魔法，看起来实在不像旅行者会带的背包；腰系造型特殊、配备数瓶药水的皮带，背上的披风也散发魔法的灵气。

不管就金钱、时间、精力来说，凑齐这么多人份的魔法道具都并非易事。即使如此，那群人还是穿戴如此齐整，这证明他们的背后有国家等级的支持。

不过从他们的装备上面看不到任何代表身份与所属单位的标志，也就是说他们是必须隐瞒自己身份的非法部队。

那群人的目光，看向眼前的废村。虽然望着散发血腥味与焦臭的村庄，不过眼神当中看不到任何感情，就像是看着理所当然的景象一般冷血无情。

"逃走了啊。"

平淡的声音响起，语气当中略带失望。

"这也没办法。让诱饵就这样去攻击村庄吧，我们必须引诱野兽进入陷阱。"

男子的锐利眼神看着葛杰夫一行人离去的方向。

"告诉我诱饵的下一个目标。"

3

飞鼠伸出手指，打算对竞技场角落的稻草人施放魔法。

飞鼠学会的魔法除了单纯给予损伤，更重视立即死亡等附加效果。因此对于非生物的杀伤力比较低，这时其实应该选择施放单纯的损伤型魔法，不过飞鼠在职业上也是选择死灵系统，因此强化的魔法也属于增加附加效果。这样一来，在单纯的杀伤能力上便比强化战斗系魔法的职业差了几截。

飞鼠斜眼看向在一旁露出好奇眼神的两名小孩。心里感到的压力，其中也包含不知是否能够满足他们的期待。

飞鼠偷偷看向两只巨大的魔物。

高达三米的巨大体形是倒三角形。

融合人类与龙的骨骼，有着盘根错节的结实肌肉。肌肉上面覆盖硬度超过钢铁的鳞片。此外还有龙一般的脸庞和有如大树的尾巴，没有翅膀的模样就像双脚站立的龙。

上臂比男人的身体还要粗壮，长度大约是身体的一半，手拿像剑又像盾的武器。

名为龙之血缘的两只魔物，受到亚乌菈的驯兽师能力控制，被她用来整理竞技场。

虽然等级只有五十五级，也几乎没有什么特殊能力，不过来自粗壮手臂的一击与无穷无尽的体力，足以匹敌高阶魔物。

飞鼠轻叹一口气，移动视线再次看向稻草人。

被如此充满期待的眼神注视，老实说真的很令他伤脑筋。这次他的目的是想要确认自己是否真的能够使用魔法。

允许亚乌菈和马雷参观这个魔法发动实验，主要目的是在其他守护者到达之前，先展示一下自己的功力，让他们知道与自己为敌是件很蠢的事。

只是这两名小孩看来没有半点背叛的迹象，飞鼠也不觉得他们会背叛。不过如果自己失去魔法的能力，飞鼠没有什么自信他们还会对自己效忠。

亚乌菈对飞鼠的态度，让人感觉他们像是认识很久了，但是对飞鼠来说，却等于是初次见面。在角色设定上可以看出他们姐弟都是公会成员的心血结晶，都是大家精心打造出来的宝贝。

不过对于各种状况的反应、行动模式，并非设定得完美无缺，应该会有漏洞。

他们身为智慧生物，在自行思考、采取行动时，一定会有设定之外的漏洞存在吧。如果设定里面没有对弱者尽忠的状况，那么又会如何呢？话说关于忠心的设定，大多没有明确的记载。这样一来是否会服从命令，更是因人而异。如果只是单纯不服从还好，要是发现公会长没有实力之后立刻背叛该怎么办……

虽然太过多疑不好，但是完全信赖也并非明智之举。

总之，对于目前的飞鼠来说，小心驶得万年船是最理所当然的想法。另外一个目的，那就是如果遇到无法使用魔法的情况，可以找亚乌菈和马雷商量。

这两名小孩都已经验证过魔法道具之力有效了，所以魔法无效的话蒙混过去。

计划相当完美。

飞鼠忍不住称赞自己，过去的自己有这么冷静，头脑有这么灵活吗？不过现在没有人可以回答飞鼠的问题。

将脑中的疑问抛到九霄云外，开始思考YGGDRASIL所用的魔法。

YGGDRASIL里的魔法数量，从一级到十级再加上超级的魔法在内，总数轻松超过六千。这些魔法区分为数种不同的系统，其中飞鼠能够使用的魔法是七百一十八种。一般的百级玩家通常只能使用三百种魔法，所以飞鼠可以使用的数量称得上是非比寻常了。

几乎将这些魔法全都记在脑中的飞鼠，思考最适合在这时使用的魔法。

首先，因为禁止同伴互相攻击的规则已经解除，必须知道效果范围会以什么方式呈现。所以魔法的攻击对象不是选择个体，而是范围。接下来考虑到目标是稻草人，所以——

在YGGDRASIL中，只要按下浮现的图示就可发动魔法。但是在没有图示的现在，必须采用别的方法。

虽然还不确定，但是他已经稍微了解要如何发动。

隐藏在体内的能力，就像关闭负向接触时一样，飞鼠全神贯注。这时图示有如飘浮在空中一样——

露出微笑的飞鼠相当高兴。

已经知道大致的效果范围、发动魔法之后需要多久才能发动下一个魔法，这些都已经彻底掌握。确认自己的能力之后，有种快要飞上天的兴奋感，感到非常满足、充实。因为知道魔法是属于自己力量的一部分，这种感觉即使在YGGDRASIL里也不曾体会到。

他将内心涌现的喜悦之情——虽然是会急速冷静的心，还是能够感受兴奋的情绪——变成力量聚集在指尖，接着化为言语：

"火球。"

指向稻草人的指尖出现膨胀的火球，向前飞去。

火球按照预期，不偏不倚地打中稻草人。形成火球的炙热火焰将稻草人打飞，位于内部的火焰也跟着一口气爆裂，让稻草人与周围的大地成为一片火海。

这一切都发生在转瞬之间。除了烧焦的稻草人，其他什么都不剩。

"呵呵呵呵……"

亚乌菈和马雷以不解的眼神望着不由得窃笑的飞鼠。

"亚乌菈，准备新的稻草人。"

"啊，是的，立刻照办！快去准备！"

一只龙之血缘拿着另一个稻草人，放在烧焦的稻草人旁边。

飞鼠在稻草人的旁边走来走去，接着面对稻草人发动魔法：

"烧夷。"

稻草人一旁的上空，突然冒出火柱包围了稻草人。飞鼠隔了一拍的呼吸，继续对只剩残骸的稻草人施法：

"火球。"

遭到火球命中的稻草人残骸灰飞烟灭。

能够再次吟唱魔法的相隔时间，也和在YGGDRASIL时相同。从开始到发动魔法的动作说不定反倒变得比较快，因为以前施展范围魔法时必须先选择魔法，再移动表示范围的光标才行。

"非常完美。"

因为对于实验结果相当满意，飞鼠不禁发出心满意足的声音。

"飞鼠大人，要再多准备一些稻草人吗？"

亚乌菈依然一脸不解。亚乌菈早就知道飞鼠是威力强大的魔法师，所以不觉得这种程度的表演有什么特别吧。

不过飞鼠想给这对双胞胎的印象正是如此，从对方的表情也说明目的已经达成。

"不，不用了。我想要进行另一个实验。"

否决亚乌菈的提议后，飞鼠继续下一个实验。

"讯息。"

首要的联络对象是GM。在YGGDRASIL使用"讯息"魔法时，只要对方正在游戏中就可以听到类似手机铃声的声音，不在的话则不会出现任何声音，立刻切断联络。

这次出现的感觉介于听到与听不到之间吧。感觉好像有种类似丝线的东西不断延伸出去，像是在寻找联络对象。飞鼠有生以来第一次体验这种感觉，非常难以形容。

这种感觉持续了一段时间，最后还是没有联络上的迹象，"讯息"的效果时间就此结束。

强烈的失望感油然而生。

飞鼠重复施展相同的魔法，这次选择的对象并非GM。

而是过去的同伴——安兹·乌尔·恭的公会成员。

带着一分期待和九十九分放弃的心情发动的魔法，果然不出所料没有任何反应。对全部的四十名成员，不，是对四十一人全都发出"讯息"，但是在确认全部没有联络之后，飞鼠轻轻摇了摇头。

即使早就已经放弃，然而一旦事实摆在眼前，还是会令人感到无比失望。

最后飞鼠施展魔法的对象是塞巴斯。

——联络上了。

这么一来可以确定"讯息"这个魔法还是有效的，而且可以联络的对象，很可能仅限于曾在这个世界遇到的人。

"飞鼠大人。"

一道深表敬意的声音传进脑中。飞鼠在心里想着，"讯息"另一端的塞巴斯或许正在恭敬地鞠躬行礼，就像在现实世界的公司中一样。

正当飞鼠因这些无聊的事而默不作声时，似乎感到有些奇怪的塞巴斯再次开口：

"请问怎么了？"

"啊、啊啊，抱歉。我发了一下呆。对了，附近的情况如何？"

"是的，附近是一片草原，没有发现任何智慧生物。"

"草原……不是沼泽吗？"

过去的纳萨力克地下大坟墓周围应该是一大片沼泽，里面住着类似青蛙人的魔物兹维克。四周薄雾缭绕，还有许多毒沼泽。

"是的，周围只有草原。"

飞鼠不禁轻轻一笑，状况也未免太多了……

"也就是说纳萨力克地下大坟墓整个穿越到某个未知的场所吗……塞巴斯，天空有没有飘浮什么东西，或是出现类似讯息的东西？"

"没有，没有看到类似的东西。和第六层的夜空一样一望无际。"

"什么！你说夜空？周围有没有什么奇怪的事物？"

"没有……没有发现什么特别的事物。除了纳萨力克地下大坟墓之外，甚至连个人工建筑物都看不到。"

"这样啊……这样啊……"

该说什么才好呢？看来飞鼠只剩下抱头沉思一途，不过心里认为这或许就是现实。

塞巴斯的沉默，暗示正在等待自己的命令。飞鼠看向左手腕的护带，大约再过二十分钟，其他守护者就会前来。这样一来只能先下达那个指示。

"二十分钟之后回来。回到纳萨力克地下大坟墓便到竞技场集合。所有守护者都会过来,届时麻烦你向大家说明一下所见的事物。"

"遵命。"

"那么在回来之前尽量多收集信息吧。"

听到对方答应之后,飞鼠解除"讯息"切断联络。

正当飞鼠为该做的事已经大致告一段落而叹气时,突然想起双胞胎的期待眼神。

既然已经向他们表示要确认法杖的威力,就得让他们见识一下才行。飞鼠握住法杖,犹豫不知该施展哪个魔法才好。

隐藏在安兹·乌尔·恭之杖里的无数力量,仿佛在对飞鼠说"赶快使用我吧"。

这时还是华丽一点的魔法比较好吧。

如此心想的飞鼠选择火之宝玉,发动隐藏在宝玉里的魔法之一"召唤根源火元素"。

仿佛遵照飞鼠的意念,蛇嘴叼着的宝石开始震动,感受到涌出充分的力量之后,飞鼠伸出安兹·乌尔·恭之杖。于是法杖前端出现了巨大光球,以光球为中心产生了超群的火焰旋涡。

火焰旋涡的转动速度越来越快,最后膨胀成直径四米、高六米的巨大火龙卷。

红莲炼狱在周围卷起热风。

眼角余光看到两只龙之血缘正以庞大的身躯挡在亚乌菈和马雷身前,热风将飞鼠的披风吹得啪啪作响,惊人的热度就算造成烫伤也不足为奇。但是飞鼠对火焰具有绝对的抗性,用以抵消不死者原有的弱点,因此没有受到一点影响。

不久之后,吞噬周围空气的巨大火龙卷带着足以熔解金属的耀眼光芒,不断晃动化为人的形状。

根源火元素——可说是元素精灵当中最高阶的魔物,本身的等级在八十五级以上。和月光狼当时一样,飞鼠也觉得和火元素之间有种奇妙的联结。

"哇啊……"

亚乌菈发出感叹的声音,目不转睛地看着。

看到自己的召唤魔法绝对无法召唤出来的最高阶精灵,亚乌菈的脸上浮现欣喜的表情,就像收到心爱礼物的小朋友。

"要试着打打看吗?"

"咦?"

"咦、咦?"

稍微愣了一下,亚乌菈露出天真的孩子笑容。就小孩的笑容来说,她的笑容有些——不,是相当狰狞。倒是身旁的马雷,露出的笑容比较像小孩子。

"可以吗?"

"不要紧。即使打倒了也无所谓。"

飞鼠耸耸肩表示不要紧。法杖的力量,在一天之中只能召唤一只根源火元素。换句话说，只要过了一天，明天就能继续召唤。因此即使被打倒也没有太大损失。

"啊，我突然想起还有其他的急事要处理……"

"马雷。"

亚乌菈一只手紧紧抓住马雷的手不让他逃走，她似乎完全不打算逃跑。亚乌菈的微笑让马雷动弹不得。对飞鼠来说是可爱的少女笑容，但是看在长相相同的另一个人眼里，却像是完全相反的笑容，马雷的侧脸不禁为之冻结。

马雷被硬拉到根源火元素的面前，眼神不断东张西望，像是求助一般看向飞鼠。

不过对于这个有如盛开花朵的笑容，飞鼠只是合掌响应。

花立刻当场枯萎。

"好了，你们两个随便玩玩吧。要是受伤可别怪我。"

"好——"

亚乌菈活力十足地回答，同时也可以听到马雷几不可闻的沮丧响应。飞鼠觉得马雷在场应该不会受伤，因此借由刚才感受的奇妙联结，向根源火元素下达攻击双胞胎的命令。

面对发出狂暴火焰的根源火元素，亚乌菈和马雷采取一前一后的方式迎敌。

亚乌菈双手拿着鞭子鞭打像是空气一样的根源火元素，马雷则以魔法切实给予伤害。

"看样子应该游刃有余。"

飞鼠的视线离开这场实力相差悬殊的战斗，开始思考其他必须继续调查的事。

魔法与道具的发动情况已经确认完毕。那么接下来必须调查的是持有道具吧。其中特别重要的是卷轴、法杖、短杖等道具。这些道具都带有魔法，卷轴属于用完即丢的消耗品，法杖和短杖是两种可以发动蓄力次数魔法的道具。

飞鼠拥有很多魔法道具。他的个性保守，因为觉得可惜，所以不太使用消耗道具，甚至在遇到头目时也不愿使用最高级的回复道具。这已经不能说是个性谨慎，简直就是一毛不拔，因此道具才会不断累积。

如果现在身在YGGDRASIL，那么飞鼠持有的这些道具，保管在道具箱里的道具会跑到哪里去呢？

飞鼠回想打开道具箱的情景，伸手在空中开始寻找。手像是伸入湖面一般没入其中，从旁边看来飞鼠的部分手臂有如凭空消失。

接着像是打开窗户一样，飞鼠的手大幅横移。这时原本空无一物的空间出现一个空洞，里面摆着好几把美丽的法杖。这和YGGDRASIL中的道具箱简直一模一样。

动手卷动类似道具画面的空间，卷轴、短杖、武器、防具、装饰品、宝石，还有药水等消耗道具……魔法道具的数量相当惊人。

感到安心的飞鼠不禁笑了。

这么一来即使这座大坟墓里的所有人都与自己为敌，飞鼠也足以保障自身安全。茫然地看着展开激战的亚乌菈和马雷，飞鼠归纳起到目前为止得到的信息。

至今遇到的NPC是程序吗？

不，他们和拥有意识的人类没有差别。程序绝对无法表现出如此精细的情感。应该可以假设他们是因为某些缘故，才会变成有如人类的情况。

还有这个世界是怎么回事？

不知道。既然这里可以使用YGGDRASIL的魔法，那么把这里想成是在YGGDRASIL的游戏里比较妥当，不过根据之前的疑点来判断，又不像是在游戏里。到底身在游戏里，还是在异世界呢？应该是其中之一吧。虽然有点不可思议。

今后该以什么心态来面对？

已经确认能够使用YGGDRASIL的能力，因此如果这座纳萨力克地下大坟墓内的魔物与NPC的能力，全都是基于YGGDRASIL内的电磁数据，那么应该没有敌人。问题是如果他们并非电磁数据而是其他存在，就得采取不同心态来面对。总之只能暂且以上位者的态度，摆出充满威严的模样——如果办得到——来行动比较妥当。

今后该采取什么样的行动？

应该努力收集线索。虽然不清楚这个世界是怎么回事，不过目前的飞鼠只是单纯的无知旅行者，必须步步为营、小心谨慎地收集信息。

如果这里是异世界，又该努力想办法回到原来的世界吗？

心存疑问。如果有朋友在原来的世界，那就应该这么做。如果双亲依然健在，更会疯狂地想办法找出回家的方法。如果有需要扶养的家人，或是女朋友……

但是身边没有那些人。

只是重复到公司上班然后回家的生活。之前下班回家之后登入YGGDRASIL，还可以随时等待同伴前来，但是那样的未来恐怕已经不复存在。那么还有回去的价值吗？

不过能回去的话，还是努力想办法回去比较好。选项总是越多越好，因为外面也有可能是地狱一般的世界。

"该如何是好呢……"

飞鼠落寞的自言自语在空中回响。

4

巨大的根源火元素仿佛融化一般在空中慢慢消失，飘散在空中的热气也跟着变淡。随着火精灵的消失，飞鼠原本感受到的些微支配关系也跟着烟消云散。

虽然根源火元素拥有不凡的破坏力与耐久力，但是对于能够将惊人的火焰伤害完全无效化，并且拥有敏捷身手的亚乌菈来说，只不过是一个巨大的靶子。

相反地，如果遭到攻击，亚乌菈应该也会损失生命力，不过身为森林祭司的马雷不可能允许这种事发生。事实上，马雷在战斗中不断有效率地使用强化或弱化的魔法来援护着亚乌菈。

两人将前锋与后卫的角色扮演得相当称职，可以说是配合得天衣无缝。同时飞鼠也感受到，这场对战和游戏中的战斗不同，是活生生的实战。

"非常精彩……你们两人……都表现得相当出色。"

听到飞鼠衷心的感叹，两名小孩露出愉快的微笑：

"谢谢称赞，飞鼠大人。已经很久没有好好运动了！"

两人随手拭去脸上的汗水，但是拭去之后马上冒出汗滴，从淡黑色的肌肤上滑落。

飞鼠默默打开道具箱，从中拿出魔法道具——无限水壶。

在YGGDRASIL中有饥饿和口渴的设定，不过这个设定和不死者的飞鼠完全无关，他从来不曾用过这项道具。顶多也是用在骑乘动物上。

类似玻璃瓶的透明水壶里，装满新鲜的水。或许是因为里面的水很冰，水壶上冒出无数的水珠。

飞鼠接着拿出漂亮的杯子，装满水之后递给双胞胎：

"亚乌菈、马雷，喝吧。"

"咦？这样太不好意思了，飞鼠大人……"

"是、是啊，我的魔法也可以变出水来。"

看到在面前挥手的亚乌菈与不断摇头的马雷，飞鼠露出苦笑：

"这点小意思不用在意。你们一直以来都表现得很出色，这是我对你们的感谢。"

"哇啊——"

"呜喔——"

似乎感到害羞，面红耳赤的亚乌菈和马雷战战兢兢地伸手接下杯子：

"谢谢您，飞鼠大人！"

"竟、竟然让飞鼠大人帮我倒水！"

有必要那么高兴吗？

于是亚乌菈不再拒绝，双手接下一口气喝干。喉咙动了几下，水滴从嘴角流过光滑的喉咙，消失在胸口。至于马雷，则是双手抱着杯子，咕嘟咕嘟慢慢品尝。光是喝水的方式，就如实地表现出两人的性格差异。

飞鼠看着两人的模样，伸手摸摸自己的喉咙，感觉颈椎好像有一层皮。

这副身体到目前为止还不曾感到口渴，也不曾感到困倦。虽然很清楚死人本来就没有那种感觉，但是一旦发现自己不是人类，也只能觉得这一切都是在开玩笑。

飞鼠继续触摸自己的身体。没有任何皮肤、肌肉、血管、神经和内脏，是一副只有骨头的躯体。虽然心里明白，还是缺乏真实感，所以不断抚摸自己身体。

触觉比起还是人类时迟钝一些,那种迟钝的感觉就像是触摸时中间隔着薄布。相反,不管是视力还是听觉,其他的感觉都变得更加敏锐。

只以骨头构成的身体好像很容易断裂,但是每根骨头摸起来却像比钢铁还要坚硬。

而且虽然现在的自己与以前完全不同,却有种奇怪的满足感与充实感,感觉这才是自己的身体。可能是这个缘故,所以即使身体变成白骨也不感到害怕吧。

"还要吗?"

飞鼠举起无限水壶,询问喝完水的两人。

"呃……谢谢!已经喝够了!"

"是吗?那么马雷呢?还要喝吗?"

"咦!呃、呃,我、我也喝够了。已、已经不觉得渴了。"

点头响应的飞鼠收回两人的杯子,再度收进空间之中。

亚乌菈突然低语:

"原本以为飞鼠大人会更可怕的。"

"嗯?是吗?如果那样比较好的话……"

"现在这样比较好!绝对比较好!"

"那就这样吧。"听到亚乌菈激动的回答,飞鼠有些吃惊地响应。

"飞、飞鼠大人,您该不会只对我们这么温柔吧?"

面对念念有词的亚乌菈,飞鼠不知如何回答,只是轻拍亚乌菈的头。

"呵呵呵。"

亚乌菈就像看到心爱东西的小狗，马雷则是露出相当羡慕的表情。这时有个声音传来：

"哎，莫非我是第一名呀？"

这声音虽然语气老成，但是听起来却相当年轻，大地随之浮现影子。接着影子变成类似门的形状，有个人从门里慢慢现身。

这人身上穿着看起来很柔软的黑色晚礼服，裙子大大膨起，感觉很有分量。上半身披着点缀花边与缎带的短摆开襟衫，手戴长版蕾丝手套，因此几乎没有露出任何肌肤。

她那只能用绝美来形容的端正五官暴露在外，肌肤有如白蜡。因为银色长发绑在单边垂落下来，因此完全没有盖住脸，深红的双眸散发着妖艳的愉悦眼神。

来人年纪大约十四岁甚至更小，外表稚气未脱，简直是集可爱与美丽于一身的美女。不过胸部与年纪有点不符，显得高高隆起。

"在瞬间移动受到阻碍的纳萨力克中，不是说过不要特意使用'传送门'吗？应该能够正常走到竞技场，所以用走的不就好了，夏提雅？"

飞鼠的耳边传来不耐烦的声音。冰冷的语气中完全找不到刚才那种有如小狗的温驯态度，只有满满的敌意。

旁边的马雷再次发抖，慢慢离开姐姐身边，显得相当聪明。

然而对于亚乌菈的一百八十度转变，飞鼠也有点吓到。

使用最高阶传送魔法来到这里的，是名为夏提雅的少女。她连看都没看一眼在飞鼠身边一脸狰狞的亚乌菈，转身来到飞鼠面前。

身上散发迷人的香水味道。

"好臭。"亚乌菈低声骂了一句，接着出言讽刺，"该不会是因为不死者的缘故，所以腐烂了？"

也许是看到飞鼠反射性地举起自己的手闻了一下味道，夏提雅不悦地皱眉道：

"这种说法很不妙吧。飞鼠大人也是不死者啊。"

"啥？你在说什么傻话啊，夏提雅。飞鼠大人怎么可能是普通的不死者，应该已经到达超级不死者或神级不死者的境界了。"

听到夏提雅和马雷发出"啊""嗯"的认同声，虽然有点不明所以，不过在YGGDRASIL里，自己只是普通的不死者……因此飞鼠觉得有点自卑。

总之没有什么超级不死者和神级不死者这种奇怪的存在。

"不、不过姐姐，刚才的话还是有点不妙。"

"是、是吗？好吧，那就重来一次。咳，嗯……该不会是因为尸肉的缘故所以腐烂了？"

"这样……嗯，还算可以呀。"

认同亚乌菈的第二次说法，夏提雅将纤细的手伸到飞鼠的头侧，做出拥抱的姿势：

"啊，我的主人，我唯一无法支配的亲爱主人！"

随后张开艳红的嘴唇，露出湿润的舌头。舌头像是生物一般，舔了自己的嘴唇一圈。口中还传来芬芳的香味。

虽然她非常适合妖艳美女的身份，但是年纪稍嫌不足，这种反差的感觉让人不禁会心一笑；而且身高也不够，即使伸手想要抱住飞鼠脖子，看起来更像是要吊在他的脖子上。

不过对不习惯女生接触的飞鼠来说，这样已经十分煽情。虽然想要后退一步，最后还是决定停在原地不动。

她是这样的个性吗？心中涌现的想法久久不散。不过一想到过去设定这名少女的同伴佩罗罗奇诺桑，有这种个性也不无可能。因为他比任何人都喜欢H-GAME，还自豪地表示"H-GAME就是我的生命"。

夏提雅·布拉德弗伦的角色设定，正是由这个废人进行。

她是纳萨力克地下大坟墓第一层到第三层的守护者——"真祖"。

同时也是H-GAME爱好者的精心杰作，角色设定充满H-GAME风格的少女。

"给我节制一点……"

夏提雅第一次对低沉的吼声有所反应，以嘲讽的表情看向亚乌菈说：

"喔，矮冬瓜在这里呀？我的视野看不到你，还以为你不在呢。"

飞鼠也不打算吐槽亚乌菈刚才就说过话了。

亚乌菈的脸抖个不停,然而夏提雅完全忽略她的存在,对着马雷说道:

"你也相当不容易呀,有一个脑筋这么不正常的姐姐。还是快点离开你姐姐比较好呀,不然总有一天你也会变得跟她一样不正常呀。"

马雷瞬间变脸,因为他知道夏提雅打算利用自己和姐姐吵架。

不过亚乌菈却露出微笑——

"吵死了,你这个假奶。"

——投下这颗震撼弹够厉害。

"你在胡说八道什么!"

"啊,个性全毁了……"飞鼠忍不住自言自语。

完全显露本性的夏提雅,说话已经不像刚才那样做作。

"一看就知道了,凸得那么奇怪,到底放了几片啊?"

"哇啊——哇啊——"

夏提雅不断慌张挥手,像是要盖过对方的发言,脸上露出与年纪相称的表情。另一边,亚乌菈则露出邪恶的微笑:

"垫得那么高……奔跑的时候应该会移位吧?"

"咕!"

被伸出的手指戳了一下,夏提雅发出奇怪的声音。

"说中了吧!哈哈哈!不知道跑到哪里去了!所以虽然着急

还是不用跑的,而是利用'传送门'啊……"

"住嘴!矮冬瓜!你根本是飞机场。我至少……不,我可是非常有料的!"

夏提雅拼命反击。就在此时,亚乌菈露出更加邪恶的笑容,夏提雅仿佛受到惊吓般后退一步。反射性地护住胸部的夏提雅,令人感到可怜。

"我只有七十六岁,来日方长,不像你这个不死者没有未来。好可怜喔——再也不会发育了。"

夏提雅不禁发出呻吟,又往后退了一步,脸上明显浮现出无话可说的表情。看到对方的样子,亚乌菈露出可怕的笑容。

"认命地满足于现在的胸部……噗!"

飞鼠好像从夏提雅身上听到理智线断裂的声音。

"臭小鬼!现在后悔已经太迟了!"

夏提雅戴着手套的手冒出晃动的黑色雾气,亚乌菈则拿起刚才使用的鞭子准备迎击,至于在一旁看着的马雷显得有些惊慌失措。

眼前的光景好像似曾相识,飞鼠有些迟疑,不知是否应该阻止两人。

设计夏提雅的佩罗罗奇诺桑和设计亚乌菈与马雷的泡泡茶壶桑,两个姐弟有时候也会感情和睦地吵闹,就像现在这样。

飞鼠在吵闹的两人后方,回想过去的同伴身影。

"吵死了。"

正当飞鼠沉浸在对旧友的回忆中时，非人的生物挤出人类的声音。这道毫无抑扬顿挫的奇怪声音，中止了两人的争吵。

望向声音来源，那里不知何时站着一个散发寒气的异形。

高达两米五的巨大体形，看起来就像双脚步行的昆虫。世界上如果有恶魔将螳螂与蚂蚁融合起来加以变形，应该就是这种感觉吧。有一条足足有身高的两倍长的尾巴，全身长满有如冰柱的锐利尖刺，强而有力的下颚应该可以轻易咬断人的手吧。

双手拿着白银战戟，剩下的两只手拿着散发黑色光芒的可怕钉头锤，与形状歪七扭八、看起来无法收入鞘中的阔剑。

带着慑人的寒气，散发钻石一般璀璨光芒的淡蓝色外骨骼硬度可比铠甲，肩膀与背部的地方隆起好似冰山。

他是纳萨力克地下大坟墓第五层的守护者——"冰河统治者"科塞特斯。

他将手中战戟往地面一敲，周围地面慢慢冻结。

"你们玩得太过火了……"

"是这个丫头无理取闹……"

"才不是……"

"呜啊啊啊……"

夏提雅与亚乌菈再次以锐利的眼神互瞪，一旁的马雷惊慌失措。飞鼠终于按捺不住，刻意压低声音警告两人：

"夏提雅、亚乌菈，打闹就到此为止。"

吃惊的两人抖了一下，同时垂下头来：

"非常抱歉!"

飞鼠从容不迫地点头接受两人的道歉,转身开口道:

"你来啦,科塞特斯。"

"接到飞鼠大人的命令,当然要立刻前来。"

白色雾气从科塞特斯的口器飘了出来,空气中的水分跟着发出啪叽啪叽的冻结声音,这股寒气足以和根源火元素的火焰匹敌。光是处在他的周围就会受到低温的各种影响,身体甚至会因此冻伤,不过飞鼠没有任何感觉。应该说在场的每个人都具有火焰、冰冻、酸性攻击的抗性或应对方法。

"最近没什么入侵者,应该很悠闲吧?"

"的确……"

科塞特斯下颚发出喀喀喀的声响,像是黄蜂的威吓,不过飞鼠觉得他应该是在笑吧。

"虽说如此,有些事还是必须进行,因此没有那么悠闲。"

"喔,必须进行的事,可以告诉我是什么吗?"

"是锻炼。以便随时随地都能派上用场。"

虽然从外表看不太出来,不过科塞特斯的角色设定是武士,不管是性格还是设计概念都是。因此在这座纳萨力克地下大坟墓中,如果根据擅长使用武器的方式来区分,他的武器攻击能力可说是首屈一指。

"这一切都是为了我吧,辛苦你了。"

"光是听到这句话,就不枉那么辛苦了。喔,迪米乌哥斯,还有雅儿贝德也来了。"

随着科塞特斯的视线望去，竞技场的入口可以看见两道人影走来。走在前方的是雅儿贝德，后面跟着有如跟班的男子。接近到一定距离，雅儿贝德露出微笑向飞鼠深深鞠躬。

男子也优雅行礼：

"让大家久等了，非常抱歉。"

身高大约一百八十厘米，皮肤像是经常日晒一般黝黑。长相偏东方面孔，往后梳的头发相当乌黑。圆框眼镜底下的眼睛已经不能说是眯眯眼，感觉仿佛没有睁开。

身穿英式西装，当然也系了领带。给人的感觉就像相当干练的商业人士或是律师之类的专业人士。

不过即使打扮成绅士，也难掩邪恶的气质。后面有一条由银色金属板包覆的尾巴，前端长着六根尖刺。身体周遭有着不断晃动的浅黑火焰。这名男子就是"炎狱造物主"迪米乌哥斯，纳萨力克地下大坟墓第七层的守护者，在角色设定上，这位恶魔属于防卫时的NPC指挥官。

"看来全员都到齐了。"

"飞鼠大人，好像还有两人没到。"一道渗入人心、令人着迷的浑厚嗓音传来。

迪米乌哥斯的话语有着常驻特殊技能。这项技能名为"统治咒语"，可以瞬间让内心脆弱的人变成自己的傀儡。

不过这个特殊能力无法对在场众人生效。对方的等级必须在四十级以下才有用,对在场的人来说,顶多只是颇为舒服的声音。

"不了。那两名守护者的任务是优先处理特定状况下的工作,因此目前这个状况并不需要叫他们过来。"

"原来如此。"

"我的盟友似乎也还没到。"

听到这句话的夏提雅和亚乌菈瞬间冻结,就连雅儿贝德好像也笑不出来。

"那、那家伙不过是守护我……我们楼层一部分的守卫。"

"是、是啊……"

夏提雅露出僵硬的笑容,亚乌菈也是一样,雅儿贝德则是不断点头赞成。

"恐怖公啊。没错,通知一下领域守护者比较好。那么也转告红莲和格兰特等领域守护者吧,这个任务就交给各个楼层守护者。"

在纳萨力克地下大坟墓里,守护者分成两种。

一种是飞鼠眼前这些负责一个或数个楼层的楼层守护者,另外还有一种是负责守护各楼层部分区域的领域守护者。简单来说,领域守护者由楼层守护者管理,负责守护特定区域,有着一定的数量所以不是很重要。基本上在纳萨力克里提到守护者,通常是指楼层守护者。

各个楼层守护者听到飞鼠的命令,表示了解之后,雅儿贝德开口下达指示：

"那么各位，请向无上至尊献上忠诚吧。"

所有守护者一起点头，飞鼠还来不及插嘴，众人已经开始整队。雅儿贝德站在前面，所有守护者则在她的后方排成一列。每个守护者都露出毕恭毕敬的严肃表情，看不到任何开玩笑的气氛。

站在最旁边的夏提雅向前迈出一步：

"第一、第二、第三楼层守护者夏提雅·布拉德弗伦，参见大人。"

下跪，单手放在胸前，恭敬地深深行礼。在行过君臣之礼的夏提雅之后，科塞特斯向前迈出一步：

"第五楼层守护者科塞特斯。参见大人。"

和夏提雅一样，对飞鼠下跪行君臣之礼。接下来上前的是双胞胎黑暗精灵：

"第六楼层守护者亚乌菈·贝拉·菲欧拉，参见大人。"

"同、同样是第六楼层守护者马雷·贝罗·菲欧雷，参、参见大人。"

也一样是恭敬地下跪低头行礼。夏提雅、科塞特斯、亚乌菈和马雷的体形不同，迈出一步时应该有所差异，但是跪下的位置非常一致，排列得相当整齐。

接着是迪米乌哥斯优雅地踏出一步：

"第七楼层守护者迪米乌哥斯。参见大人。"

随着冰凉的音色与优雅的姿势，迪米乌哥斯发自内心地行礼。

最后的雅儿贝德也向前迈出一步：

"守护者总管雅儿贝德。参见大人。"

向飞鼠露出微笑的雅儿贝德，和其他守护者一样跪下行礼。不过只有雅儿贝德继续开口，低着头以清澈的声音向飞鼠进行最后的报告：

"除了第四楼层守护者高康大与第八楼层守护者威克提姆，各楼层守护者都已下跪参见……还请无上至尊下令，我们一定赴汤蹈火在所不辞。"

面对六颗低下的头，飞鼠应该无法发声的喉咙似乎发出咕嘟的声音。现场笼罩着异常的压迫感，或许只有飞鼠感受得到这个刺痛的空气。

——不知该如何是好。

这种场面应该一辈子都遇不到一次吧。头脑一片混乱的飞鼠，不小心发动特殊能力，时而在周围散发灵气，时而在背后发出光芒。

没有空闲解除的飞鼠拼命在记忆中寻找在电影或电视里看到的类似场景，想要做出符合现况的举动。

"抬起头吧。"

唰——全员一起抬头。因为动作太过整齐，飞鼠差点儿想问问大伙儿是不是曾经一起练习过。

"那么……首先感谢大家前来。"

"请别说感谢的话,我等都是只为飞鼠大人尽忠的属下。飞鼠大人对我们来说就是至高无上的君主。"

没有守护者打算否定雅儿贝德的回答,真不愧是守护者总管。

以严肃表情看向守护者的脸,飞鼠不存在的喉咙突然有种噎住的感觉。那是身为领导者的压力,紧紧压迫身体的感觉。

不仅如此,自己的命令将影响未来。因此,飞鼠对于下决定这件事有点迟疑。

纳萨力克地下大坟墓会不会因为自己的决定而走向毁灭之路——如此的不安掠过心头。

"……飞鼠大人,您会感到迟疑也是理所当然。对飞鼠大人来说,我们的力量根本微不足道吧。"

雅儿贝德抹去脸上的微笑,以凛然的坚毅表情恭敬开口:

"可是只要飞鼠大人下令,不管任务有多艰难,我等——所有楼层守护者一定全力以赴,就算粉身碎骨也在所不惜。在此发誓绝对不会让四十一位至高无上的造物主——安兹·乌尔·恭的各位大人蒙羞。"

"在此发誓!"

配合雅儿贝德的声音,其他的楼层守护者也齐声附和。声音当中充满力量,不管面对多少人都无法阻止这分有如钻石一般坚硬的忠诚与决心,像是在嘲笑曾经怀疑NPC或许会背叛的飞鼠。

心情有如眼前的黑暗已经在日升之后消失得无影无踪,飞鼠大受感动，十分激动。安兹·乌尔·恭成员所设计的NPC竟然如此优秀。

过去的金色光辉，现在依然存在。对于大家的心血结晶——精心的杰作依然存在感到喜悦。

飞鼠绽放笑容，骷髅头的脸上当然没有任何表情变化。不过眼窝里的红色光芒显得异常绚烂夺目。刚才的不安情绪不复存在，飞鼠只是简单地说出身为公会长应该说的话：

"守护者们，你们太棒了。在这个瞬间，我确信你们一定可以理解我的目的，成功达成我的使命。"飞鼠再次环视所有守护者的脸，"或许会有一些无法理解的事，不过我希望你们专心聆听。我认为纳萨力克地下大坟墓，目前已被卷入原因不详的意外之中。"

守护者脸上的神情依然严肃，完全看不到些许惊讶。

"虽然不知道是什么原因造成这场意外，但是目前已经得知纳萨力克地下大坟墓从原本的沼泽，转移到大草原上。关于这个异象，有没有人知道什么前兆的？"

雅儿贝德望向楼层守护者的脸，看到他们脸上的回复之后开口：

"没有，非常抱歉，我们都没有想到什么线索。"

"那么，有件事问一下楼层守护者，有没有人在自己的楼层发现什么异象？"

听到这句话，各楼层守护者终于回答：

"第七层没有任何异象。"

"第六层也是。"

"是、是的，姐姐说得没错。"

"第五层也一样。"

"第一层到第三层也没有任何异象呀。"

"飞鼠大人，我想要尽快调查第四、第八层。"

"那么这件事就交给雅儿贝德处理。不过要留意第八层，如果在那里发生紧急状况，有些情况你可能无法应付。"

雅儿贝德深深低头行礼表示了解之后，夏提雅接着说道：

"那么地面部分交给我负责。"

"不用了，塞巴斯正在探查地面部分。"

当时也在现场的雅儿贝德当然不至于，但是其他守护者脸上纷纷浮现一瞬即逝、难以掩饰的惊讶之色。

在纳萨力克地下大坟墓中，有四名最擅长肉搏战的NPC：使用武器时拥有最强攻击力的科塞特斯；全身装备重装甲，在防御方面无懈可击的雅儿贝德；在格斗战中拥有最强实力，若动真格的，综合战力或许凌驾前面两人的塞巴斯，此外还有一个人更胜他们。

守护者会这么惊讶的原因无他。正是因为在格斗战中所向披靡的塞巴斯，竟然会被派去负责那么简单的侦察任务。由此也可以得知，飞鼠对于这次的异象非常小心谨慎，大家因此产生了强烈的危机意识。

"以时间来说差不多也该回来了……"

这时飞鼠看到塞巴斯小跑着朝这里过来。现身的塞巴斯一来到飞鼠面前，立刻和其他守护者一样慢慢单膝下跪：

"飞鼠大人，抱歉来迟了。"

"没关系。那么先报告一下周遭情况吧。"

塞巴斯抬起头，看了一眼跪在地上的守护者。

"情况紧急，这件事当然也该让各楼层守护者知道。"

"是的。首先周围一公里的地方是——草原。完全看不到任何人工建筑。虽然有看到几只栖息于此的小动物，但是没有发现人形生物或大型生物。"

"那些小动物是魔物吗？"

"不，应该是毫无战斗能力的生物。"

"这样啊。那么你说的草原，应该不是那种冻结得相当锐利的草，经过时会被刺伤的那种草原吧？"

"不，只是单纯的草原。没有什么特别。"

"也没有看到天空城之类的建筑吗？"

"是的，没有看到。不管在天空或地上，都见不到任何人工的照明。"

"这样啊，只是单纯的星空……辛苦你了，塞巴斯。"

出声慰劳塞巴斯的飞鼠，因为没有得到什么有用信息感到有些沮丧。

不过已经可以渐渐认知自己身处的环境并非 YGGDRASIL

的游戏世界里。虽然还有些不明白为什么可以使用YGGDRASIL的装备，以及正常发动魔法的疑问就是了。

不知道为什么会穿越到这个地方，不过还是提升纳萨力克的警戒等级比较妥当吧。说不定这里是别人的领地，突然随意跑过来当然会遭到斥责。不，如果只有斥责还算幸运了。

"各位守护者，先提升各楼层的警戒等级一级。因为不知道会发生什么事，千万不能大意。遇到入侵者时不要痛下杀手，务必要活抓，捕捉时也尽量不要伤害对方。在这种诸事不明的状况下，抱歉还要麻烦大家做这些事。"

守护者齐声表示了解，同时低头行礼。

"接下来我想要了解一下组织的运营系统。雅儿贝德，关于各楼层守护者之间的警备信息交流现况如何？"

在YGGDRASIL时，守护者是单纯的NPC，只会根据程序行动，各楼层之间不可能互相交换警备信息和魔物。

"各楼层的守护工作交由各守护者自行判断，不过迪米乌哥斯身为总负责人，大家可以和他共享所有的情报。"

飞鼠有点惊讶，不过接着满意地点点头。

"这真是太好了，纳萨力克的防卫负责人是迪米乌哥斯，守护者总管是雅儿贝德。你们两人就负责规划更加完善的管理系统吧。"

"遵命。规划的管理系统不包括八、九、十层可以吗？"

"八层有威克提姆所以没问题。不，八层设为禁止进入。刚才对雅儿贝德下达的命令也取消。原则上有我的许可才能进入八层。将原本的封印解除，变成可以直接从七层到达九层。然后，包含九层和十层在内也一起规划。"

"确、确定要这么做吗？"

雅儿贝德似乎有些惊讶，后方的迪米乌哥斯也睁大双眼，清楚露出内心的情绪。

"确定要让那些仆役进入无上尊者们的领域吗？需要开放到这种地步吗？"

所谓仆役指的不是由安兹·乌尔·恭成员设计的NPC，而是游戏自动产生的魔物。仔细想想，除了极少数的例外，九层和十层的确没有仆役。

飞鼠低声自言自语。

雅儿贝德似乎认为那里是圣域，不过事实上并非如此。

九层没有安置魔物的缘故，只是单纯认为由最强的NPC保护的八层都已遭到突破，那么安兹·乌尔·恭的胜算就很低了，倒不如好好扮演坏人的角色，在王座和入侵者一决胜负。

"没问题。因为状况紧急，加派人手进行戒备。"

"遵命。我会精挑细选，派遣实力与品格兼备的精锐。"

飞鼠点点头，把目光移向双胞胎身上：

"亚乌菈和马雷……可以将纳萨力克地下大坟墓隐藏起来吗？光是使用幻术隐蔽感觉有点靠不住，再考虑到维持幻术的费用，实在是令人头痛。"

亚乌菈和马雷面面相觑,开始思考。过了一会儿马雷才开口说:

"利、利用魔法的话有点困难。如果要连同地面上的一切加以隐藏……不过倒是可以在墙上覆盖泥土,然后种植物加以掩饰……"

"你说要用泥土弄脏伟大的纳萨力克墙壁?"

背对马雷的雅儿贝德立即质疑。虽然语气甜美轻柔,不过内含的情感刚好相反。

马雷的肩膀抖了一下,周围的守护者虽然没有出声,不过纷纷散发出赞同雅儿贝德意见的气氛。

然而对飞鼠而言,雅儿贝德是在多管闲事,事情没有严重到需要那么大惊小怪。

"雅儿贝德……别多嘴。我正在和马雷说话。"声音低到连飞鼠自己都有些惊讶。

"啊,非常对不起,飞鼠大人!"头低到不能再低的雅儿贝德的表情因为恐惧而冻结。守护者和塞巴斯也瞬间表情僵硬起来,或许认为这句斥责等于是在责骂他们吧。

守护者迅速转变的态度令飞鼠感到后悔,觉得自己骂得太过火,不过还是继续问道:

"可以在墙上盖土隐藏吗?"

"是、是的。如果飞鼠大人允许……不过……"

"不过从远处观察时,不会觉得地面的突起不太自然吗?塞巴斯，在这附近有山丘之类的地方吗？"

"没有。可惜附近只是一望无际的平坦大草原。不过因为这里也有夜晚，所以晚上说不定能够成功骗过他人的目光。"

"这样啊……只是如果想要隐藏墙壁，马雷的想法的确是好办法。那么在周围的土地上也堆些相同的土堆当成伪装如何？"

"这样应该就没有那么显眼了。"

"很好。那么马雷和亚乌菈两人一起着手进行这项任务。执行任务时，可以从各楼层取出所需物品。至于无法隐藏的上空部分，就等待任务完成之后施加幻术，让纳萨力克以外的人无法看到。"

"是、是的。遵、遵命。"

暂时只能想到这些。可能还有很多遗漏的地方，不过那些可以等到之后再慢慢处理。因为从发生异象到现在，也才经过几个小时。

"那么今天就此解散。大家先回去休息，之后再开始行动。由于还有许多不清楚的地方，绝对不要太过逞强。"

所有守护者一起低头表达了解。

"最后有件事想要问一下各楼层守护者。首先是夏提雅——对你来说，我到底算是什么样的人？"

"美的结晶。是这个世界上最美的人，就连宝石都比不上您雪白的身躯。"

不假思索的夏提雅迅速回答。从毫无迟疑的回答可以明显得知，这个回答应该是出自她内心的真实想法。

"科塞特斯。"

"比所有守护者都要强大的强者。名副其实的纳萨力克地下大坟墓至尊统治者。"

"亚乌拉。"

"充满慈悲又深思熟虑的人。"

"马雷。"

"非、非常温柔的人。"

"迪米乌哥斯。"

"兼具明智判断力和迅捷行动力，堪称完美无缺的人。"

"塞巴斯。"

"负责整合所有无上至尊的人。而且充满慈悲，直到最后都没有抛弃我们，愿意留下来和我们并肩作战的人。"

"最后是雅儿贝德。"

"无上至尊们的最高负责人，也是我们最棒的主人。同时，也是我最爱的人。"

"原来如此。我已经非常了解各位的想法。那么过去我的同伴负责的部分工作，现在交由你们处理，今后也要尽忠职守。"

看到守护者深深点头跪拜，飞鼠以传送的方式离开。

视野瞬间出现变化，眼前从竞技场变成排列哥雷姆的魔法阵。环视四周，确认周围没有任何人之后，飞鼠大大叹了一口气。

"好累……"

虽然身体一点也不觉得累，不过心里的疲劳却像是肩上的重担。

"那些家伙……为什么对我的评价这么高。"根本是不同的人了吧。听守护者述说对自己的评价时，很想笑着吐槽。

"哈哈哈——"干笑的飞鼠摇摇头。不过看他们的表情，感觉又不像是开玩笑。

也就是说——那是真心话。

如果出现不符合守护者评价的情况，或许会让他们感到失望。如此心想的飞鼠感觉压力变得越来越大。

不仅如此，还有一个问题。这时飞鼠变得更加愁眉苦脸。虽然是表情无法变化的骷髅头，仿佛还是出现那样的变化。

"该怎么对待雅儿贝德……再继续下去实在没脸见翠玉录桑……"

过　场

　　几乎快把头压向地面的压力，消失得无影无踪。

　　即使知道创造自己、应该崇拜的主人已经离去，还是没人起身。过了一会儿，总算有人呼出安心的叹息，紧张的气氛终于逐渐消失。

　　首先起身的人是雅儿贝德。虽然白色礼服的膝盖沾到一些泥土，不过她一点也不在意，只是展开翅膀抖落羽毛上的脏污。

　　看到雅儿贝德起身，其他人也纷纷起立，但是没有人开口。

　　"好、好可怕喔，姐姐。"

　　"是啊，我还以为会被压垮。"

　　"真不愧是飞鼠大人，力量竟然对我们守护者也有这么强的效果……"

　　"虽说是无上至尊，拥有超越我们的力量，没想到会强到这种地步。"

守护者纷纷说出对飞鼠的印象。

将所有守护者压在地面的压力,是源自飞鼠散发的灵气。

绝望灵气。

这个灵气除了具有恐怖效果,还能同时降低能力。原本应该无法对同为一百级的NPC产生效果,不过这个灵气受到安兹·乌尔·恭之杖的加持,因此变得更强。

"那是飞鼠大人展现他身为统治者的气度。"

"是啊,在我们尚未说出自己的地位之前,飞鼠大人完全不发挥力量,不过在我们表现出守护者的模样时,他就展现出了伟大力量的一部分。"

"为了回应我们的忠诚,飞鼠大人才会展现身为统治者的一面。"

"的确如此。"

"和我们在一起时也没有散发灵气。飞鼠大人真是体贴,觉得我们口渴了,还拿出饮料给我们喝喔。"

亚乌菈的发言,令在场的所有守护者散发紧张的气氛,那是几乎可以用肉眼辨识的嫉妒。其中最严重的人是雅儿贝德,她的手不断发抖,感觉指甲快要抓破手套。

抖了一下肩膀的马雷稍微睁大眼睛:"那、那是身为纳萨力克地下大坟墓统治者的飞鼠大人的真正实力吧,真厉害!"

现场的气氛立刻为之一变。

"完全没错。回应我们的想法，展现身为统治者的气度……真不愧是我们的造物主。站在四十一位无上至尊的顶点，而且也是直到最后还留在这里的慈悲主人。"

听着雅儿贝德的发言，所有守护者都浮现出陶醉的表情，虽然马雷脸上的表情比较像是放松的感觉。

没有什么能比亲眼看见创造自己的四十一位造物主，必须绝对尽忠的主人现出真面目还要令人感到快乐的事。

不只是对守护者而言，对所有由无上至尊创造出来的角色来说，最大的喜悦就是能够助他们一臂之力，然后受到他们的认真对待。

这是极为理所当然的。

对于这些原本就是为了帮助无上至尊才创造出的角色来说，这是最令人感到高兴的事。像是要将这种愉快轻松的气氛抹去，塞巴斯在一旁开口：

"那么我先告辞。虽然不知飞鼠大人去了哪里，还是应该随侍在身旁。"

雅儿贝德虽然露出羡慕至极的表情，不过还是压抑心情回答：

"我知道了，塞巴斯。好好侍奉飞鼠大人，千万不要失礼。还有，如果有什么事立刻向我报告。特别是飞鼠大人呼唤我时，一定要马上赶来报告。即使有其他事也要先放下！"

身旁听到这些话的迪米乌哥斯，露出有点伤脑筋的表情。

"不过如果是要我去寝室，请告诉飞鼠大人我需要一点时间。因为必须做些梳妆盥洗的准备。当然，若是要我直接过去也完全没问题。因为我的身体原本就尽可能保持在洁净无垢的状态，服装也经过精挑细选，以便随时响应飞鼠大人的呼唤。总之就是以飞鼠大人的意旨为最优先——"

"了解了，雅儿贝德。如果我在这里浪费太多时间，侍奉的时间会跟着变少，这对飞鼠大人十分失礼。所以不好意思，我先告退了。那么各位守护者，告辞了。"

塞巴斯向目瞪口呆的守护者告辞之后，立刻以小跑离开，仿佛是要抛下还没说够的雅儿贝德。

"话说回来……真是安静。夏提雅，你怎么了？"

听到迪米乌哥斯的问题，所有人的目光都集中在夏提雅身上，这才发现夏提雅还跪在地上。

"怎么了，夏提雅？"

再次呼唤之后，夏提雅才抬起头来。眼神迷蒙，仿佛大梦初醒一般呆滞。

"发生什么事了？"

"感受到飞鼠大人的惊人气势，不禁感到兴奋……内裤有点不妙呀。"

鸦雀无声。

大家面面相觑，不知道该说什么。所有守护者都想起在守护者当中拥有最多性癖的夏提雅，其中的一个就是恋尸癖，只能纷纷用手扶着额头。不过只有马雷无法理解，显得一头雾水。不，还有一个守护者不肯善罢甘休。

那就是雅儿贝德。

接近嫉妒的情感让雅儿贝德破口大骂："这个贱人。"

听到这句轻蔑的话，感到敌意的夏提雅扬起嘴唇，露出妖艳的笑容。

"啥？感受到无上至尊之一的超帅气飞鼠大人发出的力量波动，根本就是奖励。那样还没有湿掉才有问题。难道你不只是外表清纯，而是单纯没有性欲？哪，大嘴猩猩？"

"七鳃鳗。"

两人彼此互瞪。在一旁看着的守护者虽然知道不可能会因此打起来，但是注视的眼神依然充满不安。

"我的外表是由无上至尊创造的呀，对于自己的外表毫无不满呀。"

"我也是一样啊。"

夏提雅慢慢起身，两人的距离渐渐拉近。即使如此，互瞪的眼神也没有移开。不仅如此，两人甚至越来越近，碰撞彼此的身体。

"不要以为你是守护者总管，可以陪在飞鼠大人身边就算赢了呀。如果你是那样想，可就笑掉人家的大牙啦。"

"哼。没错，我就是打算在你被发配边疆时，趁机取得完全的胜利。"

"什么叫完全的胜利啊,教教我吧,守护者总管大人。"

"身为贱人的你应该很清楚是什么意思吧!"

虽然你一言我一语的舌战相当激烈,但是两人的目光始终没有转开,只是面无表情地瞪视彼此的眼睛。

啪嚓!雅儿贝德展开翅膀做出威吓的动作,夏提雅也不甘示弱地散发出黑色雾气。

"啊——亚乌菈,女人的事就交给你们女人自己解决。如果发生什么事我会出面阻止,到时候可以通知我一下吗?"

"等一下,迪米乌哥斯!你想把责任推给我吗?"

迪米乌哥斯挥手拉开与互瞪两人的距离,科塞特斯和马雷也跟着一起离开,大家都不想遭到波及。

"真是的,需要为这种事争吵吗?"

"我个人倒是对结果很感兴趣。"

"什么结果迪米乌哥斯?"

"对之后的战力增强,还有纳萨力克地下大坟墓的将来等。"

"迪米乌哥斯,这句话是什么意思?"

"唔嗯……"

面对马雷的问题,迪米乌哥斯思考该如何回答。虽然脑中瞬间掠过邪恶的想法,想对单纯的马雷灌输大人的知识,不过还是立刻毫不迟疑地挥去了这个想法。

虽然迪米乌哥斯身为恶魔族,个性既残忍又冷酷,可是这些个性只会针对纳萨力克以外的人。对于由四十一位无上至尊创造的角色，迪米乌哥斯把他们当作共同效忠主人的重要同伴看待。

"伟大的统治者需要有继承人吧？飞鼠大人虽然留到最后，但是如果有一天他对我们失去兴趣，也会和其他至尊一样离开，这样一来就必须留下让我们继续效忠的后代。"

"是喔。那么谁会是飞鼠大人的继承人呢？"

"这个想法未免太过不敬了。我们守护者的义务不就是努力效忠，让飞鼠大人能够继续留下来，避免发生那种不幸吗？"

迪米乌哥斯转头面向插嘴的科塞特斯：

"我当然明白，科塞特斯。不过你难道不想为飞鼠大人的子嗣效忠吗？"

"嗯……我当然很想对飞鼠大人的子嗣效忠……"科塞特斯的脑中浮现背着飞鼠子嗣奔跑的模样。

而且不止如此，还有传授剑法、为了保护幼主拔剑，甚至是听从长大成人的幼主下达命令等。

"喔，太棒了。真是美妙的光景……老爷子……老爷子……"

看到科塞特斯幻想自己成了老爷子侍奉飞鼠子嗣的样子，有点受不了的迪米乌哥斯从他的身上移开视线。

"除此之外，就纳萨力克地下大坟墓的强化计划来说，我也很感兴趣，想要知道我们的小孩能够做到什么地步。怎么样，马雷，想不想生个小孩呢？"

"呃？咦？"

"不过没有对象也不行……如果发现人类、黑暗精灵、森林精灵这些近亲种族，就帮你抓来吧？"

"咦？咦咦？"短暂思考的马雷点头同意，"如、如果这么做能够帮助飞鼠大人……我也愿意。不过要怎么样才能生小孩呢？"

"嗯，到时候我再教你吧。不过要是你擅自进行繁殖实验，或许会被飞鼠大人责骂。因为纳萨力克地下大坟墓的维持运营费用，现在应该保持完美的收支平衡。"

"这、这是当然的。我听说仆役都是在一位无上至尊的精密计算之下产生……如果随便增加数量可是会挨骂的。我、我不想挨飞鼠大人的骂……"

"我当然也不想挨无上至尊的骂……如果能在纳萨力克的外面建立牧场就好了……"

想到这里的迪米乌哥斯，对马雷提出到目前为止都没人吐槽的疑问：

"对了马雷，你为什么要打扮成女生的模样？"

听到迪米乌哥斯的疑问，马雷拉扯了下短裙裙摆。这是为了遮一下他的脚。

"这是泡泡茶壶大人的选择。她说这叫伪娘，所、所以并没有弄错。"

"喔……原来是泡泡茶壶大人几经思考的结果啊。那么就算你的那身装扮没问题……然而所有少年都必须那样穿吗?"

"这、这我就不清楚了。"

四十一位无上至尊。虽然已经不在了,但是既然搬出至尊的名字,那也只能乖乖接受。或者该说在纳萨力克地下大坟墓里,马雷的服装才是最正确的装扮。也只有相同位阶的无上至尊,才有资格更改马雷的装扮。

"这件事要不要跟飞鼠大人商量一下。或许所有少年都应该打扮成那样才对。我说……科塞特斯也差不多该回神了吧。"

听到同事的呼唤,科塞特斯露出心满意足的笑容用力甩了几次头:

"真是美好的光景……简直是梦寐以求的景象。"

"这样啊,那真是太好了……雅儿贝德和夏提雅还在吵吗?"

怒目相视的两人闻言稍微移动目光。不过回答迪米乌哥斯的人,却是在一旁露出疲惫表情的亚乌菈:

"已经……吵完了。目前在争论的是……"

"谁是正室这个问题。"

"结论是纳萨力克地下大坟墓的至尊统治者,如果只有一个妃子反倒奇怪。只是问题在于谁才有资格成为正室……"

"这个问题还蛮有趣的,不过下次再讨论吧。好了,雅儿贝德不下令吗?接下来还有很多事情需要处理。"

"也对,这么说也没错。必须赶紧下令才行。夏提雅,这件事我会在近日之内找机会和你好好聊聊,得花些时间讨论才行。"

"我没有异议呀,雅儿贝德。没有什么事比这更需要花时间讨论呀。"

"很好。那么我开始拟定接下来的计划。"

看到她回复守护者总管的模样,所有楼层守护者低头行礼致意。虽然低头行礼,不过倒是没有跪拜。

当然要对身为守护者总管的雅儿贝德表达敬意,不过不用行君臣之礼。在四十一位无上至尊创造出来的角色中,她的确位居高位,可是守护者总管这个地位也是由四十一位无上至尊赋予,因此其他守护者只要对总管表现出符合地位的礼节即可,因此守护者才会低头行礼致意。雅儿贝德当然也不会对此感到生气,因为她知道这是最正确的态度。

"首先——"

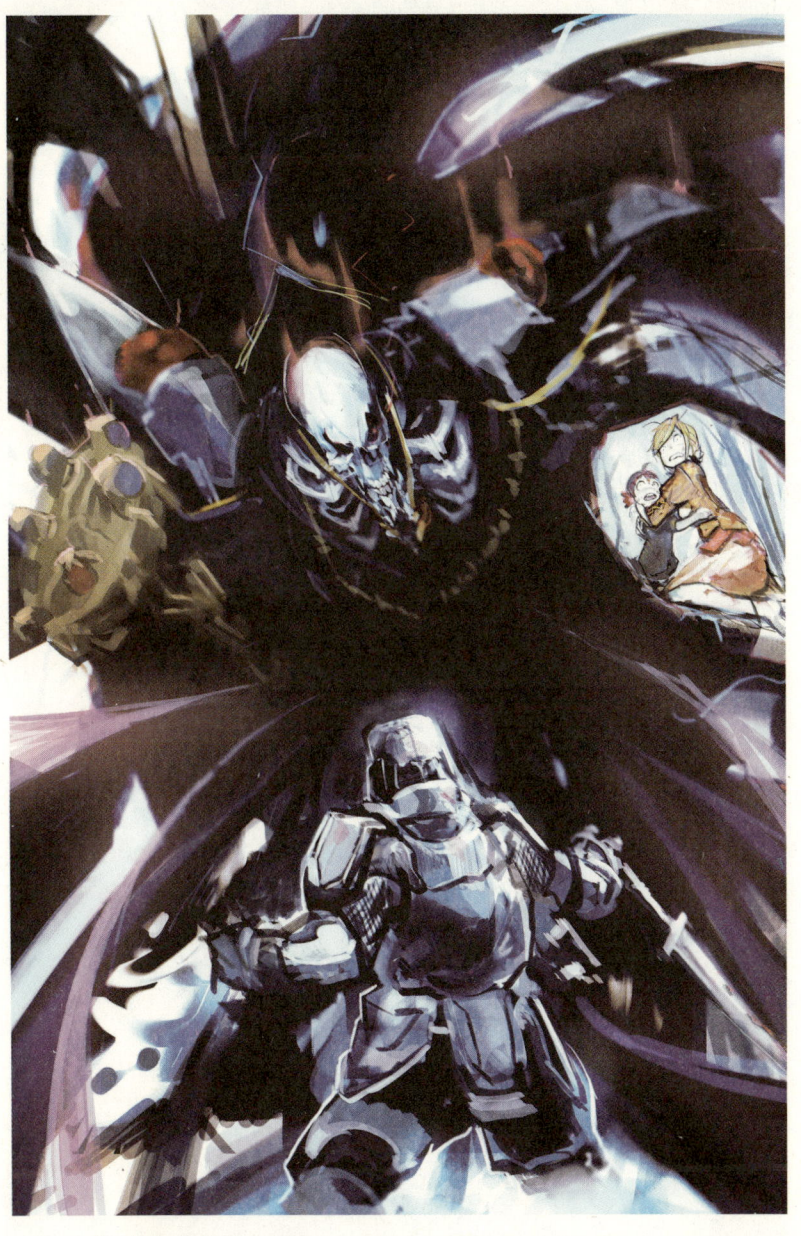

3章 **卡恩村之战**

第三章 | 卡恩村之战

1

在飞鼠房间隔壁的服饰间里，乱七八糟堆满各种物品，几乎到了没有立足之地的地步。从披风等飞鼠能装备的物品，到买了之后完全用不到的全身铠甲，不只防具，武器也是从法杖到巨剑样样不缺，真可说是应有尽有。

在YGGDRASIL中，打倒魔物会掉落内含计算机数据的水晶，将水晶装到外装之后，就能创造数不清的专属原创道具。因此如果有喜欢的外装，有很多人都会忍不住购买。

结果就是变成这间房间的模样。

飞鼠从房里的各种武器中，随意挑出一把巨剑。因为没有收进剑鞘，银白剑身在光线的照射下发出璀璨的光芒。刻在剑身上、有如文字的符号也因为光线反射，清楚映入眼帘。

飞鼠拿起巨剑上下挥舞。重量非常轻，像羽毛一样。这当然不是因为这把剑的材质很轻，而是飞鼠的力量很强。

虽然飞鼠属于魔法职业，魔法的相关能力值很高，体能相关能力值相对较低，不过到达一百级之后，累积锻炼的力量值也不容小觑。遇到低等魔物，只用法杖就能轻易消灭。

飞鼠慢慢用剑摆出架势，然而室内立刻响起坚硬的金属撞击声，刚才还拿在飞鼠手中的剑掉落地板。

在室内待命的女仆马上捡起掉在地上的巨剑，拿给飞鼠，不过飞鼠没有接下，只是凝视没有拿着任何东西的双手。

就是这个。这让飞鼠感到一头雾水。

如果言行举止像是有生命的NPC，让人觉得这个世界并非游戏，那么身上这种异样的肉体束缚，却又让人感觉身处在游戏中。

在YGGDRASIL里，对于不曾练过战士类职业的飞鼠来说，一般无法装备巨剑。可是这个世界如果是现实世界，以常识来说应该不可能无法装备。

飞鼠摇头放弃思考。在缺乏足够信息的现在，即使再怎么思考恐怕也找不到答案。

"收拾一下。"

飞鼠指示女仆收拾之后，转头看向几乎覆盖整面墙的镜子，映照出来的是穿着衣服的一具骷髅。

看到自己熟悉的身体变成这种异形，应该会感到可怕才对，然而飞鼠完全无动于衷，甚至觉得一点都不奇怪。

除了在YGGDRASIL的游戏里，早已熟悉这副模样之外，还有一个理由，那就是和外表一样，自己的精神层面似乎也受到影响。

首先是自己的情绪只要出现剧烈起伏，立刻会恢复平静，像是受到什么东西压抑。还有一点就是感觉不到什么欲望，不管是食欲还是睡意都一样。虽然有着若有似无的性欲，不过即使碰触到雅儿贝德的柔软胸部，也没有任何冲动。

感觉失去重要事物的飞鼠，不由得看向自己的腰际。

"因为没有实际用过……才会消失吗？"不过这道轻叹当中蕴含的无奈情感，说到一半就消失了。

因此飞鼠非常冷静地认为这些变化，特别是精神方面的变化，或许是不死者对精神攻击有全面抗性所造成的。

现在的自己拥有不死者的肉体与精神，但是还残留些许人类的残渣。因此虽然会有一些情感，但是只要情感出现剧烈起伏，就会立刻遭到压抑。如果继续以这个不死者的身体与精神活下去，将来恐怕会失去所有的情感。

当然，即使变成那样，也没有什么大不了。因为不管这个世界如何，自己是什么模样，本身的意志都不会改变，而且身边还有夏提雅这些NPC。

把一切视为不死者造成的，或许有点操之过急。

"高阶道具创造。"

随着飞鼠发动魔法，身上立刻被名为沟纹铠甲的全身铠甲包覆。这副铠甲散发漆黑的光芒，表面还点缀金色与紫色的花纹，看起来相当昂贵。

他穿上之后动了几下加以确认，虽然身体感觉到压力，不过并非无法动弹。不仅如此，原本以为只有骨头的身体穿上铠甲，骨头与铠甲之间应该会有些缝隙，但是实际上完全没有这种状况，穿起来非常合身。

只要是利用魔法变出来的道具，就和在YGGDRASIL的时候一样能够装备起来。

飞鼠一边赞叹魔法的伟大，一边从全罩头盔的缝隙看向镜子，映照在镜中的人已经变成威风凛凛的战士，完全没有半点魔法师的影子。飞鼠满意地点点头，咽下事实上并不存在的口水。带着调皮的赤子之心，飞鼠开口说道：

"我稍微外出一下。"

"随身侍卫已经准备好了。"女仆立刻以条件反射动作作答。

不过，就是这件事，非常讨厌。

第一天身后跟着侍卫，觉得有些压迫感；第二天因为已经习惯，反倒有种想要炫耀的心情；到了第三天——

飞鼠忍耐着几乎快要发出的叹息。不管走到哪里，身后都跟着侍卫，而且只要遇到人就会被低头行礼，这种感觉实在太沉重了。

如果可以若无其事地带着侍卫到处走，那么还可以忍受，不过实在无法做到。因为必须表现出身为纳萨力克地下大坟墓主人的气势，不可露出半点有损威严的糗态，所以神经相当紧绷。对于原本是普通人的飞鼠来说，这种紧张会造成精神方面的疲劳。

即使情感起伏到达一定程度就会立刻冷静，还是有种精神不断遭受小火煎熬的感觉。

而且用极品来形容也不为过的美女，还紧紧跟在身边不愿离开，无微不至地照料自己。身为男人当然会觉得开心，不过还是有种私生活遭到入侵的压力。

这种精神疲劳，也是人类的残渣吧。

总之身为纳萨力克大坟墓的主人，在目前身陷异常状态的时候，还要感受这种精神压力，实在很糟糕。面对关键时刻或许有犯下错误的危险，需要稍微放松一下。

做出这个结论的飞鼠瞪大双眼。表情当然没有任何改变，只有眼中的火光变得更强。

"不用了……不需要其他人跟随，我只想一个人逛逛。"

"还、还请稍等，如果飞鼠大人遇到什么万一，我们必须以身为盾，绝对不能让飞鼠大人有什么三长两短。"

对于即使牺牲性命也要保护主人的他们来说，自己却想要一个人轻松散步，这种完全不考虑对方想法的做法太自私了。

不过自从发生异状以来，已经过了三天多，换算成小时大约是七十三小时。在这么长的时间里，飞鼠随时随地都努力维持身为纳萨力克大坟墓主人的威严，内心非常渴望休息。所以即使觉得对不起他们，飞鼠还是动脑思考出借口：

"我有要秘密进行的事，不允许随从同行。"

短暂的沉默。

飞鼠觉得这段时间很漫长，这时女仆终于开口：

"遵命。请慢走，飞鼠大人。"

看着相信借口的女仆，虽然觉得胸口有点刺痛，不过飞鼠还是将这种刺痛甩开。

稍微休息一下应该不是什么过错，先去看看外面的景色吧。没错，必须亲眼确认自己是否真的穿越到了其他的地方，这是非常重要的事。

借口越来越多，是因为飞鼠觉得自己的行为太过自私吧。挥去心中的愧疚，飞鼠发动戒指的力量。

传送的地点是个大广场，左右有几个安置遗体的细长石桌，不过目前没有遗体。地板铺着打磨光亮的石灰石，飞鼠后方是一道往下的阶梯，尽头是双开大门，可以通往纳萨力克大坟墓的一楼上的火炬台没有点亮火炬，正面入口照射进来的蓝白色月光是唯一的光源。

利用安兹·乌尔·恭之戒的力量，能够瞬间移动到最接近地面的场所就是这里——纳萨力克地下大坟墓的地面中央祠堂。

只要挪动脚步就可以走到外面，虽然是个非常宽广的地方，飞鼠的脚始终没有踏出去。因为遇到了太过意想不到的事。

飞鼠的视野看到几个异形身影。有三种魔物，每一种各四只，总数十二只。其中一种长相可怕有如恶魔，嘴里还冒出獠牙，全身都是鳞片，还有长着锐利爪子的强壮手臂。蛇一般的长尾巴前端有燃烧的翅膀，外表看来非常符合恶魔的形象。

另一种雌性魔物身穿皮制的紧身拘束装，并且有一颗黑色乌鸦头。最后一种魔物穿着前面敞开的铠甲，露出精壮的腹肌。如果不是有一对黑蝙蝠般的翅膀，还有太阳穴的两根犄角，根本不觉得那是魔物。只是长相虽然有如美男子，不过可以看出眼中散发着永不满足的欲望。

他们的名字分别是愤怒魔将、嫉妒魔将和贪婪魔将。

所有魔将的目光都集中在飞鼠身上。不过接下来一动也不动，只是目不转睛地注视，严肃的眼神甚至让人感到压力。

他们都是八十级左右的魔物，被安置在迪米乌哥斯的居所赤热神殿，连接八层大门的附近，负责周围的警卫任务。原本驻扎上方楼层的戒备工作，应该是由夏提雅的部下不死者魔物担任。现在这些迪米乌哥斯手下的亲卫队魔物，为什么会被派到这里呢？

他们后方还有一个身影，一开始虽然没有看到，不过那可是一开始就在这里的恶魔。在他现身之后，谜题终于解开。

"迪米乌哥斯……"

被叫到名字的恶魔（迪米乌哥斯）浮现出诧异的神情。那副神情可以视为自己的主人为什么会在这里，也可以视为这里为什么有个神秘的魔物。

飞鼠赌上些微的可能性，迈步前进。如果停下脚步，没被发现真面目才奇怪。总之暂且靠着墙壁慢慢靠近，打算不理会那些恶魔，走过他们的身边。

非常清楚他们的眼神都集中在自己身上，不过飞鼠依然靠意志力压抑住差点儿涌出的懦弱情绪，挺起胸膛继续前进。

当双方的距离逐渐拉近时，所有恶魔仿佛说好了一般单膝下跪，低头行礼。站在前方行礼的人当然是迪米乌哥斯。利落的动作令人感到相当优雅，简直是贵公子的化身。

"飞鼠大人。竟然没有携带随从，单独来这里有何贵干呢，而且还穿成这副模样？"

马上就露馅了。

在纳萨力克地下大坟墓里，迪米乌哥斯可说是拥有最高的智慧，被他看穿无可厚非。不过飞鼠认为被他看穿的主因，应该是瞬移这件事。

能够在纳萨力克里自由瞬移的人，就只有安兹·乌尔·恭之戒的拥有者——飞鼠。

"啊……原因很多。如果是迪米乌哥斯，应该知道我为什么会打扮成这样吧。"

迪米乌哥斯端正的脸上露出复杂的表情。他呼吸了几次才开口：

"非常抱歉，我不知飞鼠大人的深谋远虑……"

"叫我黑暗战士。"

"黑暗战士大人吗……"

迪米乌哥斯似乎还想要说些什么，飞鼠努力视而不见。虽然这个名字听起来实在很逊，不过与游戏中的魔物名称相比，这个名称还算正常。

要迪米乌哥斯改口，并没有什么太大的理由。虽然现场只有迪米乌哥斯的属下，不过这里原本就是出入口，应该还会有很多其他仆役进出，只是不想让他们飞鼠大人、飞鼠大人地不断呼喊自己的名字。

不知道自己的想法，迪米乌哥斯可以了解到什么程度。这个时候，迪米乌哥斯的脸上浮现出恍然大悟的神色。

"原来如此……是这么回事啊。"

咦？怎么回事？飞鼠压抑住不禁想要反问的心情。

到底这个聪明绝顶的迪米乌哥斯是如何推论，获得什么结果，身为凡人的飞鼠根本猜想不到。只能在全罩头盔底下冒出不会有的冷汗，希望他至少能够看穿自己的本意。

"飞……黑暗战士大人的深远卓见，我已经稍有掌握，真不愧是此地统治者会有的顾虑。不过对于没有携伴同行一事，我还是无法坐视不管。虽知这么做会造成困扰，不过还是希望大人能够大发慈悲让我们跟随。"

"真拿你没办法。那么只允许一个人同行。"

迪米乌哥斯露出优雅的微笑，"非常感谢黑暗战士大人愿意接受我的任性要求。"

"直接叫我黑暗战士，不用加大人也没关系。"

"怎么可以！绝对不能允许如此称呼。当然，如果身负卧底工作、极为特殊的任务或命令时，可以服从这个命令，但在这座纳萨力克大坟墓中，有谁敢不加敬称称呼飞鼠大人……不，是黑暗战士大人！"

听到迪米乌哥斯热情的发言，飞鼠有些感动，忍不住点点头。心想如果一直被称为黑暗战士，或许私底下会有人取笑自己怎么取这么逊的名字，他开始后悔轻率取了这个名字。

"非常抱歉，飞、黑暗战士大人，占用您宝贵的时间。那么你们就在这里待命，顺便说明一下我外出的事。"

"遵命，迪米乌哥斯大人。"

"仆役们也都赞成了。那么迪米乌哥斯，我们走吧。"飞鼠从低头的迪米乌哥斯身旁走过，抬起头来的迪米乌哥斯接着跟上去。

"为什么飞……咳，黑暗战士大人要打扮成那样呢？"

"不知道，不过应该是有什么理由吧。"留下来的魔将纷纷一头雾水地提出疑问。

他们并非因为飞鼠利用瞬间移动过来这里才能看穿。虽然飞鼠无法察觉，不过在这座纳萨力克地下大坟墓中，不，应该说是隶属于安兹·乌尔·恭公会的仆役，身上都会散发特有的气息，仆役们可以利用这种气息判断来者是不是同伴。而在公会之中，身为这座纳萨力克地下大坟墓主人的四十一位无上至尊——现在只剩飞鼠一个人——身上笼罩的气息，对仆役们来说就是绝对统治者的气息。那种强烈的气息即使身在远处也能轻易感测，因此即使飞鼠以铠甲覆盖全身也绝对不会弄错。倘若飞鼠不是利用瞬移方式而是走路过来，也会被立刻看穿。而且和其他人的气息相比，他的也比较容易分辨。

通往纳萨力克一楼的双开大门开启，有人从楼梯爬上来。根据楼梯方向散发的气息，可以判断来者是楼层守护者。爬上楼梯现身眼前的，是守护者总管雅儿贝德美丽的脸庞。一见到自己的直属上司迪米乌哥斯等待的人物现身，魔将一起跪下。

对于雅儿贝德来说，眼前的跪拜景象不过是理所当然的光景，看都没看他们一眼就直接环视四周，没有发现目标的雅儿贝德这才把目光移向魔将。她走到魔将的眼前，没有指定人选直接发问：

"我没看到迪米乌哥斯，他到哪里去了？"

"这……刚才有一位黑暗战士大人前来，所以迪米乌哥斯跟随他一起外出了。"

"黑暗战士……大人？没听过仆役之中有这个名字……迪米乌哥斯跟随那个仆役？堂堂的守护者跟着他出门？这也未免太奇怪了！"

魔将不知如何是好，不禁面面相觑。

雅儿贝德以温柔的笑容看向魔将："区区仆役竟敢有事隐瞒我吗？"

温柔的最终警告令人不寒而栗，魔将做出无法继续隐瞒的结论。

"迪米乌哥斯大人判断那位黑暗战士大人，正是我们应该侍奉的对象。"

"飞鼠大人来过这里！"雅儿贝德有点走音。

至于魔将们倒是很冷静地回答："……不，那个人名叫黑暗战士大人。"

"侍卫呢？迪米乌哥斯有收到飞鼠大人要过来的指示吗？可是我已经先和他约好见面，这么一来迪米乌哥斯应该不知道飞鼠大人会来这里吧？算了，这件事先放在一旁，得赶紧准备衣服和洗澡！"

雅儿贝德摸摸自己的衣服。不眠不休地在各地工作，把衣服弄脏了，发尾也缠在一起，翅膀也是一样。

不过这么一点脏污对于绝世美女雅儿贝德来说，丝毫不减半点风采。就像是一亿分扣了一分一样没什么大不了，对她的美貌没有任何影响。但是对雅儿贝德来说，这副模样完全不及格，不能让最爱的人看见。

"最近的浴室……在夏提雅那里？……可能会遭到怀疑……不过这时只能牺牲一下了。你们快去我的房间把衣服拿来！动作快！"

这时魔将之一叫住往外奔跑的雅儿贝德，那个魔将是嫉妒魔将。

"雅儿贝德大人，虽然失礼，不过现在的这个打扮应该比较好吧？"

"你在说什么？"

雅儿贝德停下脚步，怒气冲冲地反问。她认为对方要她以肮脏的模样去见飞鼠。

"不是的，我只是认为像雅儿贝德大人这样的美女，展现出拼命工作的模样更能够给予对方良好印象。就结果来说，反而是对雅儿贝德大人有利，不是吗？"

其他魔将也接着建议："等雅儿贝德大人洗完澡，精心打扮成能出现在飞鼠大人……黑暗战士大人面前的模样时，不知已经花费多少时间。如果刚好错过机会，岂不是太可惜了吗？"

"嗯……"雅儿贝德为之沉思，这么说也没错。

"说得有理……看来是因为太久没见面有些慌张。隔了十八个小时才能和飞鼠大人见面，你们不觉得十八个小时真的很长吗？"

"是的，太长了。"

"真想尽快建立运营组织的基础，回到飞鼠大人的身边警戒……那么不发牢骚了，要快点见到飞鼠大人。飞鼠大人现在在哪里？"

"刚才出门了。"

"这样啊。"

虽然雅儿贝德的回答有些冷淡，不过脸上露出能够见到飞鼠的腼腆微笑，还拍动可爱的翅膀。她发出急促的脚步声走过魔将的旁边。

不过脚步声突然停止，雅儿贝德再次开口询问魔将：

"最后再问一次，穿得这么脏反而能增加飞鼠大人的好感吗？"

离开祠堂，飞鼠眼前是一片美不胜收的迷人光景。

纳萨力克地下大坟墓的地面面积有两百米见方，周围受到六米厚的墙壁保护，前方与后方各有一个入口。

墓地的杂草修得很短，营造清爽的气氛。不过另一方面，墓地的大树枝叶茂密，处处都有树荫，制造出阴郁的感觉，还有许多白色石材的墓碑杂乱排列着。

修剪整齐的杂草与杂乱无章的墓碑相辅相成，营造强烈的落差感。不仅如此，到处都点缀着天使和女神等称为艺术品也不为过的精美雕刻，但是这种混乱的墓地设计也不禁令人皱起眉头。

这个墓地除了东南西北四个角落各有一座普通大小的祠堂外，中央还有一座巨大的祠堂，由六米高的武装战士雕像包围保护。中央的巨大祠堂正是纳萨力克地下大坟墓的入口，飞鼠出来的地方。

飞鼠站在宽广的石灰岩阶梯上，静静地眺望眼前的景色。

纳萨力克地下大坟墓的所在地赫尔海姆，原本是个永夜的冰冷世界。受到永夜的影响，这里的气氛相当阴森，天空经常为厚厚的黑云所遮蔽。

只是如今的景色截然不同，眼前是美丽的夜空。

飞鼠望着天空，感慨万千地叹了一口气，不断摇头，似乎无法相信眼前的光景。

"在虚拟世界能够做到如此地步……真是惊人……空气新鲜就是大气没有受到污染的明证。如果生在这个世界，应该就不需要人工心肺吧……"

有生以来不曾见过如此清澈的夜空。

飞鼠想要发动魔法，却受到身上铠甲的阻碍。特殊的魔法职业有一些特殊技能，能在穿着铠甲的状态发动。不过飞鼠没有学过，因此身上的铠甲阻碍了魔法的发动。即使是利用魔法变出来的装备，也没有能够发动魔法的优点。穿着铠甲的状态下，能使用的魔法只有五种。遗憾的是飞鼠想用的魔法不在这五种之中。

飞鼠将手伸入空间，拿出一个道具，那是飞鸟翅膀造型的项链。戴上项链，将意识集中在项链上，隐藏在项链中的唯一魔法发动力量。

"飞行。"

失去重力枷锁的束缚，飞鼠轻飘飘地飞上天空。接着不断地加快速度，一口气直线上升。虽然迪米乌哥斯急忙紧追在后，但是飞鼠完全不理他，只是不断上升。

不知已经上升几百米。

这时飞鼠的身体才慢慢减速，用力拿掉头上的头盔，什么话也没说——不，是看着这个世界说不出话来。

月亮与星星的蓝白光芒赶走大地的黑暗。在微风的吹拂下，摇曳的草原看来像是整个世界在发亮。天上的无数星星与看似月亮的行星也发出灿烂的光辉，与地面的景色相得益彰。

飞鼠不由得感叹：

"真是太美……不，'太美了'这种陈腐的说法还不足以形容……如果蓝色星球桑看到这幅光景，不知道会怎么形容……"

若是见到这个没有空气污染、水污染和土壤污染的世界……飞鼠想起自己的同伴，想起那名曾经在部分公会成员的网聚出现，被称赞浪漫时，有如岩石的脸上露出微笑的喜爱夜空的温柔男生。

不，他喜欢的是自然，喜欢那个遭到环境污染而几乎消失的自然。为了欣赏那个在现实世界不复存在的景色，才会玩YGGDRASIL这款游戏。而他花费最多心血创建的是第六层，特别是夜空的设计，等于是重现他心中的理想世界。

这么喜欢自然的人，谈到自然时总是特别激动，几乎到了过度热情的地步。如果他看到这个世界，不知道会有多兴奋，会有多么慷慨激昂地以低沉的嗓音讨论。

怀念蓝色星球这名久违的友人，飞鼠很想再次听听他的渊博学识。轻轻看向身边，身边当然没有任何人。不可能有人。

有些感伤的飞鼠耳里传来啪啪啪的振翅声，改变形态的迪米乌哥斯出现在眼前。

背上出现带着湿气的巨大黑色皮膜翅膀，外表也从人脸变成青蛙的模样，这就是迪米乌哥斯的半恶魔形态。

部分异形类种族具有数种不同形态。在纳萨力克中，塞巴斯和雅儿贝德也有其他形态。

虽然要练出这些异形类种族很麻烦，但是可以和终极BOSS一样，具有数种形态的部分异形类种族，人气还是历久不衰。特别是很多人喜欢将这些异形类种族，设定成在人类形态和半人类形态时有所弱化，但是完全异形形态时获得强化。

飞鼠将目光从变身恶魔形态的迪米乌哥斯身上移开，再次看向空中闪烁的星星，像是要对不在场的朋友说话一般感叹：

"竟然只靠星光与月光就能看清景物……实在无法相信这里真的是现实世界。蓝色星球桑……天空简直像个闪闪发亮的珠宝箱。"

"或许真是如此。这个世界会如此美丽，一定是因为有着那些用来点缀飞——黑暗战士大人的宝石吧。"迪米乌哥斯开口说出奉承话。

突如其来的发言好像是在对自己与伙伴的美好回忆挑毛病，让飞鼠觉得有些生气。不过像这样望着美丽的景色，怒气很快就消失得无影无踪。

不仅如此，像这样俯瞰世界，感觉世界变得非常渺小，让心中出现即使继续扮演邪恶组织的霸主也不赖的想法。

"真的很美。这些星星是用来点缀我的吗……或许真是如此。我会身在此处，或许就是为了取得这个不属于任何人的珠宝箱。"

飞鼠在眼前伸手然后用力握住，在天空闪耀的星星几乎落入那只手中。当然，那只是因为星星被手遮住。飞鼠为自己的幼稚行为耸了耸肩，向迪米乌哥斯说道：

"不，这不是我一个人能够独占的东西。或许是用来点缀纳萨力克地下大坟墓——我和朋友们的安兹·乌尔·恭的吧。"

"真是有魅力的一句话。若是您的希望，只要一声令下，我立刻带领纳萨力克全军夺取这个珠宝箱。能将这个珠宝箱献给敬爱的飞鼠大人，是迪米乌哥斯最大的荣幸。"

装模作样的发言令飞鼠轻轻一笑，心想迪米乌哥斯是不是也沉醉在这个气氛中。

"在还不知道这个世界有什么生物的现在，我只能说你的想法相当愚蠢。说不定我们在这里只是非常微小的存在，不过征服世界或许是件很有趣的事。"

征服世界只不过是在小朋友看的电视节目中，坏人会说的话，实际上绝不可能轻易征服世界。还包括征服后的统治、防止反叛、维持治安、统一众多国家之后产生的问题等。光是稍微想一下这些事，就会觉得征服世界没有半点好处。

这些事飞鼠当然心知肚明，不过他还是说出征服世界的台词，那是因为看到世界的美丽而萌生的幼稚欲望，也是因为想要表现符合恶名昭彰的安兹·乌尔·恭公会长身份的演技，不小心脱口而出的台词。

此外还有一个原因。

"乌尔贝特桑、路西★法桑、可变护身符桑、贝鲁利巴桑……"

因为回想起过去的公会成员曾经开玩笑说过"一起征服YGGDRASIL这个游戏中的其中一个世界吧"这句话。

他知道纳萨力克里最聪明的迪米乌哥斯,应该了解征服世界只是小孩子的玩笑话。如果飞鼠知道身后的迪米乌哥斯,那张有如青蛙的脸上露出的表情,应该不会就此结束话题吧。

飞鼠没有看向迪米乌哥斯,只是眺望着无垠大地和星空连接的地平线。

"未知的世界啊。但是在这个世界的人……真的只有我吗?其他的公会成员也有人来到这里吗?"

虽然在YGGDRASIL里无法创建第二个角色,不过曾经离开这款游戏的同伴,或许会因为是最后一天而创建新的角色,进来游戏看看也说不定。而且就强制注销的时间来看,黑洛黑洛或许也来过这里。

追根究底,飞鼠身在这里就是异状。如果这是因为不明现象所造成,那么不再玩这款游戏的同伴们,也有可能和自己一样被卷入了这个世界吧。

无法透过"讯息"和他们联络,不过这可能有很多原因。例如身处的大陆不同,或者魔法效果有所变化等。

"如果是这样……那么只要让全世界都知道安兹·乌尔·恭这个名字……"

如果还有同伴在这里，或许就会传进那个人的耳里，那个人知道后一定会过来。飞鼠对于彼此的友情，就是如此深信不疑。

沉浸在思考大海里的飞鼠突然望向纳萨力克，刚好目击奇观。边界超过一百米的大地有如大海产生波浪，平原不断出现小小隆起，缓缓往一个方向前进之后，开始聚集在一起，最后变成小山往纳萨力克接近。

袭来的巨大土堆撞上纳萨力克坚固的墙壁之后粉碎，仿佛水花四溅的海啸。

"大地巨浪。看来不但利用技能扩大范围，还使用职业技能……"

飞鼠佩服地低声念念有词。在纳萨力克里，只有一个人会使用这个魔法。

"真不愧是马雷。看来将墙壁的隐藏工作交给他就没问题了。"

"是的，只不过除了马雷，也派了不会疲劳的不死者和哥雷姆加以协助。但是进度相当缓慢，不甚理想。移动土地之后周遭会出现凹陷，所以必须种植植物加以掩饰。这么一来马雷的工作量也会增加……"

"要隐藏纳萨力克这么长的墙壁，本来就需要花费很多时间，问题是施工时可能会被发现。那么周围的警戒情况又是如何？"

"初期的警戒网已经建构完毕。五公里内若是有智慧生物入侵，可以在入侵者毫无察觉的状况下立刻发现。"

"做得很好。不过……这个警戒网也是动员仆役完成的吧？"

得到迪米乌哥斯的肯定回答，为了以防万一，飞鼠觉得再建构一个警戒网比较妥当。

"关于建构警戒网，我也有个想法。就依这个方法去做。"

"遵命。和雅儿贝德商量后，再将彼此融合在一起。对了，黑暗战士大人——"

"可以了，迪米乌哥斯。叫我飞鼠就好。"

"知道了……可以询问飞鼠大人接下来的计划吗？"

"我打算到完美执行命令的马雷那里探望一下，也想当面送他适当的奖励……"

迪米乌哥斯脸上浮现出笑容，那是一点也不像邪恶恶魔会有的温柔笑容。

"光是得到飞鼠大人的亲自慰劳，就已经是极大的奖励……这是……十分抱歉，我突然想起来有事要办。至于马雷那里……"

"没问题的。去吧，迪米乌哥斯。"

"十分感谢，飞鼠大人。"

就在迪米乌哥斯展翅飞行时，飞鼠也看准地上的一点下降，并在中途戴上头盔。

位于目的地的黑暗精灵似乎发现了什么，抬头望向天空——看到飞鼠立刻一脸吃惊。等到飞鼠降落地面后，马雷立刻急急忙忙跑来,身上的裙子也随之飞舞。

有点若隐若现的感觉。不,飞鼠一点也不想看,只是有点好奇裙子底下穿了什么。

"飞、飞鼠大人,欢、欢迎大驾光临。"

"嗯……马雷可以不用那么害怕,慢慢来就好。如果你不太擅长,也可以不用这么毕恭毕敬……当然只有私底下的时候。"

"这、这件事做不到,怎么可以不对无上至尊使用敬语……其实就连姐姐也不应该如此。那、那样太失礼了。"

虽然不喜欢小孩子对自己这么恭敬……

"这样啊,马雷。如果你如此坚持,那么我也没意见。不过我要你知道,我没有强迫你这么做。"

"是、是的!话、话说回来,飞鼠大人为什么会来这里?难、难道是我做错了什么事吗……"

"没这回事,马雷。我是来犒赏你的。"

马雷脸上的表情,从可能会挨骂的担心害怕变成吃惊。

"马雷现在做的事非常重要。因为这个世界的居民可能连普通人的等级都超过一百级。如果有那种等级的对手,那么即使建构警戒网,也必须隐藏纳萨力克地下大坟墓以免被发现。这是最重要的一件事。"

马雷不断点头表示赞同。

"所以马雷,我想让你知道,你完美的工作成果让我有多么满意。还有把这件事交给你处理,让我有多么放心。"

飞鼠在现实社会体验的铁则之一，就是优秀的上司必须好好称赞努力工作的下属。

守护者们给予飞鼠过高的评价，相对地，为了让他们继续对自己效忠，飞鼠也得表现出合乎高评价的应对才行。

如果让这些公会成员共同创造的守护者等NPC，对维持至今的黄金纪录感到失望或遭到背叛，等于是在飞鼠身上烙下公会长失格的烙印。因此飞鼠随时都要留意，必须抱持至尊统治者的态度面对他们。

"你能体会我的想法吗，马雷？"

"是的！飞鼠大人！"虽然身上是女装打扮，但是从马雷紧张的脸庞，还是可以清楚看出他是男生。

"很好，那么对于你的工作表现，我要给你奖励。"

"怎、怎么可以！这只是我应尽的职责！"

"根据你的工作表现，给予奖励是理所当然的事。"

"不、不是的！我们全都是为了侍奉无上至尊们而存在，所以努力做好工作是理所当然的事！"

你来我往了一阵子，两人的意见始终没有交集，所以飞鼠想出折中的办法。

"那么这样吧。给予的这份奖励，也包含希望你今后能继续为我效忠的意思，这样就没问题了吧。"

"真、真的没问题吗？"

飞鼠以强硬的态度拿出奖励——那是一个戒指。

"飞、飞鼠大人……您拿错东西了吧！"

"没——"

"拿错了！那是安兹·乌尔·恭之戒，只有无上至尊才能持有的至宝之一！我不能收下这种奖励。"

出乎意料的奖励令马雷吓得不断发抖，飞鼠也为马雷的模样感到惊讶。

的确，这个戒指是公会成员专用，总数只有一百个的特别道具。这些戒指已经分配给四十一个人，所以还没确定使用者的戒指剩五十九个——不，五十八个。以此来说确实相当珍贵，不过这次会给予这个奖励，还有希望道具能被妥善利用的想法。

为了让想逃走的马雷安心，飞鼠郑重地告诉马雷：

"冷静一点，马雷。"

"没、没、没办法！怎么可能收下无上至尊才能拥有的宝贵戒指——"

"冷静思考，马雷。在这座纳萨力克地下大坟墓中，无法利用传送方式移动会有很多不便。"

听到这句话，马雷才慢慢恢复平静。

"我希望在敌人进攻时，各阶层守护者能担任各楼层的指挥官抵御外侮。届时如果因为无法瞬间移动而无法顺利逃走，那也太不像样了。所以才想把这个戒指送给你。"

飞鼠将放在手上的戒指高高举起。在月光的照射下，戒指璀璨生辉。

"马雷，对于你的忠心，我感到非常高兴。我很了解身为臣下的立场，以及你为什么不愿意收下这个代表我们的戒指。不过如果你了解我的心意，就接受我的命令收下这个戒指。"

"可、可是，为什么是我……该不会是所有守护者都收到了吧？"

"虽然也打算送给他们，不过你是第一个。因为我对你的工作相当满意，如果随便送给没有功劳的人，那么这个戒指也就没什么奖励价值了。难道你要我降低戒指的价值吗？"

"不、不敢！"

"那么就收下吧，马雷。收下戒指后，继续为纳萨力克还有我贡献心力吧。"

马雷战战兢兢伸出颤抖的手，慢慢收下戒指。

看到马雷的动作，飞鼠的心里感到有些罪恶。因为会想到赠送戒指，其实还有一个私心。那就是以后在瞬移时，比较不会被人轻易拆穿瞬移的人就是自己。

当马雷戴上安兹·乌尔·恭之戒时，戒指立刻改变尺寸，变成合乎马雷纤细手指的大小。马雷目不转睛注视手指上的戒指，放松似的叹了一口气，然后对飞鼠深深鞠躬道：

"飞……飞鼠大人，谢、谢谢您送我这份大礼……今、今后一定会更加努力，绝对不会辜负飞鼠大人的期待。"

"那就麻烦你了，马雷。"

"是！"马雷斩钉截铁地响应，脸上浮现少年的坚毅表情。

设计马雷这个角色的泡泡茶壶桑,为什么要将马雷打扮成这副模样呢?是为了和亚乌菈的装扮走相反方向,还是有其他理由?

正当飞鼠思考这个问题时,马雷提出疑问:

"请、请问飞鼠大人……您为什么打扮成这样呢?"

"……嗯,这个嘛……"

因为想要开溜——当然不能这样回答。

马雷露出闪闪亮亮的期待眼神,抬头注视伤脑筋的飞鼠。

到底该怎么蒙混过去呢?如果在此失败,之前扮演威严上司的演技或许会就此白费,世界上没有哪个下属会认同想要开溜的上司吧。

飞鼠努力想要逃离越困扰就会变得越平静的心境,这时后面突然传来解围的声音:

"很简单喔,马雷。"

回头的飞鼠立刻被对方吸引。

一名可说是美的化身的女子伫立在月光下。蓝色月光的照射让她闪闪发亮,那副模样就算说是女神下凡也不为过。黑翼挥舞,刮起一阵风。

雅儿贝德。

虽然后面跟着迪米乌哥斯,但是雅儿贝德的美,让飞鼠的视野瞬间没有捕捉到迪米乌哥斯的身影。

"飞鼠大人会穿着铠甲,之前还隐瞒名讳,都是因为不想妨碍大家的工作。看到飞鼠大人驾到，大家理所当然会停下手边的工作，行礼表示尊敬。不过飞鼠大人不希望妨碍大家，所以才会扮成黑暗战士，让大家不用为了表示敬意而停下手边的工作。"

是这样没错吧，飞鼠大人——听到雅儿贝德的反问，飞鼠立刻不断点头：

"真、真不愧是雅儿贝德，可以看出我的真正用意。"

"身为守护者总管，这是理所当然的事。不，即使不是守护者总管，我也有自信能够洞察飞鼠大人的内心。"

在面带微笑、深深鞠躬的雅儿贝德后面，迪米乌哥斯露出复杂的表情。虽然有点在意，他也没办法对出手相助的人说些什么。

"原、原来如此……"马雷露出恍然大悟的表情如此说道。

将视线移向雅儿贝德，飞鼠见到了不可置信的景象。雅儿贝德的眼睛突然睁得老大，眼珠几乎快要掉下来，还以如同变色龙的奇怪动作，指向马雷的手指。

正当飞鼠还在思考时，雅儿贝德的脸已经回复美丽的样貌，感觉刚才看到的景象好像是一场幻觉。

"怎么了？"

"啊，不，没什么事……好了，那么马雷，不好意思打扰了。休息之后接着进行掩蔽工作吧。"

"是、是的！那么飞鼠大人，我先行告退了。"在随意点头的飞鼠面前，马雷一边摩擦戴在手上的戒指一边离开。

"话说回来，雅儿贝德为什么会来这里？"

"是的，因为听到迪米乌哥斯说飞鼠大人在这里，所以想来打个招呼。只是让您看到这身脏兮兮的模样，真的很抱歉。"

听到脏兮兮这几个字，飞鼠看着雅儿贝德，不过倒不觉得脏。身上的衣服的确有些灰尘等脏污，不过完全无损雅儿贝德的美貌。

"没有这回事，雅儿贝德！你的美貌绝对不会因为这点脏污就失去光彩。的确，让你这么美丽的女子四处奔波，我也觉得很不对。然而现在情况紧急，所以很抱歉，还要请你继续在纳萨力克努力一阵子。"

"只要是为了飞鼠大人，无论再怎么辛苦都没有问题！"

"谢谢你的赤胆忠心。对了……雅儿贝德，我有个东西要给你。"

"是什么……东西呢？"

微微低头的雅儿贝德以毫无抑扬顿挫的平淡语气询问，飞鼠拿出一个戒指。那当然是安兹·乌尔·恭之戒。

"身为守护者总管的你，也很需要这个道具。"

"非常感谢。"

她的反应和马雷截然不同，让飞鼠稍感失望。不过他立刻发现自己误会了。

雅儿贝德的嘴角痉挛，拼命忍住不让脸上的表情变形。翅膀还不断抖动，那是因为极力忍耐不挥翅膀的结果吧。收下戒指的手——不知何时已经紧紧握住，然后张开不停发抖。就算是再怎么笨的人，都可以看出她内心的激动。

"继续效忠吧。至于迪米乌哥斯……下次再说吧。"

"遵命，飞鼠大人。今后一定继续努力，期望能够得到如此伟大的戒指。"

"这样啊。那么我要处理的事也告一段落，在还没挨骂之前先回九层吧。"

看到雅儿贝德和迪米乌哥斯低头回应，飞鼠发动安兹·乌尔·恭之戒的瞬间移动效果。

就在眼前的景象改变的刹那，好像听到女生发出"太棒了"的声音，因为不觉得雅儿贝德会发出如此粗俗的声音，因此飞鼠认为是自己听错了。

2

离郊外越来越近。

奔跑的安莉听到后面传来嘈杂的金属声，那是非常有规律的声响。带着祈祷往后一瞥——果然是最坏的结果，一个骑士正在后面追赶安莉姐妹。

明明只差一点。

安莉拼命忍住想要抱怨的心情。因为已经没有多余的体力可以浪费。

不断急促呼吸，心跳的速度令人感觉心脏快要破裂，双脚也不断颤抖。或许再过不久就会精疲力竭、倒地不起吧。

如果只有自己一个人，可能会自暴自弃，失去逃跑的力气。但是手上牵着的妹妹，成为安莉不断逃跑的动力。

没错，只因为强烈想要拯救妹妹，安莉才能持续逃到现在。

奔跑的同时，再次往后瞄了一眼。彼此的距离几乎没有改变。即使穿着铠甲，对方的速度还是没有变慢，这就是训练有素的骑士和普通村姑的明显差距。

冷汗直流的安莉感觉身体发冷，这样下去……绝对无法带着妹妹逃出生天。

——放手。

这句话传进安莉的耳里。

——一个人或许可以平安逃走。

——难道想死在这里吗？

——分开逃跑说不定会比较安全。

"住口、住口、住口！"

随着咬牙切齿的高喊，安莉气喘吁吁地责备自己。

自己是最差劲的姐姐。

虽然妹妹看起来快哭了，但是为什么忍住不哭呢？因为她相信自己的姐姐，相信姐姐一定会救自己。

握着妹妹的手——那只给予自己逃跑力量与战斗勇气的手，

安莉坚定自己的信念。

绝对不能抛下这个妹妹。

"啊!"

不止安莉筋疲力尽,年幼的妹妹也消耗了不少体力。她突然脚步踉跄,发出哀号,差点儿就此跌倒。

两人之所以没有跌倒,是因为彼此紧握的手,只是被妹妹拉扯的安莉也差点儿失去平衡。

"赶快!"

"嗯、嗯!"

虽然打算继续奔跑,可是妹妹的脚已经抽筋,跑不动了。安莉急忙想要抱起妹妹,但是金属声停在自己的身边,令安莉惊吓不已。

站在身边的骑士手握沾血的剑,不仅如此,身上的铠甲与头盔也有被血溅到的痕迹。

安莉将妹妹藏在后方,狠狠地瞪着骑士。

"别做无谓的挣扎。"

这句话毫无半点体贴,充满嘲笑的意味。话中带着即使逃走还是不免一死的语气。

安莉心里的激情瞬间爆发,心想他在说什么啊。

骑士对着停下动作的安莉慢慢举起手上的剑。正当高举的剑即将砍向安莉的瞬间——

"别太小看人了!"

"咕呜!"

安莉奋力挥拳击中铁头盔。那一拳带着浑身的怒气与非得保护妹妹的意念,一点也不怕挥拳攻击金属。那是用尽所有力气的一拳。

听到类似骨头碎裂的声音响起,一阵剧烈的疼痛立刻蔓延至安莉全身。骑士挨了这么一拳,身体剧烈摇晃。

"快逃!"

"嗯!"

安莉忍着痛苦想要再次奔跑——这时背上突然传来灼热感。

"呜!"

"这个臭丫头!"

被村姑瞧不起并且击中头部,骑士才会如此大发雷霆吧。

骑士失去冷静地胡乱挥剑,因此没有砍到安莉的要害,但是之后就没有那么幸运了。因为安莉受了伤,骑士也怒气冲天,那么下一剑就是致命的一击吧。

安莉以锐利的眼神瞪视在眼前高举的长剑。一脸担心的安莉看着发出不祥光芒的利剑,明白了两件事。

第一是再过几秒自己就会命丧黄泉;第二是身为普通村姑的自己,完全没有办法抵抗。

剑尖沾着一点自己的血液。那让自己感觉随着心脏跳动,从背部扩散到全身的剧痛,还有受伤时的灼热感。不曾体验的疼痛不但造成心理恐惧,也让她不禁想吐。

呕吐或许可以消除反胃的感觉吧。

可是安莉正在寻找活命的方法，没有时间呕吐。虽然心中想要放弃，但是安莉直到现在还不愿放手的理由只有一个。那就是温暖胸口的体温——自己年幼的妹妹。

至少要让妹妹活下去，这个想法让安莉不愿选择放弃。

然而挡在眼前的铠甲骑士，仿佛是在嘲笑安莉的决心。

高举长剑，作势挥下。

不知道是全神贯注的原因，还是生死关头的危险激发脑部运转，安莉觉得时间变得好长，拼命思考解救妹妹的方法。

可是想不到什么好方法。顶多只有以自己的身体为盾，让剑刺进自己的身体，尽量多争取一点时间让妹妹逃走这个最后手段。

只要还有力气，不管是对方的身体还是刺入己身的剑，绝对都要紧抓不放，直到生命之火燃烧殆尽。

如果只能这么做，那就认命接受这个命运。

安莉有如殉教者一般，露出微笑。身为姐姐只能为妹妹做这种事，这个想法让安莉不禁微笑。不知道妹妹独自一人是否可以逃离仿佛地狱的村庄。

即使逃进大森林，也可能会遇到巡逻的士兵。但是只要能够在此活命，就有逃出生天的可能。为了这个仅存的让妹妹活下去的机会，安莉赌上自己的性命——不，是赌上所有一切。

即使如此，安莉还是对即将来临的疼痛感到恐惧，不由得闭上双眼。在漆黑的世界中，做好面对疼痛的心理准备——

3

飞鼠坐在椅子上，望着面前的镜子。直径大约一米的镜子并非映出飞鼠的模样，而是一片草原。那面镜子就像电视机，正在播放陌生草原的景象。

镜子里的小草随风摇摆，证明这不是静止画面。

随着时间的流逝，太阳渐渐升起，驱走草原的黑暗。眼前这幅诗情画意的乡村光景，和过去的纳萨力克地下大坟墓所在地赫尔海姆那种绝望的景色大异其趣。

飞鼠伸手指向镜子，轻轻向右一挥。映照在镜子里的光景立刻随之转换。

"远程透视镜。"

这是用来显示指定地点的道具，对于专门猎杀玩家的PK，或者猎杀PK的PKK来说都很方便。不过只要使用低阶的反情搜魔法，就能轻松躲避。不仅如此，还容易遭到攻性防壁的反击，因此算是不上不下的道具。不过可以轻松显示外面的景色，对现况来说算是相当好用的道具。

欣赏眼前有如电影景色的草原，镜子里的光景持续变化。

"挥手的动作可以卷动影像，那么这样就能够以不同的角度观察同一个地方啰。"

飞鼠在空中画圆，让景色出现角度变化。虽然不断变化手势观察镜子里的景色，希望可以看到人，但是到目前为止还没有发现任何智慧生物。

一直默默重复单调的作业，但是出现的影像几乎都是毫无变化的草原景色，看久了也感觉有些无趣，因此飞鼠瞄了一眼房里的另一个人。

"怎么了，飞鼠大人？如果有事还请尽管吩咐。"

"不，没什么事，塞巴斯。"

房里的另一个人塞巴斯，虽然露出微笑，但是说出的话语似乎别有含意。虽然塞巴斯是绝对服从，但是对于飞鼠先前没带随从便外出的举动，似乎颇有微词。

刚才从地面回来之后，飞鼠被塞巴斯抓住抱怨了一顿。

"实在拿他没辙。"飞鼠说出心里的想法。

和塞巴斯相处时，总会联想到过去的公会同伴塔其·米桑。毕竟设计塞巴斯的人，就是塔其·米桑。不过也不需要设计得那么像自己吧，连生气的模样都一样可怕。

在心里发过牢骚之后，飞鼠再次看向镜子。

飞鼠想把刚才花了不少工夫才学会的镜子操控法，教给迪米乌哥斯。这正是之前飞鼠对迪米乌哥斯说过的，关于建构另一个警戒网的想法。

虽然交给属下负责会比较轻松，飞鼠还是想亲自处理这个工作。其实飞鼠还有一个目的，就是希望这种认真的工作态度，可以让属下见了之后感到佩服，因此绝对不能因为厌倦就半途而废。为什么没办法从更高的地方俯瞰，如果有说明书就好了——飞鼠带着苦涩的心情，不断重复无聊的操控试验。

不知道过了多少。

可能没有多久，然而若是没有成果，感觉时间只是白白浪费。飞鼠以空虚的表情随意动手，视野突然越变越大。

"喔！"

惊讶、欢喜、骄傲，飞鼠带着这些情绪发出惊呼。在束手无策时随便改变手势，画面竟然如愿变化，这就像是加班八小时的程序设计师发出的欢呼。像是在响应这道欢呼，掌声接着响起。声音的来源当然是塞巴斯。

"恭喜您，飞鼠大人。塞巴斯实在太佩服了！"

虽然是不断进行尝试才得到的成果，也不需要那么大惊小怪地称赞吧。飞鼠虽然如此想，不过看到塞巴斯的表情还是有些高兴，因此坦率接受他的赞美：

"谢谢你，塞巴斯。不过让你陪了我这么久，真是抱歉。"

"您在说什么，随侍在飞鼠大人身边，听从命令，就是身为管家的存在意义。根本不需要感到抱歉……不过，倒是真的花了不少时间。飞鼠大人要不要先稍事休息一下呢？"

"不了，没那个必要。对于不死者的我来说，不会有疲劳这种负面状态。如果你累了的话，可以去休息没关系。"

"谢谢您的体贴心意，但是天底下哪有主人在工作，管家却在休息的事儿。借由道具的帮助，我也不晓得什么是身体疲劳，还请让我在飞鼠大人身边随侍到最后。"

飞鼠从对话之中发现一件事，就是他们会若无其事地说出游戏用语。例如特殊技能、职业、道具、等级、损伤、负面状态等，带着认真的表情说出游戏用语，感觉有点奇怪。不过如果不在意这部分，游戏用语也能通用的话，在下达指示方面也会比较方便。

飞鼠同意塞巴斯的请求后，继续专心研究镜子的操控方式。接下来重复几次类似的动作，终于找到调整俯瞰高度的方法。

露出满意微笑的飞鼠，开始着手寻找有人的地方，终于在镜子上看到类似村庄的景象。

位置是距离纳萨力克大坟墓约十公里的西南方。附近有座森林，村庄的四周有麦田，是个充满乡间风情的村庄。乍看之下，村庄的开化程度应该不高。

飞鼠扩大村庄的风景，感到有些奇怪。

"是在举办庆典吗？"

一大早就有人不断进出房屋，感觉好像很慌张。

"不，这不是庆典。"来到身旁的塞巴斯用犀利的眼神注视镜中景象，以有如钢铁的声音回答。

塞巴斯的坚定语气带着厌恶的情绪，将俯瞰画面扩大之后，飞鼠也皱起眉头。

装备全身铠甲的骑士举起手中的长剑，朝着身穿粗鄙服装的村民挥下。

这是屠杀。

骑士每挥出一剑，就有一名村民倒下。村民似乎毫无招架之力，只能拼命逃窜。骑士们不断追杀逃跑的村民。在麦田里可以看到马在吃麦子，那应该是骑士的马。

"啧！"

飞鼠啧了一下，想要立刻转换画面。这个村庄已经没有任何价值。如果能获得更多的信息，或许可以从中找出前往救援的意义，但是就现状来看，这个村庄没有解救的价值。

应该要见死不救。

做出如此冷酷判断的飞鼠，对自己的想法感到疑惑。眼前明明是屠杀的恶行，心里想的却只是纳萨力克的利益。心中完全没有浮现怜悯、愤怒、焦急这些身为人类应有的基本情感。感觉像是看着电视播放动物和昆虫的弱肉强食世界。

难道是身为不死者的自己，已经不把人类当成自己的同类？

不，怎么可能。

飞鼠拼命寻找借口，想把自己的想法正当化。

自己并非正义的使者。自己的等级虽然是一百级，但是如同他对马雷说的，这个世界的普通人等级或许就有一百级，因此不能轻易进入有此可能的未知世界。虽说看起来像是骑士单方的杀戮，但是其中或许有着不为人知的理由，生病、犯罪、杀鸡儆猴等各种理由陆续涌现脑海。而且如果插手击退骑士，或许会与骑士所属的国家为敌。

飞鼠伸出白骨的手，摸着自己的头盖骨思考。变成不怕任何精神效果的不死者之后，对于这样的光景就变得毫无感觉吗？绝对不是。

再次挥手，映照出村庄的其他角落。

出现的影像是两名骑士正要把垂死挣扎的村民从骑士身上拉开。村民遭到强行拉开，双手也被抓住，站在原地无法动弹。村民就在飞鼠的眼前被剑刺入，剑贯穿他的身体，从另一边刺出。应该是致命一击吧，不过长剑依然没有停止。一剑、两剑、三剑——像在发泄怒气般不断挥砍村民。最后被骑士踢飞的村民，一边喷出鲜血一边倒地。

——村民与飞鼠对看一眼。这或许只是自己的错觉。

这当然只是偶然。

除了反情搜魔法，一般的方法无法察觉这个镜子的监视。

村民的嘴角冒出血泡，拼命张开嘴巴。他的眼神焦点模糊不清，不知看向何方，即使如此还是垂死挣扎，开口说出最后一句话："救救我的女儿……"

"您打算怎么做呢？"塞巴斯像是看准时机静静开口。

答案只有一个。

飞鼠冷静地回答："见死不救。没有前往解救的理由、价值和利益。"

"遵命。"

飞鼠若无其事地看向塞巴斯——在他的身后看到过去同伴的幻影，"这……塔其·米桑……"

就在此时，飞鼠想起一句话。

——路见不平，当然要拔刀相助。

在飞鼠刚开始玩YGGDRASIL这款游戏时，猎杀异形类种族的行为相当流行，选择异形类种族的飞鼠还记得自己不断遭到追杀。就在打算离开YGGDRASIL时，那个人的一句话救了自己。

如果没有那句话，飞鼠现在就不会在这里。

飞鼠轻轻叹了一口气，接着露出无奈的笑容。既然想起这个记忆，那就不得不去救人。

"做人必须知恩图报……反正迟早也得确认自己在这个世界的战斗能力。"

飞鼠向不在此地的老朋友说完之后，扩大村庄的影像直到一览无余的程度，接着以专注的眼神想要找出幸存的村民。

"塞巴斯，将纳萨力克的戒备等级提升到最高程度。我先走一步，你帮我通知在隔壁待命的雅儿贝德，要她全副武装随后过来。不过不准携带'地狱深渊'，然后还要准备后援部队。考虑到可能发生突发状况，导致我无法撤退，再派遣几名擅长隐藏，或者具有透明能力的手下到这个村庄。"

"遵命，不过保护飞鼠大人的任务请交给我负责。"

"这样该由谁来下达命令？那些骑士在这个村庄烧杀掳掠，

就表示纳萨力克附近也可能有骑士入侵，所以你要留下来。"

画面为之一变，一名少女把骑士打飞的光景映入眼帘。少女带着一名年纪比她更小的女孩企图逃走，似乎是她的妹妹。飞鼠立刻打开道具箱，取出安兹·乌尔·恭之杖。

就在少女企图逃跑时，背部遭到砍伤。时间相当紧迫，飞鼠瞬间说出魔法名称：

"传送门。"

没有距离限制、传送失败率0%，飞鼠使用在YGGDRASIL中最为熟悉的瞬移魔法。

眼前的景象瞬间改变。

对方没有使用阻碍传送的魔法，让飞鼠松了一口气。要不然没有救到人反而被人抢到先机就不妙了。

眼前的景象和刚才所见的一样，两名感到恐惧的少女抱在一起。

看起来像是姐姐的少女，一头及胸的栗色头发绑成麻花辫。经常日晒的健康肌肤因为强烈的恐惧而毫无血色，黑色眼瞳带着满溢的泪水。

妹妹——幼小的少女将脸埋在了姐姐的腰间，害怕得全身发抖。

飞鼠以冷冽的眼神注视站在两名少女面前的骑士。

不知道是否因为飞鼠的突然现身而感到吃惊，骑士望着飞鼠，忘记挥下手中的长剑。

飞鼠从小到大过着与暴力无缘的生活。对于目前身处的这个世界，也认为并非虚拟世界而是真实世界。即使如此，面对眼前的持剑骑士却一点都不感到害怕。

这分冷静让他做出冷酷的判断。飞鼠伸出空无一物的手，立刻发动魔法：

"心脏掌握。"

这个魔法会捏碎敌人的心脏，在一到十级的魔法当中，也是高居九级的即死魔法。在飞鼠擅长的死灵系魔法里，很多都有即死的效果，这个魔法就是其中之一。

一出手就选择这个魔法是因为如果遭到抵抗，这个魔法还有让敌人产生朦胧状态的追加效果。

如果遭到抵抗，他打算带着两名少女一起跳进依然开启的"传送门"。在尚未摸清对手底细前，就要事先想好退路和后续方案。

只是完全用不到备案。

随着飞鼠手中传来捏碎柔软物体的感觉，骑士无声无息瘫软倒地。飞鼠冷冷地俯瞰倒在地上的骑士，心里早有预感，即使杀了人也不会出现什么感受……

内心没有任何罪恶感、恐惧感和混乱感，仿佛平静无波的湖面。这是为什么呢？

"原来如此……看来不只是肉体，连内心也不再是人类了吗……"

飞鼠迈步向前，经过两名少女旁边时，可能是对骑士的死感到害怕，姐姐有些疑惑地发出声音。

飞鼠很明显是前来救她的。即使如此，少女还是对飞鼠突如其来的举动感到奇怪。

她到底在想什么呢？虽然对此感到怀疑，不过飞鼠现在没有时间多问。稍微确认姐姐身上的破旧衣服还有背部渗血的伤口之后，飞鼠将两名少女藏在自己的后面，以犀利的眼神注视从附近房屋现身的另一名骑士。

骑士也看到飞鼠，似乎感到害怕地后退一步。

"敢追捕少女，却不敢面对强敌吗？"

飞鼠面对散发惧意的骑士，选择接着要发动的魔法。刚才飞鼠第一招就使出自己会的魔法当中相当高阶的"心脏掌握"，这类魔法算是飞鼠的擅长领域，因为飞鼠的常驻型特殊技能造成即死概率上升，而且死灵魔法强化也加强"心脏掌握"的效果。不过这么一来，就无法得知那名骑士原本有多强。

所以应该对这名骑士使用其他的魔法，不要让骑士立刻死亡。这样一来可以判断这个世界的强度，也可以当作确认自己实力的机会。

"既然特地过来，当然要找个实验的对象。你就陪我做个实验吧。"

飞鼠的死灵系魔法虽然有所强化，但是单纯的攻击魔法造成的伤害不高。此外金属铠甲比较怕电击系魔法，因此在

YGGDRASIL里，通常都会在铠甲上加入电击抗性。正因为如此，飞鼠特意选用电击系魔法攻击对方，借以计算损伤。

因为目的并非想要杀死对方，所以不必使用特殊技能强化效果。

"龙雷。"

一道有如飞龙的白色电击出现，在飞鼠的手和肩膀上激烈奔腾。瞬间白色电击像是落雷发出耀眼的光芒，往飞鼠指示的骑士飞出。

无法躲避，也无法防御。

被龙形电击命中的骑士身体瞬间发出耀眼白光，虽然有些讽刺，但是看起来很美。耀眼的光芒一瞬即逝，骑士有如断线的人偶瘫倒在地，铠甲底下的身体已经烧焦，同时发出异臭。

原本还想追击的飞鼠，对于骑士的脆弱程度感到有些傻眼。

"真弱……竟然这样就死了……"

对飞鼠来说，五级的魔法"龙雷"算是很弱的魔法。在适合一百级玩家的练功场所，飞鼠通常会使用八级以上的魔法。五级魔法几乎没有派上用场的机会。

知道骑士这么脆弱，只要用五级魔法就能消灭之后，飞鼠的紧张感瞬间消失得无影无踪。当然也有可能是这两名骑士特别弱，即使如此，还是感到放松不少。不过利用传送魔法撤退的计划依然没变。

对方也可能是特别强化攻击力的骑士。而且在YGGDRASIL

里击中脖子算是致命一击，只会大幅增加损伤，但是在现实世界里可是会致命的。

不再紧张的飞鼠反而提高戒心。如果因为不小心而丧命，那就太蠢了，接下来应该继续实验自己的力量。

飞鼠发动自己的特殊技能。

创造中阶不死者，死亡骑士。

这是飞鼠的特殊技能之一，可以创造各种不死者魔物。其中的死亡骑士是飞鼠爱用的不死者魔物，作为防盾相当好用。

等级大约三十五级，攻击力只和二十五级魔物相当，但是防御力相当不错，约有四十级魔物的水平。

这种等级的魔物对飞鼠来说没什么用，不过死亡骑士有两个非常重要的特殊技能。一个是可以完全吸引敌人的攻击，另外一个是仅限一次，不管受到什么攻击都能以HP剩1的方式抵挡。因为有这两项特殊技能，所以飞鼠经常把死亡骑士当作防盾。

这次也同样期待它能发挥防盾效果加以创造。

在YGGDRASIL时，只要使用创造不死者这个特殊技能，不死者就会从空中冒出，出现在召唤者的四周。不过这个世界好像不一样。

一阵黑雾凭空出现，立刻往心脏被捏碎的骑士身体飞去，然后加以覆盖。

黑雾慢慢膨胀，融入骑士的身体。接着骑士有如僵尸般左摇右晃慢慢站起。"咦！"虽然听到少女们发出惊呼，不过飞鼠无暇理会，因为飞鼠也对眼前的光景感到吃惊。

随着噗噜噗噜的声音，几道黑色液体从骑士头盔的缝隙中流出，应该是从骑士口中喷出来的吧。黑色液体仿佛无穷无尽不断冒出，将骑士的身体加以包覆。看起来就像是遭到史莱姆吞噬的人类，被液体完全包裹后开始扭曲变形。

经过数秒钟，黑色液体退去，眼前出现不折不扣的死亡骑士。身高增加到两百三十厘米，体形也跟着变大，已经不像人类，说是野兽还比较适合。

左手拿着挡住四分之三身体的巨大盾牌——塔盾，右手拿着波纹剑。这把将近一百三十厘米的巨剑，原本需要双手才能拿起，但是巨大的死亡骑士却以单手轻松举起。波浪剑身弥漫骇人的红黑雾气，有如心跳不断鼓动。

巨大身躯上的全身铠甲是由黑色金属制成，上面布有看似血管的红色纹路。铠甲上到处可见锐利尖刺，简直就是暴力的化身。头盔冒出恶魔犄角，可以看到底下的脸。那是腐烂不堪的可怕面貌，空洞的眼窝闪烁充满恨意与杀意的红色光芒。

破烂不堪的黑色披风随风飘扬，死亡骑士正在等待飞鼠的命令。那副模样就是名副其实的不死者骑士。

和召唤根源火元素、月光狼时一样，飞鼠利用与召唤兽之间的精神联结，指着遭到"龙雷"击毙的骑士尸体下令：

"将袭击这个村庄的骑士全部消灭。"

"喔喔喔啊啊啊啊啊啊啊啊啊——"震耳欲聋的咆哮声响起。

令闻者起鸡皮疙瘩的叫声充满杀气，连空气也为之震动。

死亡骑士开始狂奔，动作快如闪电，有如知道猎物藏身处的猎犬，毫不迟疑地向前奔去，有着不死者对生命充满怨恨、想要赶尽杀绝的敏锐。

转眼间越来越小的死亡骑士的背影，令飞鼠感受到和在YGGDRASIL时明显不同的差异。

那就是"自由度"。

本来死亡骑士只会待在召唤者飞鼠的身边待命，伺机攻击来袭的敌人。不会听从那样的命令，主动发动攻击。这个差异在这个充满未知的世界，或许会招来致命的危险。

飞鼠如今觉得有些失策，不断搔头叹息："竟然跑掉了……防盾怎么可以抛下保护对象啊。虽然下令的人是我……"

飞鼠责备自己的失策。

虽然还能够创造不少死亡骑士，不过在尚未掌握敌人实力和摸清身边状况的现在，还是要尽量节省使用次数有限的技能。飞鼠是后卫的魔法角色，在没有前锋防盾的现在，等于和没穿衣服一样危险。

因此需要再创造一个防盾角色。这次来做个实验，看看不用尸体是否也能创造。

就在飞鼠如此思考的同时，一个人影从尚未关闭的"传送门"现身。同一时间，效果时间结束的"传送门"也慢慢消失无踪。

一名全身穿着黑色铠甲的人物就此现身。

那副铠甲看起来就像恶魔。长满尖刺的漆黑铠甲包覆全身，没有露出半点肌肤。戴着长有爪子的金属手套，一只手拿着黑色鸢盾，另一只手轻松拿着发出绿色光芒的巨斧。血红色的披风随风飞扬，里面的罩衫也是相得益彰的血红色。

"准备花了一些时间，十分抱歉。"

雅儿贝德悦耳的声音，从有角的全罩头盔底下传来。

雅儿贝德的等级，分配在擅长防御的黑暗骑士等类似邪恶骑士的职业，因此在纳萨力克中等级一百级的三名战士系NPC——塞巴斯、科塞特斯和雅儿贝德里，雅儿贝德拥有最强的防御力。

也就是说，她是纳萨力克的最强防盾。

"不，没关系，来得正好。"

"谢谢。那么……要怎么处置这些苟延残喘的下等生物呢？如果不想弄脏飞鼠大人尊贵的双手，就由我来代劳吧。"

"塞巴斯是怎么跟你说的？"

雅儿贝德没有回应。

"原来你没有仔细听啊……我要拯救这个村庄，眼前的敌人是倒在地上那些身穿铠甲的骑士。"

看到雅儿贝德点头表示了解，飞鼠移动目光。

"那么……"

两名少女在飞鼠目不转睛的注视下不断缩起身子，想要尽量隐藏自己。身体不停地颤抖,不知是因为看到死亡骑士,还是听到那声咆哮,又或是雅儿贝德说的话。

或许全部都是。

觉得应该先表现善意的飞鼠,向姐姐伸手想帮她疗伤,但是姐妹两人却会错意。

姐姐的胯下先湿了一片,就连妹妹也一起失禁——

"啊……"

一股氨气的臭味在四周扩散,令飞鼠涌现感觉不到的强烈疲劳感。虽然不知该如何是好,向雅儿贝德求助也没什么用,因此飞鼠决定继续表达善意:

"你好像受伤了。"

身为社会人的飞鼠,早已将视若无睹的能力锻炼到一定的等级。假装没看到她们出丑的飞鼠打开道具箱,从里面拿出一个背包。虽然这个背包被称为无限背袋,不过可放的重量最多只有五百公斤。

因为这个背包里的道具可以设定在控制接口的快捷键,因此YGGDRASIL的玩家都会把想要立刻使用的道具放入这个背包里。

在好几个无限背袋里翻找,好不容易找出一瓶红色药水。

这瓶低阶治疗药可以回复五十点HP,在YGGDRASIL的初期经常会用到。不过对于现在的飞鼠来说,完全不需要这个道具。因为这瓶药水属于正能量的治疗,对于不死者的飞鼠来说，反而成了会受到损伤的毒药。不过公会成员并非全都是不死者，所以飞鼠才会留着这些道具。

"喝吧。"飞鼠随手递出红色药水。

姐姐吓得脸色苍白："我、我喝！但是请放过我妹妹——"

"姐姐！"

看着带着哭泣表情想要阻止姐姐的妹妹，还有一边向妹妹道歉一边伸手接过药水的姐姐，飞鼠感到一头雾水。

自己明明在紧要关头救了她们，还亲切地拿出药水，为什么要在自己的面前表现出姐妹的亲情？

这到底是怎么回事？

完全不被信任。虽然一开始想见死不救，但是就结果来说也算是她们的救命恩人，应该痛哭流涕抱着我感谢才对吧？漫画和电影中不是经常出现这种场景吗？

不过目前的状况却完全相反。

到底是哪里做错了？果然还是要好看的角色才有那样的特权吗？飞鼠无肉无皮的脸上浮现疑问神情，一道温柔的声音突然响起：

"飞鼠大人好意赐药给你们，没想到你们竟然不肯接受……区区的下等生物……实在是罪该万死。"

雅儿贝德很自然地举起长柄战斧，打算当场将两人斩首。

冒着危险前来解救却受到这种对待，飞鼠可以体会雅儿贝德的心情，不过如果放任雅儿贝德杀害两人，就失去前来搭救的意义。

"等、等等,不要冲动。事情有轻重缓急之分,放下武器。"

"遵命,飞鼠大人。"雅儿贝德温柔地回应,收起长柄战斧。

不过雅儿贝德发出的强烈杀气,已经足以令两名少女害怕到牙齿发抖,也让飞鼠不存在的胃感到抽痛。

总之立刻离开这里吧。继续留在这里,不知道还会发生多少不幸的事。

飞鼠再次递出药水说道:"这是治疗的药,没有什么危险。快点喝吧。"

飞鼠以温柔的语气与强烈的意志如此说道,同时带着不快点喝会被杀的言外之意。

听到这句话的姐姐睁大眼睛,急忙接过药水一口气喝光。然后露出惊讶的表情:

"不会吧……"她摸摸自己的背,难以置信地扭动身体,抚摸、拍打自己的背部。

"已经不痛了吗?"

"是、是的。"仿佛愣住的姐姐点头表示不痛了。

看来她身上的小伤,只要使用低阶治疗药就已足够。感到认同的飞鼠于是发问,"你们知道魔法吗?"这是绝对无法避免的问题,根据这个问题的回答,将会对今后的行动有所影响。

"知、知道。偶尔过来我们村庄的药师……我的朋友会使用魔法。"

"这样啊,那么事情就好解释了。我是魔法吟唱者。"

飞鼠语毕吟唱魔法:

"拒绝生命之茧。"

"挡箭之墙。"

以姐妹为中心,出现半径三米的防护光罩。第二个魔法虽然没有肉眼可见的效果,不过空气的流动有了些许变化。本来只要再使用对付魔法的魔法就更万无一失,但是不知道这个世界有什么魔法,所以暂时不使用。若是敌人里有魔法吟唱者,只能算她们运气不好。

"我替你们施加生物无法通过的保护魔法,还有减弱射击攻击的魔法。你们只要待在这里,应该就可以平安无事。为了保险起见,再给你们这个东西。"

简单地对目瞪口呆的姐妹两人说明魔法效果后,飞鼠取出两个其貌不扬的号角扔去。

号角似乎不在阻挡对象名单里,直接穿过挡箭之墙落在姐妹的身边。

"这个道具叫哥布林将军之号角,只要吹响这个号角,哥布林——小型魔物就会出现在你的面前,命令它们保护自己吧。"

在 YGGDRASIL 里,除了部分消耗道具之外,大部分的道具都可以装入计算机数据水晶,随心所欲组成各种原创道具。此外还有无法用来组装的工艺品道具,只是固定的计算机数据,这个号角就是这类道具的低阶类型之一。

飞鼠曾经用过这个号角，当时可以召唤十二只多少有点能力的哥布林、两只哥布林弓兵、一只哥布林魔法师、一只哥布林祭司、两只哥布林骑兵＆狼和一只哥布林指挥官。

虽然号称哥布林军队，不过人数不多，而且很弱。

对飞鼠来说算是垃圾道具，没有把它丢掉才是不可思议。如今竟然可以有效利用这个垃圾道具，飞鼠觉得自己真是聪明。而且这个道具还有一个优点，那就是召唤出来的哥布林，一直到死亡为止才会消失，而不会随着时间流逝而消失，至少可以用来争取时间。

如此说完的飞鼠转身离开，一边回想这个村庄的现状，一边带着雅儿贝德前进。不过只走了几步，后面就有两道声音传来：

"那、那个……谢、谢谢您救了我们！"

"谢谢您！"

这两句话让飞鼠停下脚步，回头看了一眼热泪盈眶道谢的两名少女。他只是简短地回了一句：

"别放在心上。"

"还、还有虽然觉得有点厚脸皮，不、不过我们能够依赖的人也只有您了。拜托、拜托！还请救救我们的父母！"

"知道了。如果还活着，我会救他们。"

飞鼠随口答应之后，姐姐睁大双眼，不敢置信地露出惊讶的表情，不久之后才回过神来低头道谢：

"谢、谢谢！谢谢您，真的非常感谢！还、还有，请问您的……"少女支支吾吾地发问,"请问您的大名是……"

飞鼠不经意间就要脱口而出,不过最后没有说出自己的名字。

飞鼠这个名字是过去的安兹·乌尔·恭公会长的名字。那么现在的自己该叫什么?最后一位留在纳萨力克地下大坟墓的自己的名字……

——啊啊,对了。

"记住我的名字。我的名字叫——安兹·乌尔·恭。"

4

"喔喔喔喔啊啊啊啊啊啊啊!"

大气随着咆哮剧烈震动,这是从屠杀转变成另一个屠杀的信号。

猎杀者摇身一变——变成猎物。

隆德斯·迪·葛兰普不知道咒骂过自己信仰的神几次。在这几十秒钟,大概已经骂了超过一辈子的次数吧。如果神真的存在,现在就应该现身打倒邪恶的存在,为什么对虔诚的信徒隆德斯见死不救呢?

神并不存在。

一直以来,总是看不起说这些傻话不信神的人——如果不信神,那么神官施行的魔法又是如何成立——然而真正愚蠢的人其实是自己吧。

眼前的魔物——暂时称为"死亡骑士"吧——一步一步逼近。

隆德斯反射性地退后两步，与之拉开距离。身上的铠甲不断抖动发出刺耳的声音，即使双手握住也无法控制晃个不停的剑尖。不止一个人，包围死亡骑士的十八名同伴的剑尖都一样。

虽然身体受到恐惧支配，却没有人逃走。不过这并非勇敢，从牙齿发出喀喀作响的声音就可以证明，如果能够逃走，他们绝对会拼命逃走。

因为他们知道逃不掉。

隆德斯稍微移动目光，寻求救助。这里是村庄的中央，当作广场使用的这个场所周围，聚集了六十几名被隆德斯他们抓来的村民，村民们露出恐惧的表情望向隆德斯一行人。

一群小孩躲在稍高的木质台座后面。几个小孩拿着棍棒，不过没有摆出战斗架势，因为光是不让棍棒掉落就已经用尽全力。

隆德斯攻击这个村庄时，从四面八方将村民赶到中央广场。搜过房子之后，为了防止有人躲在秘密地下室里，还淋上了炼金术油加以烧毁。

四名骑马的骑士在村庄周围持弓戒备，即使有人逃到村外，也能精准射杀。这个方式已经试过好几次，可以说是万无一失。

虽然屠杀花了一些时间，不过还算顺利，也将幸存的村民集中到一个地方，然后适当地让几个村民逃走。

原本应该是如此，不过——

隆德斯还记得那个瞬间。

在比较晚逃进广场的村民后面，负责善后的另一名同伴艾利恩飞在空中的画面。

由于太过不可思议，没人知道是怎么回事。身上穿着全身铠甲——虽然利用魔法减轻重量，还是有一定的重量——受过锻炼的成年男子，竟然像球一样飞在空中，又有谁可以理解这是怎么回事？

艾利恩飞了七米以上的距离，这才落地发出震耳欲聋的巨响，再也无法动弹。

在艾利恩原来的位置，有个更加难以置信的异形——令人毛骨悚然的不死者"死亡骑士"，慢慢地放下击飞艾利恩的大盾站在眼前。

绝望就此拉开序幕。

"呀啊啊啊啊！"惊恐的尖叫声响彻云霄。

围成圆阵的一名同伴忍受不住骇人的恐怖，发出哀号转身逃跑。在这个极限状态下，好不容易维持平衡的线突然断掉的话，紧张感就会瞬间瓦解。不过围成圆阵的同伴，没有人跟着一起逃亡。

原因很快得到证明。

在艾利恩的视野角落，出现一阵黑色旋风。"死亡骑士"的庞大躯体虽然大幅超越人类的平均身高，但是敏捷的程度超乎想象。逃走的同伴只跑了三步，要跨出第四步时，白银的光辉立刻轻松将躯体一刀两断。分成左右两半的身体分别往两旁倒下，周围立刻传来带着酸气的臭味，粉红色内脏从断面四散。

"咕呜呜呜——"挥舞波纹剑，身上溅满鲜血的"死亡骑士"高声吼叫。

那是喜悦的呐喊——

即使是令人无法直视的腐烂脸庞，还是看得出喜悦之情。"死亡骑士"以绝对优势的杀戮者角色，享受人类的不堪一击、恐怖与绝望。

即使手拿着剑，也没有任何人发动攻击。

一开始虽然害怕，还是尝试发动攻击。不过即使用剑闪过对方的防御而幸运击中，也无法对"死亡骑士"身上的铠甲造成半点损伤。

相反地，"死亡骑士"没有用剑，光是用盾牌就把隆德斯撞飞，而且力量不至于致死。会故意放水，不外乎是想要"戏弄"。明显可以看出"死亡骑士"想要欣赏脆弱人类垂死挣扎的模样。

这样的"死亡骑士"只有在骑士想逃跑的时候，才会认真地使出致命一击。

最先逃跑的骑士是利利克。脾气好但喝了酒之后会发酒疯的男子，头瞬间就与四肢分家。只要看过两次，大家即使不愿意承认也都心知肚明，所以谁也不敢逃走。

攻击无效，打算逃亡就会被杀。

这么一来只剩下一条路，那就是被玩到死。

虽然大家都戴着全罩头盔，无法看到底下的表情，但是每个人应该都知道自己的命运了吧。周围响起成年男子有如小孩的哭泣声，一直以来恃强凌弱的人，没有自己也会落到这种下场的觉悟。

"神啊，请救救我……"

"神啊……"

听到几个人哽咽着求神保佑，隆德斯也差点儿无力跪下，放声咒骂或是求神保佑。

"你、你们这些家伙！快点挡住那个怪物！"

领悟命运的骑士开口祈祷时，有如跑调圣歌般的刺耳声响起。

说出这句话的是位于"死亡骑士"身旁的骑士。为了想要尽量远离一分为二的同伴尸体，踮起脚尖不断发抖的模样实在太过滑稽。

隆德斯看着对方那副狼狈的模样皱起眉头。因为戴着全罩头盔，看不见脸，声音又因为害怕而变调，很难判断是谁发出的声音。不过会用那种口气说话的人只有一个。

贝留斯队长。

隆德斯的表情为之扭曲。

他为了下流的欲望侵犯村女，与对方的父亲起了冲突之后寻求帮忙。把他拉开之后又到处迁怒，朝对方的父亲不停挥剑——他就是这种人。不过他在国家里算是有钱的资产家，为了镀金才会加入部队。

就是让这种男人当队长，这次才会这么不吉利。

"我不是可以随便死在这里的人！你们快点帮我争取时间！以身为盾保护我！"

没有人行动。这人虽然美其名曰队长，但是一点声望也没有，谁会为了这种男人牺牲性命。只有"死亡骑士"对于巨大音量有了反应，慢慢转向贝留斯。

"噫！"

站在"死亡骑士"旁边还可以叫得那么大声，只有这点算是很了不起。

在这种奇怪地方感到佩服的隆德斯，再次听到贝留斯发出恐惧的尖锐声响：

"钱，我给你们钱。两百金币！不，五百金币！"

他提出的赏金是很高的金额，不过在这个时候，简直像是从五百米的断崖跳下去还能存活，就给予赏金一样。

虽然没有人动作，不过有一个人——不，应该说是半个人动了起来，像是想要回答。

"喔噗噗喔喔喔喔喔……"

身体被砍成两半的骑士右半身抓住贝留斯的脚踝，嘴巴吐着血发出不像是说话的声音。

"喔呀啊啊啊！"

贝留斯高声尖叫，周围的骑士还有一旁的村民们，全都不禁身体僵硬、毛骨悚然。

随从僵尸。

在 YGGDRASIL 里，当死亡骑士杀死对象之后，就会在杀害地点出现与对象相同等级的不死者。死亡骑士的剑下亡魂将永远成为随从，这是游戏里的设定。

贝留斯停止了哀号，像个断线的人偶般仰天倒地，大概已经失去意识了吧。"死亡骑士"靠近毫无防备的男子，刺出手中的波纹剑。

贝留斯的身体动了一下——

"呜、呜喔喔喔喔喔喔喔！"

——痛到醒来的贝留斯发出震耳欲聋的尖叫：

"放、放了偶（我）！啾啾（求求）你！要偶（我）揍（做）什么都寻（行）！"

贝留斯双手抓住刺入身体的波纹剑，不过"死亡骑士"视若无睹，有如移动锯子一般上下移动波纹剑。贝留斯身体连同铠甲被残忍锯断，鲜血四处飞溅。

"呀——偶（我）、偶（我）给你钱，放、放了偶（我）——"

贝留斯的身体抖了几次，终于咽下最后一口气，这时"死亡骑士"才满意地离开贝留斯的尸体。

"不、不要、不要。"

"神啊！"

因为眼前光景而错乱的同伴发出哀号。只要逃跑立刻就会丧命，可是待在这里的下场比死更惨。虽然心知肚明依然无计可施，身体动弹不得。

"冷静一点！"

隆德斯的咆哮制止了哀号。现场瞬间鸦雀无声，时间像是停止转动。

"撤退！快点发出暗号，呼叫马匹和弓骑兵过来！剩下的人在吹响号角之前，尽量争取时间！我可不想遭遇那种死法，开始行动！"

所有人瞬间行动。不见刚才的手足无措，大家默契十足地开始行动，气势如同飞溅而下的瀑布。

骑士们机械式地听从命令，停止思考才能造成眼下有如奇迹的状况。如此一丝不乱的动作，应该不可能出现第二次吧。

骑士们互相确认该做的事。必须保护那名负责吹响号角，进行联络的骑士才行。退后数步的骑士把剑放下，从背包里取出号角。

"喔喔喔喔啊啊啊啊啊啊啊！"

似乎是对取出号角的动作有所反应，"死亡骑士"开始奔跑。目标是拿出号角的骑士，每个人的心都凉了一半，对方是想摧毁他们的逃亡方法，彻底赶尽杀绝吗？

漆黑浊流不断逼近，大家都很清楚只要上前阻挡，下场只有死路一条。不过骑士们还是前赴后继地挡在对方的面前筑起防波堤，以更强烈的恐惧抹杀掉眼前的恐惧，挺身阻挡。

盾牌只要一有动作，就有骑士被击飞。剑光一闪，骑士的上半身与下半身便就此分家。

"狄兹！摩列特！快把死于剑下的人的头砍掉。不快一点他们就会变成僵尸！"被点到名的骑士急忙奔向惨遭杀害的同伴。

盾牌再次挥动，骑士飞在空中，身体被接连挥出的波纹剑一刀两断。转瞬间已有四个同伴丧命。隆德斯虽然心存恐惧，依然持剑面对漆黑暴风的来临，就像准备慷慨赴义的殉教者。

"喔喔喔喔喔喔喔！"

就算毫无胜算，隆德斯也不打算坐以待毙，开口发出战号，全力向迎面而来的"死亡骑士"挥下手中的长剑。

不知是否因为这个极限舞台，让隆德斯的肌力突破限界，挥出连自己都感到惊讶的一剑，也是人生中最棒的一剑。

"死亡骑士"也挥出波纹剑。

一闪过后，隆德斯的眼前天旋地转——只看见自己失去头颅的躯体瘫倒在地，而他的剑划过空无一物的空间。

就在同一时间，号角的声音震天响起……

●

村庄的方向传来号角的声音，飞鼠——安兹抬起头来。

身处浓烈的血腥味中，地上是在村庄周围警戒的骑士的尸体，心无旁骛地不断进行实验的安兹，这时忍不住暗骂自己搞错优先级。

安兹抛下手中的剑。原本属于骑士的剑掉在地上，磨利的剑身沾上泥土。

"以前明明说过羡慕可以减轻物理损伤,或是永久减少伤害的能力。"

"安兹·乌尔·恭大人。"

"叫我安兹就好了,雅儿贝德。"

听到安兹要求简称,雅儿贝德显得有些混乱:

"咕、咕呼——可、可以吗?以简称呼唤四十一位无上至尊,如今是纳萨力克统治者们的名号,这、这未免太不敬了!"

安兹觉得这没有什么大不了。不过她会这么想,就表示对安兹·乌尔·恭这个名字感到尊敬,安兹倒是觉得蛮高兴的。因此他的语气变得更加温柔:

"没关系喔,雅儿贝德。在我昔日的同伴出现之前,这个名字就是我的名字。所以我允许你这么称呼。"

"遵命,不、不过请让我加上敬称。那、那么……我的主人安、兹大人,呵呵呵……对、对了……"

雅儿贝德害羞地扭动身体。不过现在的雅儿贝德穿着全身铠甲,看不到她的美丽容貌,因此安兹只是觉得她的模样十分异常。

"该、该不会,呵呵呵……只有我、我比较特别,可以这样称呼……"

"不,每次都以这么长的名字称呼也有点别扭,所以我想统一让大家都么称呼。"

"这样啊……是啊……说得也是……"

面对心情瞬间跌到谷底的雅儿贝德，安兹带着些许的不安发问：

"雅儿贝德，关于我自称这个名字，你有什么看法？"

"我觉得这个名字非常适合您。和我爱的……咳咳，整合无上至尊的您非常相称。"

"这个名字原本是代表我们四十一人，也包括创造你的翠玉录桑。不过我却无视你的其他主人，擅自拿来当作自己的名字，关于这点你觉得他们会怎么想呢？"

"虽然可能惹您生气……不过请恕我斗胆说一句。如果令安兹大人感到不悦，就命令我自尽吧……由陪伴我们至今的飞鼠大人使用这个名号，抛弃我们的那些至尊或许多少会有意见吧。不过在那些至尊不见踪影的现在，由留到最后的飞鼠大人使用这个名号，我只感觉得到高兴。"

语毕的雅儿贝德低下头。安兹没有开口，只有"抛弃我们"这句话一直在脑中盘旋不去。

过去的同伴都有各自的理由才会离去。YGGDRASIL 只不过是一款游戏，没办法为了游戏抛弃现实生活，对飞鼠来说也是如此。可是难以抛弃安兹·乌尔·恭和纳萨力克地下大坟墓的自己，难道没有对过去的同伴抱持一直压抑的愤怒吗？

竟然抛下我一个人。

"或许是那样，也或许不是那样。人的情绪相当复杂……没有正确答案……把头抬起来，雅儿贝德。我了解你的想法了。决定了……这就是我的名字。在我的同伴提出异议之前，安兹·乌尔·恭就是我一个人的名字。"

"遵命。我们至尊无上的主人……而且由我最爱的人拥有这个尊贵的名号，实在太令人高兴了。"

最爱的人……啊。

不安的安兹暂时不理会这个问题。

"是吗？那就多谢了。"

"那么安兹大人，要不要在这里消磨一下时间呢？虽然我只要陪在安兹大人身旁就心满意足，不过……对了，散一下步应该也不错。"

这可不行，因为安兹是来解救这个村庄的。那对姐妹拜托他解救她们的父母，先前确认已经身亡。想起他们的尸体，安兹搔起自己的头。

看到两人的尸体时，安兹的心情就像看到死在路旁的小虫尸体，没有出现任何可怜、哀伤与愤怒的情绪。

"嗯，姑且不论散步，现在确实没有什么急事，死亡骑士似乎也很尽忠职守。"

"真不愧是安兹大人创造的不死者，完美执行工作的模样令人佩服。"

安兹利用魔法和特殊技能创造的不死者魔物，透过安兹的特殊技能，会比一般魔物更强大。刚才的死亡骑士当然也比一般还要强。不过顶多只是三十五级的魔物，和必须消耗安兹的经验值才能创造的死之统治者贤者、具现化死神相比，并不是什么大不了的魔物。那么弱小的不死者魔物竟然战斗到现在，就表示敌人不怎么强。

也就是说没有危险。

这个事实让他想要做出喜悦的姿势，但是需要扮演威严主人的安兹还是压抑心中的情感，只是长袍底下的手倒是紧紧握住。

"只是袭击这个村庄的敌人太弱了。那么我们也去确认一下这个村庄的幸存者吧。"

安兹在移动之前，想起还有该做的事。首先是解除安兹·乌尔·恭之杖的效果，弥漫的邪恶灵气就像被风吹过的烛火消失得无影无踪。

接下来，安兹从道具箱取出一个可以将整个头全部遮住的面具。上面有着过度的装饰，不像在哭也不像在生气，而是十分难以形容的表情，和巴厘岛上的让特或巴龙的面具倒是有些相似。

虽然这个面具看起来诡异，不过倒是没有隐藏任何力量，只是一个连计算机数据都无法安装的活动道具。

必须在圣诞夜的十九点到二十二点这段时间，登入YGGDRASIL两小时以上才能得到——不，只要那段时间待在游戏中两小时，一定可以得到，可说是受诅咒的道具。

面具的名称是嫉妒者们的面具，简称嫉妒面具。

安兹戴上这个曾经让某个大型留言网站的YGGDRASIL讨

论区充斥"运营公司疯了吗""我们就在等这个""我们公会里有人没有这个面具,可以PK他吗""我不当人了喔喔喔"等讯息的面具。

接着再拿出金属手套,它的外表是随处可见的粗制滥造的铁护手,没有什么特色。这个道具名叫铁手套,是安兹·乌尔·恭成员做来玩的外装护手,唯一的能力是可以提升肌力。

装备这些道具,将自己的骷髅外表全部掩盖。事到如今还要掩饰外表,当然有他的理由。

因为安兹发现自己犯下了致命的错误。已经习惯YGGDRASIL这款游戏的安兹,对于自己的骷髅外表并不觉得可怕。不过对这个世界的人来说,安兹的外表等于是恐怖的代名词。不管是差点儿丧命的两名少女,还是全副武装的骑士都感到害怕。

总之先利用道具将外表从邪恶的怪物降级成邪恶的魔法吟唱者——应该吧。最后不知道该怎么处置法杖,不过还是决定带在身上,反正也不太麻烦。

"事到如今才在求神保佑,早知如此当初就不该杀人。"

安兹抛出一句无神论者才会说的台词,从手指交握摆出祈祷动作的尸体身上移开目光,接着发动魔法。

"飞行。"

安兹轻飘飘地飞上天空。不久,雅儿贝德也跟着飘浮起来。

"死亡骑士,如果还有骑士活着就别再杀了,他们还有利用价值。"

对安兹的意念产生反应,死亡骑士接受命令的响应传来。到底远方的死亡骑士在什么状况传达什么样的想法过来,那种感觉相当难以形容。

高速往号角响起的方向飞去,风不断吹拂身体。在YGGDRASIL时不曾如此快速飞行,紧贴身体的长袍有点不舒服,不过这样的时间相当短暂。

很快抵达村庄上空,安兹俯瞰整个村庄,发现广场的部分地面像是吸了水一样变黑。里面有好几具尸体和几名摇摇晃晃的骑士,还有站在地上的死亡骑士。

安兹数着奄奄一息、连动都懒得动的幸存骑士——总共有四人。比所需数量还多,不过多一点也无所谓。

"死亡骑士,到此为止。"

这道声音在这个地方有点格格不入,就像在商店里向老板告知想买的东西那样随便。对安兹来说,这个情况确实有如到商店买东西一样轻松。

安兹在雅儿贝德的陪伴下,缓缓降落地面。

仿佛虚脱的骑士全都目瞪口呆地望着安兹两人。明明在等待救援,来的却是最不想见到的当事者,希望完全破灭。

"各位骑士,初次见面,我叫安兹·乌尔·恭。"

没人回应。

"弃械投降可以保全性命。若是还想再战——"

一把剑立刻被抛下，最后共有四把剑乱七八糟丢在地上，这段时间没有任何人开口。

"看来似乎很累啊。不过在死亡骑士的主人面前，你们的头倒是抬得很高。"

骑士们闻言立刻默默地下跪，垂下头来。那副模样不像是跪拜的臣子，更像等待斩首的囚犯。

"我会让你们活着回去，然后替我向你们的主人——饲主转达。"

安兹利用"飞行"接近其中一名骑士，用拿着法杖的手将跪在地上的骑士头盔轻松拿下，注视对方精疲力竭的眼睛，彼此的眼神隔着面具交会。

"别在附近生事。如果不听忠告，下一次连同你们的国家也会一起死。"

发抖的骑士不断点头，努力的模样看起来很滑稽。

"滚吧。记得如实转告你们的主人。"

安兹下巴动了一下，骑士们便落荒而逃。

"演得真累。"安兹看着渐行渐远的骑士背影，轻声抱怨。

如果没有村民在场，他甚至想转转肩膀。虽然在纳萨力克地下大坟墓时也是一样，不过对于只是普通上班族的安兹来说，扮演充满威严的人物还是很有压力。然而他要演的戏尚未完全落幕，必须戴上另一副面具。

安兹忍住叹息，走向村民。雅儿贝德跟在后面，发出金属铠甲的碰撞声。

"收拾一下随从僵尸。"

在脑中对死亡骑士下达指示。随着安兹的距离越来越近，可清楚看见村民的脸上露出混乱与不安的神色。

没有因为放了骑士而感到不满，是因为眼前的人更加可怕。安兹终于察觉这件事——自己是强者，比那些骑士更强，因此没有以弱者的立场思考。

安兹带着反省，稍微沉思了一下。

如果靠得太近，反而会适得其反吧。所以安兹与他们保持一段距离停下脚步，带着温和的语气开口：

"你们已经得救了。放心吧。"

"您、您是……"一名像是村民代表的人如此说道。就算是此时，对方的眼睛也不肯离开死亡骑士。

"我看到有人袭击这个村庄，所以特地前来相助。"

"喔喔……"随着一阵嘈杂的声音，众人面露安心的神色。不过即使如此，聚集在这里的村民还是没有完全放心。

真是没办法。只好改变方式了吗？安兹决定使用自己不太喜欢的方式。

"话虽如此，这一切并非免费。有多少村民活下来，我就要收取相当于那些人价值的酬劳。"

村民们个个面面相觑，看起来是对金钱感到不安。但是安兹看得出来，村民们的怀疑神色渐渐变淡。为了钱才会出手拯救的世俗宣言，让他们稍微消除了一些怀疑。

"以、以村庄的现状……"

安兹举手阻止对方继续说下去：

"这件事之后再说吧。我来到这里之前，救了一对姐妹。我先去带她们两人过来，可以等我一下吗？"

必须请那两名姐妹保密，不能让她们泄露自己的真面目。不等村民回应，安兹径自缓缓走去，同时心想应该可以利用魔法改变记忆吧。

4章 冲突

第四章 | 冲突

1

村长家就在广场附近,一进房屋就有一片空地,大小足以用来工作,旁边有一个厨房。在空地的正中央摆着一张破旧的桌子和数张椅子。

安兹坐在其中一张椅子上观察室内。从格子拉门照进来的阳光,照亮室内的每个角落,因此不使用"夜视"也可以看清整个环境。观察对象是站在厨房的女子,还有放在室内的农具。

到处都看不到机械器具。

认为这个世界的科技应该不怎么发达的安兹,立刻觉得自己的想法有些肤浅。因为有魔法的世界,科学技术不见得会有更多的发展。

为了避开日晒,安兹轻轻移动放在破旧桌上的手。金属手套不算重,不过做工简陋的桌子却因此摇晃。椅子也对安兹的体重有明显反应,发出嘎吱嘎吱的刺耳声音。

真是名副其实的贫穷。

为了避免碍事,安兹将法杖靠在桌上。法杖反射阳光,发出璀璨的光芒,虽然人在村庄的破房子中,却有身处在神话世界的错觉。

他回想起村民脸上浮现的惊讶表情。村民们对这把自己和同伴共同创造的最高级法杖表现出来的惊讶表情,让安兹感到非常骄傲。不过这个浮躁的心情，立刻回到普通喜悦的程度，让安兹皱起本来就没有的眉毛。

安兹实在不喜欢这个强制冷静的效果。虽说如此，不过如果太过浮躁，无法解决今后的难关也是事实。

如此思考的安兹准备面对接下来的问题，那就是和村长谈判救援的酬劳。

当然了，安兹的目的是获取信息，而非金钱的报酬。不过如果直接要求对方提供信息，也可能让对方产生怀疑。

虽然这样的小村庄大概没什么问题，不过要是当权者之类的人知道这件事，纷纷前来和安兹接触，到时候却发现安兹对这个世界一无所知，那么很有可能会被人利用。

这样会不会太过小心谨慎呢？

安兹认为这就好像跑步过马路，随时都有遭遇致命危险的可能，这个致命危险就是遇到这个世界的强者。

强弱是相对的。

到目前为止，安兹比在这个村庄遇到的任何人都要强，不过无法保证比这个世界上的任何人都强。而且现在的安兹是不死者，从少女们的恐惧反应来看，可以清楚了解不死者在这个世界的地位。要有自知之明，自己受到人类讨厌，可能会遭到攻击，所以才要小心谨慎。

"让您久等了。"村长在对面的位子坐下，后面站着村长夫人。

村长是一个肌肤黝黑、满脸皱纹的男子。身体非常健壮，一眼就可看出是平时的重劳动锻炼出来的。白发苍苍，几乎有一半以上的头发都已染白。虽然粗鄙的棉衣被泥土弄脏，不过倒是没有发臭。从脸上带着强烈疲劳的模样推估大概超过四十五岁，不过实际年纪难以判断。因为过去几十分钟的事，他好像变得更老了。

村长夫人的年纪好像也差不多。

虽然还有昔日纤细美女的风韵，不过可能是因为长年的辛苦农事，原本的美貌几乎已不复见。脸上到处都是雀斑，现在只是一名纤瘦的大婶。及肩的黑发受损凌乱，即使在阳光的照射下依然显得暗沉。

"请用。"村长夫人把一个粗陋的杯子放在桌上。没有雅儿贝德的份儿是因为，她受命在村里散步，不在这里。

安兹举起手，婉拒这杯冒着热气的白开水。根本不觉得口渴，也不能脱下这个面具。不过既然看到她的辛苦，就应该早点婉拒。

所谓辛苦指的是烧开水这件事。

从用打火石制作火种开始，在小小的火种上灵巧放上薄薄的木屑，让火变得更大，然后将火移至炉灶才算生火完毕。等到煮好开水，已经花了很长的时间。

不使用电，而是用手生火烧水这件事，安兹倒是第一次看到，觉得颇感兴趣。在安兹原来的世界，过去也是用瓦斯烹煮，所以也是差不多辛苦吧。

关于技术方面，安兹也想趁这个机会收集一些信息。如此心想的安兹重新面对村长：

"虽然特意为我准备开水，不过真是抱歉。"

"您、您太客气了。您不需要道歉。"轻轻低头道歉的安兹令村长夫妇起感到惶恐，似乎无法想象刚才使唤"死亡骑士"的人竟然会对自己低头道歉。

不过这对安兹来说一点也不奇怪。对讨论对象展现友好态度，绝对是一件好事。

当然，也可以像对付那对姐妹一样，利用"迷惑人类"等魔法探听信息之后，再用最高阶魔法来修改记忆。不过这应该当成最后的手段，因为消耗的MP实在太多了。

安兹回想起消耗MP的感觉，身体会出现异样的疲劳感，像是失去了什么。体内依然深刻残留那份感受，只是修改一开始到戴上面具和金属手套的数十秒记忆，就耗了不少的MP，可以说是损失惨重。

"那么就开门见山，直接讨论酬劳吧。"

"是的。不过在交涉之前……十分感谢您！"村长低头道谢，头差点儿就要撞到桌子。接着，后方的村长夫人也跟着低头道谢：

"如果没有您前来解救，所有村民早就没命了。实在非常感谢！"

受到如此发自内心的感谢，安兹有些惊讶。回顾以往的人生，不曾受到如此感谢，不，刚才也受到两名少女这样感谢。只是以前不曾救过人，会有这种感觉也是理所当然。

这是过去还是人类时——铃木悟这个人的遗物。受到如此诚挚的感谢，虽然觉得不好意思，但也绝对不讨厌。

"请抬起头来。刚才我也说过了，请不用这么在意，因为我并非免费帮助你们。"

"我们当然知道，不过还是请让我们说声谢谢，因为您的相助使许多村民得以活命。"

"那么只要多付点酬劳就好了。总之先来讨论酬劳吧。村长应该也很忙吧。"

"没有什么时间比花在救命恩人身上的时间更重要，不过我也恭敬不如从命。"村长缓缓抬头，安兹开始快速转动不存在的脑子。

不想依靠魔法，而是在对话当中取得必要的信息。

——真是麻烦。

自己过去累积的业务员技巧，到底可以发挥多大的效果？希望至少能够发挥一半以上的技巧，做好自暴自弃的心理准备，安兹终于开口：

"那么我就开门见山直接问了，你们可以付给我多少呢？"

"对于救命恩人，我们实在不敢相瞒。关于铜币和银币，如果没有向大家征收，实在不知道有多少，不过铜币的话大概有三千枚吧。"

这样还是不知道有多少价值，安兹在心中对自己吐槽。

提问的方式根本是致命的错误，应该以不同的方式慢慢带入。反正我本来就是没用的业务员，业务技巧也很差劲。

虽然数量感觉很多，但是不知道金钱价值就无法判断这样的金额是否恰当。必须避免收下过低的金额或是提出太高的金额，否则会暴露自己的无知。

不，他没有说要给四头牛就应该先松一口气了。

情绪即将陷入沮丧，精神立刻安定下来。安兹自我安慰，真是多亏自己这副不死者的身体。

同时又学到一件事，那就是铜币和银币是这个村庄的基本流通货币。还想了解这两种货币以上和以下的货币，但是没什么自信可以套出信息。必须先知道铜币的价值。不知道这个基本价值，之后会很麻烦吧。但是不懂货币价值，很有可能会被怀疑。

在不了解这个世界之前，安兹想要尽可能低调行动。所以才会不断动脑筋，避免出现更大的失败。

"这种小额硬币很难携带，可以的话，希望换成大面额的。"

"非常抱歉，如果可以用金币支付就好了。不过……基本上我们村庄不使用金币……"

安兹压抑想要发出松了一口气的声音的心情。

对方的回答果然按照预期的方向发展。因此飞鼠更加认真地思考接下来的问题：

"那就这么办吧。我想以合理的金额购买这个村庄的东西,所以你们只要给我一些用来支付的硬币就可以了。"

安兹在长袍底下的手偷偷打开道具箱,拿出两枚YGGDRASIL的金币。其中一枚金币的图案是女性的侧脸,另一枚是男性的侧脸。前者是从超大型游戏改版"女武神的失势"之后开始使用,后者则是之前使用的旧金币。

虽然价值相同,不过对安兹来说意义大不一样。

旧金币是从安兹开始玩YGGDRASIL到组成安兹·乌尔·恭公会,一直伴随安兹的金币。而在公会最鼎盛时期进行了游戏改版,因为身上的装备几乎都已完备,所以新金币只是拿来放在道具箱里。

成为骷髅魔法师,以魔法打倒地图上的魔物,获得浮在空中的金币。单独进入迷宫,击败凶猛的魔物,好不容易得到堆积如山的金币。公会成员一起攻掠迷宫后,卖出获得的计算机数据水晶,得到这些象征光辉历史的金币——

不过安兹甩开这些怀念的记忆,将旧金币收起来,拿起新金币。

"如果以这个金币来买东西,大概可以买到什么样的东西?"

将金币放在桌上,村长和夫人一起睁大双眼。

"这、这是——"

"这是在很远很远的地方使用的货币,这里不能用吗?"

"应该可以用……请稍等一下。"

听到可以用让安兹松了一口气，接着看到村长离开座位，从房间里面拿出一个曾经在历史课本上看过的东西——那是被称为兑换天秤的东西。

接下来是村长夫人的工作，她把收下的金币和一个圆形的东西相比，好像在比较大小。看够了之后才将金币放在天秤的一边，另一边则放上秤锤——听说这好像叫作秤量货币。

安兹开始回溯记忆，推敲夫人所作所为的含意。一开始应该是和这个国家的金币比较大小，接着是确认金含量。

看起来是金币比较重，秤锤那一边上升。夫人再放上一个秤锤，让两边平衡。

"大约是两个通用金币的重量……请、请问表面部分可以稍微刮……"

"老、老伴儿，你太失礼了！真的很抱歉，内人竟然说出这么失礼的话……"

原来如此，她似乎认为那是镀金。不过安兹完全没有不愉快，也没有生气。

"无所谓。要把它敲碎也行……不过如果是纯金，你们可要照价收购。"

"不、不用了，真的很抱歉。"夫人低头道歉，把金币归还。

"别在意，既然要交易，当然要进行确认。看过这枚金币之后，你们觉得如何？是不是像个雕刻艺术品啊？"

"是的，非常漂亮。这是哪一个国家的货币呢？"

"现在没——是的，现在已经没有那个国家了。"

"这样啊……"

"虽然和两个通用金币等值，不过再加上这样的艺术性，这枚金币的价值应该可以估得更高一些吧。如何呢？"

"或许确实如此……不过我们并非商人，不是很懂艺术的价值……"

"哈哈哈，这么说也没错。那么如果用这枚金币购物，就等于两枚通用金币啰？"

"当、当然。"

"其实我还有几枚这样的金币，你们可以卖给我什么样的物资？当然，我希望以正常的金额花钱购买。和街上贩卖的价格一样也没关系。你们当然可以尽量检查金币。请——"

"安兹·乌尔·恭大人！"村长突如其来的声音，令安兹觉得没有的心脏似乎跳了一下。村长的认真表情比起刚才更加强硬、更有气势。

"叫我安兹就可以了。"

"安兹大人吗？"村长一开始还很怀疑，不过点了几次头继续说道：

"我非常了解安兹大人想要说什么。"

安兹怀疑自己的头上是不是浮现一个大问号。

心想村长可能有所误会，不过实在不知道村长在说什么，所以完全不晓得怎么回答。

"我非常了解安兹大人不想被小看的心情,也十分体会您为了自身的风评,想要求符合期望的酬金。要雇用安兹大人如此强大的人物,一定需要很多钱。所以除了三千枚铜币之外,您还要其他物资吧?"

不知道村长在说什么的安兹头脑一团乱,不禁庆幸自己戴着面具。安兹会拿出金币,是想知道金币大概可以买到什么等级的物品,想要大致掌握标准物价,只是事情为什么会演变成这样呢?

没有给安兹插嘴的余地,村长继续说下去:"不过如同刚才所言,村庄拿得出来的金额,最多就是三千枚铜币。虽然您一定会怀疑,但是对于救命恩人的安兹大人,我绝对不敢有所隐瞒。"

村长的脸上充满诚挚的表情,看起来不像是在说谎。如果被他欺骗,只能说自己太没有看人的眼光。

"不,像安兹大人这么有能力的人物,一定无法满足于我们提出的金额。如果将村庄所有人的财物聚集起来,或许可以达到让安兹大人满意的金额。但是……我们村庄失去很多劳力,如果支付超过三千枚铜币的金额,将无法度过接下来的季节,还有物资也是一样。因为人手变少,一定会有很多农田变得人手不足。所以如果现在将物资交给您,将来的生活一定会变得相当严峻。虽然向救命恩人如此要求很不好意思,不过,可以请您……至少让我们以分期付款的方式支付吗?"

咦？这可是个大好机会吧？

像是在茂密的丛林里，视野突然变得开阔，安兹假装陷入思考。目的地正在眼前，接着只能祈祷能够成功抵达。隔了几秒钟之后，安兹终于开口：

"了解了。我不要酬劳。"

"咦？为……为什么？"村长和夫人都惊讶地瞠目结舌。安兹轻轻举手，强调他还有话要说。套话的时候必须思考什么事情该说什么事情不该说，这样真的很麻烦，也不知道是否可以顺利套出想要的信息，但他还是非做不可。

"我是个魔法吟唱者，在名叫纳萨力克的地方研究魔法，最近才来到外面。"

"果然是这样啊。所以才会打扮成这副模样吧？"

"啊，嗯。就是这样。"

安兹摸着嫉妒面具，随口蒙混过去。

如果这个世界的魔法吟唱者都装扮得如此奇怪，街上会呈现怎么样的光景呢？脑里浮现巴厘岛上巴龙和让特熙来攘往的光景，开始期待不要出现这种世界的安兹，察觉到另一件无法理解的事，那就是在YGGDRASIL的称呼也说得通的理由。

魔法吟唱者这个称呼，有着很广泛的意义。包括神官、祭司、森林祭司、秘术师、妖术师、魔法师、吟游诗人、巫女、符术师、仙人等魔法职业，在YGGDRASIL都统称为魔法吟唱者。如果这个世界也是如此，这种偶然未免不可思议。

安兹一边观察对方的反应一边开口："……我虽然说了不要酬劳,不过身为魔法吟唱者会以各式各样的事物为工具,当然也包括恐惧与知识。这些事物是所谓赚钱工具,只是刚才我也说过,因为我一心一意专心研究魔法,不太了解这附近的事,所以想从两位这边得知一些附近的信息。而且希望你们不要把贩卖情报这件事告诉别人,就以此来代替酬劳吧。"

当然没有什么都不要这种好事,甚至应该说没有比免费更贵的。拯救性命之后要求支付报酬的人,却说出不要酬劳这种话,只要是稍微正常的人都会觉得奇怪吧。那么只要让对方有支付酬劳的感觉即可,即使那是看不见的事物也具有效果。

也就是说,这个情况是让对方觉得以卖出情报给安兹作为交易,那么对方便不会产生怀疑,也会因此觉得安心。

实际上,村长和夫人也露出坚定的表情点点头:"知道了。我们绝对不会把这件事告诉任何人。"

安兹在桌子底下握紧拳头,暗自叫好,自己的业务能力果然还是有用的。

"那真是太好了。我不想使用魔法来约束你们,我相信你们的人格。"

安兹伸出戴着金属手套的手,村长愣了一下才恍然大悟地伸手回握。

安兹松了一口气,握手这个行为在这里果然也行得通。如果对方露出这是在做什么的表情,那真的令人想哭。

当然，安兹并非真心相信他们。提出利益让人闭嘴的情况，如果受到更大利益的诱惑，就可能泄露口风。如果是以人格来约束，也可能因为多变的人性而泄露。没有哪一种方式比较好，安兹只是下个赌注，认为以村长的人格来说应该不至于泄露秘密。如果他真的泄露也无所谓，还可以当成下次前来这个村庄交易时的谈判筹码。

只是安兹觉得不会遭到背叛。脑中掠过的对方充满感谢的表情与充满诚意的态度，让自己如此认为。

"那么……可以详细告诉我这里的事吗？"

●

"怎么会这样！"

"唔！怎么了？"

"不，没什么，我在自言自语。对不起，发出奇怪的声音，让你吓了一跳……"

瞬间回神的安兹立刻展现演技。如果是人类的身体，现在一定冷汗直流吧。

村长只是说了一句"这样啊"便没有继续追究。或许在村长的脑中，已经把魔法吟唱者当成怪人。这样反而更好……

"帮您准备饮料吧？"

"喔喔，不了，我不口渴。请不用麻烦。"

夫人已经不在房间，到外面——有很多事需要帮忙，目前屋里只有村长和安兹。

安兹最先询问邻近国家，村长的口中也说出不曾听过的国家名称。虽然已经做好心理准备，无论听到什么都不会觉得奇怪，不过一旦听到还是有些吃惊。

一开始安兹也不断想象，以YGGDRASIL的世界观为基础来想象这个世界。因为可以使用YGGDRASIL的魔法，以为这里或许和YGGDRASIL有所关联，不过却听到毫无关联的地名。

邻近国家是里·耶斯提杰王国、巴哈斯帝国和斯连教国。在以北欧神话为架构的YGGDRASIL世界观中，不曾出现这些名字。

眼前转个不停、身体摇摇欲坠的安兹，以戴着金属手套的手扶着桌子勉强保持平衡。简直像是来到陌生世界，虽然早已如此理解，也做好了心理准备，还是没办法不感到惊讶。

冲击比想象中还要剧烈。

变成不死者的躯体后，首次感受到如此剧烈的冲击。安兹企图保持冷静，再次回想刚才听到的那些邻近国家与地理状况。

首先是里·耶斯提杰王国和巴哈斯帝国。这两个国家位于山脉的两边，而山脉的南方是一大片广阔的森林，隶属于里·耶斯提杰王国的这个村庄和要塞都市就位于森林尽头。邻近的两个国家交恶，每年几乎都会在要塞都市附近的原野开战。

至于南方的国家则是斯连教国。

如果简单说明这三个国家间的关系，就是画一个圆之后，中央放一个倒置的字母"T"。虽然有点笼统，不过这样解释应该很容易了解。左边是里·耶斯提杰王国，右边是巴哈斯帝国，下面是斯连教国。似乎还有其他的国家，不过村长知道的事大概只有这些。至于国力方面，这个小村庄的村长也不可能知道。

也就是说——

"让你见笑了。"

——刚才的骑士因为铠甲上有巴哈斯帝国的国徽，所以村长认为他们是巴哈斯帝国的骑士。不过这里位于斯连教国的边境，因此也有可能是斯连教国伪装的骑士。

将所有骑士全都放回去是个错误决定，至少应该留下一个人来拷问才对。现在为时已晚。

如果这次是斯连教国干的好事，那么是不是该对帝国方面采取一些行动呢。至于王国方面，已经有拯救这个村庄的人情，暂时这样应该就可以了。

安兹陷入沉思。

只有自己来到这个世界吗？不可能，还有其他玩家的可能性很高。或许黑洛黑洛也来到这里了。目前应该考虑的事，就是遇到其他玩家的情况。

如果其他玩家也来到这里，以日本人的个性来看，应该会聚在一起。到时候一定要尽可能加入对方，只要和安兹·乌尔·恭无关，无论什么事都可以让步。

问题在于如果对方把自己当成眼中钉——虽然概率很小，也不是完全不可能。

安兹·乌尔·恭一直以来都以扮演坏人的角色不断PK至今，所以是个遭人怨恨的公会。现在实在没有把握这些怨恨都已消失，说不定对方受到正义与愤慨情绪的驱使而仇视自己。

为了避免遭到仇视，首先要尽量避免做出和周遭敌对的行为。如果屠杀当地居民，特别是无辜民众的话，很可能会惹恼那些尚未失去人性的玩家。当然了，具有能让对方满意的理由或许另当别论，例如为了解救这个遭到袭击的村庄而杀人等。

总之今后的行动一定要有冠冕堂皇的理由比较方便吧。也就是必须采取那种自己虽然不想做，但是迫不得已的方式。

另外，若是遇到对方对安兹·乌尔·恭怀有恨意，到时候应该免不了会战斗，因此也必须事先拟定这方面的对策。

以纳萨力克地下大坟墓的现有战力来看，对方如果是三十个左右的一百级玩家，应该能够一口气消灭吧。而且能够利用世界级道具的纳萨力克大坟墓，可说是难以攻陷的要塞，应该能够像过去那样击退敌人吧。

但是也不难想象，毫无援军的守城战是非常不利的。而且安兹·乌尔·恭的撒手锏世界级道具，每次要释放最大力量时，都会让安兹的等级下降。如果遭到一连串的攻击，总有一天会被逼到无法使用的地步。

安兹非常明白，像这种着眼于会发生战斗的思考，很容易出现偏激的想法和狭隘的眼光。但是安兹已经不是小孩子，行动之前会考虑到最坏的状况。这只不过是在发生问题之前，先想好应付的方法。

如果只想苟延残喘地活下去，就不需要想那么多，和野兽一样在深山里生活即可。但是身上拥有的强大力量和引以为傲的名号，不允许自己这么做。

若是只想和平相处，那么只要随机应变即可。因此今后的重要课题之一就是要正视战斗这件事，好好扩充战力。接着要尽量收集这个世界的相关信息，包括其他玩家的消息。

"这样应该没错吧。"

"怎么了？"

"没有，没什么事。只是因为和预测有点不同，才会有点失态。对了，可以再说一些其他的事给我听吗？"

"好、好的，我知道了。"

村长的话题转到魔物身上。

这里似乎和YGGDRASIL一样，也有魔物存在。在森林中也有魔兽，特别是还有名为"森林贤王"的存在。也有矮人、森林精灵等人种，与哥布林、半兽人、食人魔等亚人种族，似乎也有亚人建立的国家。

收取报酬驱逐这些魔物的人称为冒险者，其中好像也有很多魔法吟唱者，听说这些冒险者在大都市建立了公会。

除此之外，也听到附近的要塞都市耶·兰提尔的相关讯息。

根据村长的说法，虽然不清楚人口有多少，不过耶·兰提尔似乎是附近最大的都市。如果想要收集情报，那里应该是最佳场所。

村长说的内容虽然对安兹有所帮助，但是很多地方都很笼统。所以与其在这里问个不停，还不如直接派人过去打探比较快。

最后是语言部分。这个有如异界的地方，竟然说日语也能通行，实在很不可思议。因此安兹仔细观察村长的嘴形，发现这里的人并非是说日语。说话的嘴形和传来的声音，都不像是日语。

之后也做了几次实验，结论是这个世界会吃一种名叫翻译蒟蒻的食物，只是不晓得是谁给他们吃的。这个世界的语言会经过自动翻译之后，再传达给对方。

如果可以知道对方说的话，那么也可以和人类以外的生物沟通吧。比方说狗和猫。问题是不知道是谁为了什么目的这么做的。

还有村长对这件事并不觉得奇怪，仿佛是天经地义一般。

——也就是说，这是世界的共通法则。冷静想想，这里可是魔法世界，这个世界是根据完全不同的法则运转也不奇怪。

自己在过去的人生当中学到的常识，和这里的常识并不相同，这是个致命的问题。如果没有常识，就可能犯下致命的错误。像是用"没有常识"这个词形容，绝对是不好的意思一样。

现在的安兹正处于欠缺常识的状态。必须想办法解决，但是完全想不到什么好办法，难道要随便找个人过来，要他把知道的常识全部告诉自己吗？根本不可能。

这么一来，只有一个办法了。

"看来有必要住在城里一阵子了。"

学习常识这件事，需要大量用来当作模范的事物。而且也必须了解这个世界的魔法，还有太多需要知道的事。

如此思考的安兹听到薄木门外传来轻轻的走路声。虽然脚步声的间隔有些大，不过并非快步前进，那是不疾不徐的男性脚步声。

正当安兹把脸转向门的方向时，敲门声同时响起。村长忍不住观察安兹的脸色，因为正为了支付救命之恩的代价而在说明事情，所以不敢擅自行动吧。

"请便请便。我也刚好想要休息一下，如果想出去也没关系。"

"真的非常抱歉。"轻轻点头道歉的村长站了起来，往门的方向走去。开门之后出现一个村民，他的目光先是看向安兹，接着移到村长身上：

"村长，很抱歉打扰您和客人谈话，不过葬礼已经准备好了……"

"喔喔……"村长移动目光，像是在请求安兹同意。

"无所谓。不用管我。"

"谢谢。那么转告大家我马上就到。"

2

葬礼在村庄近郊的公共墓地进行。墓地是一个由破旧栅栏围起来的空地，里面竖着好几个刻有名字的圆形石碑。

村长在墓地念出抚慰亡灵的祭词，口中说着不曾在YGGDRASIL听过的神之名号，祈祷亡灵能够安息。

似乎因为人手不足无法安葬所有遗体，所以先安葬一部分。以安兹的立场来看，去世当天便埋葬似乎有点心急，不过这个世界没有他知道的宗教，或许这么做很正常。

聚集在墓地的村民里，也有那两名获救的姐妹——安莉·艾默特和妮姆·艾默特。安兹确认过的两人双亲的尸体，好像也是在今天埋葬。

站在距离村民不远处眺望的安兹，抚摸着长袍底下约三十厘米的短杖。那把短杖翅由象牙制成，前端部分饰有黄金，握把的地方刻着符文，充满神圣的气息。

名为复活短杖。

这是具有死者复活魔法的道具。安兹当然不是只有这一把，有多到让这个村庄的所有死者全都复活还绰绰有余吧。

根据村长的说法，这个世界的魔法没有让死者复活的能力。这样一来如果使用复活短杖，就可以在这个村庄创造奇迹。不过在祈祷仪式结束，葬礼进入尾声时，安兹慢慢将短杖收进道具箱。

可以让死者复活，但是却没有这么做。并非因为死者灵魂是神之领域这个宗教因素，只是单纯觉得没有什么好处。

可以让人死亡的魔法吟唱者和可以让人复活的魔法吟唱者，哪种人比较容易被卷入麻烦事，一点也不难想象。即使加上不准将复活的事告诉其他人的这个条件，确实守住秘密的可能性也很低。

能够抗拒死亡的能力，应该是每个人都渴望获得的力量吧。如果状况改变，或许可以使用复活能力，但是现在信息不足，不应该在此使用。

"光是拯救村庄，就该觉得满足了。"安兹低声念念有词，注视站在身后的死亡骑士。

这个死亡骑士也是充满疑点。

如果是在YGGDRASIL，除了使用特殊方法，召唤出来的魔物都有时间限制。不是使用特殊方法召唤的死亡骑士理应过了召唤时间，但是现在依然没有消失。虽然做了很多推测，然而在信息不足的现在，无法找到答案。

如此思考的安兹旁边出现了两个身影，那是雅儿贝德和体形与人类差不多、外表类似身穿忍者装的黑色蜘蛛的魔物，魔物的八只脚长着锐利的刀刃。

"八肢刀暗杀虫？雅儿贝德，这是……"

安兹环视一下四周，村民们似乎都没有注意这里。雅儿贝德就算了，但是有这么一只魔物在场，即使是在葬礼当中也会成为注目的焦点吧。

这时安兹突然想起,八肢刀暗杀虫是种能够隐形的魔物。

"因为他想拜见安兹大人,才会带他过来。"

"见到飞鼠大人如此神清气爽——"

"客套话就免了。你是后援部队吗?"

"是的,除了我之外,已经准备四百名仆役,随时可以袭击这个村庄。"

袭击?怎么会变成这样?如此心想的安兹忍不住自言自语:塞巴斯真是没有什么传话的才能。

"不需要袭击,问题已经解决了。指挥你们的人是谁?"

"是亚乌菈大人和马雷大人。迪米乌哥斯大人和夏提雅大人在纳萨力克警戒,科塞特斯大人则在纳萨力克周围戒备。"

"这样啊……数量太多也只会碍事,除了亚乌菈和马雷之外,其他人全部撤退。你们八肢刀暗杀虫这次总共来了多少?"

"总共十五名。"

"那么你们也和亚乌菈、马雷一起留下来待命吧。"

看到八肢刀暗杀虫点头表示了解之后,安兹再次将目光移向葬礼。这时刚好要把泥土覆盖墓穴,两名少女哭个不停。

觉得葬礼似乎没有那么快结束的安兹,缓缓地迈向通往村庄的道路。后面跟着雅儿贝德与死亡骑士。

虽然被葬礼打断,不过安兹也花了不少时间学习附近事物与此处的常识,离开村长家之后,夕阳已经挂上天空。

看来这出回报旧友恩情的英雄救美戏码，意外地花时间。但是这些时间也不是白费，尤其是越了解这个世界之后，不懂的事反而变得越多。能够知道这件事就已经足够。

　安兹望着美丽的夕阳，同时思考该做的事。

　在不了解这个世界的状态下行动，是非常危险的。最好的办法是在收集完整信息前，隐蔽身份秘密行动。不过拯救这个村庄之后，已经无法隐蔽身份了。

　即使将骑士全部消灭，骑士所属的国家也会找出真相吧。如同在过去的世界里科学办案相当发达一样，这个世界或许有不同的调查方法相当发达。

　即使没有任何发达的调查方法，只要有村民幸存，总有一天一定会查到安兹这里吧。为了避免情报走漏，也可以将村民带到纳萨力克地下大坟墓，不过这些村民所属的王国肯定不会默不作声，就算被当成绑架事件处理也不奇怪。

　所以才要报上姓名，放骑士逃走。

　这么做有两个原因。第一个原因是只要安兹不躲进纳萨力克地下大坟墓，关于安兹的讯息，不久之后就会慢慢传开，那么由自己放出消息来主导事态发展应该比较好。

　第二个原因是想要放出有安兹·乌尔·恭的人拯救村民杀了骑士的这个消息。主要目的当然是想要让YGGDRASIL的玩家知道这个消息。

　安兹想要在王国、帝国、教国其中之一安身。如果有其他玩家在这些国家，一定会出现什么蛛丝马迹。相反地，如果安兹动员纳萨力克的组织去收集这些情报，不但要花不少工夫，风险也很高。对雅儿贝德这种性格的人下错命令，甚至可能引来无谓的敌人。

从收集情报这点来看，加入其中一个国家有很大的好处。而且为了保护纳萨力克地下大坟墓的自治权，能够有其中一方的势力当作后盾也比较稳当。只是还不了解这些国家的实力，就不能轻视他们。尤其是还不知道这个世界最强的人物是谁时，更加不能掉以轻心。因为在这三个国家里，或许会有实力比安兹更强的人物。

成为其中一个国家的成员虽然有很多缺点，但大概优点也会很多，问题是应该以怎样的身份成为这个国家的一员。

奴隶的身份可是敬谢不敏，像黑洛黑洛那种黑心企业的员工也不考虑。所以才要向各方势力宣传自己的存在，看清楚各方的立场与待遇之后，前往最理想的一方。

这是跳槽的基本要点吧。

那么该在什么时候展开移民行动呢。在缺乏信息的情况下，这样或许会暴露自己的弱点。想到这里的安兹甩甩头，似乎有些疲倦。在这几个小时里，已经用脑过度了，不想继续动脑下去。

"唉……到此为止吧。该做的事都做完了，雅儿贝德，撤退吧。"

"知道了。"

雅儿贝德回答的语气显得十分紧张。在毫无危险的这个村庄里，应该没有让雅儿贝德如此戒备的理由。

这么说来，唯一想得到的理由只有一个。安兹低声询问雅儿贝德：

"你讨厌人类吗？"

"不喜欢。人类是脆弱又下等的生物。如果像虫子一样踩扁一定很漂亮吧……不过有个女孩例外。"雅儿贝德的语气虽然有如蜂蜜一般甜腻，内容却非常残酷。

想起雅儿贝德女神般的温柔美貌，安兹觉得这句话太不符合她的印象，于是开口告诫：

"是吗……我了解你的感觉。不过我希望你在这时冷静一点。因为演技也很重要。"

雅儿贝德用力点头。

看着眼前的雅儿贝德，安兹开始烦恼。现阶段雅儿贝德的好恶还不会有什么问题，不过将来就不见得了。

了解部下的喜好也是必要事项之一。

安兹注意到这一点之后，开始寻找村长。基于礼貌，离开之前想与对方告别。抬头环视了一圈，马上就发现了村长。他带着严肃的表情，在广场角落和几位村民说话。不过看起来感觉有点不寻常——村长的表情充满紧迫感。

又发生什么麻烦事了吗？

安兹压抑咋舌的冲动，带着救人救到底的心情靠近村长：

"怎么了，村长大人？"

村长的脸有如得到一线希望般亮了起来："喔喔，安兹大人。其实好像有骑着马，外表好像战士的人正在接近……"

"原来如此……"

村长带着担心的表情看向安兹，在场的其他村民也一样。安兹见状轻轻举手，表现出让大家放心的模样：

"交给我吧。立刻将幸存的所有村民集合到村长大人家中，我和村长大人留在这里。"

这边，钟声响起，村民开始集合；那边，死亡骑士也到村长家附近戒备，雅儿贝德则留在安兹的身后待命。

安兹为了消除村长的不安情绪，以开朗的声音开口："请放心，这次特别破例免费帮助。"

村长不再继续发抖，而是露出苦笑，或许已经做好豁出去的心理准备。

过了不久，村庄的道路上出现了数名骑兵，骑兵列队缓缓进入广场。

"武装没有统一，由每个人各自搭配……不是正规部队吗？"观察骑兵的安兹，对于他们的武装有些疑问。

之前铠甲上有帝国国徽的骑士们，身上的武装是完全统一的重装备。但是这次的骑兵虽然也穿戴铠甲，却是自由搭配不同的装备。有些穿着皮铠，有些则没有套上铠甲，露出里面的锁链衣。

有人戴上头盔，也有人没戴。要说共通点，就是每个人都露出脸来。虽然每个人都带着相同造型的剑，不过除此之外，甚至还装备了弓箭、单手枪、钉头锤等备用武器。

　　说好听一点是沙场老将的战士集团，说不好听一点就是一盘散沙的佣兵集团。

　　骑兵队伍终于骑马进入广场。人数大约二十人，虽然提防死亡骑士，不过还是在村长和安兹面前排列得相当整齐。

　　队伍中的一名男子骑马离开队伍，他似乎是骑兵的队长，在众人当中有着最抢眼的剽悍外形。

　　队长的眼神轻轻瞄过村长，停留在死亡骑士身上之后，转向雅儿贝德，接着目不转睛地注视了好一阵子。不过在确认对方一动也不动的模样之后，立刻以锐利的目光看向安兹。

　　即使眼神明显来自是以暴力维生的对象，安兹依然若无其事地不为所动。光是这种程度的眼神，无法令安兹的内心起任何涟漪。

　　并非安兹原本就不怕这种眼神，只是单纯因为这副身体的关系吧，或许也是因为能够使用YGGDRASIL的能力而充满自信。

　　似乎已经看够了，队长充满气势地开口："——我是里·耶斯提杰王国的战士长葛杰夫·史托罗诺夫。奉国王之令，为了征讨在附近作乱的帝国骑士，前往各个村庄巡逻。"

　　平稳深沉的声音在广场响起，安兹身后的村长家也传来喧嚣声。

"王国战士长……"

在告诉我的情报里没有这个人喔——安兹带着轻微的责备向低语的村长发问：

"他是个怎么样的人？"

"根据商人的说法，他是过去曾在国王的御前比武大会技冠群雄的人，目前负责指挥直属国王的精锐士兵。"

"眼前这个人真的有那么厉害吗……"

"不知道。我也只是听说。"

安兹仔细看了一眼，骑兵的胸口果然都有相同的徽章，看来和村长曾经提过的王国徽章真的有点像。虽说如此，由于目前的情报还不足够，无法完全确信。

葛杰夫的眼神看向村长：

"你是这里的村长吧。可以告诉我旁边的人是谁吗？"

"不用麻烦了。你好，王国的战士长阁下，我叫安兹·乌尔·恭，是个魔法吟唱者。因为这个村庄遭到骑士攻击，所以前来解救。"阻止想要开口的村长，安兹轻轻行礼之后，开始自我介绍。

葛杰夫闻言立刻下马，身上的金属铠甲发出喀啦喀啦的碰撞声，站在地上深深低头：

"谢谢你救了这个村庄，大恩大德实在无以为报。"

空气跟着微微震动。

身为战士长，恐怕也属于特权阶级，竟然会对身份不明的安兹如此尊敬，在这个明显有阶级差异的世界里，应该非常值得惊讶吧。话说在这个国家，甚至是整个世界，人权都尚未完全确立，在几年前甚至还有国家在贩卖奴隶。

即使两人的地位不对等，葛杰夫依然特地下马向安兹低头行礼，由此可以清楚看出葛杰夫的人格。

身为王国战士长的身份应该绝非虚假。安兹如此判断。

"别那么客气。其实我的目的也是为了酬劳，所以不用道谢。"

"喔，酬劳啊。这么说来，你是冒险者啰？"

"很接近。"

"唔……原来如此。看起来像是个了不起的冒险者……不过还恕我孤陋寡闻，没有听过恭阁下的名号。"

"我正在旅途之中，只是刚好路过，不是什么有名的人物。"

"正在旅行啊。虽然耽误这位优秀冒险者的时间有点抱歉，不过可否告知关于袭击村庄那些恶徒的事？"

"乐意之至，战士长阁下。袭击这个村庄的骑士大部分都已经丧命，应该暂时无法作乱。还需要继续说明吗？"

"丧命……是恭阁下出手制裁的吗？"

听到葛杰夫的称呼，安兹发现这世界的称呼方式属于西式而非日式。也就是名+姓，而非姓+名。终于解开之前要村长称呼自己为安兹时，村长露出异样表情之谜了。彼此还不熟就要别人称呼自己的名字，的确会出现那种表情。

安兹发现自己的失误,不过还是带着社会人的厚脸皮加以掩饰:

"这么说可以说对,也可以说不对。"

葛杰夫敏锐地察觉话中含意,移动目光看向死亡骑士,大概是闻到骑士身上散发的淡淡血腥味吧。

"有两件事想请教一下……那位是?"

"他是我创造的仆役。"

葛杰夫发出赞叹声,以犀利的目光从头到脚仔细打量安兹:"那么……这副面具呢?"

"因为身为魔法吟唱者的某些理由戴上的。"

"可以拿下来吗?"

"请恕我拒绝。如果那家伙——"他伸手指向死亡骑士。"失控的话就麻烦了。"

知道死亡骑士实力的村长,还有待在村长家里可以听到说话声的村民们都浮现出吃惊的表情。可能是感受到村长表情和现场气氛的激烈变化,葛杰夫重重点头:

"原来如此,那么还是不要拿下来比较好。"

"谢谢。"

"那么——"

"在此之前,虽然不好开口,不过这个村庄刚被帝国的骑士入侵,如果各位携带武器进入,可能会让村民再次想起可怕的回忆。可不可以请各位先将武器放在广场的角落,让村民们安心呢?"

"恭阁下说得十分正确。不过这把剑是国王赐予的武器,没有国王的命令绝对无法取下。"

"安兹大人,我们不要紧的。"

"是吗?村长大人……还请战士长阁下原谅我的无理要求。"

"恭阁下的想法非常正确,如果这把剑不是国王亲赐的武器,我一定乐意放下。那么能否坐下来,让我听听详情呢?要是不在意,时间也不早了,我想在这个村庄休息一晚……"

"知道了。那么一起到我的家……"

就在村长回答到一半时,一名骑兵匆忙跑进广场。从他气喘吁吁的模样,感觉得到他有要事禀报。

骑兵高声说出紧急状况:"战士长!周围出现好几个人影。他们围着村庄渐渐逼近!"

3

"所有人听命。"一道沉稳平静的声音传进所有人耳中。

"猎物已经进入牢笼。"说话的人是一名男子。

他的五官平凡没有什么特征,即使身处人群之中也不会特别显眼。而且感觉不到任何感情,有如人造物的黑色眼瞳与脸上的伤痕除外。

"将汝等的信仰奉献给神吧。"

所有人开始默祷。这是向神祈祷的简化版。

就连在他国境内执行任务，还要花时间祷告。这并非游刃有余，而是代表他们有着坚定的深厚信仰。

将一切奉献给斯连教国和神的他们，比一般教国民众有着更深厚的信仰，所以才能毫不迟疑地做出冷酷的行为，也不会因此感到罪恶。

祷告完毕之后，所有人的眼睛全都变成有如玻璃珠一般冰冷。

"开始行动。"

仅仅一句话，所有人便一丝不乱地包围了村庄，让人感觉这是训练有素的成果。

他们是一群在斯连教国专门从事非法行动，只闻其名不见其人，如同影子的部队。斯连教国神官直属的特殊情报部队六色圣典之一，基本任务是负责歼灭亚人村落的阳光圣典。

在斯连教国的六个特殊情报部队里，战斗机会最多的阳光圣典人数反而很少。包括预备队在内，总数不到一百人，也就是说进入阳光圣典的门非常狭窄。

首先必须能够使用第三级的信仰系魔法，也就是普通魔法吟唱者所能学会的最高等级魔法。此外还需具备优越的体能、强韧的精神，以及深厚的信仰。

总之就是一群战斗精英中的精英。

看着眼前四散的部下，男子轻轻呼出一口气。分散完毕各就各位之后，接下来就很难掌握所有人的行动。

不过他对毫无破绽的牢笼一点也不担心。

阳光圣典队长尼根·古立德·路因的心里，只有任务成功在握的安心感。他们阳光圣典不擅长隐蔽行动和野外行动，因此曾经错过四次机会。每次追踪葛杰夫这群王国部队时，都非常小心谨慎，避免行迹败露。如果这次再错失机会，这种追踪的日子还会不断持续下去吧。

"下次……真想请其他队伍帮忙，交给他们负责。"有人出声回应尼根的牢骚。

"就是说啊，我们的擅长领域可是歼灭。"出声的人是留下来负责保护尼根的队员之一。

"就这一点来看，我们这次的任务似乎有点异常。明明就是重要任务，即使获得风花的协助也不奇怪……"

"说得没错，虽然不明白为什么这次只有我们出动，不过也算是很好的经验。将潜入敌阵当作训练的一环也不错。不，或许这就是上面的目的。"嘴巴虽然这么说，但是尼根很清楚，下次应该很难再有相同的任务。

这次被交付的任务是"暗杀王国最强的战士，邻近国家无人可以与之匹敌的葛杰夫·史托罗诺夫"。一般来说这不像阳光圣典的任务，反倒像是以英雄级实力者组成的教国最强特殊部队——漆黑圣典的工作。

不过这次没办法。因为极为机密，所以无法告诉部下，但尼根知道其中缘由。

漆黑圣典为了应付即将复活的毁灭龙王，正在保护真神器"倾城倾国"，而风花圣典也正在全力追捕夺走代表巫女公主神器的叛徒，没有余力协助自己。

尼根不知不觉抚摸脸上的伤痕。回想起自己过去唯一一次狼狈败逃的经历，脑中浮现那名拿着漆黑魔剑造成这道伤痕的女子脸庞。

原本只要利用治疗魔法就可以完全治好不留痕迹，但是为了将这个惨痛的失败教训铭记在心，尼根刻意留下这道伤痕。

"可恶的苍蔷薇。"

苍蔷薇和葛杰夫同样都是王国的人，只是不能原谅的是她也是神官。除了信仰不同的神，她还阻止企图攻击亚人类村庄的尼根，而且是个认为自己的行为是在行善的愚昧之人。

"弱者为了保护自己必须寻找各种方法。连这都不懂，真是蠢毙了。"

似乎察觉上司有如玻璃珠的眼中蕴藏怒火，属下急忙插嘴："可、可是王国也很愚蠢呢。"

尼根没有回答，不过他赞同这个说法。

葛杰夫很强，所以才需要削弱他的实力，剥夺他的武装。王国分成国王和贵族两派，不断争夺政权。因此只要能铲除国王派里举足轻重的葛杰夫，贵族派很容易不经思考就付诸行动。即使是受到某国间谍的怂恿、煽动，也会不经大脑便采纳执行这个行动。

因为贵族厌恶原本是一介平民，只靠剑术便平步青云的葛杰夫的缘故，所以才会导致这个结果。

王国的最强王牌，即将葬送在自己人的手中。

就尼根看来，这是愚蠢至极的行为。他们——斯连教国虽然大致分成六个派系，不过行动时几乎都会互相合作。一个理由是大家都尊敬彼此的神，另一个理由则是大家都知道这个世界有很多人类以外的种族和魔物，如果不团结合作便有危险。

"所以才需要让大家根据正确的教义，走上相同的道路。人类不该你争我夺，应该共同携手开创大道才对。"

葛杰夫就是为了达成这个目的的牺牲品。

"能够干掉他吗？"

尼根没有嘲笑部下的不安。

这次的猎物是王国的战士长——在邻近国家之中最强的葛杰夫·史托罗诺夫。

比袭击哥布林的巨大村落，并且将之赶尽杀绝还要困难。因此为了消弭部下的不安，尼根沉稳地回答：

"没有问题。他现在没有装备获准携带的王国之宝。没有那些宝物，要杀他简直易如反掌……不，应该说除了这个大好机会之外，根本无法解决他。"

王国战士长葛杰夫·史托罗诺夫，是个拥有最强名号的战士。不过他会如此厉害，除了剑术高超之外，还有其他理由。

那就是王国代代相传的五大宝物。虽然现在只知道四样，不过这些宝物他全都获准可以装备。

不会疲惫的活力护手；能够持续治疗的不灭护符；可以避开致命一击，以最强硬度金属精钢制成的守护铠甲；为了追求锐度，经过魔化，就连铠甲也可以像奶油一般轻松切开的魔法剑剃刀之刃。

即使是尼根也不可能在正面对决中打赢受到这些宝物加持、攻守能力大幅强化的葛杰夫·史托罗诺夫。不，在所有人类之中，应该无人可以打败他吧。不过在他没有那些宝物的现在，就有十足的胜机。

"而且……我们手上还有撒手锏。这是一场不可能失败的战斗。"尼根伸手按住自己的胸口。

在这个世界上，有三种超越规格的魔法道具。一种是五百年前，曾经短暂统治这个世界的八欲王留下的遗物；另一种是在被八欲王消灭之前统治世界的龙族，其中最高等级的龙王使用魔法创造的龙之秘宝；最后一种是建立斯连教国的基础，由六百年前降临的六大神遗留下来的至宝。

就是这三种。

而收在尼根怀里的，正是斯连教国里也只有少数人拥有的至宝之一，也是尼根的必胜撒手锏。尼根确认戴在手上的钢铁护腕，上面浮现数字，显示约定时间已到。

"那么……作战开始。"

尼根以及在场的部下发动魔法，发动他们所能使用的最高阶天使召唤魔法。

●

"这样啊……的确有人。"葛杰夫在屋内暗处窥视包围村庄的人影。

看得到的范围里有三个人。三人保持等距离慢慢接近村庄。手上没有武器，也没有穿戴厚重的装备。可是这并不代表容易对付。很多魔法吟唱者不喜欢重武装，只会使用轻型装备，这表示他们也是那种人吧。

飘浮在他们身边、身上长着闪亮翅膀的魔物，就足以说明他们的职业。

天使。

天使是从异界召唤而来的魔物，很多人相信他们是神的使者，特别是在斯连教国。

虽然无法证实真伪，不过王国的神官断定这些天使只不过是召唤魔物。虽然这些宗教争论演变成国家对立的原因之一，不过葛杰夫认为天使是不是神的使者根本不重要。对葛杰夫来说，魔物的强弱才是重点。

就葛杰夫所知，天使和同阶的恶魔，比使用同等魔法召唤出来的其他魔物更强一些。天使还具有各种特殊能力，甚至能使用魔法，在葛杰夫的综合评价里，被归纳为难缠的敌人一类。

不过也要看是哪种天使，并非所有天使都是难以战胜的对手。这次的天使装备闪亮的护胸甲，手拿火焰长剑，是葛杰夫不认识的天使。

在旁边一起看着这个景象的安兹，向不清楚所以无法得知对方实力的葛杰夫问道：

"他们到底是何方神圣？目标又是什么？这个村庄应该没有什么价值吧？"

"恭阁下没有头绪吗……如果不是觊觎财物，答案只有一个吧。"

安兹和葛杰夫的目光交会。

"是对战士长阁下的怨恨吧？"

"既然处于战士长这个职位，遭到怨恨也是没办法的事。不过……真是伤脑筋。从对方有这么多可以召唤天使的魔法吟唱者看来，他们很可能是斯连教国的人……而且进行这样的任务，很明显就是特殊情报部队……传说中的六色圣典。无论从人数还是本领来看，都是对方比较占优势。"

表示棘手的葛杰夫耸耸肩，虽然表面非常沉着，不过内心却是十分焦虑与愤怒。

"竟然动用贵族，甚至卸下武装，真是辛苦他们了。不过那个蛇蝎心肠的男人如果留在宫中会更麻烦，能在这里做个了解应该算是幸运吧。只不过真是没想到，连斯连教国也盯上我了。"葛杰夫不屑地哼了一声。

然而人手不足、毫无准备、无计可施，什么都没有。

不过或许这里还有一张王牌。

"那是火焰大天使？外表看起来很像，不过……为什么会出现相同的魔物……同样是用魔法召唤的关系吗？这么说来……"

葛杰夫将目光移向喃喃自语的安兹身上，带着一丝希望询问："恭阁下，请问愿不愿意接受我的聘雇？"

没有回答，不过葛杰夫可以强烈感觉到对方面具底下的眼神。

"酬金方面保证可以达到你的期望。"

"请恕我拒绝。"

"只是借用你召唤出来的那个骑士也可以。"

"这也恕我拒绝。"

"这样啊……那么根据王国的法律，强制征召如何？"

"这是最愚蠢的选择……我不打算说出这种话，不过如果你想行使国家权力，那么我也会稍做抵抗。"

两人无声对看，先移开目光的人是葛杰夫。

"真是可怕。还没和斯连教国的人交手就要全灭了。"

"全灭……真是会开玩笑。不过你能理解我的想法，还是相当感激。"

葛杰夫眯起眼睛，仔细观察低头道谢的安兹。刚才说的话并非玩笑，葛杰夫的直觉强烈告诉自己，和这名魔法吟唱者为敌是件相当危险的事。

尤其是面临生命危险时的直觉，比起差劲的想法更值得信赖。

他到底是何方神圣？

葛杰夫一边思考，一边注视安兹的诡异面具。面具底下的脸到底长得怎么样？是自己认识的人，还是……

"怎么了？我的面具上有什么东西吗？"

"啊，没有，只是觉得这副面具很特别。这副面具是用来控制那个魔物……那么它应该是个非常了不起的魔法道具……对吧？"

"这个嘛，这是非常稀有的高价道具，甚至到了绝无仅有的地步。"

如果拥有高价的魔法道具，就表示那个人的能力也很高。按照这个道理，安兹应该是名本领相当高强的魔法吟唱者吧。葛杰夫对于无法获得安兹的协助感到有些沮丧，不过内心也希望身为冒险者的他，至少能够接受这个委托。

"继续下去也没有意义。那么恭阁下，还请保重。再次感谢你解救这个村庄。"

葛杰夫取下金属手套，伸手握住安兹的手。原本安兹应该也要拿下金属手套才合乎礼仪，不过安兹没有这么做。但是葛杰夫并不在意，紧紧握住安兹的手，吐露内心的想法：

"保护无辜的村民免遭屠杀，真的非常感谢。还有……虽然知道非常勉强，还是希望你可以再次保护这里的村民。我现在没有什么东西可以给你，不过无论如何，还请你接受我的请求……拜托你了。"

"这个嘛……"

"如果你大驾光临王都,我保证一定会如愿送你想要的东西。我以葛杰夫·史托罗诺夫的名字发誓。"

放手的葛杰夫打算跪下拜托,不过安兹伸手阻止:

"不需要做到这个地步……好吧,我一定会保护村民。以安兹·乌尔·恭这个名字发誓。"

听到对方以姓名发誓,葛杰夫稍微松了一口气:"非常感谢你,恭阁下。这样我就没有后顾之忧了,可以只管勇往直前。"

"……在此之前,请带着这个吧。"

安兹拿出一个东西,递给感觉非常高兴的葛杰夫。那是一个小小的奇怪雕刻,不像是有什么特别之处。不过——

"只要是你的礼物,我都乐意收下。那么恭阁下,虽然有点不舍,不过我先走了。"

"不等夜色深沉的时候再出发吗?"

"对方有'夜视'之类的魔法,晚上对我们不利,但是不见得会对他们不利。而且……也要让你能够确认我们是否败退。"

"原来如此,真不愧是王国的战士长,思考得如此透彻,令人佩服。那么祝你马到成功,战士长阁下。"

"我也祝恭阁下今后的旅途一路平安。"

安兹默默注视葛杰夫的背影渐渐缩小。虽然从主人散发的气氛感受到什么,但是雅儿贝德没有机会开口发问。

"唉……对第一次见面的人只能产生如同对待昆虫的亲切感……不过深入交谈之后,就会涌现出如同对待小动物的眷恋。"

"所以您才会以尊贵的名号立誓保证吗?"

"说不定吧……不,应该是对勇敢赴死的决心……"

对那种和自己不同的坚定决心——感到心驰神往吧!

"雅儿贝德,向周围的仆役下令。确认伏兵状况,一旦发现就让他们失去意识。"

"马上去办……安兹大人,村长他们来了。"

安兹转头看向雅儿贝德,刚好看到村长带着两名村民过来。气喘吁吁地跑到安兹身边,充满慌张与不安的村长一行人立刻开口,似乎连调整呼吸的时间都觉得浪费。

"安兹大人,我们该怎么办才好?为什么战士长阁下不保护我们,擅自离开村庄呢?"村长的口气中除了恐惧,还隐含遭到抛弃的愤怒情绪。

"那是他应该做的事,村长大人……对方的目标是战士长阁下,如果他留在这里,只会让村庄变成战场,况且对方也不会放过你们。所以他们不留下来,是为了你们好。"

"原来战士长阁下离开这里是这个意思……那、那么我们应该继续待在这里吗?"

"别抱有幻想,战士长阁下之后,接下来的目标就是你们吧。只要在这个包围网里,应该无处可逃,不过……对方会倾全力攻击战士长阁下，到时候便是逃走的时机。乘机逃走吧。"

正因为如此，战士长才会大张旗鼓逃走。目的是把自己当作诱饵，引诱敌人全力攻击。听出战士长胜算不高的言外之意，村长面红耳赤地低下头。为了制造让村民逃走的机会，战士长不惜一死迈向战场。

连这点都无法体会，没有细想就误会战士长，最后还胡乱生气，村长大概是对于这样的自己感到惭愧吧。

"我竟然随便猜测……误会好人……安兹大人，我们应该怎么做才好呢？"

"什么意思？"

"我们虽然住在森林附近，但是并非绝对不会遭到魔物攻击。只是幸运地误以为这里很安全，连自卫的方法也没想，结果不但失去亲爱的邻居，还成了累赘……"不只是村长，连后面的村民也都露出懊悔的表情。

"这也是没办法的事。对方是擅长战斗的军人，若是出手抵抗，在我来到这里之前，或许你们早已成了刀下亡魂。"

虽然安兹出言慰藉，不过村长等人完全感受不到得到安慰。其实不管是谁出言安慰，这都是已经无法挽回的悲剧，只能祈祷时间能够抚平一切。

"村长大人，没有什么时间了。为了不辜负战士长阁下的决心，必须赶紧行动才行。"

"那、那么……安兹大人，我们应该怎么做才好？"

"我会随时留意情势变化,然后看准时机保护大家一起逃走。"

"老是麻烦安兹大人,实在是……"

"别在意。因为我和战士长阁下也定下承诺……总之先让所有村民到比较大的屋子集合,我再用魔法加以防御吧。"

4

马匹的激动情绪从双脚传来。

即使是受过训练的军马——不,正因为是军马,更能感受到即将踏入死地的气氛吧。

对手虽然只有四五人,却将整个村庄包围,因此每个人之间的间隔都很大。不过应该利用了什么方法,让这个包围网滴水不漏。也就是说附近设有什么陷阱,只要踩到就会遭遇致命的袭击。

虽然如此判断,葛杰夫还是决定强行突破。不,是以现状来说,只有这个办法。

远距离战没有胜算。如果身边有擅长远距离攻击的弓箭手还另当别论,若是没有,一定要避免和魔法吟唱者进行远距离的战斗。

防守战更是愚昧的做法。如果是石造房子或是坚固的城寨就算了,以木质房屋来抵挡魔法实在很不明智,搞不好可能连同整间房子一起烧毁。

最后只剩下一个可说是旁门左道的方法,就是让村庄变成战场,在战斗时将安兹·乌尔·恭也牵扯进来,强行让他参战。

可是如果采取这种方法,就完全丧失了来到这个村庄的意义,所以葛杰夫才会行险。

"攻击敌人之后,立刻将对方的包围网引诱过来。之后立刻撤退,不要错失了机会。"听着后方部下充满气势的回应,葛杰夫皱起眉头。

这里面有多少人能够生还呢?他们并非潜力比人强,也没有天生的超能力,只是一群在葛杰夫的训练之下努力的人。失去这些心血结晶,实在太过可惜。

即使知道葛杰夫采取愚昧的手段,这群部下依然甘心跟随。想要对这些被自己牵扯进来的部下道歉的葛杰夫,回头看见部下的表情后,立刻把想说的话吞了回去。

眼前是战士的表情。那是即使知道即将赴汤蹈火,依然在所不辞的无惧神情。这种明知危险依然决定跟随自己的部下,不需要任何道歉的话语。

部下们个个开口向感到惭愧的葛杰夫说道:"请不要在意,战士长!"

"是的,我们是自愿来到这里,誓死和战士长并肩作战!"

"请让我们保护国家、人民还有同伴吧!"

已经没有别的话好说,葛杰夫向前高声呐喊:"冲吧!将敌人碎尸万段！"

"喔喔喔喔喔喔喔喔喔喔！"

策马向前奔驰，部下们也跟在葛杰夫后面。全力奔驰的快马，在草地画出一条有如弓箭射过的痕迹。

葛杰夫骑在马上取弓搭箭，即使不停晃动，他依然从容地拉弓射箭。

利箭不偏不倚命中目标，射穿前方一名魔法吟唱者的头——看起来是如此。

"啐！果然没用啊。魔法箭或许能刺穿，不过……没有的东西就是没有，在这边发牢骚也没用。"

有如射中坚硬的头盔，利箭被弹开了。那种超乎常理的硬度，果然是某种魔法的效果吧。就葛杰夫所知，想要射穿具有防御射击武器效果的魔法，就必须使用施加魔法的武器。不过没有那种武器的葛杰夫，立刻放弃继续射击，收起手上的弓箭。

魔法吟唱者也开始反击，使出魔法。葛杰夫集中精神，全神贯注地摆出架势加以抵挡。这时胯下的骏马高声嘶鸣，前脚高高抬起，在空中猛踢双蹄。

"喝！喝！喝！"

紧紧抓住缰绳，身体前倾抱住马颈，靠着临危不乱的敏捷反应，葛杰夫才免于从马背上跌落。虽然这个突发状况令自己冒出一身冷汗，但是总算压抑住了焦躁的情绪。

眼前还有更重要的事。

情绪激动、气息紊乱的葛杰夫，用力鞭打马的侧腹，不过马却一动也不动，仿佛比起坐在背上的人，还有更重要的主人下达命令。

会出现如此异常现象的理由只有一个，那就是精神操控系的魔法。

马儿被施加了那种魔法。如果向葛杰夫施法或许会遭到抵抗，但是对象是非魔兽的军马，就不用担心会受到抵抗。

没有预测到这个理所当然的攻击，令葛杰夫对自己的失策感到恼火。他飞身下马。跟在葛杰夫身后的部下纷纷避开葛杰夫，从他的两旁奔驰而过。

"战士长！"

队伍最后面的部下放慢速度，伸手想要把葛杰夫拉上马。不过从空中俯冲而下的天使逼近的速度比较快。

葛杰夫拔剑挥向天使，钢剑迅捷一闪。

王国最强男人的剑光，果然带着一刀两断的气势。不过天使的躯体虽然受到重创，还不至于丧命。喷出的鲜血在空中化为形成天使的魔力，就此烟消云散。

"不需要！直接反转进行突击！"

葛杰夫对部下下令之后，以锐利的目光瞪向逃过一劫的天使。对方虽然身受重伤，依然充满斗志地寻找葛杰夫的破绽。

"原来如此啊。"

挥剑命中时，感受到异样的触感，葛杰夫这才知道那是为什么。有些魔物拥有特殊能力，只要不被非特定材质的武器命中，伤害就会大幅减轻。天使具有这种能力，所以即使挨了葛杰夫的强力一击也没有倒下。

如此一来，葛杰夫决定从体内聚集力量，发动武术技能"集中战气"。剑身发出微光。

看准这个时机，天使挥下赤焰之剑。可是——

"太迟了。"看在周边国家最强战士的葛杰夫眼里，天使的动作实在太慢了。

葛杰夫的剑动了。

比起刚才那招的威力更强，葛杰夫的剑轻松斩断天使的躯体。主体遭到破坏的天使，有如融化一般消失在空中。闪闪发亮的翅膀四散之后瞬间消失，如梦似幻的光景令人着迷。

如果不是在这种充满血腥味的绝望状况，葛杰夫一定会出声赞叹吧，不过如今早已没有那种闲情逸致。

葛杰夫环视四周，确认接踵而至的敌方攻击——脸上露出一抹轻笑。

数量增加了。才稍微一转眼，敌人就增加兵力。随从的天使也增加了。葛杰夫非常清楚，这并非寻常的增援。

"靠着魔法什么事都办得到吗？可恶。"

口中骂着这些轻易做出战士绝对办不到的事的魔法吟唱者，葛杰夫冷静地计算人数，确认这些人就是包围村庄的所有人。

这么一来，村庄的包围网就解除了。

"那么恭阁下，接下来麻烦你了……"

能够解救幸存的村民性命，葛杰夫感到无限喜悦，不敢大意地瞪视眼前的敌人。传进葛杰夫耳里的马蹄声越来越大，那是回头进行冲刺攻击的部下们。

"我说过如果包围网解除就撤退……真是一群笨蛋……自傲到极点的家伙。"

葛杰夫全力奔走。

恐怕这个瞬间就是在这场战斗之中，唯一的最佳时机吧。从骑兵的速度来看，为了阻止我方会合，对方的魔法应该会全力对付部下。抓准这个机会引发混战，只有这个办法。

部下的马发出嘶鸣，和刚才的葛杰夫一样，马蹄高高抬起。有好几个人跟着落马发出呻吟，天使趁机发动攻击。

部下和天使的实力虽然相同，但是就基础能力和特殊能力的有无来说，部下处于绝对的劣势。不出所料，部下被数量大约一半的天使逼到绝路。当然了，魔法吟唱者的魔法攻击，更是造成如此悬殊战局的主因。

部下相继倒地。葛杰夫不忍目睹早已心知肚明的结果，向前奔驰。

目标是敌人的指挥官。虽然知道即使杀了指挥官，对方也不会撤退，不过这是大家唯一的生路。

数量超过三十的天使挡在突击的葛杰夫面前。看到对方严加防备，葛杰夫一点也不高兴。

"挡路——"

葛杰夫发动隐藏杀招，从手上散发的热气蔓延至全身。

葛杰夫突破肉体的极限，到达英雄的领域。不仅如此，还同时发动多种武术技能——这可以说是战士的魔法。

葛杰夫瞪视飞在周围的六个天使。

"六光连斩。"

有如闪光的神速武术技能，一招就命中六个天使。周围的六个天使被一刀两断，成为光球就此消散。

斯连教国的援军发出惊呼，葛杰夫的部下则是大声喝彩。

虽然使出绝招让手为之抽痛，但是这种程度还不足以降低肌力。像是接到盖过喝彩的命令，大批天使再次袭来。其中之一向葛杰夫挥下赤焰剑。

"即刻反射。"

在天使挥剑的同时，葛杰夫立刻发动武术技能，身体有如雾霞瞬间闪开。天使在砍中之前，早已挨了葛杰夫的剑招。

一招就让天使化为光球，葛杰夫的攻击没有就此结束。

"流水加速。"

以行云流水般的动作，将袭来的天使一一解决。使出绝招继续打倒两个天使，有如神技的光景，让顽强抵抗的葛杰夫部下产生一丝获胜的希望。

但是斯连教国方面不允许这种事发生，用嘲讽的声音抹杀战士的一丝希望。

"很精彩。不过……到此为止了。"失去天使的神官再次召唤新的天使,全力对史托罗诺夫发出魔法。

热血沸腾的情绪瞬间冷却。

"不太妙啊。"

低声念念有词的葛杰夫随手解决一个天使。看来即使葛杰夫继续打倒天使,也不会再有喝彩了。

部下个个面带焦虑地挥剑,无论人数、武装、训练程度还是个体的能力几乎都处于劣势的葛杰夫部队,唯一的武器——获得胜利的希望也消失了。

反射性地躲开袭来的武器,葛杰夫加以反击。虽然一剑就能消灭天使,但是主要的敌人依然很远。

虽然期望部下有所作为,天使的防御能力还是必须用魔法武器才能突破。没有像葛杰夫那样的武术技能"集中战气",也没有魔法武器的部下,即使能让天使受伤,也很难造成致命伤。

束手无策。

葛杰夫咬着嘴唇,只能不断挥剑。连续展现好几次一击必杀的招式,绝招"六光连斩"的连续使用纪录也不断刷新。

像葛杰夫这样的战士,可以同时使用的武术技能是六种,用上隐藏杀招的现在,可以同时发动七种武术技能。

目前发动的武术技能为肉体强化、精神强化、魔法抵抗强化、暂时魔法武器化,还有攻击时使用的武术技能等五种。

没有发动极限的七种,是因为强力的武术技能会消耗许多集中力，尤其是"六光连斩"需要三倍的集中力。

即使是葛杰夫，也只有两种如此强力的绝招——需要用上全部集中力和四倍集中力的武术技能。

如果能用这些武术技能，可以轻松打倒天使。可是即使打倒再多天使，只要没有打倒召唤者，就会面对再次召唤的天使。等待对方的魔力耗尽也是种方法，不过恐怕在那之前，葛杰夫就先精疲力竭了吧。

实际上，葛杰夫挥剑的手已经越来越重，心跳也随之紊乱。

"即刻反射"是能在攻击之后，让失衡的姿势强制回到攻击前的武术技能。虽然可以立刻再次攻击，但是会对强制变更姿势的身体造成很大的负担。

"流水加速"这项武术技能可使神经暂时加速，提升攻击速度，但是会在脑中累积大量的疲劳。

再加上使用绝招"六光连斩"，对身体的消耗真的很大，然而若是不用便没有退路。

"无论有多少都尽管来吧！你们的天使没什么大不了！"

充满气势的怒吼令斯连教国部队愣了一下，不过随即回复冷静加以反击：

"别在意，那不过是笼中野兽的吼叫。不必担心，一点一滴消耗他的体力，不过绝对不能太过靠近，猛兽的爪子可是很长的。"

葛杰夫瞪向脸上有伤痕的男子。只要打倒那个指挥官，一定可以立刻扭转局势。最大的阻碍是随侍在侧、与赤焰剑天使不同的那个天使，还有到不了的遥远距离，以及层层保护的防卫网。

距离实在太过遥远。

"猛兽想要突围了，让他知道什么叫不可能吧。"

男子的冷静声音令葛杰夫为之焦躁。

即使踏入英雄领域，但是只有修炼强化肉搏战武技的葛杰夫几乎毫无胜算。

可是——那又如何。如果只有这条路，也只能使尽全力突破。

目光锐利的葛杰夫开始冲刺，不过正如他的认知，那是困难的道路。

天使接二连三刺出、挥砍手中熊熊燃烧的赤焰剑，回避的同时加以反击。将天使陆续消灭的葛杰夫突然感觉到剧痛，那是腹部遭到强烈撞击的疼痛。

往那个方向望去，看到一群使用某种魔法的魔法吟唱者。

"既然身为神官就该有神官的样子，至少使用一下治愈魔法吧。"

像是要抹杀葛杰夫的讽刺，无形的冲击波命中葛杰夫的身体。即使是无形攻击，只要数量不多，葛杰夫依然有自信可以根据形迹和眼神等线索加以躲避。但是面对数量超过三十的攻击，根本无计可施，光是保护持剑的手以及头就已经耗尽全力。

几乎要令人倒地不起的疼痛遍布全身，受伤的部位已经多到疼痛不知道是从哪里传来的了。

"呜啊！"喉咙忍耐不住涌上的腥甜味道，葛杰夫吐出一口鲜血。黏稠的血液流出，沾在下巴上。

遭到无形冲击波连续命中的葛杰夫脚步踉跄，迎面又遭到天使挥出赤焰剑。无法躲开的剑招命中铠甲，幸好剑被弹开了，不过冲击力道还是穿透铠甲深入体内。虽然在慌乱之中对天使横挥一剑，但是失去平衡的攻击被天使轻松躲开。

气喘吁吁的葛杰夫连持剑的手都在发抖，充满全身的强烈疲劳感，像是在耳边呢喃着让他快点躺下休息。

"已经到了狩猎的最后阶段。别让野兽休息，命令天使轮番攻击。"

即使想要稍微喘口气，但是听从指挥官的命令围在自己身边的天使，却毫不留情地一一发动攻击。

千钧一发之际躲过来自后方的攻击，挥剑挡开旁边的突刺，并以铠甲的坚固部位抵挡从上方飞来的天使突击。

虽然葛杰夫想要反击，不过敌人的攻击次数是自己的数倍。随着疲劳的累积与力量的下降，顶多只能一招解决一个对手，几乎没有余力使用武技。

部下纷纷倒地，敌人的攻击完全集中在自己身上。无法突破敌人的包围网，感觉死亡离自己越来越近。稍微不留神，膝盖一软差点跌倒，他赶紧提起精神再战。但再次袭来的魔法冲击波，击中了拼命支撑的葛杰夫。

眼前的景象大幅摇晃。

不妙！

葛杰夫以全身的力气想要保持平衡，但是身体却好像哪里出了问题，应该挺住身体的力量就此消失无踪。

接触草地的刺痒感突然传来，代表葛杰夫的身体已经倒地。虽然努力想要爬起，却是身不由己。这时蜂拥而至的天使之剑，代表的就是"死"。

"给他致命一击。不过不要单独下手，让所有天使一起，确保送他归天。"

死定了。

经过训练的手抖个不停，表示无法举起握紧的长剑，即使如此还是无法放弃，紧咬的牙关发出咯咯咯的刺耳声响。

葛杰夫不怕死。自己曾经夺走无数的生命，所以早有心理准备，自己也会在战场上遭遇同样的下场。

如同他对安兹说的话，自己遭人怨恨。怨恨会化为剑，总有一天会刺在自己的身上。

可是自己无法接受这样的结果。

袭击好几个村庄，杀害毫无战斗能力的无辜村民，只是为了让葛杰夫落入陷阱。绝对不允许自己死在这种无耻之辈的手中，也无法忍受自己的无能为力。

"嘎啊啊啊啊啊啊啊！别小看我——"

挤出全身的力量高声呐喊，口中流出带血的唾液，葛杰夫缓缓站起。

发现应该无力站起的男子威风凛凛地靠近，天使们不禁纷纷后退。

"呼——呼——"

光是站起来就让他呼吸困难，意识模糊，全身像是盖上厚重的泥土一般沉重。但是绝对不能躺下，只要躺下一切就结束了。并不是因为受到这些痛苦，就可以体会死去村民的痛苦。

"我是王国战士长！是爱着这个国家、保护这个国家的人！怎么可以输给你们这些玷污这个国家的败类——"

那位大人（恭阁下）会保护那些村民吧，那么自己该做的事就是尽可能多打倒一个敌人，让百姓们不再遭遇相同的不幸。

要保护未来的王国百姓，他只是想这么做。

"因为你只会说这种梦话，现在才会死在这里，葛杰夫·史托罗诺夫。"

葛杰夫瞪视敌方的指挥官，耳边传来对方冷嘲热讽的言论。

"如果你抛下这些边境的村民，就不会落到这种下场吧！你不可能不知道，你的生命比数千条村民的性命还要宝贵吧？如果真的爱国，就该抛下村民的性命。"

"我和你……没有交集……看招吧！"

"你那副身体还能有什么作为？不要再做无谓的挣扎，乖乖躺下吧。我会可怜你，让你没有痛苦地死去。"

"如果觉得……我已经没有作为，那就过来……取下我的首级如何？我这副模样……应该很容易吧？"

"哼，只会耍嘴皮子。看来你似乎还想再战，难道你有胜算吗？"

葛杰夫只是瞪视前方，发抖的手握着剑。看向眼前朦胧的敌人，不把周围蠢蠢欲动的天使们看在眼里。

"还在白费工夫，真是太蠢了。等我们杀了你之后，接下来就轮到那些幸存的村民。你的所作所为，只不过是延长他们胆战心惊的时间。"

"哼、哼……哼哼……"葛杰夫回以满脸的笑容。

"有什么好笑的？"

"哼，真是愚蠢。这个村庄里……还有比我更强的人。深不可测的他，一个人就能把你们全部解决……想要杀他……保护的村民，简直是不可能的事……"

"比王国最强战士的你还要厉害？你觉得这种虚张声势有用吗？太愚蠢了。"

葛杰夫的脸上浮现微笑。当尼根和安兹·乌尔·恭这个深不可测的男子相遇时，他会露出什么表情呢？这应该是送给前往那个世界的自己最好的礼物吧。

"天使们，杀了葛杰夫·史托罗诺夫。"随着这道冷酷的命令，无数的翅膀开始拍动。

葛杰夫带着必死的决心打算向前奔去，旁边传来一道声音。

——差不多该换手了。

葛杰夫眼前的景色为之一变，已经不是刚才那个染血的草地，而是类似房屋地面的简朴住处的一角。

四周是部下的身影，还有忧心忡忡望着自己的村民。

"这、这里是……"

"这里是安兹大人以魔法保护的仓库。"

"村长吗……恭、恭阁下好像不在这里……"

"不，刚才还在这里的，不过就好像和战士长大人对调一样，转眼间消失无踪。"

原来如此，脑中响起的声音是……

葛杰夫放松拼命使力的身体。接下来应该没有自己的事了吧？葛杰夫倒在地上，村民们急忙靠近。

六色圣典。连身为周遭国家最强战士的葛杰夫都无法打败的对手。

不过心中完全不觉得安兹·乌尔·恭会输。

5章 死之统治者

第五章 死之统治者

1

草原上没有留下先前激斗的痕迹。

血染的草原被夕阳的余晖掩饰,血腥味也在强风的恣意吹拂下飘散。

草原上出现两个原本不存在的身影。

斯连教国特殊情报部队阳光圣典队长尼根,以诧异的眼神看向两人。

其中一人是魔力系魔法吟唱者的打扮。戴着诡异的面具掩饰面貌,手上还戴着金属手套。身穿看起来十分昂贵的漆黑长袍,似乎代表他尊贵的身份。

另外一人则装备漆黑的全身铠甲。那也是相当不得了的铠甲,绝非随处可得的廉价品,光从外观就可知道是一流的魔法道具。

被逼到绝路的葛杰夫和他的部下不见踪影,反倒出现了这两个神秘人物。这是某种传送魔法的杰作吧,但是完全不知道是什么魔法。使用未知魔法的神秘人物,必须小心戒备。

尼根先让天使全部撤退,维持一定的距离守护在本方的周围。毫不松懈地观察对方举动,眼前的魔法吟唱者往前跨出一步说道:

"大家好,斯连教国的各位。我的名字是安兹·乌尔·恭。

如果能亲切地称呼我安兹,那就是我的荣幸。"

虽然距离有点远,但是在风的吹拂之下,声音非常清晰。

尼根没有响应。自称安兹的神秘人物继续说道:

"身后的这位名叫雅儿贝德。我想跟大家做个交易,不知可否耽误一点时间?"

在脑中搜寻安兹·乌尔·恭这个人名,不过完全想不出来,很有可能是假名。看来还是暂且听对方说些什么,从中搜集情报比较好,如此判断的尼根抬起下巴要安兹说下去。

"太棒了……感谢你愿意抽空听我说话。那么我有一件事必须先向各位说明,那就是你们是打不赢我的。"

从斩钉截铁的语气可以听出绝对的自信。绝对不是虚张声势或是毫无根据的傻话,那是安兹这号人物打从心底如此自信的语气。

尼根稍微皱起眉头,在斯连教国里,没有人敢对上位者说这种话。

"无知真是悲哀。你的愚蠢将会付出代价。"

"这个嘛,事实又是如何呢?我仔细观察了这次的战斗,我会来到这里就代表有必胜的自信。你们不觉得如果我没有必胜的把握,应该会对那个男人见死不救吗?"

完全没错。

如果是魔力系魔法吟唱者,比较适合采用别的方法。秘术师、妖术师和魔法师,基本上只会装备轻型铠甲,大多会尽量避免肉搏战，利用"飞行"魔法在远处连续发射"火球"等魔法，那样胜算比较高。但是安兹却选择正面迎击，一定藏有什么招式。

不知对方是怎么面对这段沉默。安兹继续说道：

"如果你能理解，我有个问题想要请教一下。你们带来的天使应该是使用三级魔法召唤出来的火焰大天使，不知道对不对呢？"

简直是明知故问。

不理会尼根不屑的表情，安兹继续说下去：

"你们召唤的魔物似乎和YGGDRASIL相同，所以我有点好奇是不是连名称也一样。YGGDRASIL的魔物名称很多都是来自神话……天使系和恶魔系的魔物应该很多都和神话有关。那些天使与恶魔是天主教最常出现的相关事物。但是在没有天主教的这个世界中，竟然会有称为大天使的天使，实在很不自然。这就表示在这个世界里，也有类似我这种人。"

完全不知道对方在说什么，感到火大的尼根反问："你的自言自语可以结束了，赶快招出你把葛杰夫·史托罗诺夫弄到哪里去了？"

"传送到村庄里了。"

"什么？"

没想到对方会回答的尼根不解地反问，接着立刻想到对方会如此回答的理由："蠢毙了。即使你说谎，只要搜索一下村庄马上就——"

"我可没有说谎,只是有问必答……其实我会老实回答,还有一个理由。"

"难道是想求饶吗?如果可以让我们节省时间,倒是可以考虑。"

"不不不……其实……我听到你和战士长的对话……真是有胆量啊。"

安兹的口吻与气势为之一变,看向面露嘲讽表情的尼根:

"你们竟敢大言不惭地说要杀掉我安兹·乌尔·恭好不容易才救回来的村民。没有比这更让人不悦的事了。"

风激烈地吹动安兹身上的长袍,这股风就这么吹过尼根一行人的身边。只不过是草原上的风刚好从安兹的方向吹来,但是置身冷风中的尼根赶紧甩开脑中浮现的错觉。

不,感觉风里充满死亡气息肯定是错觉。

"说、说什么不悦啊,魔法吟唱者。那又怎么样?"

虽然遭到恐吓,尼根还是不改冷嘲热讽的态度。身为斯连教国王牌之一的阳光圣典指挥官尼根,怎么可以听到区区一名男子的恐吓就感到害怕。绝对不行。

不过——

"刚才我提到交易,内容是希望你们乖乖交出性命,如此一来也可以免受皮肉之苦。相反地,如果想要抵抗,那么愚蠢的你,将会付出在绝望与痛苦之中死去的代价。"

安兹仅仅跨出一步。

虽然只有一步，安兹的身影看起来却相当巨大。阳光圣典的所有人都因此退了一步。

"啊啊……"尼根的周遭传来好几道嘶哑的声音。

那些声音代表恐惧。

充满令人难以置信的强者气势。尼根还是第一次感受到如此强烈的气势，所以可以理解部下的恐惧。

身经百战，不知在生死边缘游走多少次、夺走多少生命的强者尼根，也能感受安兹这名神秘魔法吟唱者散发出的令人透不过气的强大压力，部下的感受应该更加强烈。

他到底是何方神圣！

这个魔法吟唱者的真面目——面具底下的身份到底是什么？

无视尼根的焦虑，安兹以无比冰冷的语气放话："这就是我没有说谎、老实回答的理由。因为没有必要对即将死亡的人说谎。"

安兹慢慢张开双手，再次向前跨出一步。看起来像是想要拥抱，不过诡异弯曲的手指，仿佛即将袭来的魔兽。

一股寒气从尼根的脚底蹿到头顶。曾经在无数次的生死边缘感受过的这种感觉，是死亡的预感。

"让天使突击！别让对方靠近！"尼根放开嗓门，发出有如哀号的嘶哑声音下令。

并非想要鼓舞士气，单纯只是对进逼的安兹·乌尔·恭感到害怕。

两个火焰大天使接受尼根的命令发动攻击，拍动翅膀破风而去。一个直线飞到安兹面前的天使，毫不迟疑地刺出手中的赤焰剑。

身后的雅儿贝德应该会上前抵挡吧？如此预测的所有人，全都不敢相信眼前的景象。并非发生什么惊人的事，而是刚好相反。

完全没发生任何事。

没错——安兹这号人物没有采取任何行动，只是让天使的剑刺入自己的身体。魔法、闪避、防御，或是由随从抵挡，什么事都没发生。

惊讶变成嘲笑。

什么强者的气势，全都是虚张声势。雅儿贝德也不是不想抵挡，而是来不及反应天使的高速攻击吧。知道真相之后，其实也没什么大不了的。

部下安心吐出一口气。先前莫名感到焦虑，如今觉得不好意思的尼根看向雅儿贝德：

"太不像样了。竟然虚张声势想要吓唬我们……"

这时突然有个疑问。

为什么安兹的尸体没有倒下？

"你们在干什么？快点让天使退下。身上刺着剑才不会倒地吧？"

"可、可是我们已经下令了。"

部下充满疑惑的声音让尼根为之一惊，再次看向安兹。

天使的翅膀奋力拍动，像是被蜘蛛网缠住的蝴蝶。两个天使慢慢往两旁移动，不过动作非常奇怪，像是被人强行拉开。

接着原本被天使挡住的安兹，再次从空隙之中现身眼前。

"我不是说过了？你们打不赢我的，坦率地听从别人的忠告才对喔。"平静的声音传入尼根的耳中。

眼前的光景让尼根感到不解——即使胸部和腹部被剑刺穿，安兹依然若无其事地站着。

"不会吧……"

一位部下的呻吟道出尼根的心声。从剑刺入的位置与角度来推测，那确实是致命伤。即使如此，安兹却是完全没有痛苦的样子。

令人吃惊的地方当然不仅如此。

安兹的双手掐住两个天使的喉咙，掐住不断挣扎的天使不放。

"不可能……"

不知道是谁在喃喃自语。由魔法召唤的天使，躯体是由召唤者的魔力所形成，即使如此，体重也绝对不轻。不但比成年男子稍重，如果连身上的铠甲也算进去，绝对不是可以单手轻易抓起的重量。

的确，如果是受过严格训练、肌肉强壮的战士或许可以做到。不过眼前的安兹应该是比起肌肉，更加专心钻研提升智慧与魔力的魔法吟唱者。即使是以魔法强化，如果基本数值不高，也根本没什么效果。

但是为什么会有这种事？他即使被剑刺穿，也是一副不痛不痒的样子。

"这其中一定有什么骗人的花招。"

"啊，一定是这样！被剑刺穿怎么可能没事！"

斯连教国的特殊部队狼狈地大叫。虽然大家都是历经各种危险、身经百战的战士，却不曾看过这种情景，即使是尼根等人所召唤的天使也办不到。

像是没有半点痛苦的平淡声音，传进满是疑问的尼根等人耳中。

"这是高阶物理无效化的常驻型特殊技能，可以让数据量少的武器和低阶魔物的攻击完全无效。最多只能让六十级的攻击无效，也就是说超过六十级还是会受伤。算是一种不是零就是一的能力……没想到真的发挥效用。那么……这些天使真碍事。"

双手各抓着一个天使，安兹以惊人的速度往地面挥拳。随着一声巨响，大地似乎也跟着晃动——就是如此超乎常理的力量。

天使一命呜呼，变成无数的光球消散。当然，消失的还有刺在安兹身上的剑。

"如果知道天使名称的由来，就可以掌握你们为什么可以使用 YGGDRASIL 的魔法……不过这件事先暂且搁在一旁。"

缓缓起身的安兹，发言还是一样令人不解，不过这也让人对他的神秘力量感到更加害怕。

尼根咕嘟吞下一口口水。

"好了，无聊的游戏到此为止。玩够了吗？看来你们是不愿接受我的交易，那么接下来轮到我出手了。"

解决天使的安兹摆出姿势，慢慢张开双手。那个姿势好像在证明手里什么也没有。令人毛骨悚然的宁静中，安兹的声音清楚传了过来。

"我要上了——全部杀光。"

有如冰柱刺在背上的惧意，令人感到想吐，身经百战的屠杀者尼根感觉到不曾体验的莫名感受。

必须撤退。

在没有必胜方法的现在，和安兹战斗相当危险。不过尼根努力甩掉这个直觉。已经将葛杰夫这个猎物逼到绝境，怎么可以眼睁睁地看着他逃走。

不理会内心深处响起的警告，尼根大声下令："所有天使发动攻击！动作快！"

所有火焰大天使有如子弹袭向安兹。

"真是一群贪玩的家伙……雅儿贝德，退下。"

尼根的耳中传来即使遭到天使袭击也依然沉着冷静的声音。明明是被天使团团包围看不到任何缝隙，却完全感觉不到一丝焦急。

看来像是会被乱剑刺穿——不过在此之前，安兹早已发动魔法。

"负向爆裂。"

空气剧烈震动。

像是反相的发光，黑色波动从四周一口气往安兹的方向聚集。那只是一瞬间的事，不过却留下明显的成果。

"不、不可能……"

不知是谁的疑问随风传来，眼前的景象就是如此令人不敢相信——总数超过四十的天使就这么遭到黑色波动消灭。

对方并非使用对抗的魔法来解除召唤魔法。被黑色波动击飞的天使，看起来像是受到伤害。简单来说，就是安兹施展威力强大的魔法，将天使们一扫而尽。

尼根不禁感到毛骨悚然，脑中回想起王国最强战士葛杰夫·史托罗诺夫说过的话。

"哼，真是愚蠢。这个村庄里……还有比我更强的人。深不可测的他，一个人就能把你们全部解决……想要杀他……保护的村民，简直是不可能的事……"

眼前的光景印证了这句话。

不可能！

尼根甩掉脑中浮现的话语，拼命说服自己。就尼根所知，最强组织漆黑圣典的成员，也可以解决这么多天使。也就是说，只要将安兹当成那种对手来交战即可。即使实力和漆黑圣典一样强，人数如此众多的我们，理应能够获胜。

不过漆黑圣典那些成员，可以只靠一招魔法就把所有天使全部解决吗？

尼根摇头甩掉疑问，不可以想这个问题。如果得到答案，那就真的束手无策了。尼根把手伸进怀里，从收在那里的魔法道具上获得勇气。

坚信只要有这个道具，一切都没问题。

不过对于没有内心支柱的部下，只好使用别的方法。

"呜、呜啊——"

"这是怎么回事！"

"怪物吗！"

发现天使派不上用场的部下一边惨叫，一边开始接连发动自己相信的魔法。

"迷惑人类""正义铁锤""束缚""火焰之雨""绿玉石棺""神圣雷射""冲击波""混乱""石笋突击""开放性创伤""中毒""恐怖""诅咒""盲目化"……

各式各样的魔法命中安兹。

即使面对如狂风暴雨袭来的魔法，安兹依然神情自若。

"果然都是熟悉的魔法……是谁教你们这些魔法的？斯连教国的人吗，还是另有他人？想打听的信息越来越多了。"

不仅可以一招杀死召唤出来的天使，连魔法也无法造成伤害。

尼根感觉自己仿佛被困在噩梦的世界里。

"嘶——"

因为魔法毫无效果而发狂的一名部下一边发出奇怪的惨叫，一边拿出投石器投掷铁球。虽然尼根觉得连天使之剑都毫无作用，投掷铁球也不会有用，但还是没有阻止部下的举动。

能够轻易击碎人骨的沉重铁球，准确地往安兹的方向飞去。

有如爆炸的声音突然响起。

瞬间——

事情真的发生在转瞬之间。

既然身在战斗之中，眼睛的视线当然不可能离开目标。但是理应待在目标后方的雅儿贝德突然挡在安兹面前，刚才她所站立的地面因为强烈的踢击而隆起，这便是巨响的真相。

雅儿贝德以快到看不清楚的速度，挥动手上的长柄战斧，画出美丽的枯绿色残影。

接着是投掷铁球的部下瘫软倒地。

"啥？"

没人知道眼前到底发生了什么事。应该是我们发动攻击才对，然而结果却完全相反，是攻击的我方倒地。跑过去的部下观察死亡的同伴之后大叫：

"头、头被铁球打碎了！"

"什么？铁球……该不会是投掷过去的铁球吧！"

为什么会被自己投掷的铁球砸死呢？这时一道声音随风传进感到疑惑的尼根耳中。

"抱歉，好像是我的部下使用导弹防盾和反击箭这两个特殊技能反击回去了。你们好像施加了抵抗飞行武器的防御魔法，不过只要受到超过防御力的反击还是会被突破吧？应该不需要那样大惊小怪。"

出声解释的安兹完全不理尼根等人，转头看向雅儿贝德：

"不过雅儿贝德，你应该知道那种飞行武器根本伤不到我。可以不需要——"

"请等一下，安兹大人。想要和无上至尊战斗，至少也要有一定程度的战力。像是那种铁球攻击……未免太失礼了。"

"哈哈，这么说来尼根他们没什么资格吧，是不是啊？"

"唔！哼！监视权天使！上吧！"

听从尼根走音的命令，刚才只是轻微拍动的天使翅膀有了大动作。监视权天使是穿着全身铠甲的天使，一只手拿着巨大钉头锤，另一只手拿着圆盾，有如长裙的衣摆把双脚全部遮住。

实力比大天使更强的天使，至今都没出动的原因在于他的特殊能力。监视权天使正如其名，有着提升视野范围里本方防御力的特殊能力。这在移动之后就会失去效果，因此让监视权天使待命才是明智之举。

即使如此依然下令出动，这证明尼根已经无计可施。只要有一线生机，就算是一根稻草也要拼命抓住。

"退下，雅儿贝德。"

接受命令的天使一口气来到安兹面前，就这么挥出闪亮的钉头锤。安兹不耐烦地伸出戴着金属手套的左手迎击，虽然是打碎手骨也不奇怪的一击，不过安兹的手安然无恙，就这样若无其事地承受天使接二连三的攻击。

"哎呀哎呀……换我反击吧。'地狱之火'。"

安兹伸出的右手手指发出一道轻轻摇晃、好像一吹就会熄灭的黑色火焰，附着在监视权天使的身上。在闪闪发亮的天使身上，那道火焰小得有点可笑。

不过——

监视权天使的身体瞬间被黑色火焰吞没，火势强到连距离很远的尼根都可以感受到热气，令他几乎连眼睛都无法睁开。在气势冲天的黑色火焰中，天使的身体就此融化消失，丝毫没有抵抗能力。

将目标燃烧殆尽后，黑色火焰也随之消失，现场没有留下任何痕迹。刚才的景象——攻击的天使和燃烧的黑色火焰，就像是不曾出现的幻影。

"怎、怎么可能？！"

"只要一招……"

"噫！"

"太、太夸张了啊啊啊啊！"

在一团混乱之中，响起尼根的怒吼。尼根不知道自己在大叫。他只是把心中想法转换成语言脱口而出，不觉得那是呐喊。

监视权天使是高阶天使，而且攻防能力值的比率为三比七。

在使用高阶魔法召唤的权天使之中，也是防御力最佳的一种。

而且尼根与生俱来的异能"强化召唤魔物"，可以提升所召唤的魔物的能力，因此很少有人能够打倒尼根召唤的监视权天使。

尼根这辈子还不曾遇过有人只用一招魔法就能办到。即便是尼根所知的，几乎达到人类极限的漆黑圣典成员也办不到，也就是说安兹·乌尔·恭的实力超越人类的等级。

"不可能有这种事！太夸张了！没有人能够只用一招魔法就消灭高阶天使！你到底是何方神圣！安兹·乌尔·恭！像你这种人不可能至今都默默无闻！你的真名到底是什么？"尼根已经完全看不到任何冷静，只是不愿承认事实地吼叫。

安兹缓缓张开双手。在夕阳的照射下，那双手像是沾满鲜血的一般。

"为什么你会觉得不可能？这只不过是你的无知吧？还是说这个世界就是如此？只有一件事我可以回答你。"

在等待回答的期间，四周鸦雀无声。只有安兹的声音异常嘹亮地响起：

"我的名字是安兹·乌尔·恭。这个名字绝对不是假名。"

虽然不是想要的答案，不过安兹话语中蕴含的自傲与喜悦，令尼根无法开口反驳。从真相不明的人口中听到真相不明的答案，就是这种情况吧。

尼根对自己的急促呼吸感到心烦。

吹拂草原的风声也相当烦。自己体内的心跳声听起来特别大声。紊乱的气息，像是全力冲刺了很久。脑中虽然浮现几句可以安慰自己的话，不过刚才剑刺入对方身体的光景，还有一招魔法便消灭众多大天使的景象，都在告诉尼根——

那是超乎想象的怪物。

自己绝对不是对手。

"队、队长，我、我们该怎么办才好……"

"这种事自己看着办！我可不是你妈！"放声怒吼的尼根看到部下的恐惧表情之后，这才回过神来。

在这种未知的怪物面前惊慌失措，可是相当不妙的事。

太阳渐渐西下，黑暗即将吞噬整个世界。感觉像是"死亡"正在张开嘴巴，准备将所有一切全部吞噬。努力压抑这种恐惧的尼根下令：

"保护我！想活命的人就替我争取时间！"

尼根用发抖的手从怀中取出水晶。原本身手矫捷的部下，全身都被恐怖的锁链束缚，动作变得相当迟钝。被下令要求以身为盾抵挡这种魔物，即使是不怕死的部下也会犹豫不决吧？

不过还是得让他们替自己争取时间。封印在水晶里的魔法，可以召唤最强的天使，这个天使曾经独自消灭一个在两百年前将大陆闹到天翻地覆的魔神。

可以轻松毁灭城市的最高阶天使。

再次召唤这个天使的魔法，究竟需要耗费多少钱与劳力，实在无法估计。不过安兹·乌尔·恭这个神秘人物，值得召唤这个天使加以解决。更重要的是如果没有召唤反而被夺走，那就更加糟糕了。

尼根如此说服自己。

尼根掩饰内心的恐怖，害怕自己会像那些死在自己手里的人一样，变成一团肉块。

"我要召唤最高阶天使，快点替我争取时间！"

现实的状况令部下的动作明显加快。

众人燃起希望之火这件事，对阵的安兹应该更有感觉吧。不过看不到他有任何举动，只是自顾自地说些莫名其妙的话：

"那个莫非是封印魔法的水晶……而且从闪亮程度来看，应该是封印着超位魔法以外的东西吧？也有这种YGGDRASIL的道具啊……如此一来，召唤出来的最高阶天使……是炽天使级？雅儿贝德，使用特殊技能保护我。虽然不至于出现恒星天炽天使，不过若是出现至高天炽天使，就必须全力应战。不……说不定是这个世界特有的魔物？"

就在安兹呆立原地之时，尼根以规定的使用方式破坏手中的水晶——发出闪亮的光芒。

仿佛隐藏的太阳出现在大地，草原瞬间染成耀眼白色，还有淡淡的芳香飘进鼻腔。

传说中的天使降临，让尼根兴奋欢呼：

"看啊！这就是最高阶天使的尊容！威光主天使！"

那是闪亮翅膀的集合体，在众多翅膀之中虽然有拿着象征王权的笏板的手，但是除此之外看不到头和脚。虽然外表非常诡异，不过任何人都可以感觉到那是神圣的生命体。因为打从现身的瞬间，四周的空气就变得相当清净。

至高无上的善良化身，让现场响起疯狂的喝彩。

部下们个个变得热血沸腾，这下子一定可以杀死安兹·乌尔·恭。

这次轮到他恐惧了，就让他在神的力量面前，知道自己有多愚蠢吧！

面对欢欣鼓舞的激昂情绪，安兹好不容易才能挤出一句话：

"就……就是这个？这个天使……就是用来对付我的最强杀招？"

看到安兹如此惊讶，刚才还相当不安的尼根松了一口气，甚至感到心情愉快：

"没错！你会害怕也是没办法的，这就是最高阶天使的模样。本来将他用在这种地方有点浪费，不过我判断你有那个价值。"

"怎么会这样……"

安兹慢慢举起手，放在面具上遮住脸。看在尼根眼里，只会觉得这是代表绝望的举动。

"安兹·乌尔·恭。老实说，可以让我召唤最高阶天使的你，确实值得尊敬。你是拥有恐怖力量的魔法吟唱者，感到骄傲吧！"

尼根接着重重点头："以个人而言，很想让你成为我们的同胞。如果你的实力真的这么高强……不过原谅我，这次的任务不允许我这么做。至少我们会记住你，记住你这个让我决定召唤最高阶天使的魔法吟唱者。"

不过响应尼根称赞的，却是一道非常冰冷的声音：

"真是……无聊透顶。"

"什么？"

尼根无法理解对方在说什么。对尼根来说，面对人类绝对无法战胜的最高阶天使，现在的安兹不过是个祭品，但是他的态度也未免太过游刃有余了。

"我竟然会如此戒备这种幼稚的游戏……真是抱歉啊，雅儿贝德，还让你特意使用特殊技能。"

"千万别这么说，安兹大人。因为不知道会召唤出什么超乎想象的魔物，所以当然要尽量降低受伤的可能性。"

"是吗……不，你说得没错。只有没想到只有这种程度，太出乎意料了。"

发现两人满是轻视的反应，尼根的思考有些跟不上："在最高阶天使的面前，你们竟然还能摆出这种态度！"

和雅儿贝德悠闲对话，完全不把最高阶天使看在眼里的安兹，令尼根忍不住大吼。

那种像是占有绝对优势的从容不迫态度，让尼根刚涌现的喜悦之情立刻消失得无影无踪，他再度感到不安与恐惧。

难道安兹·乌尔·恭比最高阶天使还要强大？

"不！不可能！绝对没有这种事！不可能会有人比最高阶天使还要强！这可是连魔神都能打败的存在！面对人类无法胜过的对手——虚张声势！一定是虚张声势！"

看来尼根已经无法压抑自己的情绪。

绝对不承认有这种事。可以战胜最高阶天使的人，不仅是斯连教国的敌人，而且正站在自己的面前。

"发动'极度圣击'！"

人类绝对无法到达的魔法领域，就是第七位阶以上的魔法。即使在斯连教国举行大规模仪式时也无法施展，不过最高阶天使威光主天使可以单独使出，所以才会被称为最高阶天使。而尼根发号施令的第七位阶的"极度圣击"，就是这种终极魔法。

"知道了知道了。赶快出招吧，我什么都不会做。这样你满意了吧？"

可是安兹看起来就像让路的行人一样轻松自在，游刃有余的态度令尼根感到恐惧。

最高阶天使曾经打倒传说中的魔神，拥有究极的力量，可说是整个大陆最强的存在，不可能会被打倒。

如果有人可以打倒——

如果眼前这个身份不明的魔法吟唱者可以打倒，就表示这个神秘人物的实力远远超越魔神。

不可能有这种超越者。

响应召唤者期望的最大攻击,威光主天使手中的笏板就此粉碎,笏板碎片在威光主天使的身边慢慢旋转。

"原来如此,每次召唤就会利用只能使用一次的特殊能力增加魔法威力啊。主天使的能力好像和YGGDRASIL里一样……"

"极度圣击"。

魔法发动,只看得到光柱接连落下。随着咻咻的声音,蓝白色的神圣闪光不断落下,将轻轻举起一只手像在撑伞的安兹的身体加以包围。

第七位阶——人类绝对无法到达的极限级领域。

邪恶的存在绝对会被这个神圣的力量消灭,即使是善良的存在也一样。差别只在于遭到完全消灭,或是剩下部分残渣。超越人类领域的魔法就是如此惊人。

不,如果不是这样才奇怪。

可是——依然健在。

安兹·乌尔·恭这个怪物,不但没有灰飞烟灭、瘫软倒地或是粉身碎骨,而且依然若无其事地站着,还发出嘲讽的笑声:

"哈哈哈哈哈。不愧是对邪恶属性可以发挥更大效果的魔法……这就是受伤的感觉……痛吗?原来如此、原来如此!不过即使感到疼痛,思绪依然清晰,完全不影响行动。"

光柱消失。没有发挥任何效果。

"太棒了。又结束一项实验。"

听起来好像若无其事，不，感觉比较像是心满意足的声音。如此心想的尼根一行人，脸上只能浮现僵硬的笑容。

只有一个人非常生气。

"你、你们这些低等生物！"雅儿贝德发出划破空气的呐喊。

"你们这些低等生物！竟、竟敢对我们最敬爱的君主安兹大人做这种事！让我最喜欢、打从心里深爱的大人感到疼痛，太不知天高地厚了！我绝对不会轻饶，一定要让你们尝尽这个世界最大的痛苦直到发狂为止！用强酸腐蚀四肢、切下性器官做成肉酱让你自己吃！然后再用治愈魔法治好！啊啊啊啊啊啊啊！可恶！可恶可恶可恶，我的心快爆炸了！"

黑色铠甲下的手动个不停。

感觉以此为中心的整个世界为之扭曲，一股令人闻风丧胆、天旋地转的邪恶气息有如暴风袭来。

黑色的全身铠甲下有什么东西正在蠢动，像是有巨大物体即将撑破铠甲现身。虽然知道这件事，尼根却完全无计可施，只能傻傻站在原地，看着即将破茧而出、侵蚀世界的怪物。

能够制止雅儿贝德的人，在这个世界上只有一个。安兹轻轻举手低声说道：

"够了，雅儿贝德。"

只是这句话，雅儿贝德立刻停止动作。

"可、可是安兹大人，低等生物……"

"算了，雅儿贝德……除了天使的脆弱，一切都在我的预料之中，那么还有什么好生气的？"

闻言的雅儿贝德单手举到胸前，低头致意："真不愧是安兹大人，深谋远虑正是最适合形容您的话。太令人敬佩了。"

"不不不，雅儿贝德如此替我担心、生气，我感到很高兴喔。不过……还是灿烂笑容的你更有魅力。"

"咕呼——魅、魅力！咳，谢谢您，安兹大人。"

"好了，让你们久等了，抱歉。"

在敌人面前还如此从容的两人让尼根看傻了眼，这时终于回神大叫：

"我知道……你们的真正身份了！魔神！你们是魔神吧。"

足以和最高阶天使匹敌的智慧体，在尼根的认知中只有屈指可数的几种。

包含尼根所信仰的神在内的六大神。

最强种族的龙族之王——龙王。

一个人就能消灭整个国家的传说级怪物——灭国。

还有——魔神。

曾经听说被十三英雄打倒的魔神已经遭到封印。从刚才的邪恶波动来看，那应该就是即将解除封印的魔神吧。

同时尼根也抱着微薄的希望，如果是魔神，那么最高阶天使或许有打赢的机会。

"再一次！发动'极度圣击'！"

刚才安兹说感到疼痛，那么或许他已经受伤了，或许连站着都很勉强。无数的"或许"占据尼根的脑海，如果不这么想，他一定会发狂。

不过安兹不允许对方第二次的攻击。

"这次该轮到我了吧……感受绝望吧。'黑洞'。"

威光主天使的闪亮躯体浮现一个小点，然后慢慢成为巨大的空洞，空洞将所有一切吸进去。简单到令人瞠目结舌，甚至觉得可笑，眼前已经看不到任何东西。闪亮的威光主天使消失之后，周围瞬间失去光彩。

只有风吹过草原，响起阵阵的窸窣声。

一道嘶哑的呐喊划破寂静。

"你到底是什么人……"尼根再次向这个不可能存在的人物发问。

"我不曾听过安兹·乌尔·恭这个魔法吟唱者的名字……不，不可能会有一招就能消灭最高阶天使的人。不应该有这样的存在……"尼根无力摇头，"我只知道你们已经远远超越魔神……这实在太离谱了……你们到底是……"

"就说是安兹·乌尔·恭了。过去，这个名字可是无人不知无人不晓呢。闲话就说到这里吧，继续说下去也只是浪费时间。还有为了不让你们白费工夫，先告诉你们一声，我的四周具有阻碍传送魔法的效果。而且附近还有部下埋伏，所以你们无路可逃了。"

夕阳完全落下，周围慢慢被黑暗吞没。

尼根感觉一切都结束了，而且这是毋庸置疑的事实。就在部下个个感到垂头丧气时，无人的空间突然开了一个大洞，仿佛像个陶壶。不过这个异象瞬间消失，回复原来的光景。

当尼根感到困惑时，安兹开口回答：

"哎呀哎呀……你们可要感谢我。好像有人想用某种情报系魔法监视你们，不过因为我也在效果范围内，所以抵抗情报系魔法的攻性防壁发挥作用，才没有受到监视……唉唉，早知道有这种事，就应该事先准备高阶魔法连锁发动。"

这句话令尼根恍然大悟：斯连教国肯定定期监视自己吧。

"加以强化，可以影响广大范围的'爆裂'或许无法让偷窥者学乖……既然如此，游戏到此结束吧。"

听懂话中含意的尼根，背上窜过一阵冷战。一向身为加害者的尼根，如今也要变成受害者。

他感到无比害怕。害怕过去曾经夺走无数生命的自己，如今也要被人夺走生命。部下看着自己的恐惧眼神，更是令人心烦意乱。

他已经快流下眼泪。

他想要跪下大声求饶，但是安兹看起来不像是个仁慈的人。因此尼根忍住泪水，努力寻找一线生机。但是不管如何思考，还是想不到任何外援。这么一来，唯一的希望就只能寄托在眼前的安兹的慈悲心上了。

"等、等一下！安兹·乌尔·恭阁下……不，大人！请等一下，我们……不，我想要和您交易！保证绝对不会让您受到损失！只要能饶我一命，我会准备您想要的金额！"

在视野的一角，可以稍微瞄到露出惊讶表情的部下，但是他们已经和自己无关。现在最重要的是自己的性命，其他什么事都无关紧要。

而且部下可以再找，自己却是无可取代的。

不理会数不清的埋怨声，尼根继续说道："要让您这样伟大的魔法吟唱者满意，应该很困难吧，但是我一定会准备您满意的金额！我在这个国家也算是有一定的身份地位，国家一定愿意不惜代价救我！当然，如果您还有其他要求，我也会一并准备！求求您！还请饶命！"

说完这些话的尼根气喘吁吁。

"怎、怎么样呢？安兹·乌尔·恭大人！"

面对尼根的苦苦哀求，一道轻柔的优雅女声响起：

"你不是拒绝了无上至尊安兹大人的慈悲提议吗？"

"那是……"

"我知道你想说什么。因为即使接受提议也是死路一条，所以想要求饶是吧？"

黑色头盔左右摇动，像是感到受不了：

"我看你是搞不清楚状况。在纳萨力克握有生杀大权的安兹大人都已经这么说了，人类这种低等生物就应该低头心存感谢，等待死亡的到来。"雅儿贝德带着坚定不移的口气，斩钉截铁地如此说道。

疯了。这个女人完全疯了。

恍然大悟的尼根带着一缕希望看向安兹。

一直默默听着对话的安兹,知道对方正在等待自己的决定,摇摇头开口说道:

"正是……如此。别再做无谓的挣扎,乖乖躺下来等死吧。这样一来好歹会让你没有痛苦地死去。"

2

走在夜幕降临的草原,抬头一看,果然见到美丽的满天星斗。

安兹赞叹第二次见到的光景,默默走向村庄。

做得有点太过了。

只要身旁有雅儿贝德,安兹就无法表现得太没用,身为主人必须在部下面前展现应有的态度。因此这次似乎有点过火,不过还是努力扮演主人的角色。

不知道是否合格,但是只要没让雅儿贝德失望就行了。

安兹看不到雅儿贝德头盔底下"不好,安兹大人好帅,呵呵呵"的表情,不知道她在想什么,于是再次回顾今天的所作所为。

"不过安兹大人,您为什么要救葛杰夫呢?"

为什么?安兹也无法说清楚当时的心境,因此顾左右而言他道："这是我们自己招来的麻烦，就该尽量自己解决不是吗？"

"那么又是为了什么送他道具呢？"

"这是为了将来的布局，让他带着那个对我们也有好处。"

送给葛杰夫的是YGGDRASIL的付费道具，安兹有很多个。虽然可能无法再次取得，不过送给他也没有多大损失。

而且那个道具变少，安兹反倒觉得高兴。

因为那是花五百日元玩扭蛋的安慰奖，会让安兹想起自己的浪费和当时的贫困生活。不仅如此，不知扭了几次五百日元扭蛋才得到的超稀有道具，昔日的同伴夜舞子却是一次就中奖，这件事的冲击仍然在安兹心中留下很大的阴影。

不知道有多少次想把安慰奖道具丢掉，但是一想到那要五百日元……就舍不得随便丢。

"反正不管那个道具流落到谁的手中，或者要不要使用，对我都没有什么损失。"

"……交给我来解决应该是最好的做法吧？安兹大人实在不用亲自去帮助低等生物……包围的那些人根本没有什么大不了，所以我才会斗胆认为不必要由安兹大人亲自出手。"

"这样啊……"没有测量强度机器的安兹只能如此回答。

在YGGDRASIL中，可以根据敌人名字的颜色，大致判断对方的强弱，之后只能依靠同伴之间的情报系魔法以及攻略网站了。

安兹不禁感到有点怀念。

稍微练一下情报系魔法就好了——安兹有些后悔。当然了，也不知道那些魔法能不能在这里使用，不过若是可以的话，至少不用像现在这样战战兢兢吧。

没有的东西再怎么想也没用，安兹决定转换心情：

"我知道雅儿贝德的实力，也很信任你。不过我希望你可以抛弃这种肤浅的想法，把随时可能会出现比我强的敌人这件事铭记在心。尤其是目前还不太了解这个世界，更需要如此……所以我才会让葛杰夫替我们工作。"

"原来如此……也就是拿来当成判断敌人强度的弃子吧。这种使用方法真的非常适合人类这种低等种族。"

虽然无法从戴着头盔的脸上看出任何情感，但是声音带着有如盛开花朵的愉悦心情。

过去曾是人类、现为不死者的安兹从刚才就觉得雅儿贝德好像非常讨厌人类。不过对于这件事，安兹并不觉得难过，也没有感到落寞。反倒认为身为异形类种族的纳萨力克地下大坟墓的守护者总管，有这种想法是对的。

"没错。不过当然不止如此。在濒临死亡的状况下，对方一定会更加感谢伸手援助的人。还有敌人是特殊部队，那么对于他们失踪这件事，国家高层应该也不会明目张胆地追究，所以我才会介入。"

"啊……真不愧是安兹大人，竟然如此深谋远虑才活捉那些人，真是佩服！"

听到雅儿贝德的称赞，安兹不由得感到骄傲。竟然能在短时间里就想出如此合情合理、毫不矛盾的计策，或许自己天生就有统治者的才能。这时雅儿贝德略带阴郁的声音，传进自鸣得意的安兹耳中：

"可是安兹大人，不需要以您尊贵的躯体迎接天使的剑吧？"

"是吗？刚来到卡恩村时，应该已经借由村外的那些骑士确认过高阶物理无效化的效果可以正常运作了吧。"

"是的，您说得没错。我也亲眼确认了。但是我不允许自己眼睁睁地看着下贱的天使把剑刺进安兹大人尊贵的躯体。"

"这样啊。你以身为盾保护我，我却没有站在你的立场着想，真是对不——"

"而且即使知道您会毫发无伤，也没有哪个女人可以容忍心爱的人被利刃刺入身体。"

"啊，是。"

不知道在这种情况下该如何回答的安兹只是轻轻带过，继续往村庄前进。雅儿贝德似乎也没有追问答案，只是默默跟着。

安兹两人一进入村庄，死亡骑士和村民们就围了上来。接受全村村民的无数感谢与称赞，其中也看到葛杰夫·史托罗诺夫的身影。

"喔，战士长阁下，你没事真是太好了。应该更早去救你们的，不过交给你的那个道具需要花点时间才能发动，所以才会差点儿来不及，真是抱歉。"

"哪里的话，非常感谢恭阁下。我能得救完全都是托你的福……对了，那些家伙呢？"

发觉葛杰夫的口气稍微改变，安兹若无其事地窥探对方。将铠甲脱下的葛杰夫一身轻装，没有装备任何武器。满脸瘀青、半张脸肿起，看起来就像畸形的球，只不过双眼依然炯炯有神。

像是看到耀眼的事物，安兹稍微移开视线，眼睛不自觉瞄到葛杰夫戴在左手无名指上的戒指。

他已经结婚了。没让他的夫人伤心落泪真是太好了，如此心想的安兹小心地发挥演技：

"嗯，已经把他们赶回去了。果然没办法将他们全部解决。"

这当然是谎话，所有人都已被送回纳萨力克地下大坟墓了。葛杰夫虽然稍微眯了一下眼睛，不过他和安兹都没继续开口。

只有紧张的气氛弥漫在两人之间，最后打破沉默的人是葛杰夫："实在厉害！恭阁下几番相助，真不知道该如何回报这份恩情。当你来到王都时，还请务必驾临寒舍，让我好好欢迎你。"

"这样吗……那么到时候就叨扰了。"

"恭阁下，不知道接下来你有什么打算，愿不愿意和我们同行呢？我们会在这个村庄休息一阵子。"

"这样啊。我打算离开了，不过还没有决定目的地。"

"已经是夜晚了，这时旅行似乎有点……"

葛杰夫说到这里停了一下："抱歉，像恭阁下这样的强者，这是无谓的担心。那么来到王都时，请务必大驾光临，寒舍大门随时为你而开。除此之外，也非常感谢你把一套袭击村庄的骑士的装备送给我。"

安兹点点头，判断在这个村庄该做的事都做完了。出乎意料的事层出不穷，感觉在这里好像待得有点久了。

"回去吧，雅儿贝德。"

安兹以只有雅儿贝德才听得到的声音开口，她立刻满心欢喜地点头响应——当然，还是一样穿着全身铠甲。

Epilogue

安兹的房间里摆放了许多高贵华丽的家具，地上铺着鲜艳的红色地毯。在这间宽敞的房间里，平常就笼罩一层素雅的薄纱，今天更是安静无声。连原本在屋内待命的女仆也不见踪影，只有安兹和持剑不动站在房间角落的死亡骑士。

仿佛为了不破坏房间的宁静，蜂蜜一般甜美的轻柔嗓音从雅儿贝德的口中流出：

"报告。在村庄捕捉的斯连教国阳光圣典指挥官，已经关进冰冻监狱。今后的情报收集，将由特别情报收集官来进行。"

"尼罗斯特应该没问题吧。不过我打算用尸体进行实验……你知道这件事吗？"

"知道。另外根据报告，目前正在调查从骑士身上脱下的武装，似乎没有施加什么特别魔法。调查结束之后，会将道具送至宝物殿。"

"嗯，这样的处置很恰当。"

"最后，为了戒备兼保护那个村庄，打算派遣两个暗影恶魔过去。那么关于葛杰夫·史托罗诺夫，要如何处置呢？"

"先不用管战士长。比较重要的是那个村庄是成功和他建立良好关系的地方，或许今后有事需要他的协助，所以尽量避免和他交恶。"

"遵命。我一定会彻底交代下去。那么报告大致到此结束。"

说声"辛苦了"的安兹看着报告完毕的雅儿贝德。她脸上的微笑和平常的温柔笑容不同，看起来心情似乎非常愉快。

原因在于右手抚摸的左手无名指上，闪闪发亮的安兹·乌尔·恭之戒。虽然送她的戒指戴在哪里是个人自由，但是戴在那根手指的理由可想而知。

如果这是雅儿贝德的真正心意，身为男人应该觉得高兴。不过她的心意却是安兹随手修改之后的结果，让他觉得有些罪恶感。

"雅儿贝德……你对我的爱意只是被我改变的结果，绝对不是你的真心。所以……"

接下来该说什么才好？使用魔法改变记忆的做法是正确的吗？

安兹无法再说下去。

这时看着安兹的雅儿贝德微笑着询问："在安兹大人改变之前，我是个怎么样的人？"

贱人。

说不出口的安兹不知该如何回答。目不转睛地注视外表冷静、内心十分慌乱的安兹，雅儿贝德再次开口："那么我觉得现在的我也很好，安兹大人没有必要感到难过。"

"可是……"

"可是……可是什么？"

安兹没有回答，他从笑容可掬的雅儿贝德身上感受到高深莫测的气息。雅儿贝德继续向默默不语的安兹说道：

"最重要的只有一件事。"

安兹等待后续发言，雅儿贝德表情落寞地呢喃：

"会造成您的困扰吗？"

安兹傻傻地张大嘴巴，注视雅儿贝德的俏脸。她的话深深烙印在脑海——虽然脑袋空无一物——不过安兹理解对方想说什么，所以急着回答：

"不、不会，怎么可能会困扰！"

至少就目前来说，能够得到雅儿贝德这种美女的喜爱，他没有任何不满。

"那么应该可以吧？"

"咦？"

安兹总觉得不对。虽然如此心想，他却找不到什么推托的理由。

"那么应该可以吧？"

从再次重复问题的雅儿贝德身上感觉到高深莫测的神秘气氛，安兹依然企图最后挣扎，提出问题：

"我可是对翠玉录桑的设定动了手脚，你不想回复过去的自己吗？"

"如果是翠玉录大人，一定会抱着送女儿出嫁的心情成全吧。"

"是、是吗？"

他是这种人吗？就在安兹疑惑的时候，突然响起金属撞击的声音。

看了一下声音的来源，发现一把长剑掉在地上。原本应该拿着长剑的死亡骑士已经不见身影。消失的死亡骑士，才召唤出来不久。

"以普通方法召唤时，经过一定的时间就会消失……从这个世界的剑掉在地上这点来看，不像是把装备当成与这个世界连接的桥梁才留下的。这么一来，那是因为使用尸体召唤出来，才会对这个世界依依不舍，不肯消失吗？如果有大量尸体的话，应该可以用来强化纳萨力克的。"

"那么要收集大量尸体吗？"

"嗯，不过要避免挖掘那个村庄的坟墓喔。"

"了解。不过这样就得思考可以取得新鲜尸体的方法。好了，死亡骑士已经消失，代表大家也差不多该到齐了。还请安兹大人和塞巴斯一起驾临王座之厅。我先行前往了。"

"这样啊。好吧，雅儿贝德，待会儿见了。"

静静离开安兹房间的雅儿贝德，看到走向这里的塞巴斯。

"塞巴斯，你来得正好。"

"雅儿贝德大人。飞鼠大人在房里吗？"

"嗯，是的。"

对于现在还称呼安兹为飞鼠的塞巴斯，雅儿贝德不禁有种优越感。看到对方的表情，塞巴斯扬起单边眉毛：

"看起来心情很好呢。有什么好事吗？"

"是啊。"

雅儿贝德高兴的理由不是只有名字，还包括回想起刚才和安兹的对话。因为自己说出想嫁给安兹，他也没表现出拒绝或嫌弃的样子。也就是说……

雅儿贝德的表情，瞬间从优雅变成邪恶又淫荡的笑容。

那是绝对不会在安兹面前露出的笑容。

"呵呵呵呵，可以成功。不，是一定要成功，坐在那位大人身边的一定是我。夏提雅乖乖拱手退让吧。"雅儿贝德忍不住说出身为女人而非守护者总管的内心话并握紧了拳头。

"女淫魔的血在沸腾……"塞巴斯有些目瞪口呆地望着雅儿贝德。

王座之厅。

塞巴斯慢慢地跟在稍晚驾临此处的安兹后方。

这里跪了许多人，表现出他们的忠诚。

现场没有人随便乱动，安静到连呼吸声都听得见。其他只有这个大厅的主人——安兹和跟随者塞巴斯的脚步声，还有安兹·乌尔·恭之杖的杵地声。

安兹爬上楼梯，坐上王座。塞巴斯当然待在楼梯下方，跪在雅儿贝德后面。

坐上王座的安兹，静静眺望阶梯底下的光景。

底下几乎聚集所有的NPC，像这样俯视所有人，感觉还真是气势磅礴，简直像是百鬼夜行。竟然可以创造出如此多彩多姿的角色，安兹再次在心里赞叹公会成员的想象力。放眼望去，有几个NPC的身影没有出现，不过这也是不得已的事。因为不能让身为大型哥雷姆的高康大和监视第八层的威克提姆擅离岗位。

不过聚集在这里的不止NPC，这间大厅里还有许多由各楼层守护者精挑细选、在纳萨力克地下大坟墓里也算高阶的仆役。

即使如此——由于王座之厅过于宽敞，眼前的光景看起来不会显得拥挤。虽然可以体会属下不愿让下等仆役进入纳萨力克地下大坟墓的心脏部位——王座之厅的心情，不过安兹还是觉得可以不用那么严格。

算了，这件事不是当务之急。决定日后再商量此事的安兹缓缓开口：

"要所有人过来集合，在这里先说声抱歉。"

安兹以完全不感到愧疚的口气道歉。这只不过是场面话，不过道歉是非常重要的事。虽然要大家集合是安兹的专断独行，然而这是为了让部下知道安兹非常信赖他们。

"至于为什么要召集大家，等一下再由雅儿贝德说明。不过有件事比较急，必须先告诉在场的各位纳萨力克地下大坟墓成员——高阶道具破坏。"

安兹发动足以破坏一定等级的魔法道具的魔法，从天花板垂落的一面大旗掉落地面。

那面旗帜的印记代表的是"飞鼠"。

"我换名字了。今后大家称呼我时……"安兹将手指向一个地方，此时大家全都把目光移过去。"叫我安兹·乌尔·恭——安兹即可。"

安兹指示的地方是挂在王座后方的旗帜，上面的印记是安兹·乌尔·恭这个公会。安兹拿起法杖往地面用力一敲，聚集众人的目光。

"有异议者现在就起立告知。"

没有人出声反对。

雅儿贝德立刻满脸笑容附和："我们都得知尊姓大名。安兹·乌尔·恭大人，万岁！无上至尊安兹·乌尔·恭大人，纳萨力克地下大坟墓的所有成员誓死效忠！"

接着守护者一起高声呐喊："安兹·乌尔·恭大人万岁！统率我们的无上至尊安兹·乌尔·恭大人！我们一定奉献一切，誓死效忠！"

"安兹·乌尔·恭大人万岁！所有人都该知道拥有恐怖力量的安兹·乌尔·恭大人有多么伟大！"

NPC和仆役呼喊万岁与歌功颂德的声音，在王座之厅震天响起。

沉浸在部下的赞美声中，安兹心想——

朋友啊，大家对于我一个人独占这个令人自豪的名号有什么想法？是感到高兴，还是不悦？如果有意见就来告诉我，告诉我这不是我一个人的名字。届时我会爽快地换回飞鼠这个名字。

"那么——"安兹望向眼前的所有人。

"接下来我要宣布大家的目标方针。"说到这里，安兹停顿了一下。眼前的部下，每个人的表情都变得严肃。

"让安兹·乌尔·恭变成永恒的传说。"

用右手紧握的安兹·乌尔·恭之杖敲击地面。此时法杖仿佛是在回应安兹，嵌在法杖上的水晶发出五颜六色的光芒，周围随之摇晃。

"如果有很多英雄，那就全部取而代之，让活在这个世界的所有人知道，安兹·乌尔·恭才是真正的大英雄！如果这个世界有更强的人，就使用武力以外的方式。遇到拥有很多部下的魔法师，也要另想办法达成。目前只不过是准备阶段，为了让所有人都知道安兹·乌尔·恭才是最伟大的，为了这样的未来一起奋斗吧！"

要将这个名字传进这个世界的所有人耳中。过去的安兹·乌尔·恭公会成员应该都离开YGGDRASIL了，但是也有可能和安兹一样，存在于这个世界。

所以才要让安兹·乌尔·恭之名达到传说的领域，变成无人不知无人不晓的名字。

不管是陆海空，要让所有的智慧生命体都知道，将这个名字传进或许也在这个世界的同伴耳中。

安兹充满霸气的声音气势惊人，不管身在王座之厅的哪个角落都能听见。

这时聚集在王座之厅的每个人低下头来都发出声音，那是能称为祈祷的崇高声音。主人离开之后的王座虽然空虚，但是王座之厅弥漫着热血沸腾的兴奋气息。

接受至尊统治者的命令一起行动的状况，让每个人都燃起无比的斗志，特别是被赋予指令的人更是慷慨激昂。

"大家，抬起头来。"

听到雅儿贝德沉稳的声音，刚才低头祈祷的所有人一起抬头。

"请各位务必遵照安兹大人的命令行事。接下来有要事宣布。"

雅儿贝德的目光一直停留在王座后方的安兹·乌尔·恭旗帜上，身后的NPC和仆役也注视着那面旗帜。

"迪米乌哥斯，把安兹大人和你说的话告诉大家。"

"遵命。"

迪米乌哥斯和在场的所有人一样跪着，不过他的声音依然可以让每个人都清楚听见。

"安兹大人仰望夜空时对我这么说：'我会身在此处，或许就是为了取得这个不属于任何人的珠宝箱。'接着还说：'这不是我一个人能够独占的东西。或许是用来点缀纳萨力克地下大坟墓——我和朋友们的安兹·乌尔·恭吧。'珠宝箱指的是这个世界。安兹大人的真正心愿就在这里。"

迪米乌哥斯露出微笑，不过那个微笑绝非温柔的笑容："最后安兹大人这么说'不过征服世界或许是件很有趣的事'。结论就是……"

所有人的眼神瞬间变得犀利，那是代表坚强决心的眼神。

雅儿贝德缓缓起身，环顾所有人的脸。

每个人都凝视雅儿贝德，像是借此回应，同时也看着她身后的安兹·乌尔·恭旗帜。

"了解安兹大人的真正心愿，进行准备，才是大家忠心的象征、优秀部下的证明。各位一定要知道，纳萨力克地下大坟墓的最终目的，就是要把珠宝箱——这个世界奉献给安兹大人。"

雅儿贝德露出满脸笑容，转过身子对着旗帜轻轻一笑："安兹大人，我等一定会把这个世界献给您。"

接着，异口同声的发言响彻王座之厅。

"将这个世界的一切，献给名正言顺的统治者安兹大人。"

角色介绍

飞鼠

[异形类种族]

[安兹·乌尔·恭]
MOMONGA
[ainz ooal gown]

拥有骷髅外表的最强魔法吟唱者

职位——至高无上的四十一位至尊。
　　　　纳萨力克地下大坟墓的统治者。

住处——纳萨力克地下大坟墓
　　　　地下第九层的房间。

属性——极恶　　　　　　　　[正义值：-500]

种族等级—骷髅魔法师 Skeleton Mage ———— 15 lv
　　　　　死者大魔法师 Elder Lich ———— 10 lv
　　　　　死之统治者 Overlord ———— 5 lv
　　　　　其他

职业等级—死灵法师 ———— 10 lv
　　　　　巅峰不死者 ———— 10 lv
　　　　　其他

[种族等级]+[职业等级]————合计100级
● 种族等级　　　　职业等级 ●
总级数40级　　　　总级数60级

---

status

能力表

[最大值为100时的比例]

能力	
HP [体力]	▇▇▇▇▇▇
MP [魔力]	▇▇▇▇▇▇▇▇▇▇▇▇
物理攻击	▇▇▇▇
物理防御	▇▇▇▇▇▇
敏捷	▇▇▇
魔法攻击	▇▇▇▇▇▇▇▇▇▇
魔法防御	▇▇▇▇▇▇▇▇▇▇
综合抗性	▇▇▇▇▇▇▇▇▇▇
特殊性	▇▇▇▇▇▇▇▇▇▇▇

雅儿贝德

| 异形类种族

albedo

温柔体贴的
纯白恶魔

职位──── 纳萨力克地下大坟墓的守护者
总管。王妃（自称）。

住处──── 王座之厅。
还有地下第九层的一个房间。

属性──── 极恶 ────[正义值:-500]
种族等级 – 小恶魔 ────10 lv
　　　　　Imp
其他

职业等级 – 守护者 ────10 lv
　　　　　黑色护卫 ────5 lv
　　　　　邪恶骑士 ────10 lv
　　　　　护卫之主 ────5 lv
其他

[种族等级] + [职业等级] ──── 合计100级
● 种族等级　　　　　　　　　　职业等级
总级数30级　　　　　　　　　总级数70级

status 能力表

[最大值为100时的比例]

能力	0　　　　　50　　　　　100
HP [体力]	████████████████████
MP [魔力]	████████
物理攻击	██████████████
物理防御	██████████████
敏捷	████████████████
魔法攻击	██████████████
魔法防御	██████████████████
综合抗性	████████████
特殊性	████████████

亚乌菈·贝拉·菲欧拉

aura bella fiora

人类种族

Character 3

不服输的
知名训练师

职位──纳萨力克地下大坟墓
　　　地下第六层守护者。

住处──地下第六层的大树。

属性──中立～恶─────[正义值:-100]

种族等级－因为是人类种族
　　　　所以没有种族等级。

职业等级－游击兵────────5lv
　　　　驯兽师────────5lv
　　　　射手─────────5lv
　　　　狙击手────────5lv
　　　　高级驯兽师──────10lv
　　　　其他

● 职业等级
总级数100级

status	0　　　　　　　50　　　　　　　100
能力表	HP[体力]
	MP[魔力]
	物理攻击
	物理防御
	敏捷
	魔法攻击
	魔法防御
	综合抗性
	特殊性

[最大值为100时的比例]

马雷·贝罗·菲欧雷

人类种族

mare bello fiore

不可靠的大自然使者

职位——纳萨力克地下大坟墓地下第六层守护者。

住处——地下第六层的大树。

属性——中立～恶————[正义值:-100]

种族等级－因为是人类种族所以没有种族等级。

职业等级 - 森林祭司————10 lv
　　　　　高级森林祭司———10 lv
　　　　　大自然先锋————10 lv
　　　　　灾厄使徒—————5 lv
　　　　　森林法师————10 lv
　　　　　其他

● 职业等级
总级数100级

能力表 status

[最大值为100时的比例]

- HP [体力]
- MP [魔力]
- 物理攻击
- 物理防御
- 敏捷
- 魔法攻击
- 魔法防御
- 综合抗性
- 特殊性

作者后记

各位阅读后记的读者,初次见面,大家好。

我是作者丸山黄金。

本作是根据在网络上发表的"OVERLORD"改编,不但增加新的角色,也大幅增加与修正许多内容。

如果已经购买本书,我感到非常荣幸。

若是正在阅读本书,我会用念力让您拿到柜台结账。

唔——

本书的主角是个骷髅魔法师,统率着庞大的邪恶组织,感觉很像是游戏里的终极BOSS。不相信小说或是电影里那种救人不求回报的主角,以自己的目的为优先才对吧!有这种想法的读者或许很适合这本书。非常直接喔。

此外,虽然本作已经在网络上公开很长一段时间,不过书籍化时试着增加很重要的角色。如果他们也能获得各位的青睐，那就太令人高兴了。

其实我真的没有写过后记。接下来请让我发表心中的感谢。

在此特别感谢我添了许多麻烦的F田编辑，还有答应我的任性要求，画出这些美丽插画的so-bin大人。

此外还有替本书完成如此精美封面的Chord Design Studio，以及帮忙修改、校正很多地方的大迫大人，真的非常感谢。

还有从网络版时期开始就惠赐感想、愿意阅读的读者。如果不是各位觉得本作有趣，根本没有书籍化的可能吧。

也要感谢大学时代的朋友Honey协助校对，帮我修正许多前后矛盾和意义不明的地方，今后也要继续麻烦，还请多多指教。

最后感谢购买本书的各位读者。如果觉得《OVERLORD》有趣，那就是我最大的荣幸。

题外话，我想在第二部修改、新增更多内容与故事。感觉就像是创作新作，所以现在忍不住哭着抱怨时间不够。

如果可以，也请继续支持第二部。

那么后记到此结束。

真的非常感谢。如果今后也能继续指教，我将不胜感激。

下次再会。

二〇一二年七月　丸山黄金

OVERLORD　Vol.1 The undead king

©Kugane Maruyama 2012
First published in Japan in 2012 by KADOKAWA CORPORATION, Tokyo.
Simplified Chinese translation rights arranged with KADOKAWA CORPORATION, Tokyo.
through JAPAN UNI AGENCY, INC., Tokyo.
Simplified Chinese translation by Beijing Hongyue Scientific and Technical Co., Ltd.

著作权合同登记图字：01-2018-4723

图书在版编目（CIP）数据

OVERLORD. 1，不死者之王／（日）丸山黄金著 ；晓峰译
. —— 北京：新星出版社，2018.7（2024.5重印）
ISBN 978-7-5133-3048-0

Ⅰ．①O… Ⅱ．①丸… ②晓… Ⅲ．①长篇小说－日本－现代 Ⅳ．① I313.45

中国版本图书馆 CIP 数据核字（2018）第 080836 号

第2部

Volume Two

描写挑战「死之灾厄」的人们。

会比网络版增加许多新内容！
……因为已经夸下海口，
这下子没有退路了。
我会全力以赴的！
——丸山黄金

OVERLORD₂

黑暗战士

OVERLORD *Kugane Maruyama* | illustration by so-bin

丸山黄金 ——著
illustration◉so-bin
敬请期待第2部

神秘战士与魔法吟唱者现身要塞都市耶·兰提尔,他们的目的为何?又是何方神圣?同一时间,还有邪恶的秘密教团也在暗地里接近两人。

The world is all yours.

Profile
プロフィール

丸山黄金 ———

虽然曾经放弃写作这个梦想,
当个普通的上班族,
不过心爱的 TRPG 时常因为其他同伴太忙,
无法如愿享受这个兴趣导致心烦意乱,
又想要写出自己喜欢的最强故事,
因此在2010年将"OVERLORD"投稿至网站上。
很荣幸能够获得许多善良读者的青睐,才得以书籍化出版。
简直就像现代版的灰姑娘。
(……虽然笔者给人的感觉像是穿着西装的猪!)

so-bin 插画师 ———

换了工作之后,因为过度忙碌导致没时间打理自己的兴趣,
开始画插画之后,
原本已经够忙的生活变得更忙碌。
现在只能靠着宠物兔抚慰心灵,来从事各种活动。

———— 每本书都是一座传送门

次元书馆

OVERLORD ②
黑暗战士

(日) 丸山黄金 著

晓峰 译

新 星 出 版 社　NEW STAR PRESS

目录

001	Prologue
009	第一章　两个冒险者
083	第二章　旅途
153	第三章　森林贤王
213	第四章　致命双剑
305	Epilogue
309	角色介绍
314	作者后记

Prologue

纳萨力克地下大坟墓最高统治者的办公室相当奢华。

摆设在室内的每样家具全都点缀精雕细琢的装饰，品位十足而且价值不菲。地上铺着柔软蓬松的深红色地毯，走路时不会发出丝毫声响。在房间深处的墙上，交叉架设图案各不相同的旗帜。

一张气派十足的黑檀木办公桌摆放在房间里，房间主人正坐在全黑皮椅上。

身穿仿佛可以吸收光线的漆黑长袍，如果用一句话来形容那个人，就是"死之魔王"。

显露在外的头部是没有任何皮肉的骷髅头，在空洞眼窝闪烁的红色光芒之中，混杂一点黑光。

他正是过去名为飞鼠，现在改名为安兹·乌尔·恭这个公会名称的男人。

安兹盘起仅有骨头的双手。戴在手指的九个戒指在"永续光"魔法光芒的反射下，闪闪发亮。

"哎呀哎呀……今后该怎么办呢？"

人称"Dive Massively Multiplayer Online Role Playing Game"，能让玩家实际进入虚拟世界游玩的体感型在线游戏"YGGDRASIL"，在开放服务的最后一天，因为不明原因让安兹以游戏角色的外形——骷髅的模样——穿越到未知的异世界，如今已经过了八天。

在这段时间里，观察居处纳萨力克地下大坟墓的状况和仆人的模样，得知这里和游戏的世界大同小异后，安兹判断应该要采取下一个行动。

"一切全凭安兹大人的旨意。"

一名在房内默默待命的美女，听到安兹的沉吟之后响应。

她是身穿纯白礼服，无懈可击的绝世美女，面露浅浅微笑，有如女神。与礼服颜色相反的乌黑秀发充满光泽，长及腰际。

不过她并非人类。

有着散发金色光芒的虹膜与直立的椭圆瞳孔，在脑袋左右的太阳穴向前长出两根有如山羊角的卷曲犄角。不仅如此，她的腰际还可看到黑色的天使翅膀垂在脚边。

"是吗，雅儿贝德？你这么忠心我很高兴。"

她正是纳萨力克地下大坟墓的守护者总管雅儿贝德，负责管理总计七名楼层守护者的NPC。

过去安兹和公会成员们一起打造这座纳萨力克地下大坟墓，依照当时的设定她应该是以仆人身份在此处工作的NPC，如今却拥有自我意识，对安兹誓死效忠。

这个状况令人高兴，不过相反的，对原本只是上班族的安兹来说，也是沉重的负担。

不管是面对众多部下时，身为主人该以怎样的言行举止来对待，或是身为统治者，该如何圆滑地经营整个组织的职责。

最大的问题在于自己身处在未知的异世界，而且相当缺乏情报。

"那么，接下来的报告呢？"

"在这里，安兹大人。"

收下对方递过来的文件，安兹立刻浏览由钢笔书写的圆字。

那是第六楼层守护者亚乌菈·贝拉·菲欧拉呈上来的报告书。

里面明确记载，直至目前还没有遇到和安兹相同的YGGDRASIL玩家，也没有发现任何踪迹。关于纳萨力克地下大坟墓附近的大森林调查，已经顺利调查到森林另一边的山脉，以及位于山麓的湖泊。

安兹点点头——对于没有遇到最值得提防的其他玩家，令他感到安心。

"知道了。传令下去，要亚乌菈他们继续执行命令。"

"遵……"

这时传来几道轻轻的敲门声。雅儿贝德探询安兹的脸色，接着鞠躬之后走向门边。确认了来访者的雅儿贝德开口禀告：

"夏提雅要求晋见。"

"夏提雅？不要紧，让她进来。"

得到安兹的许可后，一名身穿裙子大大蓬起的黑色舞会礼服，年约十四岁的少女优雅地步入室内。

她有着一身仿佛白蜡的肌肤和端正的五官，可谓名副其实的绝世美女。银色长发随着步伐摇曳，和外表年龄不符的丰满胸部也随之波涛汹涌。

她正是第一楼层至第三楼层的楼层守护者"真祖"夏提雅·布拉德弗伦。

"安兹大人,安好呀。"

"你也是,夏提雅。话说今天过来我的房间有什么事吗?"

"当然是为了欣赏安兹大人的俊俏容颜呀。"

安兹的骷髅头虽然没有表情,但是空洞眼窝中的红光连续闪烁几次。

原本想命令她别再说些无谓的奉承话,但是安兹把话吞了回去。可以看见雅儿贝德斜眼注视着通红双眼因为兴奋而变得混浊的夏提雅,笑容逐渐出现变化。

微笑还是不变,美貌也没有半点失色,但是那已经不能说是笑容。

是有如恶鬼的容颜。

不过安兹松了一口气,因为雅儿贝德瞪视的对象是夏提雅,而非他。

"那么你已经心满意足了吧。可以退下了,夏提雅。现在我和安兹大人正在商讨纳萨力克地下大坟墓的未来,可以别来打扰我们两人处理重要事务吗?"

"进入正题之前先打招呼不是基本礼仪吗……年华已逝的大婶真讨厌呀。难道是因为已经过了保存期限才会这么急躁?"

"你不觉得添加一堆防腐剂而没有保存期限的食物,和毒药没什么两样吗?比起那种食物,过了保存期限的食物还比较安全吧？"

"我劝你别太小看食物中毒呀，有些病菌甚至可能引发感染呀。"

"重点是有什么地方可以吃吧？看起来像是满满一大盘食物样品，但是实际上……对吧？"

"食物样品？宰了你喔。"

"谁又是过了保存期限啊，哼！"

两名表情难以形容的美女在安兹面前针锋相对，那是连一亿年的恋情也会冷却的表情。忍住涌上脑袋的冲动，安兹在凄惨壮烈的战斗开始之前开口：

"你们两个人都别再闹了。"

瞬间两个人同时听命，立刻向安兹露出好像花朵盛开的满面笑容。之前凶神恶煞的可怕表情已不复见，变回两名纯情可爱的少女。

（女人真是可怕……不，一定只有这两个人比较特别……）

即使是变成不死者之后，只要稍微出现较强烈的感情波动就会立刻遭到压抑的安兹，都觉得她们的变脸速度快得可怕。

两人会如此水火不容，全都因为她们是情敌。

雅儿贝德和夏提雅同时爱上安兹，被两名绝世美女看中，应该没有男人会不高兴吧？

不过安兹无法坦然接受这件事。

主要是因为具有恋尸癖的夏提雅，带着甜腻的语气在安兹耳边低声赞美"这么完美的骨骼形状，堪称造物者的杰作"所致。

对夏提雅来说，这句话或许是爱的呢喃——也可能是赞美，不过人生第一次被人赞美外表却是骨头这件事，让安兹感到相当震撼。

那已经是几天前的怀念回忆。

安兹将这件鸡毛蒜皮的小事逐出脑海后发问："我再问一次。夏提雅，你有什么事吗？"

"是的。因为属下遵照旨意，接下来打算前去与塞巴斯会合呀。今后可能会有段时间无法回到纳萨力克，所以才会过来请安。"

安兹想起下达给夏提雅的命令，点了点头："知道了，夏提雅。小心完成任务，平安归来吧。"

"是！"

一道凛然肃穆的声音响起。

"可以退下了，夏提雅。还有离开时向娜贝拉尔还有艾多玛说一声，传唤迪米乌哥斯过来，告诉他我要和他商量下个对策。"

"遵命，安兹大人。"

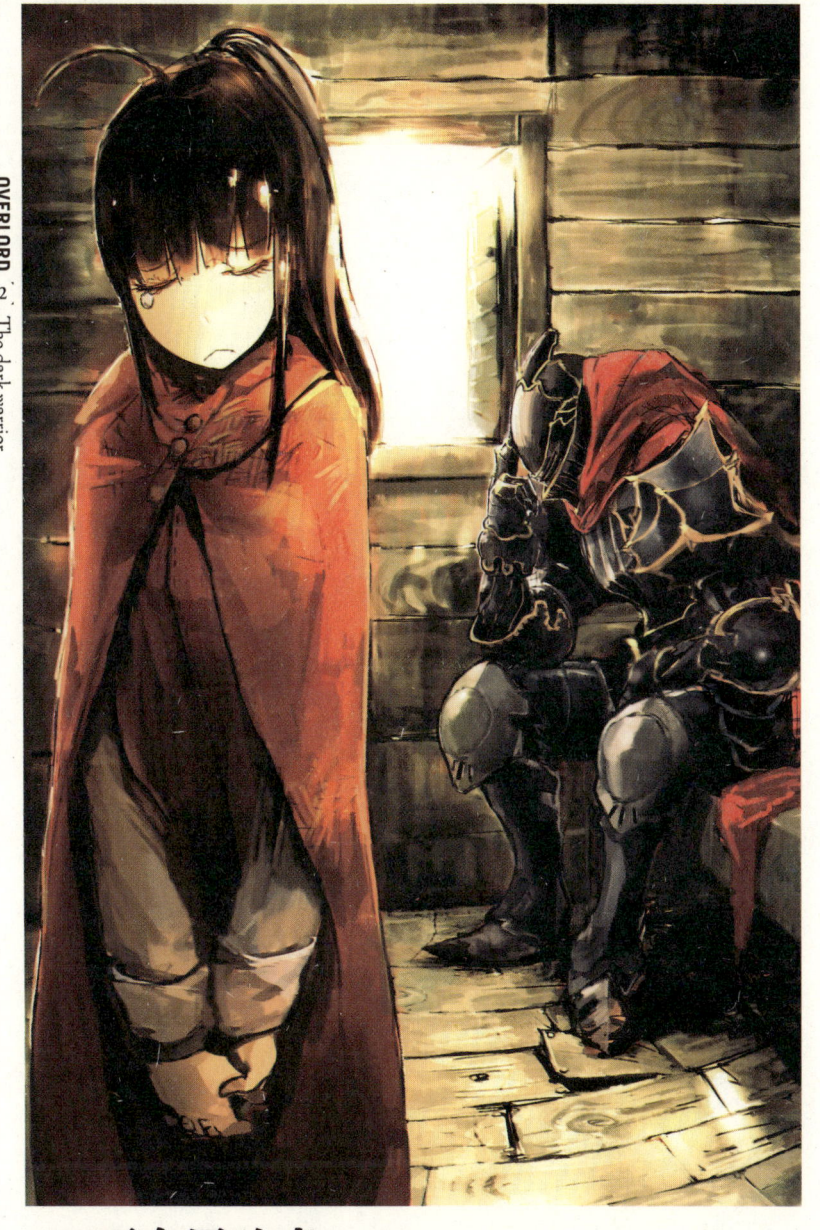

OVERLORD 2 The dark warrior

1章 **两个冒险者**

第一章 两个冒险者

1

位于邻国巴哈斯帝国和斯连教国的重要边境，里·耶斯提杰王国的都市耶·兰提尔由三层城墙重重保护，因此就如同它的外观一样取名为要塞都市，在各个城墙内的城镇都有不同的特色。

最外圈的区域用来作为王国的驻军基地，因此设有完善的军事设备。

最内圈的区域是都市的中枢行政区，该区也设有储备兵粮的仓库，属于重兵层层保护的区域。

至于位于两个区域之间的中间区域，则是市民的生活区。听到都市这个名字，脑中浮现的景象正是这个区域。

位于该区的几个广场里，最大的一个名为中央广场，许多人在这里摆设摊位，摆放蔬菜、调理食品等各式各样的商品。

在熙来攘往的热闹人群中，老板对街上行人发出充满气势的叫卖声努力拉客，上了年纪的妇人和商人讨价还价寻觅新鲜食材，受到烤肉香气吸引的青年购买肉汁满溢的烤肉串……

在这个白天拥有特殊活力的广场里，喧嚣的热闹气氛将会一直延续到日落时分吧。不过就在邻近的五层楼建筑物中走出一道人影时，热闹的气氛顿时画下句点。

广场上的所有目光都被一对搭档吸引，全体呆立原地。

这对搭档之一是个女性，年龄介于十五岁到二十岁之间，眼尾细长的眼睛散发有如黑曜石的耀眼光芒，充满光泽的茂密黑发绑成马尾，细致的雪白肌肤在阳光照射下仿佛珍珠闪闪发亮。

最吸引目光的地方莫过于她那高雅的气质，还有任何人都会多看一眼、充满异国风情的美貌。那袭深棕色长袍虽然平凡无奇，穿在她身上却变得像是豪华礼服。

至于和她走一起的搭档性别不明，应该说没有露出可以判断性别的地方。

广场上有人喃喃说声："黑暗战士。"

没错，那个人身穿点缀金紫花纹、绚烂华丽的全身铠甲。从全罩头盔的细微缝隙，无法窥见里面的五官。红色披风底下看得到背在背上的两把巨剑，与桀骜不驯的风格相得益彰。

两人环顾四周，全身铠甲的人物率先迈出步伐。

人们目送逐渐远去的两人，之后议论纷纷。那是类似目睹珍奇事物的情绪，没有一丝对两人全副武装感到警戒与恐惧的情感。

因为两人走出的建筑物，是名为"冒险者工会"的中介所，只有狩猎怪物的专家才会造访，有武装人士出入并不稀奇。实际上在两人离开之后，也有数名武装人士进出，而且眼尖的人还会发现两人的脖子上挂着有个小铜牌的项链。

正因为如此，两人会受到瞩目，只是由于女生的美丽容貌和过于气派的铠甲。

双人搭档默默走在不算宽阔的路上。

路上车轮轨迹里的积水反射阳光，由泥巴与沙土混合的道路不像石板路那样结实，非常难以行走，一不小心或许就会跌倒。但是两人的平衡感极佳，行走的速度几乎和走在石板路上时一模一样。

步伐轻盈走在路上的女子确认周遭没人，对着并肩而行的全身铠甲人物开口：

"安兹大……"

"——不，我的名字叫飞飞。至于你也不是纳萨力克地下大坟墓的战斗女仆娜贝拉尔·伽玛，而是飞飞的冒险搭档娜贝。"全身铠甲的人物——安兹随即打断女子娜贝拉尔的发言响应。

"啊！真是抱歉，飞飞大人。"

"也别叫我大人。我们只是普通冒险者，也是同伴，叫我大人很奇怪吧？"

"可、可是！怎么可以对至高无上的您如此无礼！"

安兹以手势制止声音不由得有些高亢的娜贝拉尔，要她放低音量，以有些放弃与无奈的语气回应：

"我说过好几次了，在这里我是黑暗战士飞飞……不，只是飞飞，是你的搭档。所以别叫我大人。这是命令。"

沉默了一会儿，娜贝拉尔才不甘不愿地回答：

"遵命，飞飞大……先生。"

"算了，这样也行吧，其实不加称谓也无所谓。若是称呼同伴还要加上称谓，该怎么说，别人可能会认为我们之间有些隔阂。"

"那样……未免太不敬了……"

安兹对支支吾吾的娜贝拉尔耸肩道："我们的真实身份不能曝光。关于这点你应该很清楚吧？"

"您说得没错。"

"语气……嗯，算了。总之……我要说的是一言一行都要小心谨慎。"

"遵命，飞飞大……先生。不过由我陪伴真的可以吗？雅儿贝德大人那样美丽又温柔的人不是更适合吗？"

"雅儿贝德吗……"安兹的话中隐藏复杂的情绪，"在我外出的这段时间，她必须管理纳萨力克。"

"恕我冒昧，如果要管理纳萨力克，也可以交给科塞特斯大人。守护者大人们也是这么说……考虑到您的安全，最佳守护者雅儿贝德大人才是最适合的人选吧？"

娜贝拉尔的疑问让安兹露出苦笑。

当安兹表示自己要前往耶·兰提尔时，守护者当中反对意见最强烈的人就是雅儿贝德，而且是从知道自己无法随行的那一刻起。

之前安兹不想带着随从而擅自外出，让雅儿贝德有些自责，因此无法强力反驳她的意见。但是这次和之前的擅自行动不同，是经过深思熟虑的结果，所以无法退让。

对方是会乖乖听从"命令"的守护者,即使违背自己的心意也会遵从命令。然而,安兹不认为那是好事:因为将自己的意思强行加诸公会同伴创造出来的守护者身上,还是会觉得有些愧疚。

试着说服的安兹和坚决反对的雅儿贝德,两人的意见没有交集。原本以为永远无法取得共识,但是在迪米乌哥斯不知在雅儿贝德耳边说了什么之后,雅儿贝德突然不再反对,最后甚至带着完全认同的温和笑容目送安兹。

至今还是不知道迪米乌哥斯说了什么,只是让雅儿贝德出现那样剧烈的转变,安兹感到有些不安。

"我没有带着她,是因为没有人可以让我如此信任。正是因为有她,我才能安心离开纳萨力克。"

"果然是那样!也就是说,雅儿贝德大人是飞飞大……先生最亲近的人吧?"

虽然不至于说出"嗯,就是那样",但他还是点头响应娜贝拉尔的问题。

"我很清楚这么做有危险。"

安兹举起戴着金属手套的右手,移动无名指,"不过这里必须由我亲自出马。光是在纳萨力克里指挥,有可能会对这个未知世界有所失算吧。有必要试着实际接触外面的世界,或许有些方法可以利用,但是在这种充满未知的情况下,会有很多不安。"

安兹从头盔缝隙望着严肃回答"原来如此"并露出恍然大悟表情的娜贝拉尔,接着以有些不安的声音询问:

"我有个问题想问你……你觉得人类是低等生物吗?"

"正是如此。人类是毫无价值的废物。"

打从心底如此认为的娜贝拉尔毫不迟疑的回答,让安兹轻声说了一句"啊,果然你也是这么认为"。但是声音太小,没有传进娜贝拉尔的耳里。接着安兹继续发牢骚:"她的性格就是那样,所以我才不想让她随便来到人类的城镇,果然还是应该先搞清楚部下的个性。"

没有带雅儿贝德过来的理由之一,就是因为她斩钉截铁地认为人类是低等生物。要是把有这种想法的人带到众人聚集的都市,稍不留神就可能出现腥风血雨的杀戮战场,这可不是闹着玩儿的。雅儿贝德没有伪装系的技能,无法隐藏犄角和翅膀也是理由之一。

还有一项绝对无法说出口的最大理由。

那就是区区一介上班族的安兹,如果没有亲眼看过,只是根据别人提供的情报,根本没有自信可以看清组织的未来如何好好经营。正因为如此,才会把运作组织的重责大任交给有才能的雅儿贝德。如果部下优秀,那么让部下全权负责才是明智之举。无能的上司多管闲事,只会导致悲惨的结果吧。

而且雅儿贝德受到对安兹的"忠心"与"爱情"两道枷锁牢牢拘束,所以安兹才能放心地将纳萨力克地下大坟墓交给她。

（爱情吗……）

只要看到雅儿贝德，还有听到她对安兹表达爱意时，安兹就会想起自己改写雅儿贝德的设定这个错误。没错，安兹在游戏结束前的瞬间，将雅儿贝德的"角色设定"改为深爱着飞鼠——也就是安兹。当然了，当时完全不晓得自己会来到这个未知的异世界，所以那只不过是想在最后开个小玩笑。

可是回头想想——即使雅儿贝德不在意——翠玉录这个朋友要是知道安兹现在做的蠢事，不知道会做何感想。

若是自己又是如何？自己创造的NPC遭到同伴窜改……

不仅如此，还打着如意算盘，认为雅儿贝德一定不会背叛自己而加以利用，真是讨厌这样的自己。

安兹甩头抛开负面思绪。身体变成不死者之后，只要出现强烈的情感波动就会遭到压抑。不过这种程度的情感，还是可以像身为人类时那样清楚感受。要是完全变成不死者的精神，或许连这种罪恶感也感觉不到吧。

心不在焉想着这些事，头戴全罩头盔的安兹把脸转向娜贝拉尔说道：

"娜贝，我不会叫你抛弃那种想法，但是至少要克制。这里是人类的城镇，而且还不知道在人类之中有什么样的高手，所以尽量不要有那种会引来敌人的想法。"

对深深鞠躬表示忠心与服从的娜贝拉尔伸出手，抬起她的脸后，安兹再次叮咛：

"还有一点，虽然不知道我们想战斗或是想动手时，是否会出现令人类感到威胁的……杀气，不过好像会散发类似的东西。所以没有我的允许绝对不可轻举妄动，知道吗？"

"遵命，飞飞大……先生。"

"很好……那么，事先打听到的旅馆应该是在附近。"

安兹环顾四周。附近有好几家商店开门做生意，可以看到三三两两的客人进出。稍微往旁边望了一下，有几个穿着工作围裙的工人在搬东西，不过人数不多。他们在这个商店林立的区域，根据挂在商店前方画有图案的招牌寻找旅馆。

因为安兹和娜贝拉尔都不认识这个国家的文字。

不久终于发现目标"图案"的安兹不由自主加快脚步，娜贝拉尔也快步跟上。拍落沾在装甲靴上的泥土，爬上两阶楼梯，安兹双手推开双开门走进店内。

采光窗户几乎都关上，因此室内有些昏暗，习惯室外光线的人们会有瞬间伸手不见五指的感觉吧。但是对具有夜视能力的安兹来说，这样的光线已经足够。

室内相当宽敞，一楼是餐饮区，里面有个柜台，柜台后面有个两层柜，上面摆放着几十瓶酒。柜台旁边的门里应该是厨房吧。在餐饮区角落，有个中间转弯向上的楼梯。根据工会柜台小姐的说法，二三楼是客房。

可以看到稀稀疏疏的客人散落在几张圆桌。几乎全是男人，感觉现场气氛充满暴力。所有目光都聚集到安兹身上，那些眼神像是在评头论足。唯一没有留意安兹他们的是一个坐在角落的女人，她只是目不转睛注视自己桌上的瓶子。

这样的旅馆景象让安兹在全罩头盔下皱起不存在的眉毛。

虽然已有心理准备，但是比想象中还要污秽。在YGGDRASIL这个游戏里，也有肮脏和恶心的场所。就连安兹统治的纳萨力克地下大坟墓中也有，例如恐怖公之厅和蛊毒巨洞等。

但是这里的污秽与那些地方不同。

地板上到处都是莫名食物的碎屑，还有不知名的液体；墙壁上的奇怪污渍；掉在角落已经发霉的神秘块状物……

安兹在心里叹了一口气，看向店内。那里站着一名围着肮脏围巾的男人，卷起袖子露出两只粗壮的手臂，上面可以看到几道不知是被野兽抓过还是被刀剑砍过的伤痕。

长相介于剽悍和野兽之间，脸上也可以看到伤痕，头顶完全剃光没有半根头发。与其说是老板不如说比较像保镖的男人一手拿着抹布，肆无忌惮地打量安兹。

"投宿是吧。要住几晚？"有如破钟的混浊声音传来。

"我们想住一晚。"

老板粗鲁地回答："……铜牌啊。通铺一天五个铜板。食物有燕麦粥和青菜，想吃肉的话加一个铜板，不过可能会用几天前的面包代替燕麦粥。"

"可以的话，我想要一间双人房。"

有些嗤之以鼻的声音响起："……在这个城镇中，冒险者专用的旅馆有三间，在这三间里我的店是最差的……你知道为什么工会的人要介绍这里给你吗？"

"不知道，愿闻其详。"

面对回问的安兹，老板的眉毛扬起，呈现吓人的角度："稍微动一下脑筋！那个气派的头盔里面是空的吗！"

即使听到老板带点不耐烦的中气十足的声音，安兹从容不迫的态度依然没变。能够无动于衷地当成小孩子在发脾气，或许是经历过前几天的战斗的缘故吧。

从那场战斗，以及之后从俘虏口中逼问出来的情报，安兹稍微了解了自己的强大。正因为如此，才能面对怒吼依然心平气和。

看见安兹的反应，老板显得有点惊讶："还蛮有胆识的嘛……来这里投宿的客人大多是持有铜牌或者铁牌的冒险者。如果实力相当，即使素昧平生只要有一面之缘就可以组队冒险。所以想要寻找实力相当的人组队，我们这里最适合不过……"

老板的眼睛闪过光芒："你想睡房间也可以，但是如果没有交集，可没办法找到组队的同伴喔。要是无法组成实力均衡的队伍，和魔物战斗等于死路一条。所以欠缺同伴的菜鸟，大多会在人多的地方推销自己。最后再问一次，你想要通铺还是双人房？"

"双人房。餐点就免了。"

"咋，不懂别人友好的家伙……还是说你自命不凡，想告诉大家你这副全身铠甲不是装饰品？算了，一天七个铜板。当然是先付账。"旅馆的主人利落地伸手。

在评头论足的目光中，安兹带着后面的娜贝拉尔迈开步伐——突然有只脚伸出来，像是要阻挡安兹前进。

安兹停下脚步，只是移动目光打量伸出脚的男子。

男子面带讨人厌的轻浮笑容。同桌的人也都露出相同的笑容，或是目不转睛盯着安兹和娜贝拉尔。

不管是老板或其他客人，全都默不作声，没有人出面制止。

虽然大家都是乍看之下似乎没什么兴趣，或是等着看好戏的眼神，不过其中也隐藏着不放过一举一动的锐利目光。

（哎呀哎呀。）

安兹受不了地轻叹一口气，将前方的脚轻轻踢开。

像是在等待这个动作，男子站了起来。他没穿铠甲，可以清楚看见衣服底下隆起的肌肉相当结实。脖子上戴着一条和安兹类似的项链，不过那是铁牌，随着对方的动作摇晃。

"喂喂，很痛耶。"

男子发出锐利的声音恐吓，慢慢靠近安兹。大概是站起来时随手戴上了金属手套，一握拳就发出咔叽的金属摩擦声。

身高不相上下的两人怒目相向，就互殴的距离来看有点太近。

安兹先点燃战火："这样啊。我戴着全罩头盔视野较差，没看到前面有脚，也可能是脚太短所以没看到……这是我的理由，可以原谅我吗？"

"浑蛋。"

安兹的冷嘲热讽让男子露出危险的眼神。不过当他把眼神转向安兹身后的娜贝拉尔，愤怒的眼光瞬间紧盯不放：

"你这家伙真讨厌……不过我大人有大量，只要你肯把那个女人借我一晚就原谅你。"

"呵，呵呵呵。"安兹不由得发出冷笑，轻轻举手制止想要上前的娜贝拉尔。

"笑什么？"

"没什么，只是觉得你竟然会说出这句和小喽啰相得益彰的经典台词，才会忍不住发笑。别计较了。"

"啥？"愤怒的男子满脸通红。

"啊，动手前我可以先问一下吗？你比葛杰夫·史托罗诺夫强吗？"

"啥啊？你在说什么？"

"这样啊，看你的反应就很清楚了。这么看来，似乎连玩耍的力道都不用——飞吧。"

安兹迅速伸手抓住男子的胸口，接着举起男子的身体。

别说躲避，连抵抗都办不到的男子被举起之后发出"呜喔"的惊呼，同时在周围看热闹的男子也为之骚动。能够单手举起一个成年男子，他的臂力到底有多惊人？现场没有连这点想象力都没有的人。

店内响起一阵喧闹和惊叹，像是要粉碎这种惊讶的气氛，安兹将双脚不停摆动的男子轻轻丢出去。

轻轻这个说法是对安兹来说。

被扔出去的男子以惊人的气势飞到天花板附近，画出抛物线重重摔落桌上。身体碰撞的声音、桌上东西破碎的声音、木板裂开的声音，还有男子的痛苦哀号混杂在一起，响彻室内。像是被呻吟声吓到，店内突然变得鸦雀无声。不过——

"呀啊——"

慢了一拍，坐在桌边的女子发出奇怪的惨叫，那是天上飞来横祸时的灵魂哀号。不，如果天上突然掉下一个男人，会发出这种惨叫也是理所当然吧。然而有个和惊吓截然不同的莫名情绪，混杂在惊呼声中。

"……那么，你们接下来有什么打算？可以一起上，省得麻烦嘛！浪费时间在这种事上也很蠢。"

安兹对与男子同桌的人如此挑衅，男子的同伴立刻听懂这句简短话语的含意，急忙纷纷低下头来："啊？呃呃！我们的同伴得罪你了！真的非常抱歉！"

"嗯，原谅你们。反正没有对我造成困扰，不过可要赔给老板桌子的钱啊。"

"那是当然。我们会照价赔偿。"

正当安兹觉得这件事应该就此告一段落，打算离开时，突然被一道声音叫住：

"喂喂喂！"

转头一看，刚才发出奇怪惨叫声的女子毫不客气地走向安兹。

她的年纪应该是二十几岁或更年轻，红色头发乱糟糟地剪成容易活动的长度，就算说得再怎么好听，也不算是整齐，说得贴切一点就是像个鸟巢。

五官看起来不差，眼神锐利，似乎没有化妆。有着久经日晒的小麦色健康肌肤，手臂肌肉盘结，手上满是握剑的茧。安兹脑中浮现的第一印象并非"女性"而是"战士"，胸口还挂着串有小铁牌的项链，随着脚步剧烈摆动。

"看你干了什么好事！"

"什么事？"

"啥啊？你连自己干了什么好事都不知道吗！"

女子指向坏掉的桌子说："都是你把那个男人丢过来，我的药水，我重要的药水才会破掉！你是脑袋有什么问题才把那个庞然大物丢过来！"

"所以呢？"

女子的眼神变得犀利，声音也更加低沉："还要问吗！你这家伙！当然要负责赔偿啊，那可是我买的药水。"

"只不过是瓶药水……"

"我可是连饭都不吃，不断节省再节省才存够钱，今天、今天才刚买那瓶药水，现在却被你打破了！即使是危险的冒险只要有了那瓶药水就能保命，如此坚信的我，希望全部被你粉碎了，竟然还是这种态度？真是令人火大。"

这个女子又向安兹靠近一步，安兹觉得眼前是头瞪大通红双眼的激动蛮牛。

安兹忍住叹气，没有确认投掷地点就随手乱丢，确实是自己的疏失。不过安兹也有他的理由，无法轻易答应赔偿。

"那么你向那个男人求赔偿如何？要不是他拼命伸出短腿，就不会发生这个悲剧了。我说得没错吧？"安兹透过头盔缝隙瞪向男人的同伴。

"啊，是啊……"

"不过……"

"算了，谁赔给我都没关系，只要赔我药水或是钱就好……不过那个可是价值一枚金币又十枚银币喔。"

男子们全都低下头来，看来是没钱可赔。

于是女子的目光再次转向安兹："果然不出所料，老是喝酒怎么可能有钱。看你穿的铠甲这么气派，应该不至于没有治疗药水吧。"

安兹恍然大悟，原来女子会向安兹求赔偿是这个缘故。

这个请求实在有些棘手，安兹稍微想了一下，做好心理准备之后发问：

"有是有……不过那是回复用的药水没错吧？"

"没错。我可是一点一滴……"

"好了，你别再说了。我拿药水赔给你，就此一笔勾销吧。"

安兹拿出低阶治疗药水递给女子。

女子以诧异的表情望着药水,然后不甘不愿地收下。

"这样就没问题了吧?"

"嗯,暂时没问题了。"

女子的语气听起来欲言又止,但是安兹甩开心中疑问。刚才就一直担心娜贝拉尔会不会捅出什么大娄子,这才是重点。

即使有安兹的叮咛,娜贝拉尔还是露出锐利的眼神。好像有些人感觉到她的眼神,脸上显得有些不安。

"走了。"

安兹以制止的语气简短告知娜贝拉尔,来到旅馆老板面前。接着随手伸进怀里取出皮囊,拿出一枚银币放在老板粗糙的手上。

老板默默将银币放进裤子的口袋里,抽出的手中握着几枚铜币。

"嗯,那么找你六个铜币。"

将铜币放到安兹戴着金属手套的手上,随即把小钥匙放到柜台上:"上楼梯之后右转第一间,可以把行李放到床头的宝箱里。不用我提醒你也应该知道,不要随便接近别人的房间。如果遭人误会可就麻烦了。不过要是想让人认识你,这倒是个不错的办法。你看起来无论什么状况都能处理,只不过别给我添麻烦就行。"

老板瞄了躺在地上呻吟的男人一眼。

"知道了。还有帮我们准备一下冒险所需的最低限度装备。我们带的东西掉了,工会那边告诉我,只要拜托一下,你们就会替客人准备。"

老板看着安兹和娜贝拉尔的服装,然后眼睛直盯安兹身上的皮囊:"嗯,我知道了。我会在晚餐之前准备妥当。你们也要准备钱。"

"知道了。娜贝走了。"

安兹带着娜贝拉尔爬上老旧的楼梯,在咯吱咯吱的声响中往自己的房间走去。

●

安兹的身影消失在二楼之后,被安兹丢飞出去的男子同伴急忙向男子施展治疗魔法。众人的举动像是点燃导火线,让原本鸦雀无声的屋内变得喧嚣起来。

"看样子不至于表里不一。"

"就是说啊。那种臂力远远超出常人水平,到底是怎么锻炼出来的?"

"除了两柄巨剑之外,身上没有其他武器,代表他很有自信吧。"

"怎么又出现这种马上就超越我们的家伙?"

议论纷纷的对话中充满感叹、惊讶、恐惧。

大家打从一开始就心知肚明，安兹并非泛泛之辈。根据之一就是那身气派的行头。全身铠甲并非廉价品，只有不断冒险而且经验丰富的人才有办法购买。如果只以报酬来看，晋升到银牌阶段才能累积到那么多资产。不过其中有些人还是从前人那里继承，或是在战场、遗迹当中捡到。正因为如此，才会想确认他的实力如何。

在这里的所有人姑且算是同伴，同时也是竞争对手。每个人都想知道新人的能力，所以才会不断重复之前的一连串过程。

其实在场的每个人都曾经历过这条路。不过扪心自问，不曾有人能够如此轻易通过。

也就是说，戴着铜牌项链的双人组……不管是身为同伴还是竞争对手，都具备获得肯定的超强实力，这点无论看在谁的眼里都显而易见。

今后该如何对待那两人？

"已经无法和那个美女搭讪了，如果只有两人，可以让他们进入我们的队伍喔。"

"你是不是说错了，应该说邀请他们加入吧？"

"那个头盔底下到底长得怎么样，今晚我到那家伙的隔壁房间偷听。"

"他可是提到那个在周边国家当中最强的战士葛杰夫·史托罗诺夫的名字啦！"

"莫非他是战士长的徒弟，这倒是很有可能。这个重责大任就由我这个顺风耳的盗贼来负责。"

在众人兴高采烈谈论神秘二人组的嘈杂声中，旅馆老板走到一名冒险者身边，那个人是刚才从安兹手上拿到药水的女子。

"喂，布莉塔。"

"嗯？什么事？"女子——布莉塔稍微移开一直注视红色药水的目光，以兴趣索然的表情看向老板。

"那是什么药水？"

"谁知道？"

"喂，你也不知道？不是知道那瓶药水的价值才立刻接受他的赔偿吗？"

"怎么可能。话说回来，我没看过这种药水。大叔也是没看过才会过来一探究竟吧？"

布莉塔猜对了。

"这瓶药水抵得了账吗？你的药水被打破是事实吧，这搞不好比你买的还要便宜。"

"或许如此，这的确像赌博，不过这次我很有自信可以赌赢。这可是穿着气派铠甲的家伙，听到我的药水价值之后给的喔。"

"原来如此……"

"从没看过这种颜色的回复系药水，很有可能是非常稀有的珍品。要是当时一个迟疑，让对方说出还是付钱赔偿的话，岂不是入虎穴却空手而归吗？总之明天我拿去鉴定一下，应该就能知道这瓶药水的价值。"

"喔，那么鉴定费我来付吧。不仅如此，还顺便帮你介绍一个好地方。"

"大叔你？"

布莉塔皱起眉头。旅馆老板虽然人不坏，但绝对不是滥好人，其中一定有所蹊跷。

"啊，别露出那种表情嘛，我只是希望你能把这瓶药水的效果也告诉我。"

"你是这么打算啊。"

"这样很划算吧？而且以我的门路，可以介绍最强的药师给你。就是那个莉琪·巴雷亚雷喔。"

布莉塔立刻露出吃惊的表情。

耶·兰提尔这个地方因为聚集许多佣兵和冒险者，专门贩卖武器、道具给这些人的交易相当热络，其中治疗药水的交易也很兴盛，所以耶·兰提尔的药师比普通都市来得多。

在如此的竞争下，莉琪·巴雷亚雷以最强药师的称号名闻天下。在都市的所有药师里，她可以调制最为复杂的药水。既然拿出最强药师的名号，布莉塔已经无法拒绝这个选项了。

2

木门随着啪哒的声音关闭。

房间里除了一张小桌子和备有宝箱的两张简单木床之外，没什么其他家具。百叶窗打开，可以直接接触外面的空气和阳光。

　　环顾室内的安兹感到有些失望。虽然知道不能要求这种偏僻地方的旅馆有纳萨力克的设备和清洁的环境，但还是觉得这里有些令人难以忍受。

　　"竟然让飞飞大人住这种地方。"

　　"别这么说，娜贝。我们的目的是在这个都市取得冒险者的地位，提升知名度到众所周知的地步。在此之前，体验一下符合身份的生活也不坏。"

　　没有将内心的不满表现出来，安兹安抚娜贝拉尔之后关上百叶窗。光是透过百叶窗的缝隙洒进的阳光，无法完全照亮整个房间。安兹和娜贝拉尔都有夜视技能，所以没有任何妨碍，但是对一般人来说，这个房间暗到不太能看见东西。

　　"不过，冒险者……这个工作没有想象中那么充满魅力。"

　　冒险者。

　　之前安兹还对这个名词抱持些许幻想：追寻未知事物，在世界各地冒险的人。安兹曾经想象这是个将YGGDRASIL的正确游戏方式具体化的职业，不过在工会听到柜台小姐的说明，才知道冒险者是种更加现实而且无趣的工作。

　　如果用一句话解释冒险者，就是"对付魔物的佣兵"。

　　虽然有些部分符合安兹追求的冒险者幻想，可以前往两百年前遭到魔神毁灭的国家残骸——遗迹进行探索，到秘境追寻未知事物，不过那基本上算是魔物猎人。

每种魔物都拥有不同的特殊能力，所以需要的技能比士兵更多样化——有办法对付的人。

光是就这点来思考，也许类似那种游戏当中经常出现、受到众人依靠的勇者，不过事实上并非如此。

这也是因为身为统治的一方，讨厌有自己无法控制的武装集团存在。因此即使将经济层面排除在外，冒险者的地位也不高。

还有不以国家规模吸收冒险者的理由，和那种与其聘用高薪的正职员工，还不如在当地寻找派遣员工比较划算的企业想法一样。因此就如同那种即使不聘用派遣员工依然能够运作的企业，对于只依靠本国兵力即可扫荡魔物的国家来说，冒险者的地位又更低了。

根据柜台小姐的抱怨，斯连教国并没有冒险者，巴哈斯帝国的冒险者则是在现任皇帝即位之后，处境变得更加恶劣。

安兹将些许的失望逐出心中，好不容易从事向往的工作，却发现事实并非如梦想中的那样美好，这是屡见不鲜的事。

安兹的手轻轻一挥，漆黑的全身铠甲和背上的两把巨剑仿佛融化一般消失无踪，包裹在魔法道具之下的骷髅就此现身。

浅黑色的护目镜上，红色的锁定窗口忽隐忽现。点缀紫水晶的银色头盔冒出几根荆刺，有如玫瑰的藤蔓。

身穿散发丝绸光泽的黑色长袖上衣与宽松长裤，绑住长裤的腰带是条黑色带子。拆下朴实的铁手套，除了左右无名指外的骨头手指全都戴着戒指。表面粗糙的红棕色皮质半筒靴上，点缀着金丝刺绣。脖子上的项链吊着一个绘有狮头图案的银色牌子，外面则披着红色披风。

YGGDRASIL的道具一般是以将计算机数据水晶放入外装的方式形成，因此外表很难统一。不过有很多玩家讨厌东西混合的装扮，所以在某次改版之后，只要满足特定条件，就能在不改变装备能力的情况下统一外装。

刚才安兹身上那套将全身包得密不通风的漆黑铠甲，能够利用"高阶道具创造"制造装备也是特定条件之一。

现在安兹身上的装备有必中眼镜、精神防壁之冠、黑寡妇蜘蛛服、黑带、金属护手、涅墨亚之狮、加速之靴等。

YGGDRASIL的道具交易，通常都是以计算机数据水晶进行。但是为了制作更强大的道具，也有人会贩卖二手道具。这时候会出现一个问题，那就是他人制作的道具——如果名字是传播禁止用语，或是侮辱特定人物，有时会遭到游戏官方要求修改——基本上都是随制作者的喜好命名。

贩卖时如果道具有稀奇古怪的名字，当然会不受欢迎。虽然更名的付费道具不贵，但是很少人会为了更名特地购买。

因此替道具命名时，每个玩家都会绞尽脑汁，大都取自神话或是以英文命名。

当然也有例外。

因为帮戒指取名字很麻烦，所以戒指1、戒指2、戒指3这种命名方式还算好的。安兹甚至看过有人取拇指戒、食指戒、中指戒这种名字。

　　安兹的朋友武人建御雷，会根据状况使用两把大太刀，他将其中一把武器的第八代取名为"建御雷八式"。

　　至于这件红色披风的命名方式也是如此。因为是抄袭美国漫画里的黑暗英雄，所以取名为魔界寄生披风。

　　这些都是圣遗物级的装备。以安兹的主要装备来看，算是差两级的道具，不过考虑到携带太强的道具可能会有些问题，所以只带这种等级的道具。

　　安兹转动肩膀感受脱掉铠甲的解放感，这时娜贝拉尔开口询问：

　　"话说回来，要怎么处置那个讨厌的女人？"

　　"啊啊，你是说那个药水被打破的女人吗？没必要和她太过计较。若是我的重要物品被人打破，也会气到失去理智……"

　　想起变成这个身体后的精神变化，安兹停顿了一下后继续说道："大概吧。她会责备不小心的我，也是理所当然的事。"

　　"可是那是因为愚蠢的人类敢找无上至尊的麻烦才导致的，应该受到责备的是那个男人吧。"

　　"或许是那样，但是把那个男人丢出去的人是我，这次就宽宏大量原谅她吧。而且我们在这个城镇该做的事，是要成为这个世界的一员，提升飞飞和娜贝的知名度。如果被人知道我们连区区一瓶药水都赔不起，岂不是有损我们的名声？"

虽然看起来依然无法释怀，娜贝拉尔还是用力点头表示了解。

"而且对方是前辈，身为后辈多少也得给她一点面子。"

安兹把玩脖子上的项链，只有避开涅墨亚之狮不去触碰。

（……如果只是金属牌，或许有伪造的可能……不过这件事还是由工会去伤脑筋吧。）

挂在脖子上的小铜牌，就是所谓识别牌。这个识别牌可以用来判断冒险者的能力。铜、铁、银、白金、秘银、山铜、精钢。越后面的金属代表评价越高，不仅可以选择更高难度的工作，还可以获得较高的报酬。这也是为了让冒险者不会白白送命的系统，刚登记成为冒险者的安兹是最初级的铜牌，那个女人则是铁牌。对前辈表现出最基本的敬意，是顺利融入社会的诀窍。

"不过如果是安兹大人，属下觉得不适合精钢那种软金属，还是青生生魂、绯绯色金等七彩金属来得相衬。全都是些没眼光的家伙。"

娜贝拉尔随口说出即使是在YGGDRASIL里也是最高阶的金属名称，安兹以锐利的眼神看着她，开口提醒：

"娜贝拉尔，为了保险起见，在这个城镇里要叫我飞飞。"

"遵命！飞飞大人！"

"你要我重复刚才的告诫吗？叫我飞飞。"

"非、非常抱歉！飞飞大……先生。"

"飞飞大先生听起来有点蠢喔。算了，只叫飞飞很勉强的话，至少叫我飞飞先生。知道了吗？"

"遵命，飞飞先生。"

娜贝拉尔再次深深低头鞠躬，安兹伸出手指撑着额头。

（无法理解我为什么要她称呼我飞飞先生的理由，有点没用的家伙呢……算了，现在没有其他人，姑且原谅她吧。）

"我先说一下今后的行动方针吧。"

"是！"娜贝拉尔立刻单膝跪地低头，那是等待主人命令的随从态度。

伤脑筋的安兹不知该如何是好，进房之后已经把门关上了，应该没什么问题，但是如果被人看到这个光景，肯定会议论纷纷吧。

（可是……她为什么无法理解我要她称呼我飞飞呢？在过来旅馆之前明明解释过了……）

安兹带着半放弃的态度开始说明："我们要在这个都市伪装并成为著名的冒险者，理由之一是为了收集这个世界的冒险者，也就是强者的情报，重点放在和我同是YGGDRASIL玩家的情报上。只要能够取得更高阶的识别牌，便能接下名副其实的工作，得到的情报也会更有可信度，因此眼前的第一要务是成为成功的冒险者。"

娜贝拉尔表示理解后，安兹对她说明待办事项。

"不过目前有个问题。"安兹取出小皮囊松开束口，将里面的东西倒在手上。出现在他手上的是硬币，而且数量很少，里面看不到任何金色光辉。

"首先,我们没钱。"

在刚才的争执中,安兹用药水赔偿有几个理由,其中之一就是没有自信可以用金钱解决问题。在那种场合若是开口说没钱,那也未免太糗了。

安兹向面露诧异之色的娜贝拉尔解释:"不,我们当然有钱,但是我手上的货币几乎都是YGGDRASIL的金币,因此我想把使用金币当成最后手段。"

"这是为什么呢?不是已经确认YGGDRASIL的货币也具有金钱价值吗?"

"的确,我在之前的卡恩村得知,一个YGGDRASIL的金币……啊,交易通用金币简称通用金币,具有两个通用金币的价值。但是如果在这个都市使用YGGDRASIL的金币,不知道金币会流到什么人的手上,搞不好会被不特定的少数人知道。这里如果有YGGDRASIL的玩家,反倒是种宣传。在尚未了解这个世界的当下,必须避免这种事情发生。"

"玩家……和安兹大人同等级的人物,也是过去曾经攻击纳萨力克的恶徒呢。"

虽然对安兹大人这个称呼皱起眉头,但是和刚才的理由相同,安兹也不再多说什么。

"没错,他们是绝不能掉以轻心的人物。"

他——安兹·乌尔·恭的等级是YGGDRASIL当中最高的

一百级,但是对玩家来说,最高等级并不稀奇,应该说大部分玩家都是一百级。

在这些玩家当中,安兹认为自己的实力属于中上。这是因为安兹在游戏中一直练符合不死者魔法吟唱者的职业,忽略提升强度所致。不过考虑到自己装备的各种神器级道具,还拥有许多付费道具,或许可以达到上中等级。然而还是不能轻忽人外有人,天外有天。

所以绝对要避免被玩家发现。要是不小心进入战斗,安兹有很多打不赢的对手。

还有玩家原本是人类,会帮助人类的玩家也很多吧。要是这种玩家和雅儿贝德这些把人类看成低等生物的人对峙时,纳萨力克地下大坟墓——安兹·乌尔·恭的所有人很可能把人类当成敌人。因此他才会觉得带雅儿贝德出来是件危险的事。

(不过没想到连娜贝拉尔也是这种想法。)

安兹不是人类的敌人,但是为了自己的目的,可以毫不迟疑地杀死人类。即使如此,还是想要避免与玩家正面冲突。

"就这点来说,真的很可惜。"

"什么事很可惜呢?"

"轻易失去尼根这个男人那件事。他可能是拥有最多情报的人,但是我只简单问了一些问题就草草了事了。"

在卡恩村抓到的阳光圣典成员,现在有十人左右还活着。其他人在询问情报的过程当中死亡,成为安兹以特殊技能召唤的不死者媒介。

想起从俘房口中严刑拷问得到的情报，安兹忍不住自嘲：
"如果是一般玩家……很可能会支持斯连教国。"

斯连教国是个宗教国家，信奉六百年前降临的六大神。若是借用阳光圣典的说法，斯连教国是个为了让身为人类的弱者能够战胜其他强大种族，得以壮大繁荣而奋斗的国家。如果是保有人性的玩家，一定会赞同斯连教国的教义吧。

和人类是万物之灵的世界不同，在这个世界上，人类是最低等种族之一。虽然在平地上建造了如此了不起的都市，然而在平地上生活这点，只不过是突显人类的脆弱而已。

虽说如此，平地也是危险的地形。首先是无处可躲，再者是容易被敌人发现。会选择这种地形当作居住场所，是因为人类是没有夜视能力，也没有脚力和耐力的脆弱民族，若不选择平地这种无处可躲的危险场所，就无法打造自己的生活圈。

比人类的肌肉更发达、文明更优越的种族比比皆是，但是那些种族没有统治这片大地。因为在五百年前，他们与企图统治这片大地的八欲王对抗，让人类得以在战争当中幸存。若非如此，人类恐怕早已遭到淘汰。

如果身在这样的世界，当然会想帮助人类吧。正因为如此，现在的安兹才会不想接近斯连教国，才会对玩家保持戒备。

"总之关于钱的事，我打算卖掉伪装骑士的斯连教国士兵的佩剑……但是在那之前得先找到工作。"

"遵命。那么明天还要去工会啰。"

"没错,虽然想要尽可能参观这个城镇学习知识,不过等到赚点钱之后再做吧。"

"了解。身为战斗女仆之一,我将鞠躬尽瘁,全力支持。"

"这样啊。那就拜托你了,娜贝拉尔。"

对深深鞠躬的娜贝拉尔感到心满意足,安兹发动魔法,换上幻影与铠甲。

"我去探勘周边环境,你就留在这里待命吧。"

"请让我一起去!"

"不了,我只是去附近看看。可能的话想参观一下听说很大的墓地……还有留你下来是为了避免有人入侵。绝对不能掉以轻心,要谨慎提防。目前应该没有露出任何破绽,但是这里说是敌营也不为过,所以千万不能松懈戒备。"

"遵命。"

"还有定时联络就麻烦你了。"

安兹走出房间,娜贝拉尔长长吐出一口气,接着按住眼角上下按摩,刚才的犀利双眼无力垂下,一脸完全放松的表情,就连马尾也像是失去活力般软趴趴地下垂。

不过还是记得至尊主人的命令。

娜贝拉尔虽然聚精会神地绷紧神经想要探查室外状况,但是身为魔法吟唱者的她,很难达到盗贼的那种功力,因此要利用自己擅长的技能弥补缺陷。

"兔耳。"

随着魔法的发动，娜贝拉尔的头上冒出可爱的兔耳。抖动的兔耳感应四周的声音。

这是三种被YGGDRASIL玩家称为兔子魔法的法术之一，其他还有可提升幸运值的"兔脚"，能够稍微降低怪物敌对值的"兔尾巴"。同时发动这三项技能的女性角色服装也会改变，因此十分受欢迎。不过目前不需要其他两项技能的娜贝拉尔没有同时发动。

娜贝拉尔学的魔法大多属于战斗类，这是少数的例外。

听清楚周围的声音，确认安全无虞之后，娜贝拉尔发动"讯息"魔法。像是正在引颈期盼，娜贝拉尔的脑中立刻传来女性的悦耳声音。

"娜贝拉尔·伽玛，有什么事吗？"

"是的，定时报告。"

娜贝拉尔的说话对象正是纳萨力克地下大坟墓的守护者总管——雅儿贝德。

将现况一丝不漏完整报告的娜贝拉尔，最后提到对方衷心期盼的消息：

"安兹大人提起雅儿贝德大人，表示'除了她以外，没有人可以让我如此信任'。"

"咕呼——"莫名其妙的兴奋叫声在娜贝拉尔的脑中响起。

"很好！很好！娜贝拉尔真是乖孩子！就照这个样子替我宣

传吧！这可是纳萨力克守护者总管的命令喔！"

娜贝拉尔头上冒出问号，心想"这是值得命令的事吗"。不过冷静思考可是攸关到谁能服侍至尊的争夺战，那么一来会有这种命令也是理所当然。

就在娜贝拉尔释怀时，雅儿贝德的兴奋声音再次响起："趁着夏提雅有事外出之际，我就慢慢和安兹大人拉近距离！虽然是难以攻克的要塞，只要采取波状攻击，建立桥头堡之后总有一天可以攻陷！当光荣的那天来临，夏提雅会流下悔恨的泪水吧！"

雅儿贝德的雀跃叫声让娜贝拉尔稍微皱起眉头。听到这么激动的声音，就连娜贝拉尔也不禁有点不耐烦。

带着仿佛忍不住会小跳步的开朗声音，雅儿贝德滔滔不绝地说些下次要这样，还有那样才行之后，突然发出冷静的声音：

"不过你们为什么要帮助我？不选择夏提雅而是选我的理由是什么？难道是有什么想要的东西？"

"这个问题很简单。因为如果问我夏提雅大人和雅儿贝德大人，谁比较适合坐在安兹大人的身边，我绝对会回答是雅儿贝德大人。"

"咕呼——太棒了。没想到你是可以看透纳萨力克未来大局的人，太佩服了。"

"而且由莉姐姐不擅长应付夏提雅大人。"

"喔，由莉·阿尔法啊。原来如此，是这么回事。那么其他人也是我的同伴吗？"

不止副队长由莉·阿尔法，娜贝拉尔的脑中陆续浮现其他同伴的脸庞："这就有些难说。露普斯雷琪娜是雅儿贝德大人派，不过索留香是夏提雅大人派吧。至于艾多玛和希姿还不清楚，应该还没有表态。"

"有办法拉拢索留香吗？"

"大概很难吧。因为她的兴趣和夏提雅大人很接近。"

"喔，原来如此……还真是低级的兴趣。"

娜贝拉尔也同意雅儿贝德的说法，对索留香·爱普西隆（同事）的兴趣感到不解，忍不住偏头。虽然除了一个人之外，所有人类都是低等生物，即使如此也不至于有欺负人类的兴趣。但是只要人类胆敢阻挠便杀无赦，即使麻烦也不放过。话虽如此，还不至于特地杀人。

"没办法了。那么赶紧行动，拉拢其他女孩加入我的阵营吧。首先是艾多玛和希姿。"

"这么做应该没问题。索留香和艾多玛都喜欢把人当成食物，若是把艾多玛拉拢到雅儿贝德大人这边，索留香或许可能因此成为同伴。"

"说得没错……知道了。那么换个话题……亲爱的安兹大人还做了哪些事，可以仔细跟我说一下吗？"

"是的，遵命。"

和雅儿贝德的定时联络十分热络，当雅儿贝德得知安兹和娜贝拉尔睡在同个房间时，不禁发出奇怪的叫声大吵大闹，甚至演变成需要发动四次相同魔法的情况，让回来的安兹感到有些受不了。不过这些都是后话。

3

感觉空气好像染上了颜色，布莉塔像狗一样用鼻子闻了几下。

空气含有些许绿色气味似乎不是错觉。会有这种味道，是不知名的药物和搅烂的植物所致。

这个味道告诉布莉塔目的地到了。

布莉塔继续前进，来到味道比刚才更浓的区域，左顾右盼之后走到最大的房子前方。这间房子的结构和周围那些前面是店铺、后面是工坊的建筑物不同，感觉是以工坊、工坊、工坊的方式建筑而成。

从吊在门上的木牌和屋外招牌的文字，可以确认这里就是目的地。

推开入口的大门，吊在门上的钟发出惊人的巨大声响。进门之后来到像是招待客人的客厅，客厅中央放着两张面对面的长椅，墙边还有摆放书籍的书柜，至于角落则摆着观叶植物。

布莉塔一踏进客厅，声音立刻响起：

"欢迎光临！"

是男人的声音，不过这个声音说是男人未免太过年轻。

环视四周，发现一个身穿沾满植物汁液的破烂工作服，散发呛人味道的少年站在眼前。金色长发几乎遮住半张脸，难以判断这个人大约几岁，但是从他的身高和声音来判断，应该正处于成长期吧。

虽然是个少年，布莉塔还是可以猜出他的名字。除了他的祖母很有名，他的天生异能也让他成了耶·兰提尔屈指可数的名人之一。

"恩菲雷亚·巴雷亚雷先生？"

"是的，就是我。"

少年——恩菲雷亚点头之后才问道："请问你今天到此有何贵干？"

"啊，是的。还请稍待一下。"布莉塔从怀里取出旅馆老板交给她的折叠纸条，递给靠过来的少年。

恩菲雷亚收下之后立刻打开仔细阅读。

"原来……是这么回事。那么可以让我看看那瓶药水吗？"恩菲雷亚接过布莉塔递来的药水，拿到被头发遮住的眼睛高度。

气氛为之一变。

恩菲雷亚拨开头发，出现在眼前的五官十分端正，感觉将来一定会迷倒不少女生。稚气未脱的脸上，有锐利的双眼。从他刚才的语气，根本无法想象会有那么锐利的眼神，带着强烈兴奋色彩的眼睛不断眨动。恩菲雷亚摇晃了药水数次之后，点了一下头：

"对不起，在这里不太方便说话，可以换个地方吗？"

同意要求的布莉塔在恩菲雷亚的引导下，来到一间乱七八糟的房间。不过会这么认为，是她的专业知识不够吧。

桌上摆放着圆底烧瓶、试管、蒸馏器、研钵、漏斗、烧杯、酒精灯、天秤、诡异的坛子等物品，上面的架子摆满数不清的药草和矿石。房间里弥漫着独特的刺鼻臭味，让人觉得似乎对身体有害。

待在房间里的人瞪着突然闯进来的两人。

那是个年纪很大的老婆婆，满脸皱纹，双手也是皱巴巴的，齐肩的头发已经全白。身上的工作服沾着比恩菲雷亚身上更多的绿色污渍，发出浓浓的青草味。

进入房间的恩菲雷亚开口呼叫老婆婆：

"奶奶！"

"怎么了怎么了，不用那么大声我也听得到。我的耳朵还很灵光。"

恩菲雷亚的祖母只有一个，正是号称这个都市最强药师的莉琪·巴雷亚雷。

"快看看这个。"

接过恩菲雷亚递给她的药水瓶，注视药水瓶的莉琪发出令布莉塔不寒而栗的锐利眼神，感觉就像身经百战的强者。

这并非错觉。药师在制药过程中必须使用魔法，名气越高的药师能够使用的魔法位阶就越高。所以耶·兰提尔最强药师莉琪的个人战斗能力凌驾于布莉塔之上。

"这个药水……是你拿来的吗……传说中的药水？不，该不会是……神之血？喂，这到底是什么药水？"

"咦？"

布莉塔睁大双眼目瞪口呆，心想这句话是我要问的。

"不可能……会有这种药水。你是从哪里得到的？遗迹吗？"

"咦？呃，不，那是……"

"真是吞吞吐吐的小姑娘。只要直接回答我的问题就好，你是在哪里得到的！该不是偷来的吧，嗯？"

布莉塔吓到肩膀一震。明明没做坏事，感觉却像遭到责骂。

"奶奶，不要吓她啦。"

"你说什么，恩菲雷亚。我根本没有吓她……对不对？"

不，你有——想这么说又说不出口的布莉塔咽下口水，开门见山地将获得药水的来龙去脉和盘托出："啊，呃，那个……是别人赔给我的。"

"啥？"莉琪的眼神变得更加严肃，"这么贵重的……"

"等一下，奶奶。布莉塔小姐请问一下，是谁给你的？为什么给你？"

得到恩菲雷亚相助的布莉塔简单说明，那瓶药水是从穿着全身铠甲的神秘人物手中得到的。闻言的莉琪把满是皱纹的脸挤得更皱。

"你知道药水有三种类型吗?"如此发问的莉琪不等待布莉塔的回答,继续说道,"只以药草制成的药水。这种药水缺乏速效性,说起来只有强化人类原本能力的药效。虽然效果不尽如人意但是很便宜。第二种是以魔法和药草制成的药水。这种药水的效果会来得比刚才的那种药水更快,不过还是需要时间。战斗之后若是有时间,冒险者大都是饮用这类的治疗药水。最后是只使用魔法制成的药水。这种药水的制作方式是将魔法注入炼金术溶液制成,药效会立即显现,具有和魔法相同的效用,不过相对比较昂贵。那么你带来的药水又是哪一种呢?因为完全看不到任何药草沉淀,应该是只以魔法制成的药水。不过——"

莉琪拿出一瓶装有蓝色液体的药水瓶,伸到布莉塔眼前:

"这是基本的治疗药。颜色不同吧?治疗药在制作时一定会变蓝色,但是你的那瓶却是红色。也就是说这瓶治疗药的制作过程,与一般的治疗药完全不同。简单来说,你的这瓶药水相当稀有,根据情况或许会改变现今的制药技术……也许你一时之间还无法领悟。"

如此解释的莉琪发动魔法:

"道具鉴定。"

"赋予魔法探测。"

对药水发动两项魔法的莉琪,脸上浮现惊愕与愤怒的表情。

"咕咕……呼呼哈哈!"

有如发疯的笑声突然在狭小的室内响起。莉琪慢慢抬头,露出疯狂的恐怖笑容。布莉塔被莉琪的激烈转变吓到,不仅说不出话来,甚至连一根手指也动弹不得。

"咕咕咕!果然如此吗?仔细看看这瓶药水吧,恩菲雷亚!药水的集大成形态就在这里,就在这里喔!我们——药师、炼金术师等制药相关人士,累积了这么长久的研究历史,依然无法达到的理想境界!"

兴奋过度的莉琪双颊泛红,气息紊乱地喘个不停,像是绝对不愿放手一般,紧握药水瓶拿到恩菲雷亚的面前:

"药水会劣化,对不对!"

"是啊,那是理所当然的。"

和莉琪的兴奋态度大不相同,恩菲雷亚的语气非常冷静,不过布莉塔发现他的表情还是带点兴奋之色。

虽然不知道他们为什么那样兴奋,但却强烈感受到自己被卷入惊天动地的风波之中。因为自己带来的这瓶药水,让这个都市的最强药师露出如此兴奋的表情。

"纯以魔法制成的药水是使用炼金术溶液炼制,而溶液是以矿物为基底,然后使用炼金术制成,因此质量会随着时间劣化也是理所当然!所以必须施以'保存'魔法。"就在此时,莉琪停顿了一拍后才说出结论,"在此之前是那样没错。"

对莉琪这番话感到稍微有点理解的布莉塔,睁大双眼吃惊地望向红色溶液。

"这瓶！这瓶药水！这瓶药水！没有施加保存魔法却没有劣化，也就是说这是完美的药水！至今为止无人做到！根据传说，真正的治愈药水是神之血，这是自古以来的传说喔。"莉琪摇动手中的药水，鲜红的液体剧烈震荡起来，"当然，那只是传说。在药师之间甚至还开玩笑说神之血是蓝色的。"

隔了一拍，莉琪望着那瓶被因兴奋而发抖的手紧握的药水。

"恐怕这就是代表真正神之血的药水！"

气喘吁吁的莉琪、不断替她拍背的恩菲雷亚、吃惊到哑口无言的布莉塔，三人营造出来的宁静被莉琪打破：

"你是来打听这瓶药水的功效吧，这瓶药水相当于第二位阶的治疗魔法。如果不算稀有性等附加价值，大概价值八枚金币。题外话，如果把附加价值算进去，金额可能已经高到让某些人即使杀了你也要把它抢走的地步喔。"

布莉塔不禁全身发抖。光是功效的价值，对铁牌冒险者的布莉塔来说就已经相当高。问题在于药水的附加价值，甚至连眼前的莉琪眼神都锐利起来，感觉像是在寻找时机准备出手抢夺。

即使如此，布莉塔内心还是感到疑惑。为什么那名全身铠甲的男子会轻易将这瓶药水赔给自己？铠甲底下的真面目到底是何方神圣？

正当心中涌现无数疑问时，莉琪开口询问："你想不想把它卖给我啊？我会给你一个好价钱。那么，三十二枚金币如何啊？"

布莉塔的眼睛睁得比刚才更大。对方提出的金额对布莉塔可说是惊人的天价。要是不铺张浪费，这个金额足以让三人家庭生活三年吧。

布莉塔不禁感到犹豫。她知道这瓶药水具有不得了的价值，那么在这里以三十二枚金币卖出去是正确的决定吗？能够再次得到这种药水的可能性微乎其微。

可是拒绝的话，自己能够活着回去吗？

看见布莉塔迟疑的模样，不得已的莉琪摇摇头，告诉她另一个替代方案——

4

隔天早上，自称飞飞的安兹再次推开工会大门。

一进门便看见屋里的柜台处有三名工会的柜台小姐满面笑容地接待冒险者。有身穿全身铠甲的战士；有携带弓箭看来身手矫捷的轻装铠甲者；有身穿神官装，佩戴类似神之圣印的人物；还有身穿长袍，手持法杖的魔力系魔法吟唱者。

左边有一扇大门，右边则是告示板，上面贴着几张昨天没看到的羊皮纸。有几个冒险者正在羊皮纸前面交头接耳。

对于那幅光景和张贴出来的羊皮纸感到十分厌恶的安兹走向柜台。

众多视线纷纷集中在安兹脖子上的铜牌上，还可以感觉那些眼神正在他的全身上下不断打量——和昨天在旅馆时的气氛一样。

安兹也侧目观察那些冒险者：挂在脖子上的项链都是金牌和银牌，没有任何铜牌。带着些许格格不入的感觉，安兹走到柜台前。

好像有一组冒险者刚离开，一名柜台小姐的前面是空的。走到那里之后他问道：

"不好意思，我想要找工作。"

"那么请从张贴在那边的羊皮纸之中选一张，拿到这里来。"点头表示了解的安兹有种失去的汗腺再度回复功能的感觉。

来到张贴羊皮纸的告示板前，安兹大致浏览一遍，然后用力点头。

嗯，看不懂文字。

这个世界的法则之一就是说话时有翻译，但是文字没有翻译。上次来到冒险者工会时都是柜台小姐帮忙处理，因此以为这次也一样，真是太天真了。

安兹忍不住想要叹气以及在地上翻滚，不过精神接着恢复平静。感谢变成这副身体后的变化，安兹拼命动脑：这里的识字率似乎不高，不过要是被人发现不识字就太糟了，或许还会被人瞧不起。

安兹持有的文字解读道具全都交给塞巴斯了，在YGGDRASIL的时代对那类魔法不屑一顾，完全没学。因为有卷轴，所以都以卷轴代替那种没什么用的魔法。

明知看不懂这个世界的文字，却没有准备相应措施的自己实在太愚蠢了。不过覆水难收，现在后悔也于事无补。

娜贝拉尔也看不懂文字，这下没辙了。

虽然脑中浮现负面想法，但是身为纳萨力克统治者的自己不可以做出丢脸的行为。下定决心的安兹撕下一张羊皮纸，快步走向柜台：

"我想要这个工作。"

柜台小姐看到用力递到眼前的羊皮纸，露出困惑的神色，然后带着苦笑开口：

"非常抱歉，这个工作是秘银牌等级的人才能接……"

"我知道，所以才会拿来。"

安兹带着平静与确定的语气，让柜台小姐的眼中浮现诧异之色。

"呃，那个……"

"我想接这个工作。"

"咦？啊，可是，就算您如此要求，在规定上……"

"无聊的规定。我就是不满在升级实验之前，必须不断重复轻而易举的窝囊工作。"

"若是工作失败，很多人会因此失去性命。"

柜台小姐的坚定声音当中，也包含众多冒险者努力累积而成的工会评价这种多数人的无声意见。

"哼。"

安兹嗤之以鼻的声音，让周围冒险者和柜台小姐的表情露出敌意。这个新人根本就是在取笑他们严守至今的规则，安兹觉得他们会出现这种态度也是理所当然。

身为不死者的安兹虽然对此完全不痛不痒，但是铃木悟这个上班族残留的情感，让安兹在心里拼命向周围的人低头道歉。

铃木悟最讨厌那种"没有任何替代方案就全面否定别人意见的家伙"及"毫无常识的烂客人"。现在的安兹正是后者，让人很想痛殴他一顿。

但是安兹也不能轻易退让。虽然想过退让，但是必须改变状况到某种程度才行，所以安兹使出撒手锏：

"后面那个人是我的同伴娜贝。她是第三位阶的魔法师。"

一阵鼓噪震动空气，众人以吃惊的眼神看向娜贝拉尔。在这个世界中，第三位阶已经达到魔法吟唱者的集大成领域。

真的假的？周遭众人的目光移向安兹身上那套气派的全身铠甲，判断这番话的真伪。

冒险者的装备与能力高低成正比，能力越高穿得越好。与女子同行的安兹身上那套气派的铠甲，具有无比的说服力。

留意到周遭的眼神出现变化，安兹在内心喝彩，趁势使出下一招：

"至于我，当然也是与娜贝实力相当的战士。我可以断定，这种程度的工作对我们来说简直轻而易举。"

和刚才相比,柜台小姐和周遭冒险者的惊讶程度较小,感觉得到众人看待安兹的眼神有了变化。

"我们并非为了做那些只能获得几枚铜币的简单工作才成为冒险者的,我想挑战更高等级的工作。如果要见识我们的实力,就让你们瞧瞧吧!所以,可以让我们接这个工作吗?"

之前的敌意迅速减弱,现场出现"的确没错"以及"原来如此"的气氛。重视冒险者实力的粗人理解安兹的话,然而柜台小姐却不同意:

"非常抱歉,因为规定的关系,无法让您承接这个工作。"

柜台小姐低头道歉的模样,让安兹在心中摆出胜利姿势。

"那就没办法了……我似乎太强人所难了,抱歉。"安兹也轻轻低头道歉,"那么你帮我选个最困难的铜牌等级工作吧。除了张贴在告示板上的工作,还有其他的吗?"

"啊,有的。我知道了。"

柜台小姐起身,正当安兹对自己的完全胜利喜极而泣时,耳里传来其他男子的声音:

"那么要不要帮我们工作呢?"

"啥?"忍不住发出低沉的恐吓声音。

安兹以打圆场的态度看过去,只见那是四人组的冒险者,挂在脖子上的银牌闪闪发亮。

"我可是好不容易才诱导成功……"安兹在内心发牢骚的同时,转身面对那些人:"你们说的工作……是有价值的工作……

吗？"

"嗯！我觉得是有价值的工作。"看似队长的男子开口回答。

那是一名身穿绳铠——由许多条金属细绳交织，套在皮甲或是锁链衣外面的铠甲——颇有战士风格的男子。

应该加入这名男子的团队，和他们一起工作吗？当然可以听过他们的说明再决定，但是那样一来，不知道柜台小姐是否还会替自己挑选工作。只是接下他们的工作，或许有机会和他们建立关系，获得想要的情报。

迟疑了数秒，安兹缓缓点头说道：

"我追求的正是有价值的工作，就让我们一起努力吧。不过还是先问一下到底是怎么样的工作吧？"

听到他的响应，男子们请柜台小姐准备一个房间。那是类似会议室的房间，中央有张木质桌子，椅子沿着桌子周围摆放。男子们陆续坐到房间内侧的椅子上。

"那么，请坐吧。"

依照指示坐到室内的椅子上，娜贝拉尔也默默在旁边坐下。

男子们的年龄相当年轻，看起来不到二十岁，不过没有半点稚气，有着不符合年纪的稳重感。看似随意，不过他们的位置与距离随时可以拿起武器。

无意间的表现，或许是在无数的出生入死当中养成的习惯吧。

"那么在谈论工作之前，先简单自我介绍一下吧。"刚才那名看似战士的男子代表发言。

男子的外表是在王国当中最普遍的金发碧眼，虽然没有其他特征，不过五官端正。

"你好，我是'漆黑之剑'的队长彼得·莫克。那个是队伍耳目的游击兵，卢克洛特·波尔布。"

身穿皮铠的金发男子轻轻点头示意，棕色眼瞳细得有点喜感。身形偏瘦，手脚特别细长，感觉有如蜘蛛，不过瘦长的身体是消除一切赘肉的结果。

"接下来是魔法吟唱者，队伍的军师——尼亚，是个'术师'。"

"请多关照。"

他是这群人里最年轻的吧。轻轻点头的他虽已成年，但是脸上的笑容太过年轻，有着深棕色头发与蓝色眼睛。和其他成员的黝黑肌肤相比，他的肤色稍白，长相也是队伍当中最俊美的，并非男子气概的那种美，而是接近中性美。和其他男子相比，他的声音也比较高。

不过笑容就像戴在脸上的面具，和装出来的笑容有所不同。

服装方面，其他同伴都穿铠甲，只有他是一身皮衣。从桌子底下可以看到他的腰带上挂着各种奇特的东西，其中有奇形怪状的瓶子和稀奇古怪的木制品等。

从术师这个称呼来看，即使是魔法吟唱者，也是和安兹一样属于魔力系类型吧。

"不过彼得，可以不要再介绍我的丢脸绰号吗？"

"咦？那个很棒吧。"

"你有绰号吗？"

不知道这是怎么回事的安兹开口发问，卢克洛特于是解释道："他可是天生异能，人称天才的知名魔法吟唱者喔。"

"喔——"

安兹发出感叹的声音。天生异能是逼死三个阳光圣典的人才得到的情报，如今活生生的实例就在眼前，令安兹感到欢喜。

不过娜贝拉尔只是不屑地哼了一声，幸好没被对方听到，这让安兹松了一口气。这种在谈判时无能部下做出的奇怪举动，让身为上司的他稍微有点生气。不过要是在这里起争执会有些不妙，所以安兹立刻回复冷静。

"没什么大不了的，只是拥有的天生异能刚好属于那种系统。"

"喔喔。"更加感兴趣的安兹向前挺出身子，注意倾听。

天生异能和武技相同，都是这个世界的特有能力，不存在于YGGDRASIL。大约两百人中会有一人拥有天生的特殊能力，虽然天生异能者并不稀奇，但是这些特殊能力千差万别，有强有弱，类型相当多彩多姿。

例如能以百分之七十的概率猜中明日天气的能力，对召唤魔物进行强化的能力，让稻类谷物的收获日期提早几天的能力，能使用过去存在于世界的龙之魔法的能力等，种类繁多。

不过这些都是与生俱来的能力，无法选择或改变，因此常会遇到无法善用的情况。出生时拥有能够增加魔法破坏力的能力，但是身体与才能达不到魔法吟唱者的地步，那么天生异能也将无用武之地。

可以善用天生异能的情况，算是幸运的少数。除了特别强大的天生异能者外，能够决定人生一切的天生异能几乎不存在。

像葛杰夫·史托罗诺夫这样的战士并非拥有天生异能，也可以证明这个说法。

不过拥有可用于战斗的天生异能时，那些天生异能者比较倾向于选择冒险者这个职业。因此在冒险者中，经常可以看到天生异能者。眼前的这个人在天生异能者之中，可以说是刚好能够善用天生异能的幸运之星吧。

"记得是靠着魔法适性这个天生异能，让需要八年才能学会的时间缩短成四年？我并非魔法吟唱者，所以不是很清楚有多厉害。"

同样属于魔法职业的安兹，产生了好奇心与收集迷类似的收集欲望。能够得到纳萨力克地下大坟墓没有的能力，也有助于壮大组织。如果有办法夺得那个能力，即使可能会树敌也值得冒险。

具有这种缩短学习能力的，应该是超位魔法之一"向星星许愿"吧？

没发现在头盔底下如此思考的安兹露出虎视眈眈的眼神，两人继续交谈："能够生来拥有这种能力真是幸运，因为可以让我踏出逐梦的第一步。要是没有这个能力,我可能只是个平民,庸庸碌碌度过一生吧。"低语的声音带着黯淡与沉重。

企图一扫阴霾的彼得以截然不同的语气开口:"不管怎么说,在这个都市中你都是知名的天生异能者。"

"不过还有人比我更出名就是了。"

"苍蔷薇的队长吗?"

"那个人也很有名,不过我说的人是在这个城镇里。"

"是巴雷亚雷吧!"还没有介绍的最后一人大声说出这个名字。

对这个名字感兴趣的安兹问道:"那个人拥有什么样的天生异能呢?"

四个人同时浮现惊讶表情,看来这应该是理所当然要知道的事。

因为自己的好奇心,还有一心只想着如何取得壮大纳萨力克的能力,安兹对自己的疏忽感到后悔,但还是告诉自己这种程度的失误有办法挽回。

不过在安兹开口解释之前,对方径自得出结论:"原来如此,身穿如此气派的铠甲,又带着即使声名远播也不足为奇的美女,但是我们却完全不认识,那是因为你们不是本地人吧?"

这个如同雪中送炭的反问让安兹点点头:"没错,正是如此。其实我们昨天才抵达这里。"

"喔,那么你们不知道啰?他可是这个都市的名人,但是没有出名到连较远的都市也知道吧?"

"是的,我没有听过。方便的话可以告诉我吗?"

"他的名字是恩菲雷亚·巴雷亚雷,是知名药师的孙子。他拥有的天生异能是可以使用任何魔法道具的能力,但可以使用原本无法使用的不同系统卷轴,就连限制是人类以外种族才能使用的道具也可以。必须具有王族血统才能使用的道具,想必也毫无问题吧。"

"喔。"安兹尽可能不让对方感受到隐藏在声音里的警戒,如此感叹道。

他的天生异能能发挥到什么程度呢?安兹·乌尔·恭之杖——这类除了特殊条件,只有公会长才能使用的道具和世界级道具也都能使用吗?或者是有它的限制?

这是个值得戒备的人物,不过利用价值也很高。

娜贝拉尔也应该有相同的感觉。她的嘴巴靠近头盔底下耳朵的位置,带着充满警戒的语气说道:"我认为那个人很危险。"

"我知道。过来这个都市果然是对的。"

"飞飞先生,你怎么了?"

"喔,没事,别在意。话说回来,可以替我们介绍最后的朋友吗?"

"好的。他是森林祭司——达因·伍德旺达。会使用治疗魔法和操控自然的魔法,精通药草知识。如果身体有什么问题可以马上告诉他,他带有一些对腹痛很有用的药。"

"请多关照!"

嘴边长满豪迈胡须，体格魁梧给人野蛮人感觉的男子开口打招呼，不过看起来比安兹的外表年轻。他的身上散发非常淡的青草味道，来源是挂在腰上的布袋。

"那么接下来轮到我们自我介绍了。她是娜贝，我叫飞飞。请多指教。"

"请多指教。"

"好的，也要请你们多多指教。那么飞飞先生，你们直呼我们的名字就可以了。好，这么快就言归正传有点不好意思，不过接下来就来讨论工作吧。那个嘛，其实想请你们做的事情不算什么工作。"

"那么……"听到安兹发出诧异的声音，彼得伸手制止，希望安兹等一下再问。

"这个工作是狩猎在这个城镇周围出没的魔物。"

"驱除魔物吗……"

已经足以称为工作了，还是说有什么冒险者的理由才会说不算工作呢？安兹想要发问，但是如果这是常识，问了可能会被认为缺乏基本知识也很不妙，所以他试着说个无关痛痒的问题：

"要驱除什么样的魔物呢？"

"啊，不是驱除魔物。狩猎魔物之后根据魔物的强弱，城镇会透过工会发给适当的奖金，这种行为不知道在飞飞先生的国家称为什么？"

原来如此。安兹了解了，彼得口中这项不算工作的工作，如果以YGGDRASIL的游戏知识来说，就是类似打怪捡宝的行为。

"这是为了糊口，不得不做的工作。"森林祭司——达因声音低沉地插嘴。

接着卢克洛特也凑上一嘴道："对我们来说只是糊口，不过可以让周遭人们减少危险、商人安全进出、国家正常课税，是个没人会有损失的工作喔。"

"现在有工会的国家几乎都会做，但是五年前还没有这种事，非常令人惊讶吧。"

队伍的所有人都感同身受地点头同意尼亚的发言。他们自顾自地谈论着各种话题，让安兹完全插不上嘴。如果对这个国家一无所知就太奇怪了，因此安兹决定闭嘴当个倾听者。

"都是拜黄金女王的英明所赐。"

"虽然没有成真，不过当初好像不惜让冒险者免税，也要执行这个政策喔。"

"喔——竟然这么重视冒险者。"

"就是说啊。有些不对国家尽忠的武装集团，有时候甚至会被视为敌人。即使是帝国都没有那种雅量。"

"那位女王真的相当英明，提出非常多的仁政……只是几乎全都遭到否决了。"

"好想娶那种美女喔……"

"那就努力成为贵族吧！"

"啊……不可能不可能，绝对无法接受那种受拘束的生活。"

"我倒是觉得贵族不错。因为国家规定贵族可以压榨平民，随心所欲，恣意妄为。"尼亚的微笑底下隐藏强烈的嘲讽。

安兹在头盔里皱起没有的眉毛，但是娜贝拉尔无动于衷，一副若无其事的模样。

卢克洛特刻意以轻薄的语气说道："哇啊——嘴巴还是一样恶毒。你果然很讨厌贵族……"

"我知道有部分贵族很正人君子，但是姐姐被那只猪抢走，我无法不讨厌贵族。"

"越来越离题了！这些话好像不该在并肩作战的飞飞先生和娜贝小姐面前说吧。"

像是要配合拉回话题的达因，彼得装模作样地咳了一下说道："就是这样，我们会在周遭进行探索。因为靠近开发区域，或许没有太强的魔物……飞飞先生或许会有点不满吧？"

彼得拿出羊皮纸摊在桌上，那似乎是附近的地形图。上面简略标记村庄、森林、河川等信息。

"基本上是往南探索这一带。"

从羊皮纸的中央，一直指到南方的森林附近。

"主要是狩猎斯连教国边境森林的魔物。会使用飞行道具攻击后卫的魔物，顶多只有哥布林吧。"

"不过就算只解决那么弱的魔物，报酬也不低。"

安兹对于一行人的游刃有余态度，感到有些疑惑。就安兹所知，YGGDRASIL的哥布林有各种名称，等级也从一级到五十级，实力差距很大。绝对不能把所有哥布林一概而论，一不小心很可能会吃大亏。

他们的轻松态度是坚信不会出现高等哥布林，还是这个世界的哥布林只有那点实力呢？

"不会出现很强的哥布林吗？"

"的确有很强的哥布林，但是不会出现在我们前往的森林。这也是因为强大的哥布林是部族统治者，对方不可能出动整个部族。"

"哥布林也知道人类的势力范围，所以非常理解如果大举进攻将会一发不可收拾，尤其是强大哥布林那种聪明的高等位阶种族。"

"而且娜贝小姐能够使用第三位阶的魔法，即使遇到高等哥布林也不成问题吧？"

"原来如此。不过我还是先提醒一下，也是有会使用第三位阶魔法的哥布林喔。我想当成参考，可以请教一下我们可能遇到哪些魔物吗？"

漆黑之剑的成员们同时转向尼亚。

了解大家的意思后，尼亚露出老师的表情开始解说："我们比较可能遇到哥布林和他们饲养的狼。至于其他的野生魔物，在这附近没有强敌出没的记录。在草原上可能遇到的最危险魔物，大概是食人魔吧。"

"我们不会进入森林吗？"

"是的，因为森林很危险。跳跃水蛭和巨大昆虫这类魔物还可以应付，但是遇到会从树上喷蜘蛛丝的绞刑蜘蛛和从地面张大嘴巴袭来的森林长虫等魔物就有点棘手。"

原来如此，安兹恍然大悟地点头。原来是要狩猎那些从森林来到草原的魔物。

"就是这么回事，飞飞先生。如何？愿不愿意助我们一臂之力呢？"

"嗯，那就请多关照了……不过在此之前，可以先确认一下报酬吗？"

"啊，也对，报酬很重要。原则上是飞飞先生的队伍和我们的队伍一起合作，所以两队平分报酬。"

"以队伍的人数来看，这个分配倒是挺慷慨的。"

"不过魔物出现时，要请飞飞先生你们负责一半，我们所能使用的魔法只到第二位阶。将这两点计算进去，这样的分配应该很合理。"

安兹假装思考了一会儿才点头同意："这样的分配没有问题，让我们一起并肩作战吧。既然要一起工作，就让大家看一下我的真面目吧。"

安兹语毕脱下头盔，四人看见眼前的面貌，感觉有些吃惊。

"和娜贝小姐相同的黑发黑眼，应该不是出身附近的人吧。

听说在南方，像飞飞先生这种人倒是很普遍……你们是来自那边吗？"

"是的。我们来自很远的地方。"

"年纪意外的大，已经是大叔了。"

"真没礼貌，和第三位阶的魔法师旗鼓相当的战士，差不多也就是这个年纪。"

"娜贝小姐很优秀呢。"

除了彼得以外，三人的低语全被安兹的敏锐听觉听在耳中。

大叔这个称呼令安兹有些不舒服，但是看在他们这种年轻人的眼里，自己会被认为是大叔也无可厚非。如果十六岁就算是成人，那么安兹已经是名副其实的大叔了。

"你们看过我的长相，之后我会继续隐藏。要是被别人知道我们是异邦人，或许会被牵扯进什么麻烦里。"如此说的安兹再次戴上头盔，然后在头盔下浮现出得意的笑容。

为了以防万一，安兹事先施加了幻术，虽然是只要触碰就会露馅的低阶类型。

"既然要合作狩猎，我觉得应该在这里厘清彼此的疑问比较好，你们有什么问题要问我们吗？"

"我！"听到安兹的问题，立刻有一只手用力举起。转头一看，举手的人是卢克洛特。

确认过除了自己以外没人发问后，卢克洛特发出响亮的声音询问娜贝拉尔："请问你们是什么关系！"

现场显得一片寂静。

安兹不知道对方这个问题的意图，彼得一行人倒是很敏锐地察觉到卢克洛特的目的。

"我们是同伴。"

安兹回答之后，卢克洛特下一个问题引起现场的骚动。

"我爱上你了！一见钟情！请跟我交往！"

大家全都看向卢克洛特，知道对方的这句话并非想利用开玩笑加深彼此的关系。安兹把目光移到娜贝拉尔身上。成为目光焦点的娜贝拉尔先是深呼吸之后开口：

"闭嘴，低等生物（蛞蝓）。搞清楚自己的身份再开口，不然我会把你的舌头拔下来！"

现场笼罩更胜刚才的寂静。

"啊，不……"

安兹想要缓和气氛，但是卢克洛特再次抢先说道：

"谢谢你这么斩钉截铁地拒绝！那么我们先从朋友开始吧！"

"去死吧，低等生物（蛆虫）！我怎么可能和你当朋友！想要我用汤匙挖出你的眼睛吗？"

目光从吵闹的两人身上移开，彼得和安兹互相鞠躬道歉。

"我的同伴给你们造成困扰了。"

"不，我才要向你们道歉。"

"那么就当作彼此都没有问题，可以吧？"

彼得环视众人开口，不去看笑嘻嘻的卢克洛特和一脸冷酷的娜贝拉尔。

"那么飞飞先生,如果你们准备好了,那就出发吧。我们早已准备妥当。"

听到准备这件事,安兹突然想到已经向旅馆老板购买最低限度的必要物品。虽然安兹和娜贝拉尔不需要占空间的饮料与食物,不过什么都不吃会让人起疑,所以还是准备一些吧。

"好的。粮食补给完毕之后,立刻就可以出发。"

"只要准备粮食吗?如果没有到特定的商店购买,要不要到柜台买些干粮?他们会立刻帮忙准备。"

"这样吗?也好,可以立刻完成准备。"

"那就走吧。"

大家起身走出房间。回到工会之后,冒险者的人数变得比刚才更多。在羊皮纸张贴处的附近,可以看到几组队伍,但是几乎所有冒险者的注意力都集中在一名少年身上。

金发少年正在和柜台小姐交谈,另外两名柜台小姐也从旁边仔细倾听少年说话。如果安兹来的时候算生意兴隆,现在倒是一百八十度完全相反。

这时柜台小姐的脸——不,是嘴巴呈现O字形,那是吃惊的表情。

对方视线的前方正是安兹。

(这是怎么回事?)

正当安兹感到疑问时,柜台小姐起身靠过来开口道:"这里有指名给您的工作。"

　　这句话让周围气氛出现剧变，安兹感受到好几双充满好奇的眼神毫不客气地盯着自己，漆黑之剑一行人似乎也吓了一跳。

　　如此诡异的气氛变化，让娜贝拉尔稍微有了动作，那是为了在紧要关头得以方便出招的战斗准备。

　　安兹不禁感到焦虑。

　　不妙，娜贝拉尔的举动太不妙了。站在娜贝拉尔的角度，或许是认为周遭的变化属于异常情况，所以采取保护安兹的举动。可是在这个场合实在太过唐突。应该说以常识判断，一般不会做出这种举动。

　　虽然是以保护安兹为第一要务，但是也太欠缺思考了。

　　（这个笨蛋。雅儿贝德也是一样，到底在想什么啊。不对……她们一定完全没动脑吧。因为轻视人类，才会有这种把人类当成烦人虫子踩扁也无所谓的感觉。）

　　成员几乎都是异形类种族的公会"安兹·乌尔·恭"创造的NPC，会有那种态度也无可厚非，不过还是要看时间和场合啊。

　　伤脑筋的安兹想问过去的同伴"为什么都是这种NPC"，不管什么角色设定都无所谓，至少让他们拥有基本的待人处事能力，可以辨别时间、地点、场合，懂得察言观色吧？

　　这种状况根本没有时间加以斥责，如果被人发现娜贝拉尔进入备战状态，不知会引起什么轩然大波。

安兹立刻以手刀敲击娜贝拉尔的头。当然并非使出全力，但是金属手臂的一击似乎造成剧痛，感到吃惊与困惑的娜贝拉尔用泪眼望着安兹。

不理她的安兹对柜台小姐问道："是哪位的委托工作？"

开口询问的安兹立刻吐槽自己。不用说，就是眼前的少年吧。

"是的。是恩菲雷亚·巴雷亚雷先生。"

刚才听过这个名字——正当他如此心想时，少年靠了过来：

"你好。是我委托的工作。"

少年轻轻点头问候，安兹也跟着点头回礼。

"其实这个委托……"

少年的话还没说完，安兹便举手打断对方：

"非常抱歉，我已经和别人签下其他工作的契约，无法立刻接下你的工作。"

现场气氛为之鼓噪，尤其漆黑之剑一行人更是激动："飞飞先生！这可是指名的委托啊！"

彼得的反应让安兹浮现疑问，"指名委托"值得如此惊讶吗？不过——

"或许是这样，不过还是应该先进行之前接受的委托工作吧？"

安兹的判断似乎没错，周围的冒险者也有人点头认同。这时有个出自好意的意见：

"不过……我们的工作算不上是委托，如果没有碰到魔物，连报酬都无法支付……"彼得的语气有些暧昧，支支吾吾告诉安兹。

由自身与祖母都名声响亮的少年委托的工作，和到处流浪的狩猎魔物工作相比，两者的价值简直天差地别。因此彼得才会表现出退让的态度吧。

如此判断的安兹以温和的声音说道："那么这样吧，彼得先生。巴雷亚雷先生还没告诉我合约内容、报酬、日期，等我听完之后再决定吧。"

"我当然没问题。虽然希望尽早上工，不过这个工作也不急于一两天。"

"那么谈论时也让漆黑之剑的朋友一起旁听吧。如果谈成……不，应该说没谈成的话，请让我优先选择之前承接的工作。"

"咦？飞飞先生，让我们也一同出席合适吗？"

"是的。我希望你们站在当事者的立场，帮忙提供意见。"

得到漆黑之剑众人的同意，安兹一行人再次回到刚才的房间。

安兹再次露出苦笑，坐到刚才的位子上。娜贝拉尔还是一样坐在他身边，少年隔了一个位子坐下，漆黑之剑一行人都坐在之前的座位上。

在这一群人里，最先开口的当然是少年："刚才柜台小姐已经提过，不过还是让我自我介绍一下。我叫恩菲雷亚·巴雷亚雷，在这个城镇从事药师的工作。关于委托的内容，之后我预备前往附近的森林，大家都知道森林相当危险，所以希望你能当我的保镖，可能的话也帮忙采集药草。"

"保镖啊。原来如此。"安兹气定神闲地点点头，觉得这件工作有些棘手。

安兹知道自己属于强者，与娜贝拉尔联手的话，要歼灭来袭的魔物可说是易如反掌，不过对于保镖任务却没什么自信。因为身为魔法吟唱者的安兹和娜贝拉尔，都没有那种化身护盾保护他人的特殊魔法和技能。

"报酬比照规定的金额……"

"请稍等一下。保镖任务这份工作刚好很适合你们，那个，彼得先生，你要不要反过来接受我的雇用呢？"

"咦？"

"若是保镖和采集的工作，那么有游击兵卢克洛特先生和森林祭司达因先生加入，岂不是更有效率吗？"

"喔！飞飞先生真是有眼光。森林祭司在森林里能够发挥优秀的能力，比起游击兵的卢克洛特更加杰出吧。"

达因的低沉语气带着自负，至于卢克洛特则显得有些不满。

"达因，你还真敢说。"

"以森林祭司的能力来说这是不争的事实！而且你可别忘了我也略懂药学！"

"哼！彼得，我完全没问题。就让你见识一下我和那位森林祭司先生，谁的采集能力比较厉害吧！"

"这表示各位答应啰？路上如果遇到魔物就加以猎杀，向城镇要求额外报酬。至于巴雷亚雷先生的报酬以人数平分如何，彼得先生？"

"如果飞飞先生觉得这样没问题，我们没有异议。"

"巴雷亚雷先生，让你久等了。方便的话可以让在场所有人接下刚才的委托吗？"

"这样啊，我也没有问题。那就麻烦大家了。啊，还有请叫我巴雷亚雷即可。"

安兹一行人开始对委托人自我介绍。途中娜贝拉尔虽然对卢克洛特施展毒舌，不过还是顺利完成了自我介绍。

"那么关于今后的计划，首先前往卡恩村，在那里设置停留据点之后前往森林，这是我之前的一贯做法。采药的天数根据采到的药草而定，最长不过三天，过去平均是两天。"

"要怎么过去呢？"

"有一辆一匹马的马车。不过上面摆满瓶子，准备收纳采取的药草，所以没有多余的空间可以让各位搭乘。"

"可以在卡恩村补给粮食吗？"

"水的话没有问题，但是粮食或许有困难，因为卡恩村不是很大。"

漆黑之剑的成员开始讨论准备事宜，并且询问巴雷亚雷各种问题。

看到这个景象的安兹也开口："我可以问几个问题吗？"

见到少年笑着点头响应，安兹说出第一个问题：

"为什么找我？我最近才搭乘马车来到这个都市，因此在这个城镇没有熟识的朋友，也没什么知名度。既然如此，你怎么会找上我？而且你刚才提到之前的一贯做法，那就表示过去是雇用其他冒险者吧？那些冒险者呢？"

头盔底下的安兹眼神十分锐利。不知道少年为何指名自己，如果底细已经曝光，就要变更以往的伪装和接近方式。

安兹非常仔细地打量——因为少年的头发几乎遮住半张脸，无法确认眼神——看不穿少年的真正意图。

难道是自己想太多了？正当安兹感到疑惑时，恩菲雷亚回答：

"啊啊，之前雇用的冒险者好像已经离开耶·兰提尔，去了其他城镇，所以我才会寻找新的冒险者。还有，其实……我从来店的客人那里听到关于旅馆的事。"

"旅馆的事？"

"是的，听说那里有个人轻松地把高一阶的冒险者丢出去。"

"原来如此……"

那是想要利用展示实力提升知名度，所以说少年上钩了吗？正当安兹感到释怀时，少年以开玩笑的语气指着安兹胸口的牌子说道：

"而且铜牌的冒险者比较便宜吧，或许能够相处得更久一点。"

"哈哈，确实如此。"

雇用初出茅庐的新人，安兹也十分理解那种心情。安兹觉得自己逐渐放下戒心，但是还有一个担心的地方。如果真是那样……

当安兹思考之际，其他人陆续问了几个问题，恩菲雷亚都一一回答。觉得众人已经没有疑问之后，恩菲雷亚说道：

"那么准备妥当之后就上路吧！"

5

黑夜中，戴着连衣帽的人影有如滑行一般在耶·兰提尔的巨大墓地前进。

有着连衣帽的漆黑披风，肩膀和腰部附近没有上下移动的前进方式相当独特，让人影远远看去有如鬼魂。

人影身手矫捷地避开墓地的魔法灯光，不断往内部前进。不久，人影来到祠堂前面，慢慢脱掉连衣帽。

那是一名年约二十，正值花样年华的年轻女子。五官端正，带着有如猫科动物的可爱。虽然看似可爱，但是脸庞下隐藏着随时会露出肉食动物本性的危险。

"终于到了。"

女子以说笑的语气开口，撩起金色短发，推开祠堂的石门。

披风底下传来咔啦咔啦的金属摩擦声，很像锁链衣发出的那种声音。

进入祠堂，放置尸体的石质台座上没有任何东西，祈祷死者升天的祭品已经全部撤去。不知是否连石头也吸收了大量薰香，香甜的味道直刺女子的鼻腔。

女子稍微皱起眉头，靠近里面的石座。

"哼哼哼……嘿——"一边哼歌，女子一边往台座下方不显眼的细小雕刻按下去。

随着雕刻往下移动，咔嚓一声传来东西咬合的声音。过了一拍之后，咔啦咔啦的声音响起，石质台座缓缓移动，底下出现通往地下的阶梯。

"进去啰——"女子朝下方发出拉长尾音的优哉声音，走下楼梯。中间转了一个弯，来到宽敞的空洞。

虽然墙壁和地板都是泥土外露，但是经过人工处理，看起来不至于轻易崩塌。空气也不算脏，不知道哪里可以通风，空气相当新鲜。

不过这里绝对不是墓地的一部分，而是更加邪恶的地方。

墙上吊着诡异的壁毯，下方有几根由鲜血炼成的红色蜡烛，散发着淡淡的光芒，还有烧焦般的血腥味。摇曳的烛火造成无数阴影，在这个空间里有几个可让人进出的洞穴，里面飘出低阶不死者的特殊尸臭。

女子环视周遭，目光停留在一个地方。

"啊——藏在那里隐约可见的人，客人已经到啰。"

躲在道路阴暗处窥探四周的男子，肩膀抖了一下。

"你好，我是来见这里的小卡吉的，他在吗？"

男子有些不知所措，听到再次出现的脚步声后又抖了一下肩膀。

"可以了。你退下吧。"之后过来的男子对感到不知所措的男子说了这句话，现身广场。

那是个消瘦的男子。眼睛凹陷，脸色差到不像活人，非常符合毫无生气这个说法。头顶没有半根头发，不仅如此，甚至没有眉毛、睫毛等体毛，感觉他的身上似乎没有半根毛。这副模样让人完全看不出他的年纪，但是从皮肤没什么皱纹这点判断，应该不算老。

这名男子身穿类似血色的暗红色长袍，脖子上戴着由小动物头骨串成的项链。一双手瘦得只剩皮包骨，留着污黄指甲的手握着黑杖。与其说是人类，不如说是不死者魔物比较恰当。

"你好，小卡吉。"

女子轻浮的招呼让男子皱起眉头。

"可以不要那么叫我吗？这样有损知拉农的威名。"

知拉农——具有强大实力与知名盟主的邪恶秘密组织，由身经百战的魔法吟唱者组成。曾经引发好几场悲剧的他们，被周遭国家视为敌人。

"是吗？"

女子这个似乎不打算改变称呼的响应，让男子的眉头皱得更深。

"然后呢？你过来这里到底是为了什么？你知道我正在这里对死之宝珠注入力量吧。如果你打算过来捣乱，我也有我的应对方式。"男子眯起双眼，更加用力握紧手杖。

"讨厌啦！小卡吉，我可是替你带这个过来喔——"

女子露出娇媚的笑容，手在披风底下摸索。咔啦咔啦的声音响起，找到东西的女子高兴地把手伸出来。

那是一顶头冠。

无数小宝石点缀在有如蜘蛛丝的纤细金属上，像是沾着水滴的蜘蛛网，做工相当精致。头冠的中央——应该是戴在额头的地方——镶着一颗看似黑水晶的巨大宝石。

"这是？！"男子不禁瞠目结舌。

虽然只是远看，但绝对不会看错，那就是之前曾经看过一眼的头冠。

"巫女公主的象征，智者头冠！这不是斯连教国的最大秘宝之一吗！"

"没错喔！因为看到可爱女生戴着这顶怪头冠，觉得太过突兀所以就下手了，结果让我大吃一惊！对方立刻发疯了，屁滚尿流啰——"

女子笑个不停。

如果把智者头冠抢走，原本戴着的人——也就是斯连教国魔法仪式的中心人物巫女公主——会有什么下场，身为前漆黑圣典的女子不可能不知道。

因为漆黑圣典的工作是在迎接下个巫女公主时，将头冠摘下之后便会立刻发疯的巫女公主送到神的身边。

"不过这也是没办法的事。因为只有这种方法能够得到。是打造这顶头冠的人的错，是那家伙不对——"

没有安全的方法可以摘下智者头冠，唯一的做法就是破坏。不过这个头冠借由封闭佩戴者的自我，让人类本身变得只会使用超高阶魔法的道具，应该没有人会做出加以破坏这种浪费的行为。

结果还是有这样的狂人。

"哼，不惜背叛漆黑圣典也要抢夺的东西，竟然是这样的废物。倒不如去抢六大神遗留的神器比较好。"

"说是废物未免太过分了……"

男子嘲笑装模作样地鼓起脸颊的女子："说是废物也没错吧？能佩戴这个道具的女人，概率只有百万分之一。若非是在斯连教国这样的国家，甚至无法寻找佩戴者吧。"

斯连教国是周遭国家当中唯一制作居民名册的国家，因此只要利用居民名册，就可以轻易找到这个道具的佩戴者——祭品。

如果不是这样，即使利用知拉农的力量也很难找到。

"话说根本不可能抢得到那个神器吧？因为那可是由超越人类领域的漆黑圣典最强怪物，流着六大神的血，隔代遗传的畜生所保护……"

"神人吗……那些家伙真的那么强吗？我只听你说过。"

"那些家伙已经超越强的领域。那是因为情报遭到封锁，你才不知道——因为要是知情者被人以精神控制方式拷问，那可就大事不妙了。听说一旦走漏风声，将会导致与残存的真龙王展开决战的局面，教国也会遭到波及甚至因此毁灭，希望你可以假装没听到……"

"有点难以置信。"

"没有亲眼见识那个力量就会这么认为吧……那么言归正传，卡吉特·戴尔·巴丹提尔，同为十二干部的你，愿意助我一臂之力吗？"女子终于改变语气。

"喔，终于露出真面目了呢，另一个昆恩提雅。别叫我戴尔，我已经不用那个教名了。"

"那么你也不要叫我另一个昆恩提雅吧？叫我克莱门汀。"

"克莱门汀，你要我帮你什么？"

"这个城镇里不是有相当杰出的天生异能者吗？如果是那个家伙，或许就可以佩戴这个道具。"

"原来如此，传说中的那个家伙啊。不过若是只绑架一个人类，你一个人不就绰绰有余了吗？"

"嗯，你说得没错。不过动手时想要顺便引发混乱啊……"

"原来如此……想要趁乱逃走吗……"

"如果我愿意帮助你进行仪式，你觉得如何？很划算的交易吧？"

男子——卡吉特眯起了眼睛，露出邪恶至极的笑容：

"太棒了，克莱门汀。如果你愿意帮助我，就可以提前进行死之祭典了。没问题，我就竭尽所能协助你吧。"

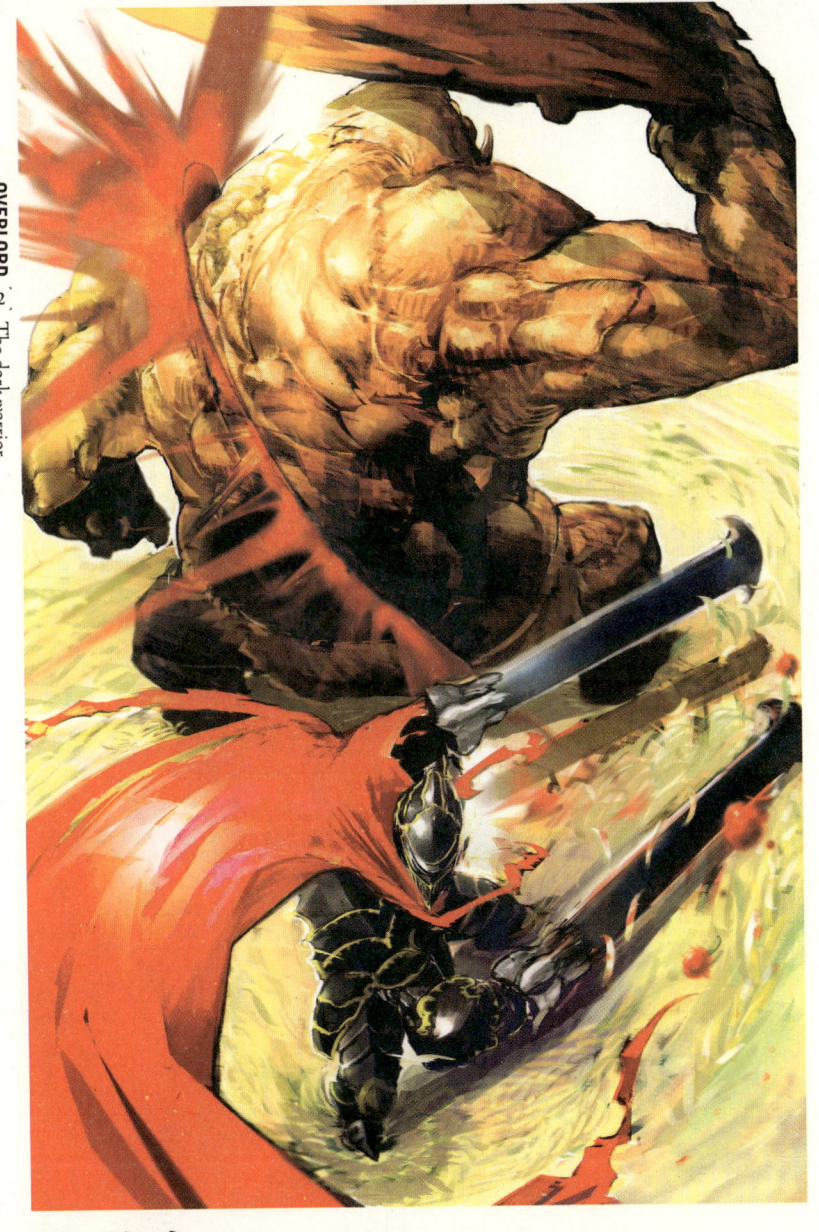

OVERLORD 2 The dark warrior

2章 旅途

第二章 | 旅途

1

从耶·兰提尔前往东北方的卡恩村时，马车的路线大致分成两条。北上之后沿着森林周围往东前进的路线，还有先往东前进，然后向北的路线。

这次选择的行进路线是前者。

沿着森林周围前进，遇到魔物的概率较高，以保镖的立场来看是个错误的选择。

即使如此，大家还是选择这条路线，那是安兹为了达成彼得他们最初委托的狩猎魔物任务。虽然这个决定隐含得不偿失的危险，但是有"飞飞和娜贝"这样的高手同行，大家才会安心选择这个路线。娜贝拉尔在城外使用"雷击"证明她能够使用第三位阶魔法，也是促使大家选择这个路线的原因之一。

加上并不需要进入森林，只是在森林与平原的交界，不至于出现太强的魔物。以大家的实力应该足以应付，还可借由实战确认彼此的实力。根据这几点判断，最后才决定选择这条路线。

离开耶·兰提尔，现在太阳已经通过最高点，可以看见在远方有一大片墨绿色的茂密原始森林。粗壮的巨木林立，繁茂的枝叶生长得异常茂盛，阳光无法照射进森林，导致视野不佳，甚至有种被黑暗吞噬的错觉。树木之间的缝隙仿佛张开大嘴等待自投罗网的猎物，这种神秘感更造成不安。

一行人以围着马车的队形前进，驾车者当然是恩菲雷亚，游击兵卢克洛特走在马车前面，战士彼得走在马车左侧，马车右侧是森林祭司达因和魔法吟唱师尼亚，后方则是安兹和娜贝拉尔。

因为视野开阔，到此之前大家没有多大的警戒，但是来到这里之后，彼得第一次发出稍微有点严肃的声音：

"飞飞先生，从这一带开始就属于危险地带了。虽然不会出现无法应付的魔物，谨慎起见还是要多加留意。"

"了解。"点头的安兹突然想到一件事。

如果是在游戏中，会遇到什么样的魔物是根据地点而定。但是现实里不可能有这种状况，只有神知道会出现什么棘手的敌人。

根据前几天的卡恩村之战，还有从阳光圣典的俘虏口中逼问出来的情报，安兹对自己的超群实力充满信心。然而那是身为魔法吟唱者的实力，现在的安兹穿着魔法创造的铠甲，几乎不能吟唱任何魔法。

一直处在这种压抑的状态下，自己是否能够胜任前锋呢？不仅如此，既然身为保镖，胜利条件就不是战胜敌人而是彻底保护恩菲雷亚。

如此思考的安兹感到些许不安。紧要关头时，他打算消除铠甲使用魔法。但是如此一来就必须杀掉同行的人或是窜改他们的记忆，安兹实在不愿意这么做。

（因为太麻烦了。）

安兹转头看向娜贝拉尔，承受视线的娜贝拉尔点了个头。两人事先讨论过，在紧要关头时让娜贝拉尔发动比第三位阶还高的高阶魔法，最多到第五位阶，希望能够解决问题。如果还是不行，安兹也会脱去铠甲，稍微认真对付。

看到两人的眼神交流——安兹依然戴着全罩头盔——产生奇怪误会的卢克洛特以开玩笑的轻浮语气对娜贝拉尔说道：

"没事的，不需要担心，只要没有遭到奇袭，也不至于太过棘手。而且只要是我负责把风，即使是奇袭也逃不过我的耳目。呐，小娜贝，我很厉害吧？"

娜贝拉尔无视一脸认真的卢克洛特："飞飞先生，可以允许我揍扁这个……低等生物（斑蚊）吗？"

"收到娜贝小姐冷漠的一句话！"

竖起大拇指的卢克洛特令众人露出苦笑，但是大家似乎对刻薄回应的娜贝拉尔没有什么特别的感觉。因为大家不认为娜贝拉尔把所有人类都称为低等生物，而是只针对特定人士才会这么说。

安兹驳回娜贝拉尔的真心请求，感觉不存在的胃痛了起来。现在正和人类一起旅行，希望她能稍微掩饰一下内心的想法。

似乎误会了安兹的态度，恩菲雷亚在一旁插嘴："没事的。其实从这一带到卡恩村附近，都是'森林贤王'这只拥有强大力量的魔兽的势力范围。因此除非运气极差，否则不会遇到魔物。"

"森林贤王吗?"安兹回想起在卡恩村打听到的情报。

森林贤王是一只会使用魔法的魔兽,拥有惊人的强大力量。因为栖息场所位于森林深处,几乎没有什么目击情报,不过倒是它存在的这件事打从很久以前就一直受到众人讨论,甚至有人说那是一只活了数百年、长着蛇尾的银白色四脚兽。

(真想见识一下。虽然不知真伪,不过如果活了很久,或许拥有惊人的智慧。毕竟还有森林贤王的称号。如果能够抓到……应该可以强化纳萨力克的实力。)

安兹在脑中模模糊糊想象魔兽的模样。

(说到森林贤王,在已经消失的动物中也有……长得像猴子……啊,红毛猩猩。那叫森林人……还是贤者?而且长着蛇的尾巴……有那样的魔物吗?)

觉得在YGGDRASIL当中也有那种魔物的安兹终于找到答案:

(是它!那个长相应该是猴子的头、狸的身体、老虎的四肢和蛇的尾巴……虽然不清楚这里是否有YGGDRASIL的魔物,但也可能像天使那样被召唤出来。)

正当安兹想起YGGDRASIL时,卢克洛特再次以轻浮语气找娜贝拉尔说话:

"嗯,那么如果完美达成任务,不知道会不会因此提升可爱的小娜贝的好感度呢?"

娜贝拉尔打从心底感到厌恶地咋舌。

卢克洛特做出受到打击的动作，但是没人开口安慰他，大家似乎已经把他们当成搞笑双人组了。

于是众人一边闲聊，一边在仿佛可以晒焦肌肤的炙热阳光下行进。皮鞋沾着踩烂青草的汁液，发出青草的味道。

看着擦拭汗水的一行人，安兹非常感谢这副不死者的身躯。对于强烈阳光一点都不觉得痛苦，即使穿着笨重的铠甲也不至于疲惫。

只有卢克洛特依然活力十足，随口对着默默行走的众人说笑："大家可以不用那么小心谨慎，因为我会眼观六路耳听八方。小娜贝就很信任我，一副老神在在的样子。"

"不是因为你。是因为有飞飞先生。"娜贝拉尔皱起眉头。

感觉接下来可能会发生什么不可收拾的事，安兹把手放在娜贝拉尔的肩上，她的表情瞬间缓和下来。

看着两人互动的卢克洛特丢出疑问："我说小娜贝和飞飞先生，你们两人应该是情侣吧？"

"情、情侣！你在说什么啊！雅儿贝德大人才是！"

"你！"安兹不禁大叫出声，"在说什么啊！娜贝！"

"啊！"娜贝拉尔睁大双眼，伸手捂住自己的嘴巴。

至于安兹咳了一声冷冷说道："……卢克洛特先生，可以不要没有根据地乱猜吗？"

"啊……失礼了。只是开个玩笑。啊！难道飞飞先生已经有对象了？"

鞠躬的卢克洛特没有反省的模样，但是安兹也没有像刚才那么生气。这次的外出，选择娜贝拉尔随行实在是个愚蠢的决定。

虽然觉得选错人，但是安兹也很为难，因为除了她以外实在没什么人才。在全部都是异形类角色的安兹·乌尔·恭里，同伴创造的 NPC 也几乎都是异形类，能够带到人类都市的人才非常稀少。娜贝拉尔虽然是伪装的，却是少数拥有人类外表的人之一……不过忘记把她的性格也考虑进去。

以现状来看，或许另一名战斗女仆露普斯蕾琪娜·贝塔会比较合适，但是事到如今为时已晚。

娜贝拉尔因为自己的失态而脸色苍白，为了让她放心，安兹轻拍几下她的背。好的上司要能够原谅下属的第一次错误，若是重复犯错再好好斥责。而且要是她因此沮丧或退缩，影响到今后的行动，那可就不妙了。

更重要的是她只提到雅儿贝德的名字，没必要窜改记忆——应该。

"卢克洛特，别再说废话了，好好警戒。"

"了解。"

"飞飞先生，很抱歉，我的同伴失礼了。随便揣测他人的事可是禁忌。"

"不会不会。今后如果能够多加注意，这次就既往不咎吧。"

两人同时望向卢克洛特的背，听到对方一面念念有词

"啊……被小娜贝讨厌了。呜，好感度完全是负的"，一面无精打采地垂下肩膀。

"那个笨蛋！之后我会好好说说他。还有刚才的事我会当作没听到。"

"这个嘛，嗯……那就麻烦了。那么既然有卢克洛特在警戒，就交给他全权负责，我也稍微说点自己的事吧。"

"没问题没问题。造成你的困扰，就让他连同这个部分也一起好好承担吧。"

看着彼得的笑容，安兹走到尼亚和达因旁边，与安兹换位子的达因走到后面，和娜贝拉尔并肩而行。

"关于魔法的事，有几件事想要请教。"

确认尼亚点头之后，安兹开口发问。似乎对安兹的问题感兴趣，恩菲雷亚望了过来。

"受到迷惑、支配等魔法控制的人，有可能会把自己知道的情报泄露出去。在对策方面，是不是有什么魔法可以让遭到控制的人在特定状况下，被询问数次之后就会死亡呢？"

"没听说过有那种魔法耶。"

安兹转头，隔着头盔望向恩菲雷亚。

"我也不知道。可以利用魔法修正强化的方式，让魔法定时发动，然而还是无法到达那种地步。"

"这样啊。"没有听到最想知道的问题答案，让安兹稍感失望。

这么一来，该如何利用阳光圣典的幸存者这个恼人问题，只能之后再解决了。

现在幸存者为数不多，就这么平白损失太过可惜。为了探明死后就会消失这点蕴含什么魔法医学的手段，所以解剖几个活人，实在很浪费。若是这样就会死，还应该坚持追求情报吗？因为失去一个人就少了问出三个情报的机会。

不过更可惜的还是尼根，非常后悔让他第一个死去。只为几个简单的问题就失去了掌握最多情报的尼根。

但是那个失败也让安兹知道，光是利用在YGGDRASIL学习的知识，并不足以应付这个世界，所以不能说毫无收获。应该往好的方向想，那个失败也算是获益良多。

当安兹心不在焉想着那些事时，尼亚继续说道：

"话虽如此，我所知的魔法也只是一小部分。倾举国之力来培育魔法吟唱者的国家，或许能够创造那样的魔法。在斯连教国的话有神官——信仰系魔法吟唱者的教育，帝国也有秘术师、妖术师、魔法师等魔力系魔法吟唱者的学院。其他的例如亚格兰德评议国，即使有什么利用龙之智慧的魔法也不足为奇。"

"原来如此。也就是说如果有整个国家的支持，会出现那种魔法也不奇怪啰？"

就之前得到的情报显示，亚格兰德评议国是个亚人类组成的国家，似乎是由评议员主导政治。和倡导人类至上的斯连教国是潜在的敌对国家。其中最引人瞩目的是身为评议员的五只龙，听说具有惊人的强大力量。

安兹对那个国家很感兴趣，但是目前的他尚未站稳脚跟，没有把触角伸到那个国家的余力。因为光是现行的各种策略，便已经消耗不少纳萨力克的战力。

"那么可以再请教别的问题吗？"安兹一边向尼亚询问其他问题，一边感到满足。

安兹向尼亚和彼得问了很多问题，让漆黑之剑一行人对他们投以"还在聊啊"的眼神。内容包括魔法、武技、冒险者和周边国家的事，范围相当广泛。

虽然是必须小心询问的问题，不过都是很有帮助的事，安兹确信自己对于这个世界的知识已经一口气增加了不少。

然而还是稍嫌不足。知道一些事之后，就会衍生出其他必须知道的事，魔法方面更是如此。当魔法成为世界的基础，世界竟然会变成这个模样，实在令人吃惊。

受影响最深的莫过于这个世界的文明水平。看起来像是中世纪，实际上是近世。有些东西已经到达近代水平，而造就这些技术的推手正是魔法。

知道这件事之后，安兹放弃考察这个世界的技术水准。对于靠着魔法这个与科技完全不同的体系发展起来的世界，在科技世界长大的人根本无从考察。甚至有盐、砂糖、辛香料的生产魔法，还有让养分回归耕地，让土地不用休耕的魔法。

而且不知是真是假，海竟然不是咸的，这些情报都和安兹原本的知识大相径庭。安兹小心谨慎地不断满足自己的好奇心，不知道时间经过了多久。

"有动静了。"卢克洛特突然以有些紧张的语气开口。和找娜贝拉尔说话时的轻浮模样完全不同，眼前的他是个经验老到的专业冒险者。

所有人立刻朝卢克洛特注视的方向拿起武器。

"在哪里？"

"那里，就在那里。"

听到彼得的询问，卢克洛特伸出手指，指向巨大森林的一角。因为隐藏在树林里，视野不佳，看不到任何动静。即使如此，依然没人质疑。

"要怎么做？"

"不能勉强深入，要是它没有离开森林，就不予理会吧！"

"那么按照计划，请恩菲雷亚退后才是明智之举啊！"

正当他们放声谈论时，森林出现动静，魔物们渐渐现身。有十五只身高和小孩子差不多的生物，围着六只巨大生物。

前者是名为哥布林的亚人类，是来自人类和猿猴交配，带着邪恶感觉的魔物。歪七扭八的脸上有着扁平的鼻子，血盆大口里有两颗突出的尖牙，皮肤是明亮的茶色，一头乱七八糟的肮脏黑发像是被发蜡固定的。

身上的破烂衣服，不知是弄脏还是染色的缘故，呈现烧焦的茶色，外面套上鞣制的粗糙兽皮充当铠甲。一手拿着木质棍棒，另一只手拿着小盾。

中间数量较少的巨大生物，身高在两百五十厘米到三百厘米之间。下巴大幅向前突出的模样，看起来有点痴呆。肌肉隆起的手臂壮如大树，加上弯腰驼背，手已经快要碰到地面。手拿砍削树干的棍棒，只有腰部缠着没有鞣制的兽皮。身体很臭，似乎连这么远的距离都闻得到。

它们长着无数肉疣的肌肤呈现烧焦的茶色，隆起的胸肌和腹肌看起来相当壮硕。从外表判断力气很大，有如剃毛后的扭曲大猩猩——这是种被称为食人魔的亚人类魔物。

几乎所有魔物都提着破烂皮袋，感觉是长途跋涉而来。环视一行人的魔物走向草原，虽然有些距离，但还是足以从丑恶的脸上感觉到敌意。

"数量有点多。看来无法避开战斗了。"

"嗯，没错。哥布林和食人魔的特性是看到人少时就会攻击。应该说拥有的智慧只会以人数判断彼此的战斗能力，有点麻烦。"

虽然能够理解也实际体认，但是和游戏中完全不同的这个情况让安兹有些困惑。不管是身高还是皮肤颜色，眼前的食人魔和哥布林每只都有不同的特征，也就是说它们并非相同的个体，感觉像是与二十一只不明魔物为敌。

"现实和游戏不同吗？"

安兹仿佛进入没有攻略数据的未知区域和陌生魔物对峙的感觉，再次回想起在卡恩村战斗时的感受，安兹以周围听不到的声音念念有词。

"那么，飞飞先生？"

"喔，怎么了？"

"之前说好一半一半，不过现在怎么分配呢？"

"不能分成两队适当解决来袭的敌人吗？"

"那么一来魔物全都跑到其中一边就麻烦了。娜贝小姐可以使用'火球'之类的范围魔法一口气消灭哥布林吗？"

"我无法使用'火球'，能使用的最强魔法是'雷击'吧。"

安兹心想那是之前给她的限制。

"'雷击'是直线贯穿的魔法吧。"

"那么诱导敌人排成一排，从旁边一口气解决如何？"

"那么必须筑起抵挡敌人突击的防卫线……"

"那就由我负责吧。可以请大家去保护马车上的恩菲雷亚先生吗？"

"飞飞先生……"

"如果区区的食人魔就会让我陷入苦战，我也只是徒有其表吧？还请大家看我如何轻松解决食人魔吧。"

安兹充满自信的声音，让漆黑之剑一行人面露理解神色，其中也包含交给他似乎没问题的安心感。

"了解。不过我们也不能眼睁睁看着敌人进攻，会尽可能从旁协助战斗。"

"请问需要支持魔法吗？"

"啊，我们不需要。漆黑之剑的朋友，请你们支持自己的同伴。"

"那就恭敬不如从命。各位，如果在这个状态开战，因为距离森林很近，可能会让敌人逃走。"

"既然如此，要用老办法吗，先将它们引出来？"

"就这么做！敌人的突击由飞飞先生抵挡，漏网之鱼该如何对付呢，彼得？"

"由我发动武技'要塞'牵制食人魔，至于哥布林交给达因来阻止。尼亚对我使用防御魔法，另外或许没有必要，但还是要随时留意娜贝小姐的安全，同时专心使用攻击魔法。卢克洛特去解决哥布林，万一有食人魔越过防卫线，也要负责阻挡，这时尼亚改以扫荡哥布林为优先任务。"

大家看着彼此互相点头，表示理解彼得的指示。战斗方针决定得非常顺畅，彼此之间默契绝佳。

衷心佩服的安兹轻轻发出感叹的声音。YGGDRASIL时代的记忆再次苏醒。安兹和同伴们在战场上重复默契绝佳的狩猎，诱导、阻挡、调整攻击对象。正因为熟知彼此的能力，才能进行那样的小组作战。

或许有点偏颇，但是安兹很有自信地认为那种小组合作并非易事。漆黑之剑虽然比不上他们，但是可以从中看到类似的影子。

"飞飞先生需要魔法以外的支持吗？"

"不，不需要。我们两人就够了。"

"那真是……很有自信呢。"

彼得的话中透露些许不安。负责防卫线的人如果遭到轻易突破，可能会引发多米诺骨牌效应造成队伍瓦解，他应该是对此感到不安。

因为这并非游戏，而是赌上性命的战斗。

"开始之后就知道了。"安兹只用这句话结束话题。

"等到你们准备妥当之后便开打吧。"

卢克洛特拉满合成长弓的弦，直到发出叽叽的声音才停止。啪！弓弦划破空气，射出的箭直线飞去，落在距离来到草原的哥布林十米以外的地方。

突如其来的攻击，让持盾逼近的哥布林对卢克洛特发出嗤之以鼻的笑声。

那是在嘲笑失准的一射。当然了，哥布林的攻击也无法命中一百二十米外的目标，但是它们已经忘记这件事。

遭到攻击的事实和数量的悬殊，让哥布林的暴力本性过度膨胀，它们一起大声呼叫，不顾一切地朝卢克洛特全力冲刺。食人魔也跟着一起向前冲。

对鲜血的渴望已经到了浑然忘我的地步，不但没有列队，也没有持盾保护，魔兽们的脑袋变得一片空白。

确认这点的卢克洛特露出微笑。

"看招！"

在敌我距离九十米时再射一箭,这箭没有落空,射穿了哥布林的头。位于最后面的哥布林摇摇晃晃走了几步,瘫倒在地就此丧命。

彼此的距离越来越近,但是卢克洛特持弓的手毫无紧张的样子。因为他深信即使敌人杀到身边,也有人会保护自己。

"铠甲强化。"

尼亚在卢克洛特的后方发动防御魔法。

听着队友的声音,卢克洛特再次搭箭。在五十米时射出一箭,又有一只哥布林的头部遭到贯穿,倒地不起。

这时彼得和达因也开始行动。

虽然哥布林的动作敏捷,不过食人魔的步幅很大,两者的速度相差不多。即使如此,由于在草原上冲刺将近一百米,因此队形变成脚力较好的食人魔在前,哥布林在后。两者的距离稍微拉开,无法让太多魔物进入魔法的效果范围里。

然而这样已经足够,因为达因最初的任务是牵制一只食人魔。

"植物缠绕。"

达因发动魔法,一只食人魔脚下的草原植物动了起来,变成藤蔓缠绕上去。被异常坚韧的植物锁链缠住,食人魔焦躁地放声咆哮。

这时安兹带着身后的娜贝拉尔优哉地向前走,他们的步伐看起来不像要迎击冲刺的魔物,轻松得像是在散步一样。

和跑在前头的食人魔距离越来越近,安兹双手交叉绕到背后，握住剑柄。娜贝拉尔也把手伸进披风底下，拔剑出鞘。

画出大大的弧线，两把剑就此现身。映入眼帘的耀眼光芒，让漆黑之剑一行人全都倒吸一口气。

安兹手上两把超过一百五十厘米的巨剑看起来十分气派，与其说是战斗道具，更像是价值不菲的艺术品。

雕刻在剑身凹槽的花纹仿佛两条互相交缠的蛇，前端部分有如张开的扇子，剑刃散发冷冽的锐利光芒。

英雄的武器。

安兹双手握着名副其实的英雄之剑。这个身影让漆黑之剑一行人再次倒吸一口气。如果刚才是令人感叹的画面，这次则是令人哑口无言的光景。

剑身越长，重量当然越重。即使是施加轻量化魔法的武器，也没有那么容易施展。的确，在短暂的旅程中已经知道安兹拥有超乎常人的臂力，但是一直以来的常识还是无法接受有人可以如此轻松地挥舞巨剑。

不过……

安兹却以手拿木棒的动作若无其事地挥舞，那副模样真是威风凛凛。

"飞飞先生……你到底是何方神圣……"

像是代表众人发问般的彼得一边吐气一边开口，身为战士的他立刻理解需要多大的臂力才能使出这种神技。若是想达到那个地步，自己不知道得花多少时间锻炼，因此他才会那么惊讶。虽然一直感觉彼此位阶不同，但是当事实摆在眼前时，双脚还是不听使唤地发抖。

就连智慧不高的哥布林都对他的模样感到害怕，放慢原本鲁莽移动的双脚，改变方向绕道去找彼得他们。

只有对臂力充满自信的愚蠢食人魔不知死活地冲向安兹，彼此的距离越来越近，食人魔举起棍棒。

虽然安兹手上的剑十分巨大，但是身形庞大又拿着巨大棍棒的食人魔攻击范围还是比较大，在食人魔动手的瞬间，安兹已经后发先至向前踏步。

动作宛如疾风。

接着以更快的速度挥出右手的巨剑，银白色的光辉残影像是斩断空间一闪而过。那一剑太过震撼，即使不是砍向自己，却也像是目睹死亡就在自己身旁的感觉，令人毛骨悚然。

光靠一剑就画下句点。

安兹的目标从眼前的食人魔移到其他食人魔。像是在等待安兹离开，刚才直挺挺站立的食人魔上半身滑落地面，只剩下半身不动。喷出的血液和内脏还有飘散四周的恶臭，说明这绝对不是幻想的光景。

由斜上往下一刀两断。

明明还在战斗，敌我双方却静止不动，有如时间暂停一般静静望着这个充满魄力的惊人光景。

一击必杀。

即使是食人魔的魁梧身材，依然逃不过被一分为二的命运。

"好厉害。"不知是谁在低声惊叹，却在鸦雀无声的战场上显得格外清晰。

"真不可思议。已经超越秘银级到达山铜级……不，该不会是精钢级吧？"

一刀两断。

这并非不可能的招式。极为少数的剑术高手，或是持有强力魔法武器之人，或许能够办到。可是单手握着巨剑这种巨大双手武器，很难使出足以一刀两断的力量，这是常识。所谓双手武器是以双手握持，借由离心力和武器本身的重量来砍劈的武器，并非单纯靠着臂力来挥舞。

因此从安兹的动作可以证明，若不是他的剑施加非比寻常的高超魔法，就是安兹单手的臂力比一般战士的双手臂力还要强，或者两者皆是。

看着令人瞠目结舌的光景，食人魔不由自主停下脚步，露出恐惧的表情后退。

安兹继续向前跨步拉近距离，"怎么了？不过来吗？"平静的声音在战场上响起。

光是如此单纯的问话，就让食人魔感到害怕，因为它们亲眼见识自己与对方的实力有多么悬殊。

安兹以惊人的速度接近其他食人魔，完全不像穿着全身铠甲该有的速度。

"呜喔——"食人魔发出像是哀号又像呐喊的混浊声音,举起手上的棍棒面对来袭的安兹。不过所有人都心知肚明,那样的动作实在太过缓慢。

接近食人魔的安兹将左手的巨剑横向挥出,食人魔的上半身在空中旋转,落在和下半身不同的地方。

那是横斩的一刀两断。

"飞飞先生……是怪物吗……"再次看着眼前的震撼景象,没人出声否定达因的说法。

"那么,剩下的……"

安兹往前踏了一步,食人魔丑恶的表情瞬间冻结,更加往后退。

从食人魔旁边绕了一大圈的哥布林越过安兹的防卫线,袭击彼得等人。刚才观战到浑然忘我的漆黑之剑成员也对哥布林的袭击做出反应,开始展开行动。

彼得拿起阔剑和大盾,正面迎向十只以上的哥布林。向前刺出的一剑,让走在前方的哥布林的头飞向天空,彼得躲开喷出的血液与哥布林展开肉搏战。

"看招!"露出一口黄牙的哥布林,发出难听的混浊声音。

彼得迅速以盾牌挡住哥布林的棍棒攻击,至于来自其他哥布林的攻击,则以魔法强化的铠甲挡回去,发出低沉的声响。

"魔法箭。"

想从后面攻击彼得的哥布林被两发魔法光箭直接命中,无声无息瘫软倒地。

包围彼得的哥布林，有一半往其他三个人冲去，但是没有任何哥布林攻击站在安兹这个死亡暴风旁边的娜贝拉尔。

放下合成长弓，从腰间拔出短剑的卢克洛特和手持钉头锤的达因，跑到尼亚的身边背对着他。

卢克洛特和达因联手对付五只哥布林，战局胶着。虽然正在一只接着一只解决，但是以现状来说应该很花时间吧。卢克洛特一脸痛苦，忍受一只手被棍棒打到的疼痛，往哥布林的皮铠缝隙刺入短剑。达因也挨了好几拳，动作变得有些迟钝，但是似乎没受致命伤。

尼亚一面毫不放松地关心战局，一面养精蓄锐保存魔法。有些食人魔受到魔法影响无法行动，根据状况有可能需要由尼亚对付。

至于彼得和六只哥布林的战斗，处于不相上下的激烈攻防中。他没有被数量悬殊的哥布林吞没，是因为哥布林的攻击有所迟疑。目睹安兹不同凡响的一击必杀，哥布林的战意大幅下降，无法下定决心是逃走还是继续战斗。

仿佛是要完全粉碎哥布林的战意，安兹大幅挥出巨剑。随着传到众人耳里的风切声，笨重物体落地的声音响起，而且连续出现两次。

如同所有人的预测，食人魔的尸体继续增加。如今还苟延残喘的食人魔仅剩两只，一只被草缠住，另一只在安兹面前吓得发抖。

安兹的头盔转向与自己对峙的最后一只食人魔。似乎可以从头盔的细缝感觉到安兹的眼神,食人魔发出奇怪的呻吟,然后转身抛下手上的棍棒逃往森林。速度比刚才突击时还快,但是不可能逃得掉。

"娜贝,动手。"冷酷的命令响起,在背后待命的娜贝拉尔轻轻点头。

"雷击。"剧烈震动空气的雷击奔驰而去,随着雷鸣贯穿逃走的食人魔身体,就连后方被草缠住的食人魔也一并贯穿。

只靠一击就轻松葬送了两只食人魔的性命。

"快逃!"

"快逃、快逃!"

茫然望着这个景象的哥布林大叫逃命,想要脚底抹油。不过彼得比它们更快,丧失战意的哥布林不足为惧。

众人接二连三解决哥布林。不仅如此,不需要保存魔法的尼亚也用魔法加以追击。哥布林转眼间尸横遍野,无一幸免。

在浓烈的尸臭味中,达因以"轻伤治疗"处理卢克洛特和彼得的伤,没事做的尼亚拔出匕首割下哥布林的耳朵。

将耳朵交给工会,就可以获得对应魔物的报酬。当然了,并非所有魔物都是拿耳朵交差,会根据不同的魔物提交不同的部位。不过食人魔和哥布林等亚人类,大多都是耳朵。

以熟练的手法切下耳朵的尼亚发现安兹带着娜贝拉尔在食

人魔的周围四处打量,像在寻找什么东西。

"怎么了吗?"

听到尼亚的疑问,安兹抬头回应:"啊,我想……这些魔物不知道会不会掉落道具,尤其是水晶之类的。"

"水晶吗?我没听过食人魔会携带宝石这种东西。"

"果然如此啊。只是在想会不会有稀奇的道具。"

"确实如此。如果食人魔也有宝物就太令人高兴了。"如此回答的尼亚以熟练的手法割下食人魔的耳朵。

"可是……飞飞先生真的很厉害。虽然知道你是对自己本领很有自信的战士,但是没想到那么厉害。"

听到尼亚的发言,结束治愈魔法的三人也纷纷对安兹开口:"太厉害了!同样身为战士,实在令人崇拜!你的臂力是怎么锻炼出来的?"

"光是看你带着小娜贝就觉得你很有钱,不过那把剑是哪里的奇珍异宝?从来没看过那么有价值的剑。"

"我深深感受你在工会说的话绝非虚假,实力足以和知名的王国最强战士并驾齐驱,太佩服了。"

娜贝拉尔在旁边露出骄傲的表情,然而安兹只是不断挥手:

"过奖了,只不过是凑巧。"

"凑巧……"彼得一行人不禁露出苦笑。

"经过这一战,让人深深体会到'人外有人天外有天'这句话。"

"我这种程度，大家一定可以轻松超越。"

安兹这句话让彼得一行人的苦笑变得更深了。

彼得等人不断努力想要变强，获得的报酬也从不浪费，全都用在强化自己。正因为是这样的伙伴，大家才能维持良好的交情。但是即使回顾过去的一切努力，也无法想象自己能和安兹到达同一个等级。对彼得等人来说，安兹现在的位置，是只有少数人才能到达的极限巅峰。

和自己一起旅行的这个人，今后将以众所周知的英雄身份，成为站在冒险者顶端的伟大人物吧。

众人如此坚信。

2

虽然还不到日落时分，一行人已经开始准备野营了。

安兹拿着别人给他的木桩，立在营地的周围。因为必须容纳整辆马车，因此虽说是周围，但营地的边长有二十米，范围也相当大。

在四个点打入木桩，接着将染黑的细绳绑在木桩上，绕成一圈。最后在细绳的中央打个结，从这个结拉到帐篷前方，吊上大铃铛之后大功告成。这就是所谓铃铛警戒网。

在安兹刺入木桩时，娜贝拉尔来到后方。

（娜贝拉尔应该有别的工作……如果已经做完就好。但是如果又惹卢克洛特生气，也只能稍微说说她。）

如此判断的安兹转头看去，娜贝拉尔仿佛压抑愤怒的情绪，发出低沉的声音："这种杂务不需要劳烦飞飞先生吧？"

知道她为什么生气的安兹轻叹一口气。接着环顾四周压低声音："大家正在分工合作搭营，如果只有我无所事事，这样说不过去吧？"

"您不是让他们见识了非凡的战斗力吗？正所谓适材适用，像这种工作让那些弱者去做不就得了。"

"别这么说。听好了，我们有必要以强者之姿崭露头角，但是不需要营造傲慢形象。你的言行举止也要谨慎一点。"

娜贝拉尔点头表示了解，但是脸上的表情明显不服气，只是因为这是安兹的命令才不得不服从。

从她的表现，可以知道她的忠心足以压抑自己的不满。相反地，也让安兹涌现出这或许会造成破绽的不安。

安兹对于这一连串的户外活动，其实乐在其中。因为这样的经验别说是现实世界，甚至在虚拟世界YGGDRASIL中也无法体验，因此充满无限的新鲜感。虽然行进太花时间，但是这些户外活动也让安兹想起在YGGDRASIL追寻未知事物的冒险旅程。

（如果来到神秘世界的不是整座纳萨力克地下大坟墓，而是只有自己一个人，或许会想都不想就到处旅行吧。）

不死者的身体不需要饮食，也不需要呼吸。如此一来只靠双脚就能攀登高山，或是直接潜入深海，一定要这样享受这个世界才有的未知光景。

不过现在同伴遗留的宝物以及部下的忠心服从，安兹认为自己应该以纳萨力克地下大坟墓的统治者身份，报答他们的忠心，同时也对同伴有所交代。

抛开思绪的安兹心无旁骛地再次回到工作中，将四根木桩充分打进土里拉紧绳子之后，进入顶盖帐篷。

"辛苦了。"

"不会不会。"

身在里面的卢克洛特没有看向安兹便开口慰劳。虽然有点失礼，但是他也没有闲着，打从刚才就拿着道具拼命挖洞做灶。

魔法吟唱者——尼亚也在周围走来走去，口中吟唱魔法。那是对任何东西都会产生"警报"的警戒魔法，虽然无法涵盖多大范围，也足以预防万一。

这个YGGDRASIL没有的魔法让安兹眯起眼睛。虽然已把收集未知魔法的任务交给其他人，但是未知魔法还是激起魔法吟唱者的欲望。

尼亚发动的魔法和安兹同属魔力系，而且看起来很接近YGGDRASIL的魔法。安兹通过具有种族特殊技能"黑暗睿智"才能进行的事件，提升自己能够学会的魔法数量。

（举行活祭仪式，也可以学会YGGDRASIL没有的未知魔法吗？还是说有其他方法？不知道的事真的很多……）

发现安兹盯着自己的尼亚，虽然没有一开始那么疏远，还是露出显而易见的做作笑容走过来：

"哎呀，不用看得那么津津有味吧。没那么有趣吧？"

"我对魔法非常好奇，对尼亚先生做的事很感兴趣喔。"

"不会吧……我比起娜贝小姐可是差得远啰？"

"因为你会娜贝不会的魔法。"

娜贝拉尔虽然稍微低头，还是难逃安兹的眼睛，安兹的余光瞄到娜贝拉尔露出不像惭愧的嫉妒之色。

"我也想要像尼亚先生那样使用魔法。"

"你还真贪心，飞飞先生。剑术本领那么高强，竟然还觊觎魔法的能力。不，应该说你很有冒险者的风格，对吧？"

"魔法好像不是学个一两天就能学会的东西。首先必须能够和世界连接，但是只有具备潜能的人就可以轻易做到，除此之外的人只能花时间慢慢体会。"

卢克洛特埋首做灶，没有抬头便在一旁插嘴。

尼亚的表情变得认真："嗯，飞飞先生，我认为你有潜能。你和一般人不同，有种不是人的……感觉。"

感觉不存在的心脏好像跳了一下。因为尼亚这番话虽然有点暧昧，但是好像已经察觉安兹是不死者。

虽然已经使用幻术和反情报系魔法，但是对方的未知魔法和特殊能力或许可以轻易看穿安兹的真面目。安兹谨慎发问：

"是吗？我自认很强，但是不到不是人的境界吧。你们也看过我的长相，应该也这么认为吧？"

"我不是说外表……见识过你的实力之后，得知那已经超越了常人的领域。竟然可以一招解决食人魔……果然男人不是靠外表而是靠能力呢！而且你还带着小娜贝那样的美女。"

如果冷静思考卢克洛特这番话，好像在说安兹显露在外的幻影面貌不好看，但是回想目前遇到的人们长相，安兹也只能心服口服。

（这个世界的俊男美女太多了。走在路上的行人五官大多很端正。来到这里之后，自己的长相评价大概也降了两级……）

"外表姑且另当别论，卢克洛特的话说得没错。足以称为英雄的人，当然超越常人的领域。我也有这种感觉。"

"不，过奖了。说我是英雄……即使是客套话也不敢当。"安兹假装难为情地回答尼亚，忍住松了一口气的反应。

"如果方便的话，要不要去见我的师父？师父的天生异能是探知对方的魔法力，如果你的魔法使用能力是与生俱来的，就可以感应出来。若是魔力系的魔法吟唱者，师父甚至能够精准分辨位阶喔。"

"之前就想问了……那个天生异能和帝国首席魔法师一样吧？"

"是啊，是一样的天生异能。"

这是不能错过的情报，必须继续追问："……那是什么样的能力呢？"

"啊啊，根据师父的说法，我们魔法吟唱者身体四周似乎散发出有如灵气的东西。魔法本领越高，散发的灵气量也越多，师父的能力就是可以看见那些灵气。"

"喔……喔。"安兹压抑瞬间流泻而出的低沉惊讶声，为了不让人起疑，立刻以普通的声音响应。

"师父就是用这种方法，将有才能的小孩聚集起来教导，我也是被师父捡来的——"尼亚继续说道。

安兹一面应对，一边在心里咒骂。这下子麻烦了，竟然有人具有那种天生异能。

"那么如果想要使用魔法，一开始该怎么做才好呢？"

"首先得要找到像样的师父吧。"

"比方说拜尼亚先生为师吗？"

"嗯……还是找本领比我高强的人比较好。只是王国中几乎都是私人教学，没有关系的人无法进入与魔法相关的工会。即使可以进去，基本上也都是思想尚未成熟的小孩子。像飞飞先生这种年纪的话，如果没有特殊门路应该很难进入吧。关于这方面，帝国有完整的魔法学院，教国的魔法教育也到达相当高的水平，不过那是信仰系魔法。"

"原来如此，可以进入帝国的魔法学院就读吗？"

"我想很难吧。魔法学院基本上属于国家的教育机构，所以必须是帝国的子民才能就读……"

"这样啊……"

"至于想要拜我为师,很抱歉,因为我还有想做的事,没有多余时间可以教人。"尼亚一脸阴沉,其中隐含浓烈的负面情绪,敌意清晰可见。

(还是不要太过深入比较好,感觉没什么好处。)

正当安兹如此判断时,卢克洛特以轻浮的语气打断安兹的思绪:"喂——很抱歉打断你们的谈话,不过饭好像已经准备好了。可以帮忙叫那三个人回来吗?"

"让我去吧,飞飞先生。"

"咦?小娜贝要去吗?不留下来和我一起做饭,共同编织爱的回忆吗?"

"去死吧,低等生物(蚰蜒)。灌你喝下滚烫热油,让你没办法再说无聊的话。"

"别说了,娜贝。我们一起去吧。"

"是!知道了!"

安兹向尼亚道谢之后,走向坐在距离帐篷不远的地上、默默工作的两人身边。

彼得和达因都在心无旁骛地保养使用过的武器,替剑涂油避免生锈,并且仔细确认武器是否有歪斜等。

铠甲有新的损伤,剑上也有和哥布林的武器撞击产生的凹痕,因此要尽快修补这些缺损。两人专心到让安兹不知道是否应该出声呼唤他们。

稍一犹豫,他还是告知了两人准备用餐,也顺便通知在稍远处照顾马匹的恩菲雷亚。

●

太阳隐没在地平线，众人在夕阳将世界染成朱红色的背景下用餐。

每个人的碗中都装着以熏肉调味的浓汤，加上烤面包、干燥无花果和核桃等坚果，就是今天的晚餐。

安兹望着手上那碗看起来很咸的浓汤。虽然戴着金属手套感觉不到碗的温度，但是看到大家都没有吹凉，大口吃起来的模样，温度应该刚好吧。

（那么，该怎么办呢？）

安兹是不死者，身体无法吃东西。而且还以幻术伪装自己的外表，如果是这副只有骨头的身体和嘴巴，一喝汤就会马上漏出来吧。

无论如何都不能让大家见到那个模样。

未知世界的未知饮食。虽然眼前只是简单几道菜，没办法吃到还是让安兹觉得可惜。虽然失去食欲这个欲望，但是眼前出现看似美味又让人好奇的食物时，没办法吃到还是会觉得不甘心。

安兹来到这个世界，还有得到不死者的身体之后，第一次对此感到遗憾。

"啊——难道有什么东西不敢吃吗？"看着什么都没吃的安兹，卢克洛特如此问道。

"不，只是有点私人的原因。"

"是吗？那么不勉强也没关系喔。不过现在是吃饭时间，可以把头盔拿下来吧？"

"是因为宗教的理由。杀生的那天，吃饭时不能四个人以上一起吃。"

"喔……飞飞先生信仰的宗教真奇怪。不过世界很大，有那种宗教也不足为奇吧。"

一听到和宗教有关，众人的疑惑眼神也变得和缓。

（或许宗教在这个世界也是复杂的问题吧。）

如此心想的安兹对于可以成功蒙混过去，向不相信的神献上感谢，接着为了转移话题，开口询问彼得：

"你们以漆黑之剑的名称组成队伍，但是好像没有人拿漆黑之剑？"

说到各个成员的主要武器，彼得用的是附加普通魔法的魔法长剑，卢克洛特是弓箭，达因是钉头锤，尼亚是法杖。没有人拿漆黑之剑。彼得的剑和卢克洛特的辅助武器短剑虽然是剑，不过颜色还是和"漆黑"相去甚远。

因为有种可以借由镀上特殊粉末改变金属颜色的技术，所以要打造出黑色的剑并不困难，反倒是没任何人拿那种颜色的剑才比较不自然。

"啊，是这个问题喔。"

卢克洛特面露苦笑，那个笑容像是被人挖出过去的羞耻记忆一般。特别是尼亚满脸通红，和火光反射的颜色明显不同。

"那是尼亚梦寐以求的剑。"

"别再提了，那只不过是年轻气盛的理想。"

"没什么好难为情的！拥有伟大的梦想也很重要喔！"

"达因饶了我吧，我是说真的。"

漆黑之剑一行人发出爽朗的笑声取笑尼亚，尼亚则是尴尬到想要找个地洞钻进去。漆黑之剑这个名字，似乎有着成员们才知道的秘密。

"漆黑之剑和过去的十三英雄之一所持的剑有关。"笑容满面的彼得只说到这里，似乎不打算说下去。

（即使说到这里也不太清楚……不过我还知道十三英雄是在两百年前消灭蹂躏世界的魔神的超级英雄。至于那些英雄是何方神圣，持有什么物品等详情就不得而知……不知道这些事会很丢脸吗？还是该回答知道呢？）

正当安兹感到困扰时，娜贝拉尔从旁插嘴："那是什么？"

太棒了。安兹在心里做出胜利姿势，但是漆黑之剑成员露出惊讶的表情。竟然不知道这个被他们拿来当作队伍名称的魔法武器，多少会感到震惊吧。

"小娜贝不知道啊。不过这也无可厚非。因为他是十三英雄，却被认为拥有恶魔血统，是被当成坏人的英雄。所以在英雄传说中故意隐瞒他的事迹……听说能力相当惊人。"

"漆黑之剑是十三英雄里名为'黑骑士'的英雄持有的四把剑，可以释放黑暗能量的魔剑齐利尼拉姆、造成的伤口无法痊愈的腐剑可洛克达巴尔、光是擦伤就能致命的死剑史菲兹，还有不知道有什么特殊能力的邪剑修米利斯。"

"喔——"

对于娜贝拉尔失去兴趣的反应，所有人露出苦笑。

不过安兹微微偏头陷入沉思，似乎在哪里听过这些特殊能力。仔细思考之后，脑中浮现吸血鬼的身影。这些特殊能力和夏提雅·布拉德弗伦的职业之一诅咒骑士的特殊技能很类似。

诅咒骑士的设定是遭到诅咒的神官骑士，在YGGDRASIL的所有职业中算是很强的类型，但是缺点也很明显，所以不是很受欢迎。诅咒骑士可以学会的特殊技能包括施放黑暗波、给予低阶治疗魔法无法治愈的诅咒伤害、施加即死的诅咒等。

安兹眯起头盔底下的幻影双眼，这绝非偶然。漆黑之剑可能是特殊技能和诅咒骑士相同的剑，但是那名英雄是诅咒骑士的可能性更高。

若是如此，想达成诅咒骑士的必要条件，最少要有六十级，因此可以确定"黑骑士"至少六十级——不，如果把学会特殊技能一并考虑进去，至少有七十级。

魔神和这样的英雄为敌，所以可以猜测两者的等级应该差不多。但是阳光圣典的尼根却说自己召唤的威光主天使能打败魔神，这么一来魔神和英雄的强度就不是势均力敌了。

从目前获得的情报来推敲，比较合理的答案是魔神的强度也是参差不齐。不过必须拿到那把剑或是遇到那名英雄，才能得到正确解答吧。

在安兹如此沉思时，一行人继续聊个不停。安兹急忙将注意力集中到众人的对话上，如果错失获得情报的机会就太可惜了。

"找到那个是我的第一目标。传说的武器真的很多，其中也有已经证实存在的武器。只是现在是否依然存在，还是个谜……"

"啊，真的有人拥有漆黑之剑之一喔。"

恩菲雷亚漫不经心投下的震撼弹，让漆黑之剑的所有人猛然转向恩菲雷亚："是、是谁！"

"哇啊！真的吗！那么只剩三把啰！"

"唔，这样就无法分配给每个人了……"

恩菲雷亚小心翼翼地回答："呃，那个，有群自称'苍蔷薇'的冒险者，他们的队长拥有那把剑。"

"喔，是那群精钢级的冒险者啊。那就没办法了。"

"说得也是。不过还剩三把，努力变强到足以得到那三把武器吧。"

"没错，既然有一把真品，那么其他三把也应该确实存在。希望那三把可以藏在任何人都找不到的地方，直到我们发现为止。"

"尼亚，为了避免忘记，把这件事写进你的日记里吧。"

"知道啦，我会如实写下来。不过我写的内容是私人日记，这种事不是自己记录下来或是记住比较好吗？"

"留下实体记录是件好事！"

"是这个问题吗？达因……"

"不过我们有那个。"

"那个是什么？"

"就是这个，飞飞先生。"

彼得从怀里取出剑柄镶有四颗小宝石的短剑之后拔出，露出黑色剑身。

"在还没有得到真货之前，我们打算把这个当成彼此的象征……"

"不叫'漆黑之剑'而叫'漆黑之刃'不是很好吗？话说起来，根本没有真货假货之分，这个毫无疑问是我们队伍的象征！"

"唔……卢克洛特难得说出这么有道理的话！"

漆黑之剑的成员开怀大笑，显得一团和气。

受到影响，有所共鸣的安兹也露出微笑。他们对于这把短剑的情感，和安兹对象征公会的法杖的情感一样吧。

适合用餐时谈论的话题陆续出现，人数众多的漆黑之剑成员掌握主导权，适时对安兹、娜贝拉尔和恩菲雷亚抛出话题。

安兹虽然参与其中，还是觉得与漆黑之剑的成员之间有点隔阂。那是因为安兹缺乏这个世界的知识，为了避免露出马脚时常支吾其词，才会无法融入。这又让安兹的话变得更少，形成恶性循环。

就算向娜贝拉尔搭话，也只会有出乎意料的响应，因此渐渐没人找她说话了。

恩菲雷亚对此倒是很得心应手。原本他就是生活在这个世界的人，比安兹更加擅长和别人相处，能够巧妙地融入话题，也具有察言观色的能力。

（没什么。我以前也有同伴。）

安兹有些闹别扭地想着这些事，在营火的火光下望着和乐融融地谈天说地的众人。他们的感情真的很好，对于同生共死的同伴来说，这也是理所当然的事。恩菲雷亚看见众人的模样，也露出羡慕的表情。

安兹想起以前的同伴，嫉妒地在头盔下发出咬牙切齿的声音——过去的自己也和他们一样。

"你们的感情真好。其他冒险者的感情也都这么好吗？"

"大概吧，毕竟是同生共死的伙伴。如果无法理解彼此在想什么，会采取什么行动，那就危险了，于是在不知不觉间便培养出深厚的感情。"

"说得没错，毕竟我们队伍里没有异性，听说有的话就有的吵了。"

"是啊。"尼亚露出难以言喻的笑容说下去，"若是有的话，卢克洛特可能是最早引起问题的人。而且可能是因为我们队伍有个明确的目标吧？"

彼得等人频频点头。

"就是这样。当大家心意相通时，感觉完全不一样。"

"咦？飞飞先生以前也组过队伍吗？"

安兹不知该如何回答恩菲雷亚的问题，但是这时也没必要用奇怪的借口蒙骗过去吧。

"不能算是……冒险者吧。"

想起昔日的同伴，口气变得沉重也是无可厚非。因为即使身体变成不死者，也并非完全没有情绪，而且昔日的同伴对安兹来说是最为怀念的人。

似乎感觉到安兹的回答带有难言之隐，没有人继续追问，现场陷入沉默。安静到整个世界仿佛只有这群人，安兹不知不觉轻轻抬头，仰望星星闪耀的夜空。

"在我还很弱的时候，有名手持剑盾的纯白圣骑士最先救了我。在他的介绍下，我遇到四名同伴。就是这样，我们组成包含我在内的六人队伍。不仅如此，之后又加入三名和我一样弱小的同伴，总共九人的最初队伍就此形成。"

"喔……"

随着火花爆裂的声音，不知是谁发出感叹。但是安兹并不在意，继续回想公会"安兹·乌尔·恭"前身的九名最初成员。

"他们是群相当优秀的同伴。圣骑士、刀术师、神官、暗——盗贼、双刀忍——双刀盗贼、妖术师、厨师、锻冶师……都是无可取代的好朋友。之后我们历经无数次冒险，直到现在我还是无法忘怀那段日子。"

多亏了他们，才知道什么叫朋友。原本以为自己在YGGDRASIL里也是一样无人理睬，但是和现实不同，他们都是愿意伸出援手的绝佳伙伴。于是在成员慢慢增加的过程中，大家度过了一段同甘共苦的精彩生活。

因此"安兹·乌尔·恭"这个公会对安兹来说，是最为重要的宝物。即使抛弃一切、毁灭一切也要保护它的光彩不受半点损伤。

"总有一天，还会找到和他们一样的同伴的。"

尼亚的安慰话语让安兹强烈响应："不会有那一天的。"

声音充满惊人的敌意。被自己的发言吓到的安兹慢慢起身："失礼了……娜贝，我打算过去那边吃。"

"那么我也一起去。"

"是吗……如果是宗教问题，那就不勉强了。"彼得以惋惜的语气开口，不过没有强行挽留。

虽然看到尼亚露出情绪低落的表情，安兹还是不打算对尼亚多说什么。

即使跟他说声"我没放在心上"也好吧。

但最终安兹还是什么都没说。

●

两人似乎坐在拉起绳子的区域角落开始用餐。

刚才还在的人离开时，剩下的人有时候会开始讨论那个人。特别是今天离开的人还是焦点人物，会加以讨论也很自然。

正当交谈刚好告一段落，众人陷入沉默之际，营火发出噼啪的声音，爆出火花。

尼亚看着火花逐渐消失，低声自责："我好像说了不该说的话。"

"唔，不知道之前发生了什么事。"达因重重点头之后，彼得接续说道，"该不会是遭到全灭吧。在战斗中失去所有同伴的人，就会出现那种反应。"

"那种情况……真的很难受呢。即使我们是游走在生死边缘的人，失去同伴还是……"

"说得也是，卢克洛特，刚才的话确实有点失言。"

"说出的话像泼出去的水一样收不回来。因此一定要做些什么事，让他对那句话出现不同的想法。"如此说的尼亚情绪相当低落，接着低语，"明明知道失去同伴的心情，为什么没有设身处地替人着想呢？"

但是没人回应这句话。在默默无语的宁静之中，木材再次噼啪爆裂，喷出火花。

为了改变现场的凝重气氛，恩菲雷亚小心翼翼开口："今天飞飞先生的战斗真的很精彩呢。"

等待这句话的彼得立刻接着说道："是啊，完全没想到会那么厉害。一招就把食人魔一刀两断……"

"真的太夸张了。"

"可以一招打倒食人魔已经很厉害了，但是不知道要有多么高超的技巧，才能够一刀两断呢？"

听到感到不解的恩菲雷亚提出的问题，漆黑之剑一行人面面相觑。

以天生异能闻名世界的少年恩菲雷亚，同时也是优秀的魔法吟唱者。虽然拥有足以让他在将来大放异彩的才能，但是身边如果没有可以拿来比较的战士，很难理解安兹身为战士的厉害之处吧。

如此判断的彼得以浅显易懂的方式向恩菲雷亚说明："通常使用大剑大多会采用压砍的招式，不过他却是'砍断'。使用大剑对付那种魁梧的大家伙，很难单手砍断……然而也有所例外。"

恩菲雷亚对彼得的这番话发出感叹。感觉对方发出的感叹还不够强烈，彼得举出一个名字当成比较对象："老实说，我觉得飞飞先生或许已经到达王国战士长的等级。"

恩菲雷亚吃惊地睁大双眼，他终于理解漆黑之剑一行人认可安兹的实力到达哪个等级了。

"这句话是说他可以媲美精钢级的冒险者……最高阶冒险

者、活生生的传说,也就是人类最高等级的意思吗?"

"完全没错。"

彼得轻轻点头。恩菲雷亚看向漆黑之剑的所有成员,他们也都点头赞成。

恩菲雷亚哑口无言。若是持有精钢牌这个以最高硬度闻名的稀有魔法金属,可说是位于冒险者的金字塔顶端,数量当然非常稀少。在王国和帝国之中,各自只有两支队伍到达那个等级。他们的能力已经来到人类的最高领域,甚至可以称为英雄。

安兹竟然足以媲美那些人物。

"太厉害了……"这句话中带着深深的感叹。

"一开始……第一次见面时,看到戴着最低阶铜牌的飞飞先生身穿气派的全身铠甲,感觉相当嫉妒,但是既然见识到他名副其实的实力,那也只能心服口服。他——飞飞先生的全身铠甲和能力可以说是相得益彰。那么强大的实力真是令人羡慕……"

战士彼得的装备并非全身铠甲,是防御力比较弱的绳铠。这套装备并非他自己的自由选择,而是在金钱限制下能取得的最佳防具。

"没什么,彼得在不久之后一定可以买到更棒的全身铠甲。"

"是吧。而且要是向往那样的实力,就朝着那个目标努力吧。应该要感谢自己的幸运,可以见识到位居顶点的目标。"

"尼亚说得对,只要朝着飞飞先生这个目标努力就行了。我们也会帮助你，一起努力奋斗吧。"

"没错！一点一滴慢慢努力就好了！你看飞飞先生那个样子，看起来应该比你花了更长的时间锻炼！"

达因的这句话让恩菲雷亚有所疑问："你们看过飞飞先生头盔底下的面貌吗？"

安兹在遇到恩菲雷亚之后就没有脱下头盔，连吃饭时都一直戴着头盔，也不知道他是如何喝水。

"是啊，我们曾经见过。就是一般人的长相……不过并非附近的人种，和娜贝小姐一样都是黑头发黑眼睛。"

"这样啊……他有说过是哪个国家的人吗？"

漆黑之剑一行人面面相觑，突然觉得恩菲雷亚很在意这件事。

"那倒是没有问得那么详细……"

"是吗……啊，不是，如果他是来自遥远的国度，或许使用的药水会和附近的不同。身为药师的我只是对此很感兴趣。"

"原来如此……的确，他和小娜贝看起来是同乡，外表却是天差地远，再怎么说也算不上是帅哥。会有人喜欢那种人吗？"

"外表看起来没什么，但是实力那么强大，一定有数不清的女生投怀送抱吧。"

强大的人比较受欢迎，这也是因为这个世界有魔物，人类属于低等种族的缘故。受到本能的刺激，女生大多喜欢强大的男生。

"唉……我的爱情无法开花结果吗……"

"根本不可能吧？看起来完全没有开花结果的感觉。"尼亚想起娜贝拉尔的反应，带着苦笑回答。

"才没有那回事。总之要不断追求追求再追求。一定得积极才行。她可是超级美女喔！只要她能对我友善一点，光是那样我就是人生赢家了。"

"她确实长得很美……"以沉重表情开口的达因，发现恩菲雷亚的脸色有点难看，"恩菲雷亚先生，你怎么了吗？"

"啊，不。嗯，没什么……"

"咦？"露出低级笑容的卢克洛特笑道，"难道你爱上小娜贝了？"

"才不是！"恩菲雷亚发出不必要的巨大音量迅速反驳。

过度激烈的反应让彼得觉得不能继续追问，在一旁缓和道："卢克洛特，你太失礼了。说话之前要经过大脑。"

卢克洛特衷心地道歉之后，恩菲雷亚露出为难的表情，不知如何响应对方的道歉："不，不是那样的。那个……我有点不安呢……飞飞先生有那么受欢迎吗？"

"外表另当别论，他的实力那么强，受欢迎的可能性很高吧。而且从身上的铠甲和剑来看，感觉也很有钱……"

"啊？"恩菲雷亚的脸上稍微蒙上阴影。

怀着前辈照顾晚辈的态度，彼得关心地问道："有什么事吗？"

欲言又止的恩菲雷亚嘴巴有如金鱼不停开合，不过彼得一行人没有多问，如果他不想说，那也不必勉强。不久之后，下定决心的恩菲雷亚终于打开沉重的嘴唇：

"嗯……因为我不想让卡恩村的人喜欢上飞飞先生。"

敏锐感受到隐藏在这句话里的情感，漆黑之剑一行人全都露出会心的笑容。

"好，就由大哥哥传授少年了不起的技巧……"

彼得揍了卢克洛特一拳，让他发出奇怪的惨叫声。漆黑之剑一行人不理会表情痛苦的卢克洛特，相继安慰目瞪口呆的恩菲雷亚。

在火光的照耀下，少年终于露出笑容。

●

同一时间。

额头连同钢铁头盔遭到刺穿，身体大幅抖了一下，同伴就像断线的风筝一般倒下。身上的金属铠甲在黑夜中发出震耳欲聋的声响。祈祷有人可以听到这道声响赶来，但是应该没有人会傻到前来。在这个耶·兰提尔的贫民区里，到处都是遭到废弃的区域。正因为如此，男子才会和委托人约在这里见面。

他瞪视眼前的女子，即使如此，还是掩饰不了虚张声势的态度。看到女子轻描淡写地连续杀死三名同伴，战意荡然无存。

杀死同伴的女子甩了一下沾血的短锥，血液飞向四周的短锥回复原本冷冽的光辉。

"哼哼哼哼……接着只剩下老兄你了。"女子龇牙咧嘴，露出肉食兽般的笑容。

"你、你为什么要这么做？"自己也觉得这个问题很愚蠢，但是男子不知道自己为什么会落到这种下场。

他们称不上冒险者，俗称"工作者"，也称为"黄昏工作者"的他们，接受犯罪边缘，甚至是犯罪工作的委托。

因此有可能是遭到怨恨，但是他们尚未在这个城镇工作，也没见过这名女子。

"啊，为什么要这么做？哎呀……只是想要老兄你而已。"

无法理解女子的话，男子眨了几下眼睛问道："这、这是什么意思？"

"那个知名的药师的孙子目前不在家……我想要找个人帮忙监视，看他什么时候回来。我实在很不想做那种麻烦事。"

"既然那样只要委托就好了吧！你原本不就是那样打算的吗！"他们这些工作者连违法的工作都接，所以更不知道女子杀自己的理由。

"哎呀哎呀哎呀，或许会遭到背叛啊！"

"只要收到约定的酬劳，我们绝对不会背叛！"

"嗯？那么改一下好了？我最喜欢杀人了，爱死了，喜欢到不行。"

"啊，也喜欢严刑拷打喔。"女子笑着补充。

听到不合常理的理由，男子不禁板起脸来："你为什么这么丧心病狂！"

"为什么？"女子的表情突然改变，语气也变了，完全看不到刚才那种玩世不恭的态度。

"到底是为什么呢？因为工作不断杀人的缘故？因为和优秀的哥哥比较的缘故？父母的爱全都给了哥哥的缘故？还没变强前老是被耍得团团转的缘故？朋友死在面前的缘故？失手被抓之后，连续被拷问好几天的缘故？加热过的洋梨真的很痛耶。"

仿佛眼前只是个小女孩，但态度转眼之间立刻转变，女子的脸上再次露出笑容：

"开玩笑的，那些全都是骗人的，假的、假的——我没经历过那些事。即使那是事实又如何，就算知道过去也无法改变什么，只是各种事累积起来才会变成那样。哎呀，话说回来，这全都要归功小卡吉替我收集情报，能够马上和你们取得联络真是太好了。你也知道若是从找人帮忙开始，不知道要花上多少时间。"

女子放开手上的短锥，短锥受到地心引力的影响刺进地面，如此锐利就代表这把短锥是由钢以外的金属制成。

"这可是山铜喔。说得更详细一点，是在秘银外面镀上山铜制成的。可以说是出类拔萃的好东西。"

持有如此稀有的武器，证明这个女子的实力高强，也就是自己毫无胜算可言。

"那么，该进行下一步了。如果老兄受了重伤，那可就派不上用场了……但是不管如何伤害你，小卡吉都能以信仰系魔法加以回复。这样一来岂不是可以无休止地享受严刑拷打的乐趣了吗？"

女子说出令人毛骨悚然的话，同时从长袍下拿出另一把短锥。

"用这个应该不错……如果失手就抱歉了……"女子吐出舌头道歉，看起来很可爱，不过还是难掩肮脏的污秽黑心。

男子转身背对女子狂奔，虽然听得见女子装模作样的惊讶声从后面传来，但还是专心逃命。在没有灯光的黑暗中，靠着自豪的方向感拼命奔跑。

不过随着咔啦咔啦的声音，女子气定神闲的冷酷声音从后方传来："太慢了。"

男子肩口窜起灼热的剧痛，心想应该是被短锥刺中，思绪也蒙上一层阴影。

精神控制。

男子虽然拼命忍耐，但是加诸在意识上的阴影更加强烈。

后面接着传来仿佛朋友的声音："哎呀……不要紧吧？伤口深不深？"

"嗯，没有大碍。"男子转头对"朋友"笑道。

"这样啊。那真是太好了……"闻言的女子露出可怕的微笑。

3

一行人在日出时出发，走在隐藏于草原间的道路上。

"再过不久就到卡恩村了。"

听到在所有成员中表面上唯一来过卡恩村的恩菲雷亚的话（其实安兹也来过），共同旅行的人们一起点头。除此之外大家没有任何反应，只是默默行走。

开口的恩菲雷亚一副受不了的表情，彼此之间弥漫着异常尴尬的气氛，造成这个状况的安兹将犯错的心情掩饰在头盔之下。

不断打量的尼亚眼神实在让人讨厌，不过这是自己的错，所以无话可说，这也是昨晚的发言造成的影响。

他在早餐时道过歉，当时应该可以直接原谅，但自己却说不出"原谅你"这么简单的话。虽然觉得自己度量太小，安兹依然无法轻易释怀。

（即使变成不死者的身体，精神也产生了变化，还是会这样吗……）

变成不死者的身体后，激烈的情感遭到压抑，但是轻微的情感不会消失，轻微的愤怒会延续这么久就是最好的证明。昔日的同伴在安兹的心中占有如此重要的地位。虽然有着深切的感受，也觉得再这样下去有点不妙。

不过自己不想主动改变气氛，正因为可以冷静判断自己微妙的情感变化如同任性的小孩子，安兹更加对自己感到火大。

在这样尴尬的气氛中,唯一的例外是走在安兹身边的娜贝拉尔。因为没有受到卢克洛特的骚扰,她高兴到几乎快要哼起歌来。一行人默默前进,以很快的速度来到卡恩村附近。

"那、那个……这里的视野那么开阔,或许可以不用列队前进。"卢克洛特刻意如此说道。

往旁边一看,只见到广阔的翠绿森林,视野开阔的说法让人存疑。而且护卫的基本之道是即使在开阔的地方都不能掉以轻心,因此像现在这样列队前进才是明智之举。只不过大家也知道这次的列队默默前进,并非冒险者的警戒心产生的结果。

"警戒非常重要。就这样……嗯,总之先前往村庄吧。"

"没错!为了避免遭到突袭,随时随地保持警戒相当重要!"

即使彼得与森林祭司达因接连开口,卢克洛特还是露出"没那回事"的表情。

"或许飞龙会从遥远的地方突然来袭。"尼亚也念念有词。

听到这句话的卢克洛特立刻有所反应:"这是什么莫名其妙的发展?以常理来思考怎么可能会有那种事啊,尼亚!"

"的确不可能。在耶·兰提尔近郊有龙,只不过是不可信的传说。听说在远古时代曾经出现能够自由操控天灾地变的龙,然而最近不曾听到有人看过龙。啊,不……倒是听说在安杰利西亚山脉有为数众多的霜龙栖息,只是很靠近北边。"

(远古时代曾经有过吗?听阳光圣典的人说过,龙是这个世界最强的种族……)

在YGGDRASIL里，龙也是堪称最强的敌人种族。不但具有强大的物理攻击力、物理防御力和深不见底的体力，还能使用无数的特殊能力与魔法，已经到了得天独厚的等级。

YGGDRASIL有多不胜数的魔物，其中有命名魔物和区域头目魔物等，还有名为世界级敌人的超级魔物，即使以最多六人组队的六支队伍组成军团前往挑战，胜算都不高的破格级魔物。

除了出现在官方故事的终极BOSS"九曜世界吞食魔"外，还有"八龙""七大罪魔王""生命树十天使"，以及在超大型游戏改版"女武神的失势"之后新增的"第六天天主""五色如来"等六只，总共三十二只破格级魔物。从其中有一部分是龙族这一设定，就可以知道制作团队对龙的偏好。

（如果有龙的存在，那就应该小心警戒。在YGGDRASIL的设定里龙是没有寿命的种族，因此出现力量超乎想象的龙也不奇怪。）

"啊……请问有人知道可以操控天灾地变的那只龙叫什么吗？"

安兹的脸皮没有厚到可以若无其事地询问发生争执的人，于是低声开口。但是似乎已经足以让大家听到，尼亚很快转头看过来。

这就好像吵架的情侣，想从对话之中寻找和好的契机。安兹把过去在咖啡厅里看到的情侣对话和现在的对话加以比较，忍不住如此心想。

　　话虽如此，因为安兹的主动发问，让尼亚的表情稍微开朗了一点。漆黑之剑一行人和恩菲雷亚的脸上也露出笑容，只有娜贝拉尔依然无动于衷，话说娜贝拉尔从今天早上开始就完全感觉不到彼此的尴尬气氛。

　　"非常抱歉！回到城镇之后立刻调查吧！"

　　（不，可以不用那么激动吧……而且不知道的话就算了……我只是找个话题……）

　　只不过他说不出这些话。"嗯，尼亚先生。如果时间允许，可以帮忙调查一下吗？"

　　"我知道了，飞飞先生！"

　　大家都以满意的模样频频点头，让安兹有些难为情。如果情况相反还另当别论，但是身为年纪最大的人实在很惭愧。

　　"好了，已经快到卡恩村……"今天早上第一次以如此开朗的语气开口，但是恩菲雷亚突然闭嘴。

　　众人的目光转向逐渐出现在眼前的村庄，那是位于森林旁边的朴素村庄。看不出有奇怪的气氛，也没有什么令人在意的地方，不知道恩菲雷亚为什么突然不说话。

　　"怎么了，恩菲雷亚先生？发生什么事了吗？"

　　"啊，没事。只是之前没有那个坚固的栅栏挡在前面……"

　　"是吗？但看起来不是什么了不起的栅栏。如果是边境村庄的栅栏，这种栅栏算是很简陋吧？位于这样的森林旁边，为了阻挡魔物，即使有更坚固的栅栏也不足为奇吧？"

"嗯……这么说或许没错……但是在卡恩村有森林贤王，所以之前没有设置栅栏……"

全体望向村庄。

在可见的范围内，村庄四周全被栅栏牢牢围住，而且还使用了不易折断的木头。

"真奇怪……发生了什么事吗……"

即使听到少年不安的疑问，安兹依然什么话都没说。因为之前是以魔法吟唱者安兹·乌尔·恭的身份前来，现在则是冒险者飞飞的身份。

尼亚表情凝重地插嘴："或许是过度担心……不过我来自村庄，清楚记得这种村庄的生活，所以发现两点可疑之处。一是即使到了现在这个时间依然没人下田，还有一点就是部分麦子已经收割。"

望向尼亚指示的方向，可以看到部分麦田确实收割了。

"原来如此。看样子……应该发生了什么事吧？"

安兹对着露出不安表情面面相觑的一行人说道："各位，这里请交给我们。娜贝，隐形之后以飞行魔法查看村庄的模样。"

向安兹表示了解之后，发动隐形魔法的娜贝拉尔身影消失了。接着吟唱飞行魔法的声音响起，娜贝拉尔的踪迹就此消失。一行人一直在路上等待，娜贝拉尔的身影过了一阵子才出现在原来的地方。

"村民都很正常地在村里行走，感觉不到受人控制或命令的样子，还有村庄另一边的田里有村民在工作。"

"什么嘛，原来只是我太过杞人忧天。"

"应该没什么问题。那就继续前进……如何？"彼得向恩菲雷亚和安兹征询意见，两者的反应都是肯定。

因为道路越来越窄，一行人排成纵队走向村庄的入口。散布在街道两旁的麦田，被麦子染成一片翠绿，在偶尔的微风吹拂下摇摆。众人走在路上的模样，仿佛浸泡在绿色水池里。

"嗯？"

马车咔嗒咔嗒前进，走在第二个位置的卢克洛特发出疑惑的声音，仔细打量麦田。虽然还不到收割期，但是麦秆已经长到七十厘米以上，有如大海一般看不清楚里面的样貌。

"怎么了吗？"走在后方的尼亚诧异发问。

"嗯？没事，是我多虑了吧？"卢克洛特先是偏头疑惑，接着立刻加快脚步，拉近和彼得的距离。

尼亚也看往相同的方向，确认没有动静之后迈开脚步追上去。麦子甚至长到连接村庄的路上，仿佛是被大海淹没。为了立足之地很想砍倒麦子，不过真的那么做之后就麻烦了。

"真希望村民能够好好管理麦田。这样太浪费了吧。"

走在前面的彼得，因为大腿的铠甲碰到麦子，打掉不少麦穗。见状的彼得一边念念有词，一边感觉不对劲。

从无数次死里逃生中锻炼出来的直觉发出警告，绿色麦穗有这么轻易掉落吗？

　　顺从直觉望向麦田，发现里面有双凝视彼得的眼睛。那是一只将全身缩起，躲在麦田里的小生物。虽然脸被麦子遮住几乎看不清楚，但是并非人类。

　　"啥！"大吃一惊的彼得想要出声警告后面的同伴。

　　不过那只生物——亚人已经先行出声："可以放下武器吗？"

　　矮小的亚人已经拔出武器，不管彼得的动作有多迅速，对方都能更快动手吧。

　　"喔喔，请放下武器。可以把这句话转达给后面的人吗？我们不想用弓箭射杀你们。"

　　其他地方响起微弱的声音，目光往声音的来源看去，发现麦田里有一个相当巧妙的洞，里面有只亚人伸出半个身体，它的身上同样用麦子加以伪装。

　　彼得不禁感到迟疑。根据这只生物的说法，感觉好像有交涉的余地。

　　"可以饶我们一命吗？"

　　"当然。如果你们投降的话。"彼得不知所措。

　　必须挡在前面，确保弓箭射不到马车上的恩菲雷亚。还要掌握敌人的数量和组成结构，确认对方的目的也很重要，目前无法投降也无法拒绝对方的提议。

　　似乎看穿彼得的困惑，两只亚人发出沙沙的声音从田里站起来。

"哥布林。"尼亚低声开口。

站起来的亚人类和昨天见到的哥布林是同一种族。对方举起弓箭，目光锐利地瞄准。

要打吗？尼亚、卢克洛特和达因利用眼神交流，判读彼此的想法。

哥布林是种身高、体重、肌肉等身体素质都比人类逊色的种族。因为它们具有夜视能力，如果在黑暗中遇袭确实很棘手。但是如果在阳光下，对于身经百战的漆黑之剑成员来说，它们并非那么可怕的对手。

而且现场还有安兹，可以和昨天一样轻松收拾吧。

如果是哥布林，彼得有自信即使遭到挟持还是有办法脱困。但是还有其他原因，让彼得无法当机立断。根据冒险者的直觉，这些哥布林似乎和昨天交手的有些不同。

简单来说，眼前的哥布林有种训练有素的感觉。而且体格也很好，和昨天那些瘦弱的哥布林相比，眼前的哥布林全身都是结实的肌肉。

不仅如此，持弓的哥布林架势也很不得了。昨天如果是拿棍棒挥舞的小孩，眼前就是熟悉用弓的战士。最后是武器相当精良，经过妥善保养，搞不好可以媲美漆黑之剑成员的武器。

人类可以透过训练变强，魔物当然也行，亚人类的哥布林也可以。因此眼前的哥布林很有可能比漆黑之剑过去交手的同种亚人类都要强。

这时传来一道与吹拂麦田的风声截然不同的声音，卢克洛特急忙看向后方。

"嘿嘿，露馅了吗？"

一只哥布林从田里露脸，伸出舌头。可能是想从后面偷偷接近，但是隐身能力没有强到可以骗过身为游击兵的卢克洛特。不过即使发现对方，形势也不见得比较有利。

冷静环顾四周，发现麦田里到处都有动静，像是有什么东西躲在里面。那些震动都是以马车为中心，慢慢包围过来。

处于绝对不利的位置，漆黑之剑的成员完全想不到任何办法可以打破这个困境。

安兹伸手制止打算大开杀戒的娜贝拉尔，观察过哥布林之后，确信自己的猜测没有错。

"是以'哥布林将军之号角'召唤出来的哥布林和哥布林弓兵吧。"

如果是收下自己号角的那名少女在操控这些哥布林，那就要尽量避免采取敌对行动。若非如此就需要想些对策，但是它们并非安兹和娜贝拉尔的敌人，应该没有问题。

望着安然自若的安兹，哥布林开口叫道："那个穿着全身铠甲的人，可以的话请不要轻举妄动，我们也不想开战。"

可能是看到安兹阻止娜贝拉尔动手的举动，对安兹发出的声音非常僵硬，充满警戒。

"放心吧。如果你们不发动攻击，我们也不会轻易动手。"

"那还真是感谢。那位仁兄或许很强,但是感觉不可怕。不过你就另当别论了,还有那边的小姐也是。我强烈感受到如果与你们两个为敌,可是会相当不妙呢。"

安兹没有回答,只是耸耸肩。

"那么在大姐过来之前,请在这里稍等一下。"

"你口中的大姐是谁!是那家伙占领了卡恩村吗!"恩菲雷亚的激动模样,让哥布林露出明显的诧异表情。

"恩菲雷亚,你冷静一点儿。现在谁比较占优势,应该不用我说吧。而且根据看过村庄情况的娜贝拉尔的话来判断,还有几个奇怪的地方。所以在真相大白前,我希望可以避免无谓的争斗。"

虽然听到尼亚的劝告,恩菲雷亚还是难掩焦躁的情绪。只是脸上那副像是要立刻跳出去拼个死活的表情,变成了不甘心的模样,紧握的双拳也慢慢放松。

看到恩菲雷亚如此激烈的变化,安兹感觉吃惊与困惑,怀疑地望向少年。虽然只是一起历经短暂的旅程,无法得知少年的性格,即使如此,也不觉得他会如此偏激。莫非这个村庄并非只是采药时的据点,而是有其他更加特别的理由。

另一方面,哥布林们似乎也感觉到恩菲雷亚的愤怒,带着疑惑的表情对望。

"嗯……这种感觉好像和以往不同……"

"大姐的村庄最近被帝国骑士装扮的家伙袭击,我们只是加以警戒。"

"村庄遭到袭击……她没事吧！"

似乎在响应恩菲雷亚的呐喊，一名少女在哥布林的保护下，出现在村庄的入口附近。看见少女的恩菲雷亚睁大双眼，用力呼唤少女的名字：

"安莉！"

听到呼唤的少女也大声响应。那是有如呼唤好友、充满善意的温柔叫声：

"恩菲雷亚！"

这时安兹想起之前听到的事。

"啊啊，她的药师朋友……并非女人而是男人。"

过　场

迪米乌哥斯走在纳萨力克地下大坟墓的第九层，脚下的硬底皮鞋发出嗒嗒嗒的声音，接着消失在寂静之中。虽然为了戒备配置了数名仆役，依然无损这里有如神话的气氛。

迪米乌哥斯环顾四周，脸上浮现笑容："真是富丽堂皇。"

赞叹的对象是第九层的一切。因为这里的景色和四十一位至尊相得益彰，值得让迪米乌哥斯抛弃一切也要誓死效忠，所以他非常喜爱这里的所有景观。

每次走在这个楼层，迪米乌哥斯的内心就充满欢喜，再次坚定对创造者们的忠心。不只是迪米乌哥斯，就连小丑与乐师等吵闹的家伙来到这个楼层，同样也会因敬佩而默不作声，努力保持安静。

如果有人对这里的景观不感到欢喜，若不是对四十一位至尊不够忠心，就是有着"不忠念头"吧。

心里想着这些事的迪米乌哥斯绕过转角，目的地近在眼前。那就是无上至尊、最后一位留在纳萨力克地下大坟墓的最高统治者——安兹·乌尔·恭的房间。

在可以看见房门的地方，有人打开门走了出来。那些人似乎也看到迪米乌哥斯，恭敬地等他走近。其中一人打扮成管家模样，不过除了白手套以外一身黑色服装，看起来不像管家服，反倒比较接近战斗服。

他是纳萨力克合计十名男仆之一，不过即使是迪米乌哥斯，也无法分辨他是十名男仆中的哪一名。这也是因为所有人都戴着战斗员常戴的套头面罩，而且他们只会发出奇怪的叫声。

此外还有站在男仆前面的那个领头的人——迪米乌哥斯的脑里浮现裸体领带这种莫名其妙的想法。

那是一只企鹅，外表看起来根本就是企鹅，而且只系着一条黑色领带。

"好久不见了，管家助理。"

听到迪米乌哥斯和蔼可亲的招呼声，企鹅也笑容满面——至少看起来如此，开口回礼：

"好久不见了，迪米乌哥斯大人。"然后深深鞠躬。

他当然不是单纯的企鹅，而是担任纳萨力克地下大坟墓的管家助理，又称鸟人的异形类种族，名叫艾库莱尔·艾库莱路·艾库莱阿。

鸟人原本应该和四十一位至尊之一的佩罗罗奇诺一样，有着猛禽的头和翅膀，四肢也和鸟类相同。但这名男子不知为何有着企鹅外形，不过迪米乌哥斯却对它的外表没有半点疑惑。

原因无他，因为他是四十一位至尊创造的产物。

"雅儿贝德在里面吗？"

"是的，雅儿贝德大人在里面。"

在安兹外出期间，雅儿贝德负责管理纳萨力克地下大坟墓。但是她不在自己的房间办公，而是关在这个房间里是众所周知的事实。

因为她的所有行动都获得安兹许可，对此有异议的人，只有外出的夏提雅·布拉德弗伦而已。

迪米乌哥斯跟雅儿贝德说过"好的妻子不是应该等待丈夫，好好守护家园吗"，却得到"妻子守护丈夫的房间又有什么不对"的响应。完全无法反驳。

点头表示了解的迪米乌哥斯对艾库莱尔问道："艾库莱尔难得会过来这里。你工作的地方不是客房附近吗？"

"塞巴斯大人不在的这段时间，我当然要连同大人的份一起努力，刚才是与雅儿贝德大人详细讨论负责的工作。"

"正是如此。既然他不在，纳萨力克地下大坟墓的第九层就全靠你了。"

"完全没错。为了将来能够统治纳萨力克地下大坟墓，现在更是得好好努力。"

即使艾库莱尔在他面前说出奇怪的话来，迪米乌哥斯脸上的笑容依然没有半点改变。

艾库莱尔觊觎纳萨力克地下大坟墓的统治者宝座，是众所周知的事实。因为这是四十一位至尊的创造，所以这个部分没有任何问题。

当然了，如果无上至尊下令当然会毫不留情地处决，但是在此之前没有任何问题。

"没错，好好加油吧。话说你打算先处理什么事？"

"打扫。除此之外还有什么工作？没有人可以打扫得比我更仔细！在我打扫过厕所之后，可是干净到连马桶都能舔喔。"

听到艾库莱尔自信满满的回答，迪米乌哥斯满意地点头："太棒了。你的工作非常重要。如果这个楼层变脏，也算是对无上至尊们的侮辱吧。"

不断点头的迪米乌哥斯再次提出疑问："我知道你的工作非常重要，不过在塞巴斯外出的期间，由谁代为管理这个楼层？"

"那是接受塞巴斯命令的女仆长佩丝特妮的工作。和打扫相比，管理工作根本没什么了不起。"

"原来如此……同为无上至尊创造出来的仆役，已经做好明确的责任分配呢……话说回来，那双企鹅的手，在打扫时不会很困难吗？"

"能够克服这双手灵活打扫，正是我的本事。"挺起胸膛的艾库莱尔充满自信地回答。

不过接下来他却以有些不高兴的语说下去："话说回来，迪米乌哥斯大人，这实在不像是在纳萨力克中，聪明才智仅次于我的你会说的话呢。"

拿起后方男仆递给他的梳子，艾库莱尔梳整长在头侧的金色羽毛。

"我可不是单纯的企鹅，而是红豆包麻糬至尊大人创造出来的跳岩企鹅喔。希望你千万不要混淆了，还有这个不是手——是翅膀。"

"那还真是失礼。"

看到迪米乌哥斯低头道歉，艾库莱尔表示没放在心上，转头向后面的男仆下令：

"把我搬过去。"

"噫！"艾库莱尔被男仆抱在腋下。

因为艾库莱尔的走路方式是跳跃的小碎步，就某种意义来说速度非常慢，因此平常都是像这样让男仆抱着移动。

"那么迪米乌哥斯大人，我先告辞了。"

"嗯，再见，艾库莱尔。"

望了一眼像个玩偶被抱在腋下的管家助理，迪米乌哥斯轻敲房门："我是迪米乌哥斯。打扰了。"

房间主人当然不在，不过他还是十分有礼。因为对迪米乌哥斯来说，这个房间本身就是应该被尊敬的场所。

迪米乌哥斯进入没人响应的房间。环顾四周之后，果然不见雅儿贝德的身影。迪米乌哥斯轻叹了一口气，打开另一扇门进入里面的房间。

四十一位至尊的房间是模仿皇家套房设计的，里面有巨大的浴室、吧台、放着钢琴的客厅、主卧室、客房、专属厨师做菜的厨房、服装间等数不清的房间。

迪米乌哥斯毫不迟疑地走向主卧室，敲门之后没等响应便直接开门。

卧室里只有一张床，不过特大号的床铺附有天盖，相当气派，床上有个比人更大一点的凸起，正在不断扭动。

"雅儿贝德。"

受不了的迪米乌哥斯出声呼唤，一张绝世美女的脸冒了出来。直到肩膀为止都是光溜溜的，应该没穿衣服吧。可能是因为钻进床里，脸上稍微呈现兴奋的粉红色。

"你在这里做什么？"

"想要让安兹大人回来时，能够被我的香气包围。"扭来扭去的动作，似乎是为了留下味道。

迪米乌哥斯哑口无言，默默望着由四十一位至尊创造出来的最高位阶NPC，纳萨力克地下大坟墓守护者总管。接着无力地摇着头。

没有多说"安兹大人是不死者，应该不会在床上睡觉吧"或是"即使在床上睡觉，床单也会立刻更换吧"之类的话。既然只要这样就能满足，那就随便她吧。

"不过还是要适可而止。"

"虽然我不知道适可而止是到什么地步，不过我知道了。对吧，安兹大人。"

躺在雅儿贝德旁边的人突然露出脸来，迪米乌哥斯吓得说不出话来。瞬间以为那是安兹·乌尔·恭，但是厚度不够，也没有气势可言。

"那是……抱枕吗……是谁做的？"

"我自己做的。"

迅速的回答让迪米乌哥斯稍微张开有如闭上的双眼，他不认为雅儿贝德有那种技术。

"不管是打扫、洗衣，还是裁缝的技术，我都具备专家级的水平喔。"对迪米乌哥斯的惊讶感到高兴的雅儿贝德，得意扬扬地炫耀，"为了将来可能出生的婴儿，我还做了袜子和衣服。已经做到五岁用的啰。"

雅儿贝德满脸笑容，发出呵呵呵的笑声让迪米乌哥斯有点无力，同时心想应该可以把这家伙丢在这里直接离开吧。

"不管是男生还是女生都没问题……啊！要是双性或是没有性别该怎么办？"

迪米乌哥斯无话可说，只是望着念念有词的雅儿贝德。

就纳萨力克地下大坟墓这个组织的经营管理方面，雅儿贝德确实相当优秀，甚至遥遥领先于迪米乌哥斯。不过在防卫等军事层面有些不足，所以需要迪米乌哥斯辅助。

只是尚未确认有明确敌人的现在，没有任何问题。如此判断的迪米乌哥斯只能压抑自己的不安。因为主人下令要迪米乌哥斯外出，绝对无法违抗。

　　"那么遵照安兹大人的命令，我差不多该出发了。这么一来留在纳萨力克的守护者只剩下你和科塞特斯可以行动，虽然没有必要多说什么，不过还请小心留意。"

　　"继亚乌菈、马雷、塞巴斯和夏提雅之后，接下来是你啊。嗯，包在我身上，紧要关头时会请我的姐妹帮忙。而且我打算动用昴宿星团，这么一来应该足以撑到大家回来。"

　　"即使发生紧急状况，没有得到安兹大人的许可还是无法出动你的妹妹吧，而且她们也一样。话说已有两人外出，不可能集结所有成员吧。根据状况，你要不要把威克提姆移到上面的楼层啊？"

　　"不过这点程度……已经大致做好准备来应付那种情况了。如有不测，就请你赶快回来。话说回来，你要怎么处置阳光圣典的幸存者？在安兹大人的许可下，现在正由你管理吧？也可以交给我处置，不过我完全不清楚你在做什么……"

　　"啊，你说他们吗？奉安兹大人之命正在进行实验喔。"

　　迪米乌哥斯笑得很开心，不过雅儿贝德皱起细长的眉毛。

　　"首先是治疗魔法的实验。把手砍断对伤口使用治疗魔法加以治疗，砍下来的手会消失。那么如果让他们吃下砍掉的手再使用治疗魔法，养分也会跟着消失吗？不断重复这个动作，吃下手的人会饿死吗？"

"啊……原来如此。"

"不仅如此，还让他们自己投票谁当食物，谁当行刑者。拿不锋利的斧头切下四肢，还是以记名投票的方式。"

"这么做有什么意义吗？"

"那当然。在这些俘虏之中会产生排名，当食物的人、砍断四肢的人，还有吃下四肢的人。如此一来同伴间会产生怨恨，然后在怨恨到达顶点时，温柔煽动那些被当成食物的人。这是为了让他们造反，效果很显著喔。憎恨一切的生物真是可怕。"

"这真是令人不舒服。我们纳萨力克的存在是由无上至尊创造，不可能背叛安兹大人，但是人类会背叛自己的主人……毫无忠诚可言。"

"所以才有趣啊。雅儿贝德也可以来享受一下人类的这个部分喔，只要把他们当成玩具就好。"

"我完全无法理解这种想法。"

"那还真是可惜。好了，一直在这里聊天会延误执行安兹大人的命令。如果发生什么事，通知一声我便会立刻赶回来。"

"嗯，应该不至于发生那种事，不过看情况再通知你吧。"雅儿贝德的白皙手臂从床单里伸出来，向迪米乌哥斯挥手道别。

"那就告辞了。对了……既然你要做男生的衣服，还是先跟你说一声比较好。无上至尊们好像会让少年穿着少女的服装喔！"

"……咦？"

OVERLORD 2 The dark warrior

3章　森林贤王

第三章 | 森林贤王

1

克莱门汀回到卡吉特位于耶·兰提尔墓地的地下神殿秘密巢穴，有如全身喷火一般怒气冲冲。步伐凌乱，皱起眉头，嘴巴歪一边，端正的五官扭曲，只能够用丑来形容。

本性应该比那张脸还要丑陋吧。

卡吉特在心中念念有词，操控全新创造的僵尸前往不死者保管场。

"喔？新的僵尸吗？已经超过一百五十了，死之宝珠的力量真是不同凡响。"

利用第三位阶魔法的不死者创造魔法"创造不死者"，能够控制的不死者数量根据魔法吟唱者的功力而定。创造出来的不死者越强，可以控制的数量就越低。就算是僵尸这类最低阶的不死者，对于擅长控制不死者的卡吉特来说，以常理判断可以控制的也不可能达到一百只以上。至于卡吉特如何能做到这种事，全靠他持有的道具——死之宝珠的力量。

"这还不是因为你这么爱玩。"

"抱歉——"鞠躬道歉的克莱门汀脸上完全没有看到忏悔的表情，"不过啊……要怪那些轻易就死的家伙，也不撑久一点。"

"被你那样殴打，谁都会轻易死去吧……"

"冒险者才不会那么轻易就死——"

"只是一般老百姓……不是冒险者就会死……克莱门汀，难道你的兴趣是随口说些再清楚不过的事来拖延时间吗？"

"好好好——对不起，我不会再犯了，原谅我吧！"

卡吉特忍不住咋舌："我不相信你，总之暂时不要再继续抓人了。"

"是——"

轻浮的回应让卡吉特皱起眉头。不过说再多也没用，所以放弃说教，但是至少以皱脸来表示自己的强烈不满。

果不其然还是遭到忽视。

"不过，我闲得发慌嘛——话说回来，他跑去哪里了？"

"还没回来吗？"

"还没回来啊，又落空了。机会难得，去把那个老婆婆抓过来吧？"

"不要轻举妄动。别小看那个老婆婆，她可是会使用第三位阶的魔法，还是这个城镇的知名人物。如果随便对她下手，可能会吃不完兜着走。"

"咦？不过——"

卡吉特把手伸进长袍，握住一颗黑色宝石："克莱门汀，为了把这个城镇变成死城，我可是在这里花了好几年做准备。不想因为你的无聊游戏，让我的计划付之一炬。要是你继续惹是生非……宰了你！"

"是叫死之螺旋吗？"

"没错，我们盟主在进行的仪式。"

在不死者聚集的地方，通常会产生强力的不死者。如果有强力的不死者聚集，就会产生更强的不死者。利用这个特性的魔法仪式就像螺旋一样，可以不断产生更强的不死者，足以毁灭整个都市，所以称为"死之螺旋"。

这个邪恶仪式曾让一座都市变成一个不死者四处游荡的地方。卡吉特的目的正是要把这个耶·兰提尔变成第二个死城，借由收集死城中的死之力量，让自己变成不死的存在。

为了达成这个目的，他处心积虑不断准备，可不能让几天前出现的女人糟蹋整个计划。

"听懂了吗？"

卡吉特看到克莱门汀鼓起可爱的脸颊，脸上露出残忍的表情。就在这个刹那，充满杀气的克莱门汀化为狂风踏出一步。

瞬间拉近彼此的距离，接着以迅雷不及掩耳的速度出招。手上的锐利短剑发出闪光刺向卡吉特的喉咙——

克莱门汀刺出的短剑，是名叫短锥的突刺型武器。

突刺武器的攻击方法有限，因此不是很好用。不过只喜欢用这种武器的克莱门汀不断锻炼肌肉、选择装备、学习武技，这一切都是为了学会给予对手致命一击的能力。

如此培养的绝技，对在数不清的对人战、对魔物战中历劫归来的克莱门汀来说，早已到达常人无法躲避的领域。

原本就天赋异禀、拥有超越常人才能的克莱门汀，花了自己的大半辈子学习，能够到达那个地步也是理所当然吧。

不过接招者并非泛泛之辈。知拉农引以为傲的十二高徒之一卡吉特，不会那么轻易就被杀死。

无法闪避的锐利剑尖，被来自地下，有如墙壁的白色物体挡住。那是一只由无数人骨组成的巨大手掌，而且还是爬虫类的钩爪。钩爪动了起来，大地从它的四周开始崩裂，巨大物体在卡吉特的意识操控之下现身。

感受到脚边传来的强大不死者迹象，对此相当满意的卡吉特瞪向克莱门汀。

"真是毫无意义的攻击。都是你害的，让我一时分心停下对其他不死者的控制。"

"咦？那还真是对不起。不过我还没使出全力喔，至于你倒是使出浑身解数才能挡下吧？"

"少胡说八道了，克莱门汀。你不是那种会手下留情的人。"

"哇啊——被看穿了吗？嗯，如果你没挡下，这时你的肩膀一定早被刺穿了。不过我完全没有想过要杀你喔——真的真的。"

看到眼前的女人露出讨厌的笑容，卡吉特皱起脸来。

"而且我可以打倒那家伙喔——或许魔法吟唱者没什么胜算，但是身为战士的我可是绰绰有余。只是有点不擅长使用打击型武器——"

"擅长一击必杀的你面对活人或许很强，但是遇到没有生理机能的不死者又会如何呢？而且你以为这家伙是我的最后王牌吗？"

"哼！嗯……说得也是。"克莱门汀的眼神看向通道，似乎感觉卡吉特控制的不死者正在里面待命。

"应该可以打赢……不过在这种情况下进入持久战的话会输吧——抱歉啰，小卡吉。"克莱门汀把握剑的手收回披风底下，大地的震动也随之停止。

"不过，真不愧是特别强化的不死者控制——非常精彩！"克莱门汀只说了这句话就转身迈步，"啊，对了对了。不到最后关头，我不会动那个老婆婆的。也不会继续抓人了，这样总行了吧？"

"嗯。"

卡吉特在克莱门汀离去前，绝对不会放松手上的力道。即使她的背影已经消失在地下神殿的尽头也一样。

"性格缺陷者。"卡吉特丢下这句话。

自己也有缺陷，但是还不到克莱门汀那个地步。

"明明实力那么强……不，正因为实力超强，性格才会那么扭曲吧。"

克莱门汀很强，即使是在卡吉特所属的秘密组织最高十二干部中，也只有三人能打赢她，遗憾的是里面不包括卡吉特。即使利用手上的道具，获胜的概率也只有三成。

"前漆黑圣典的第九席吗……拥有英雄级实力的性格缺陷者

真是不好惹。"

●

"曾经发生过那种事啊。"恩菲雷亚深深叹了一口气,念念有词。

恩菲雷亚和安莉的双亲很熟。他们都是非常称职的父母,甚至令人羡慕受到疼爱的两个女儿。恩菲雷亚因为从小父母双亡,只留下模糊的记忆,所以一说到了不起的父母,恩菲雷亚马上会想到安莉的双亲。

对于夺走安莉双亲性命的"帝国骑士装扮者",恩菲雷亚感到愤怒,听到那些家伙被残杀时心里也只浮现活该的想法,对于不愿派遣士兵前来的耶·兰提尔高层也感到有些火大。但是把最应该愤怒、难过的安莉放一旁,自己表现出那种情感,总感觉有点不对。

他看着一旁想起往事而眼眶泛泪的安莉,不知是否该开口安慰。

这时,安莉拭去泪水露出微笑道:"我还有妹妹,不能一直沉浸在悲伤中。"

稍微起身的恩菲雷亚再次坐下。对于失去安慰机会,一方面觉得可惜;一方面觉得自己真没用。即使如此,自己想要保护她的心情还是不变。迟疑了一下,恩菲雷亚下定决心,除了自己以外，不会让任何人坐在安莉的身边。即使是能够保护安莉的强者。

虽然有些焦躁，但是不想失去她的心情让恩菲雷亚打算说出打从小时候初次来到村庄，一直放在心里的想法。

"那么……"喉咙仿佛黏住一般说不出话来。说啊，快说。虽然拼命想说，但是心中的话就像是卡在喉咙似的说不出口。

以年龄来说，安莉和恩菲雷亚都到了即使结婚也不奇怪的年纪，而且恩菲雷亚身为药师赚的钱，也足以养活安莉和她的妹妹。

即使生了小孩也没问题……脑海里浮现自己建立家庭的景象，但是他立刻挥去这个失控的想法。知道安莉正一脸诧异地看着这样的自己，恩菲雷亚更加焦虑。

嘴巴一张一合。

我喜欢你。

我爱你。

但是这两句话都说不出口，因为害怕听到她的拒绝。

那么说些其他能够缩短彼此距离的话。城镇比较安全，要不要一起生活？我会连你的妹妹一起照顾。如果你想要工作，可以在奶奶的店里帮忙。要是对城镇感到不安，我会尽全力帮助你。

只要么说就好，那些话被拒绝的可能性比倾诉爱意的话语低很多。

"安莉！"

"怎、怎么了吗，恩菲雷亚？"安莉被突如其来的大叫吓了一跳。

恩菲雷亚开口表白道："如、如、如果有什么困难就说出来吧。我会尽可能协助你！"

"谢谢！恩菲雷亚真是好朋友，好到对我来说太可惜了！"

"啊，啊，嗯……不，不用客气，我们都认识这么久了。"

无法对笑容满面的安莉说出其他话的恩菲雷亚，在心中暗骂自己的无能，同时又觉得安莉真是可爱，脑中浮出陪着她一起聊儿时的记忆。

就在话题告一段落时，恩菲雷亚问了个问题："话说回来，那些哥布林是怎么回事？"

那些哥布林称呼安莉为大姐。而且每只哥布林都和路上看到的哥布林大相径庭，感觉像是身经百战的战士。不仅如此，在村里看到魔法吟唱者的身影更是令人惊讶。不知道那些哥布林和原本只是单纯村姑的安莉在哪里相识，又有什么关系。

安莉简单回答这个问题："我使用了解救村庄的安兹·乌尔·恭先生留下的道具之后，它们就出现了，会遵照我的命令行事喔。"

"原来是这样……"安莉有如星星闪闪发亮的双眸让恩菲雷亚感到苦涩，随口附和。

安兹·乌尔·恭。

这个名字从刚才开始，已经在安莉的口中出现过好几次。

在卡恩村被身穿帝国骑士服装的不明人士袭击时，一名刚好路过的神秘魔法吟唱者以惊人实力解救村庄，让村庄得以重获和平。他是解救安莉的英雄，恩菲雷亚应该感谢的恩人。

但是浮现在安莉脸上的表情，让他难以坦率表现感激之意。虽然可以体会那是安莉提到恩人时理所当然的反应，心中的嫉妒还是不断涌现。身为男人不想输的心情，以及单恋着的安莉不对自己露出那种表情。就是混杂了这些情感的丑陋思绪。

感到可悲的同时，企图挥开这些情感的恩菲雷亚开始思考安莉口中的道具。用来召唤哥布林的道具，好像称为"哥布林什么之号角"。

解救村庄的大魔法吟唱者告诉过安莉那是什么号角，不过当时她的头脑太过混乱，所以没有记得很清楚。

恩菲雷亚觉得有点奇怪。想不到那是什么道具，可是她应该不可能忘记。因为如果是具有特殊功能的道具，听过一次后就不会忘记。

不过实际上确实有很多召唤道具，在魔法当中也有召唤魔法。只是利用上述方式召唤出来的魔物，在经过特定的时间之后，就会消失得无影无踪。

"召唤魔物"绝非能够长时间使唤的魔物。如果那件道具办得到，至今为止的魔法历史或许会被整个推翻。做得到这种事的道具将有多大的价值？安莉似乎没有留意到那个道具的价值，如果把它卖掉，应该足以让她一辈子衣食无忧。

安莉使用这个稀有道具，是因为不想让村庄再次受到伤害。恩菲雷亚觉得这个想法很有安莉的风格，因此召唤出来的哥布林除了保护村庄，还称呼安莉为大姐，听从她的命令，甚至帮忙下地干活。不仅如此，听说还会教导村民使用弓箭，传授他们护身术。也因为如此，村庄开始有了一些奇怪的新居民。

村庄能够接受哥布林，原因之一也是因为受到同为人类的骑士袭击吧。他们变得有点不相信人类，更容易接受帮助自己的哥布林。还有一个很大的原因，在于赠送这个道具的人是解救村庄的魔法吟唱者吧。

"那个人是叫安兹·乌尔·恭吗？他是个怎么样的人？我也想向他道谢。"

恩菲雷亚对安兹·乌尔·恭这个人没有任何头绪。话说安莉没有看到对方面具底下的长相，所以即使是自己知道的人，也不晓得是谁吧。不过对方竟然把号角那么昂贵的道具随便送人，一定是个大人物，如果曾经见过绝对不会忘记。将这个想法如实告诉安莉之后，安莉脸上浮现明显的失望神色：

"这样啊。我还以为如果是恩菲雷亚应该会认识他……"

安莉的反应让恩菲雷亚的心脏剧烈跳动，背后冒出难受的汗水。"外表另当别论，他的实力那么强大，受欢迎的可能性很高吧。"脑海里浮现昨晚听到的话，呼吸不禁变得紊乱。

努力压抑心中的不安，恩菲雷亚问道："安、安莉你怎么了？见了那个名叫恭的人，你、你想做什么？"

"咦？嗯，想要好好向他道谢。村庄的人们也提议为了记住他的救命之恩，想替他建个小铜像，而且我也得跟他道谢……"

敏锐察觉这个答案没有隐含让他害怕的爱意，恩菲雷亚大大地吐了一口气，放松紧绷的肩膀力道：

"喔，那样啊。嗯……呼。没错，当然要向他道谢。如果有什么特征，或许会想到是什么人，在各方面也可以缩小范围……对了，你知道他使用过什么魔法吗？"

"啊，魔法啊。很、很厉害喔。刚看到噼里啪啦的闪电，骑士就被一击打倒了。"

"闪电……有听到对方说什么雷击吗？"

安莉的眼神望向空中，接着重重点头，"嗯！好像有听他说过。"

不过好像更长一点……听到安莉的喃喃自语，恩菲雷亚判断对方应该在发动魔法之前说了些什么吧。

"这样……是使用第三位阶的魔法啊。"

"第三位阶的魔法……很厉害吗？"

"那当然很厉害啊！因为我只能使用第二位阶的魔法，第三位阶的魔法已经是常人能够使用的最高阶魔法。如果是更高阶等级的魔法，就要进入天赋异禀者的领域。"

"恭先生果然很厉害呢！"

安莉佩服地点点头，但是恩菲雷亚不认为那位名叫安兹的魔法吟唱者只会使用第三位阶的魔法。因为他能够毫不在意地把刚才听到的道具随意送人，说不定他能使用英雄领域的第五位阶魔法。

那样的伟大人物，为什么会来到这个村庄？

感到费解的恩菲雷亚忍不住偏头，但是听到安莉接下来的惊人发言，心中的疑问立刻烟消云散。

"不仅如此，他还送我红色药水……"

之前的故事像是整件事的片段，让恩菲雷亚感到相当惊讶，他想起过去的一段对话。

"那么我付钱给你，可以详细说明一下给你这瓶药水的人吗？"

名为布莉塔的战士对于莉琪的要求感到不悦："你问这个想做什么？"

"那还用说，当然是用来当作寻人的线索，寻找那名穿着全身铠甲的神秘人物。和他交好的话，或许他会告诉我是从哪里获得这瓶药水吧？而且也可能不小心说出口。所以如果他是冒险者，我打算委托他工作。恩菲雷亚觉得如何？"

这就是恩菲雷亚指定飞飞的理由。

借由加深彼此的友谊套出药水的相关情报。除此之外，只要前往森林采药，在采药的过程中，对方或许会不小心泄露一些情报。

恩菲雷亚努力不表现出内心的兴奋，以和刚才一样的冷静声音谨慎询问安莉：

"喔，那是什么样的药水？"

"咦？"

"你也知道我是药师，对于药水这种事当然会有兴趣。"

"啊啊，说得也是！你的工作就是做这种东西。"

安莉将魔法吟唱者和他赠送药水这些事，一五一十地全部告诉恩菲雷亚。途中安莉好几次提起安兹·乌尔·恭的惊人之举，若是刚才的恩菲雷亚或许会产生丑陋的嫉妒情感，但是现在的他，脑中满是其他事。

所有的情报联结在一起，掀开好几层面纱之后，隐藏的真相终于现身。出现在耶·兰提尔的药水和安莉喝下的药水，很可能是同样的东西。至于出现在那两个地方的人，是魔法吟唱者和身穿黑色全身铠甲的旅行者两人组。

那么答案只有一个，不过有两个符合自称安兹·乌尔·恭的人选。从安莉刚才的话中判断应该是个男人，不过保险起见还是确认一下。

"那位名叫安兹·乌尔·恭的人，该不会是……女性吧？"

"咦？不是喔？虽然没看见对方的脸，不过声音是男生喔。"

这个证据无法证明对方绝对是男生，有改变声音的魔法，也可以利用魔法道具。只是把娜贝和安兹·乌尔·恭当成同一个人，总觉得不太对劲。冷酷又有点天然呆的娜贝和安莉口中那位充满智慧、态度从容、路见不平拔刀相助的安兹，形象实在相差太远。要把她和安兹结合在一起,果然太过牵强……

"穿着黑色铠甲的人好像是叫雅儿贝德。"

"这、这样啊……"记得娜贝曾经说过这个名字。

答案已经揭晓,安兹·乌尔·恭＝飞飞。

这么一来可以得到惊人的事实。那就是解救这个村庄的魔法吟唱者,同时也是身怀绝技的战士。虽然也有接受魔法训练的战士,但是绝大多数都会扼杀其中一方的优点。魔法吟唱者也一样,魔力系魔法吟唱者若是穿着重装铠甲,大多无法吟唱魔法。

既是第三位阶的魔法吟唱者,剑士本领也有精钢等级的冒险者。简直是天方夜谭般的存在。如果真的有这种人,他绝对是英雄中的英雄。

不过倘若如此,为什么他会在路上不断发问呢?

最合理的可能性是他是一名学习异国未知技术的魔法吟唱者,不清楚这里的事。如果是那样,那么身上会有那种由完全未知知识制造的异国药水也是理所当然。

恩菲雷亚得到这个价值连城的情报,气息不由变得紊乱,即使知道安莉对自己露出异样的眼神也无法压抑。

他心里同时涌现复杂的感情。与解救安莉、赠予药水的他相比,为了得知制药方法偷偷接近他的自己真是讨厌,感觉有点卑鄙。

安莉应该会喜欢那样的男人吧?一想到这里,恩菲雷亚就忍不住唉声叹气。

"你、没事吧？你的脸色很不好喔。"

"嗯、嗯。没事，只是在想点事……"

如果能够知道药水的制作方法，借此解救更多的人，就能消弭自己的罪恶感吧。不过那种可能性微乎其微，因为他只是想要以药师的身份获得新的药水制作方法。

不但是强大的战士，也是优秀的魔法吟唱者，有美女陪伴，身怀未知药水，还有救村姑于危难的侠义心肠，那样的男人和自己——

恩菲雷亚对自己和飞飞——不，和安兹·乌尔·恭的差距感到绝望。

"怎么了吗？你看起来很奇怪喔。"

"啊，嗯。没什么。"

恩菲雷亚忍住叹息露出微笑，不过没有自信可以笑得自然，安莉的脸上露出看穿恩菲雷亚假笑的表情。

"我该怎么办才好？安莉也讨厌那种把见不得人的事隐藏起来的人吧？"

"在受到神的召唤之前，每个人都有应该埋藏在心里的事。尤其是说出来会造成他人不幸的事更是如此。不过若是隐藏那些事会造成他人不幸，那就另当别论……我不会因此讨厌你，所以如果你犯了什么罪，还是到官府自首比较好喔！"

"不，我没有犯罪。"

"咦……嗯！就是说啊！恩菲雷亚怎么可能会犯罪！我很相信你喔！"

看着"呵呵呵"刻意发笑的安莉，恩菲雷亚也放松肩膀的力道，说："嗯，不过还是谢谢你。也让我在某些方面放松了，我会先以并驾齐驱为目标努力。"

但是他心里还有一句话没说出口：为了能在你的面前抬头挺胸，对你说出我喜欢你、我爱你。

对恩菲雷亚充满决心的宣言以及刚才那些话完全一头雾水的安莉，只是露出客气的笑容轻轻点头。

2

"喔——"安兹发出类似感叹的声音，望着村庄里的某处。

那个地方有几名村民排成一列。男女老少都有，有四十几岁看似母亲的富态女性，也有十岁左右的少年。所有人的共通点就是表情严肃，甚至充满敌意，现场没有人表现出玩闹的态度。

一只持弓的哥布林向列队的人说话，距离这么远，即使拥有灵敏听觉的安兹也听不见他们在说什么。

过了一会儿，排队的村民们轮番慢慢拿起弓箭。那是简陋的短弓，可能是自己做的吧，看起来歪七扭八。拉满弓之后，所有人统一瞄准位于稍远距离的稻草人。

可能是哥布林下达指令，村民们一起射箭。虽然弓看起来简陋，但是箭的飞行轨迹相当完美，全部射中稻草人，没有一支箭落空。

"不错嘛。"安兹不由得出口称赞。

"是吗？"站在后方的娜贝拉尔发出疑问。

看在娜贝拉尔的眼里，大概不了解那种程度的技术为什么会受到赞赏吧。因为和纳萨力克地下大坟墓的弓兵相比，他们的技巧简直是儿戏。

了解娜贝拉尔心情的安兹在头盔底下露出苦笑："娜贝拉尔说得没错，那并非什么值得大惊小怪的技巧，不过他们在十天前还不会使用弓箭。他们不再是消极地防止配偶、小孩、父母遇害的惨剧再次发生，而是想在出事时能够积极拿起武器挺身战斗，来自这股勇气练就的技巧难道不值得称赞吗？"

值得称赞的，是让村民们做到这种地步的怨恨。

"非、非常抱歉。我没有想得那么深……"

"没关系。娜贝不需要想那么多。而且他们的技巧确实没什么值得称赞的地方。"

安兹再次望着弓箭划过天际、刺穿稻草人的光景，脑海中突然浮现一个想法。他们会变强到什么地步？自己又会变强到什么程度？

安兹在YGGDRASIL已经到达最高等级的一百级，来到这个世界时，剩余经验值也到达最大值的九成。虽然是猜测，既然其他能力都还在，那么在这个世界的等级应该也是一样。问题在于是否能够取得一成的经验值，变成一百〇一级。

关于这个问题，安兹多少得到了答案。自己无法变得更强，已经抵达力量的终点。安兹的强是无法成长的强，但是他们的弱却可能成为深不可测的强。

如果活在这个世界的人们成长没有极限，可以超过YGGDRASIL最强的一百级，届时安兹与纳萨力克地下大坟墓的属下将不是他们的对手。

而且这是绝对——

"并非不可能发生啊……"

安兹认为有可能是玩家的，是六百年前出现在斯连教国的六大神。虽然不知道为什么与安兹出现的时间有如此差距，不过六大神若是没有寿命设定的异形类，或是具有特殊寿命设定的职业，目前还存活的可能性很高。

如果六大神还藏身在斯连教国里，那么这六百年之间有人利用六大神的力量进行加速升级——接受强大玩家的帮助，以超越一般速度的方式取得经验值——即使出现等级超过一百的人也不足为奇。

这么一来教国之所以没有统治这个世界，有可能是因为还有同样水平的人存在，或许一百级的强度根本没什么。

一想到这里，安兹不存在的胃便开始抽痛。如果六大神真的是玩家，在情报还不充分的现在，必须努力和他们交好。只是根据阳光圣典等人的说法，袭击这个村庄的帝国骑士其实是由教国的人假扮,那么解救这个村庄等于是与教国为敌。

"伸出援手难道是个错误吗……"

果然还是需要先收集情报。正当安兹心不在焉想着这些事时,发现有个少年往这里跑来。平常被头发遮住的眼睛因为头发晃动显得忽隐忽现,可以发现他的眼睛直直盯着安兹。

安兹从恩菲雷亚身上感觉到不妙的气息,那和之前看到村长时的慌张模样相同。

"怎么这么匆忙?难道又发生什么紧急状况吗?这个村庄还真是……"

恩菲雷亚来到念念有词的安兹面前,气喘吁吁、额头冒汗,将被汗水沾湿的头发,露出严肃的表情看向安兹等人。

似乎有些迟疑,不知道该向谁说话的恩菲雷亚欲言又止,接着终于下定决心面对安兹:

"飞飞先生,你就是安兹·乌尔·恭先生吗?"

这个突如其来的问题让安兹哑口无言,这个时候当然应该回答不是。

可是自己能够说不是吗?这是自己和朋友一起创造的名字,即使现在把它拿来当成自己的名字,真的可以加以否定吗?

这段迟疑的时间是不言而喻的最好证明,恩菲雷亚继续说道:"就是你吧,恭先生。谢谢你解救了这个村庄,还有安莉。"

安兹轻声回答鞠躬道谢的恩菲雷亚:"……不,我……"

听到安兹好不容易挤出的话,恩菲雷亚点头表示理解:"我能理解你是为了什么原因才会隐姓埋名，不过还是要向解救这个村庄——不，是解救安莉的你表达谢意。谢谢你救了我喜欢的女生。"

安兹没有对深深低头的恩菲雷亚说些什么。他虽然带着大叔的心情觉得"喜欢"两个字真是青春，一时沉浸在怀念的往事之中，同时也想着其他更重要的事。

"啊……够了……把头抬起来。"

这个回答像是默认自己就是安兹·乌尔·恭，但是现在不管自己怎么解释，都不可能否定恩菲雷亚的想法吧？是安兹输了。

"是的，恭先生。另外，其实……我有件事瞒着你。"

"你跟我来。娜贝，你在那里待命。"

对娜贝拉尔下令的安兹带着恩菲雷亚来到稍远的地方，这是为了避免被娜贝拉尔听到什么奇怪的事而激动。和娜贝拉尔拉开距离的安兹转身面对少年。

"其实……"恩菲雷亚紧张地咽下口水，露出充满决心的表情。

"恭先生，你在旅馆里送给女子的那瓶药水，无法以一般方法制作，非常稀有。我为了想知道是什么人持有那样的药水，还有药水的制作方法才会委托这个工作。真的非常抱歉。"

"喔，原来如此。"

果然是个错误。

安兹在这个村庄将治疗药水送给安莉，也在耶·兰提尔把相同的药水送人，因为这样身份才会曝光吧！不仅如此……

（或许应该收回那瓶药水。当时如果有问一下女冒险者的名字就好了……不过现在后悔也于事无补。）

安兹认为在耶·兰提尔的当时，送她药水是最好的办法。女子曾经说过"看你穿的铠甲这么气派，应该不至于没有治疗药水吧"。这或许是不经意的发言，不过却大幅限制了安兹的行动。

比方说有个人走出高级汽车，如果身上是看起来花了很多钱、精心搭配的奢华装扮，也会认为车子和那个人相得益彰吧。不过要是外表看起来相当寒酸又会如何？这时候就会认为那个人将薪水全都花在车子上，甚至可能加以嘲笑。

安兹想要避免发生这种事。

当时如果拒绝，同伴娜贝拉尔的美貌和自己身上的铠甲可能会遭到嫉妒，甚至会被散播不妙的谣言。谣言这种东西出现之后就跟随自己一辈子，很多人会不断触碰那个伤口。

安兹是为了提高身为冒险者的名声才会来这里，因此必须避免可能破坏名声的行动。

如此思考之后才送出了药水。这是个赌注，虽然赌输了，但并不觉得遗憾。还不到致命的地步，只要今后加以挽回即可，因为安兹并非那种完全不会犯错的完人。但是不知道恩菲雷亚道歉的理由。

"没有什么好道歉的吧？"

"咦？"

"有事隐瞒却露出笑容要求握手，虽然感觉不是很舒服，但是这次的委托也是为了建立关系，既然这样又有什么问题？"安兹打从心底感到费解地发问。

"恭先生的心胸真是广阔……"

安兹对感到佩服的恩菲雷亚有些不解。人际关系是社会人士的基本需求，想要建立人际关系没有任何问题。虽然有些模糊，但还是隐约了解，也许是因为恩菲雷亚认为他是为了盗取机密的企业情报而接近吧。

"如果我告诉你药水的制作方式，你打算如何运用？"

发出惊讶叫声的恩菲雷亚经过短暂的思考之后回答："我还没有想到那里。只是求知欲让我想要知道……奶奶大概也是吧。"

"原来如此。那么完全没有问题。如果是想要拿来为非作歹就另当别论，若非如此便没有问题。"

"真是了不起。难怪……会那样崇拜……"念念有词的少年因为头发的汗水已经被风吹干，再次遮住眼睛。不过可以看到羡慕的眼神，那就像是喜欢棒球的少年看见职棒选手一样。

露出这种态度的少年的心情，和当初连续遇到PK的安兹命悬一线时被同伴们解救之后，对于他们的强大感到吃惊的心情很接近吧。

害羞的情绪涌现，然后遭到压抑。恩菲雷亚的态度竟然能够影响自己的内心，安兹虽然感到惊讶，但是立刻恢复平静，展开行动。

首先必须问清楚一件事。"话说回来,知道我是安兹的人只有你吗?"

"是的,我没有告诉任何人。"

"这样啊,那就好。"

如此说的安兹开始思考该怎么向恩菲雷亚开口,但是实在毫无头绪,所以直接拜托:"……现在的我只是名为飞飞的普通冒险者,如果你能记住这件事我会很高兴。"

"是的,我也觉得你大概会这么说。虽然知道会给飞飞先生添很多麻烦,还是忍不住想要对你表达谢意,真的非常谢谢你救了安莉和这个村庄。"恩菲雷亚以认真的眼神对安兹说出衷心的感谢。

"你不用那么客气。我也只是刚好路见不平。"

"不过若是那样,应该不需要特别赠送那个号角。"

其实赠送号角没有什么特别用意,不过恩菲雷亚已经把这件事解读为好意,安兹没有多说什么,只是大方地点头。

以委托者的身份说出一小时后前往森林,还有再次感谢安兹解救村庄后,恩菲雷亚转身离开。

望着渐渐远去的背影,娜贝拉尔来到面前恭敬行礼:"安兹大人,非常抱歉!"

"有人在看,快抬起头来。"察觉娜贝拉尔再次抬头,安兹以带刺的语气开口,"这么说也没错,都是你提到雅儿贝德的名字的缘故。"

（这次会曝光和她提到雅儿贝德的名字完全无关，但是那个失误实在太大。所以趁这个机会将错就错，好好叮咛她下次千万不要再犯比较好。首先禁止她称呼自己安兹……不过……好像没有被人听到……）

"请让我以死谢罪！"

这句话听起来完全不像在开玩笑。

纳萨力克地下大坟墓的所有人都是这样，把四十一位安兹·乌尔·恭的公会成员称为至高无上的至尊、绝对的存在，以誓死效忠为荣耀。

虽然对安兹来说有点沉重，但是自己创造的NPC能够带着欢喜表情尽忠，倒也不是什么坏事，这也可以算是创造者的宿命吧。

娜贝拉尔就是那样的NPC。如果开玩笑要她自杀，她一定也会立刻付诸行动吧。她会征询许可是源自对主人的绝对忠心，认为自己的命属于主人的缘故。

"够了。不管是谁，每个人都会犯错，只要努力不犯同样的错误即可。这次的失误我就不予追究了，娜贝拉尔·伽玛。"

对于自己的失误想要以死谢罪的心情，和应该遵守安兹不允许自己以死谢罪的忠心，娜贝拉尔被夹在相反的情绪之中。过了不久，安兹感觉情绪的天平往其中一边倾倒。

娜贝拉尔慢慢低头："十分感谢！下次一定会注意不再犯相

同的失误！"

"嗯，真的不用太在意。因为以飞飞这个名字伪装成另一个身份的目的尚未完全失败，今后多加注意即可。不过……根据情况，或许有必要解决恩菲雷亚……"

"那么要立刻动手吗？"

"别说笑了。把委托搞砸反而更麻烦。"

恩菲雷亚的祖母在耶·兰提尔也是著名的药师，惹恼她或是与她结下梁子，安兹的目的都会变得更加困难。

"总之……随机应变吧。"目前的安兹也只能想到这些。

3

看往森林的方向，在一百米以外的地方，葱茏茂密的森林空了一大片。虽然那是受到哥布林保护的村民为了建造栅栏砍伐树木造成的，看起来也像巨大魔兽张开大嘴。

安兹一行人在这里进行最后确认，委托此次工作的少年率先开口：

"接下来即将进入森林，我的护卫工作就麻烦大家了。话虽如此，进入森林不远就是森林贤王这只魔物的势力范围，如果和平常一样，那么遇到其他魔物的可能性很低。问题是昨天遇到食人魔的附近也是森林贤王的势力范围，因此森林中或许出了什么事。虽然不是什么值得向各位冒险者报告的事，还是希望大家多加警戒。"

恩菲雷亚的目光只在安兹的脸上停留了一会儿,漆黑之剑等人的目光也一起转向安兹。

"不过只要有飞飞先生在,应该就没问题。"

"如果那个名叫森林贤王的魔物出现,就由我们殿后吧,你们可以先逃。"

安兹充满自信的发言让众人不禁赞叹,昨天和食人魔一战之后,他变得更加引人瞩目。

每当众人发出赞叹,安兹就觉得全身不对劲。这是因为在过去的人生中,不常被人称赞的缘故,真羡慕身旁娜贝欣然接受的骄傲态度。

"如果需要逃走时,可以请你们当场离开吗?森林贤王那只魔兽越是强大,越是需要全力对付,不希望把大家也牵扯进来。"

"知道了。那么到时候就由我们负责保护恩菲雷亚先生,逃到森林外面。飞飞先生也不要太过勉强喔。"

"谢谢。觉得危险时我会立刻逃跑。"

"那个……飞飞先生。"欲言又止的恩菲雷亚像是下定决心说道,"可以不要杀死森林贤王,只将它赶走就好吗?"

"这是为什么?"

"嗯。因为森林贤王的势力范围在附近,卡恩村才能免于受到魔兽的侵犯。如果打倒森林贤王的话……"

"原来如此……"

"这点很困难吧。即使飞飞先生很强，对方可是传说中的魔兽。如果不全力对付可是会自身难保，怎么会有余力……"

"我知道了。"

"啥！"卢克洛特发出惊讶的声音，漆黑之剑的其他成员虽然没有出声，但是脸上也都浮现惊讶的表情。

"或许很困难，但是我会尽量手下留情，只求把它驱逐出去就好。"

安兹自信满满的发言，似乎让同为冒险者的一行人感到毛骨悚然。

"即使对方是……传说中活了好几百年的魔兽……"

"这是强者才能展露的态度吗……"

"以飞飞先生的性格来看，应该不是吹牛或装模作样……"

大约了解安兹实力的恩菲雷亚露出安心的表情，和漆黑之剑成员形成强烈对比。

望着这个少年，安兹在内心发笑。少年的愿望是不希望魔物出现在卡恩村。这样一来只要配置其他魔物取代森林贤王保护的势力范围，还是能实现少年的愿望。即使杀了森林贤王，只要从纳萨力克派遣仆役过来就能解决。

"好！那么事不宜迟，这次我要采集的药草长这样。如果大家发现还请告诉我。"

恩菲雷亚从装备在肚子的采药包中，拿出枯萎的植物。

"喔,是恩格纳克草啊!"

看在安兹眼里,那个植物就和附近的杂草没什么两样,但是看在森林祭司达因的眼里似乎完全不同,他立刻说出植物的名字。

对这个名字有所反应,卢克洛特和尼亚也认同地频频点头。应该是具备植物相关知识,对这个名字有印象吧。

正当他犹豫该不该假装知道时,大家的目光都集中在安兹的脸上。

"飞飞先生没问题吧?"

"咦?啊,那个植物吗?我知道。"安兹不慌不忙点头示意。

若非不死者的精神状态,声音或许因为动摇而变得高亢,但是表情被头盔挡住不会被看到,内心也不会被看穿。由铜墙铁壁层层保护的安兹的态度可以说是威风凛凛,至于内心就另当别论。

"嗯,这是在使用药草制作的治疗药水中,经常会用到的药材吧。"

"而且长在冒险者的附近!"

"喔,是这样啊。为什么会特地前来森林采集的谜题终于解开了——听说天然药草的药效比栽培的更强?"

"没错。话说我们家的药水都是使用天然的,这可是引以为傲的卖点!不过药效只能增加一成左右。"

"对于经常赌命的人来说,那个一成很重要。以同样的金额贩卖更好的药水……真不愧是以贩卖高质量药水闻名的巴雷亚雷药店。"

听着恩菲雷亚和漆黑之剑成员谈论药水的相关内容，安兹陷入沉思。YGGDRASIL的治疗药水，通常都是特定职业才能得到的特殊技能，或是将想加入的魔法施加到材料之中制成。虽然安兹具有这方面的知识，不过只听说材料是由特定物质与炼金术溶液合成，却没有听过使用药草制作的例子。

也就是说，这个世界的药水制法和YGGDRASIL的不同。恩菲雷亚说的"无法以一般的方法制作"这句话，原因就是这个吧。

安兹坚信只要能够掌握这个世界的药水相关技术，一定可以强化纳萨力克，问题在于如何才能掌握。

当他陷入沉思时，话题似乎再次回到委托的工作，安兹侧耳倾听。

"森林里有个广场，我预定以那里为目标。事先已经告诉过卢克洛特先生那个地方，麻烦你带路了。"

听到卢克洛特轻声回应"交给我吧"之后，恩菲雷亚将目光移到众人身上：

"那么开始采集——"

"在这里我有个提议。"

"请说，飞飞先生。"

"因为娜贝能够施展类似在扎营时使用的'警报'魔法，到了目的地之后可以先暂时分头行动吗？"

包含恩菲雷亚在内的所有人都皱起眉头。这是因为最强战力想在危险的地方离开，因此感到不安，不过恩菲雷亚很快回应：

"这也无所谓。不过请不要离开太久。"

"那当然。而且为了避免在森林迷路，我会绑着绳索，有什么事可以拉绳告知。"

"那么我也偷偷跟去吧？得仔细看着，以防你和小娜贝做出什么奇怪的事。"

"去死吧，低等生物（蚜虫）。你的脑袋只剩性欲吗？把你去势之后还能动吗？"

"够了，娜贝。卢克洛特先生，你也不用做到这个地步。我想请问一下尼亚先生，有没有什么魔法可以在森林中分散时，搜索彼此的场所呢？有的话会很方便。"

"没有听说过那种魔法呢。有的话确实很方便。"

听到尼亚的否定，安兹点头示意。

（在第六位阶魔法里，有种可以探查特定物体的魔法。不知道他是因为欠缺这方面的知识，还是如同这个世界有这个世界的独特魔法一样，在YGGDRASIL中也有这个世界没有的魔法呢？）

安兹暂时把这个疑问摆一旁，轻轻抬起下巴指示娜贝拉尔，要她做好准备。收到命令的娜贝拉尔，从漆黑之剑成员之一开始打量。

"那么飞飞先生和娜贝小姐之后会稍微离开一下，就在他们回来之后再采集吧。"

既然是委托人的决定，众人也没有异议。漆黑之剑等人似乎全体同意，陆续点头。结束提议和注意事项等最终确认好了，恩菲雷亚高喊出发。一行人背起行囊踏入森林。

村民砍倒的树木附近，土地已经干涸，感觉像是容易行走的林地，但是眼前的景象渐渐变成宛如绿色迷宫的世界。

在没有任何辨识目标的森林里，甚至连自己前进的方向都无法判断，像是被吞没一般充满无依无靠的不安。直入天际的大树更是为不安带来加成效果，一般人都会感到胆怯。但是有着不死者精神，除了残留的人类情感外不会感觉恐怖的安兹，冷静地对大自然创造的雄伟景象出声赞叹。

在YGGDRASIL的森林等自然区域，安兹涌现的想法从来都是这只不过是游戏世界的景色。对纳萨力克地下大坟墓的设计感到骄傲的安兹心情有些复杂，没想到天然的森林会让人如此震撼。

（由此可以理解蓝色星球桑为什么那么喜爱自然……）

观察森林的同时环顾四周，没有什么动物的迹象，相当安静。除了从很远很远的地方传来鸟叫声，完全感觉不到有什么生物。安兹看见走在前面的游击兵卢克洛特五感并用、步步为营的背影，他似乎在判断周围没有躲着任何生物的样子。

（其实有人躲在后面。）

安兹对悄悄跟在后面的人感到骄傲。一行人——除了两个人——带着紧张情绪，默默走在阳光照不进来、意外凉爽的森林中。因为路不好走加上精神压力，一行人的额头都渗出汗水。

终于来到一个直径约五十米的开阔广场。

"这里就是预定地点，以这里为中心开始采集吧。"

听到放下行囊的恩菲雷亚如此说道，大家也纷纷放下行囊，但是内心没有松懈，依然保持能够立即应付突发状况的心态，仔细留意四周。

因为这里已经属于非人的世界。

"那就按照我们刚才所说的行动吧。"

回答过恩菲雷亚之后，安兹将绳子绑在附近的树上，拉起绳子走进森林。手上的绳子虽然不粗，但是很强韧，只在地面摩擦不至于轻易断裂，拿着绳子的安兹和娜贝拉尔尽可能以直线方式在森林里移动。

一般来说，即使想要直线行走也会被树木挡住，但是手上的绳子会指示路线，因此不习惯森林的两人也能够直线前进。两人来到森林里大约五十米、绳子快要用完的地方停下脚步。

后面全部被树木遮住，不用担心会被看到。附近也有能够立即应付跟踪的人，所以不需要特别在意。

"到这里应该可以了吧。"

"是。"

"在这里讨论如何提升我的名声吧。"

"那么请问一下，您打算怎么做？找到很多他们想找的药草吗？"

安兹默默注视娜贝拉尔，然后摇头回答道："我打算和森林贤王战斗。"

安兹继续对满脸问号的娜贝拉尔解释："我的目的是以浅显易懂的方式，让他们见识我的强大。"

"在和食人魔战斗时，不是已经让他们充分见识了吗？"

"你说得没错，但是哥布林和食人魔这类魔物还不够。回到城镇之后，当他们在谈论我的丰功伟业时，说我一招将食人魔一刀两断和击败森林贤王，不管在消息传播速度还是名声方面，两者的差别可以说是天差地远，所以才需要演场精彩好戏。"

"原来如此！真不愧是安兹大人！真是天衣无缝的计划！不过要怎么样才能找到那只森林贤王呢？"

"我早已计划好了。"

想要开口询问的娜贝拉尔，被第三者的声音插嘴："是！所以我才会过来这里。"

突如其来的说话声，让娜贝拉尔目光锐利地望过去，她甚至伸出右手，瞄准目标打算发动魔法。但是发现那个声音来自谁之后，立刻变成完全不同的平静表情："亚乌菈大人！请不要吓我。"

"对不起。"从树木后面现身的，正是面带笑容的黑暗精灵少女。

纳萨力克地下大坟墓第六楼层的双胞胎守护者之一亚乌菈·贝拉·菲欧拉。

"你是什么时候过来的？"

"嗯？从安兹大人和你进入森林时就来啰。"

亚乌菈是驯兽师兼游击兵，在森林里跟踪对她来说，简直是家常便饭。虽然卢克洛特也是游击兵，但是彼此的能力相差太远，不可能发现跟踪的亚乌菈。

"所以我被叫来这里，只要找出森林贤王这只魔兽，唆使它攻击安兹大人就行了吧。"

"没错，根据之前得到的情报，森林贤王是只长着银白体毛、尾巴像蛇一样长的四脚兽……光是这样你能想到是什么吗？"

"嗯，没问题。大概是那家伙吧。"

亚乌菈直觉地往上移动目光，肯定回答："若是那样，要不要由我直接驯服呢？"

"那也是个办法，不过不用了。"

如果是驯兽师亚乌菈，应该可以轻松驯服森林贤王吧？然而要是不小心被人知道那是自导自演就麻烦了，一开始便排除这些担心才是明智之举。

"顺便问一下，亚乌菈，下令要你办的事，进展到什么程度了？"

"是！"迅速跪下的亚乌菈以臣子之礼回应。

虽然感觉不像亚乌菈的风格，安兹还是加以配合，以身为主人的态度听取报告。

"安兹大人下达的命令'探索、掌握大森林内部，确认里面是否有愿意归顺纳萨力克的生物，顺便设置物资仓库'目前进展顺利。"

"这样啊。"安兹只是简短响应。

安兹在前往耶·兰提尔之前，向各个守护者下达不同的命令。命令亚乌菈和马雷探索大森林的理由，就是为了确保纳萨力克的安全和收集情报。

至于设置物资仓库，或许该说是设置避难所比较正确。会命令她设置那样的场所，是因为若遇到紧急状况，无法返回纳萨力克时，可以当作藏身之处。另外为了避免纳萨力克曝光，有座代替的据点也比较安全。当然了，也可以拿来当成存放各种资源的仓库。

要她寻找有没有愿意归顺纳萨力克的生物，是为了确认是否能够进行加速升级，还有知道这个世界是以什么样的方式提升等级。

因为赋予他们一连串的任务，所以这个森林遭到亚乌菈、马雷，还有建设据点的奴仆等强大外来者入侵，导致森林的势力平衡受到破坏，结果才会让食人魔等魔物不惜踏进森林贤王的势力范围，也要离开森林。

"不过关于物资仓库的建造，还需要很长的时间。"

"那也无可厚非。因为对你们下令之后,也才过了不久。"

虽然从纳萨力克地下大坟墓带了哥雷姆和不死者等可以不眠不休工作的人手过来,但是以那样的工作量来看,还是不可能一蹴而就。

"多花点时间没关系,尽量准备得完美一点。也要做好充分的防御工作,以便在受到攻击时不会轻易陷落。"

"是的!遵命!"

"很好,那么亚乌菈,关于刚才提到的森林贤王那件事就交给你了。"

"是!"很有精神地回应的亚乌菈就此起身。

安兹离开之后,像是正在等待这个时机,树林后面慢慢步出一只毛皮柔亮的漆黑巨狼,仿佛熊熊燃烧的火红眼眸隐藏丰富的智慧,证明它并非单纯的野兽。

不仅如此。

在其他树上,还有一只像是融合变色龙和鬣蜥的六脚魔物,鳞片状皮肤以相当快的速度变化颜色,有如波浪瞬息万变。这只魔物和刚才的狼一样巨大。

"芬恩、克亚德拉西尔,怎么了?觉得担心过来看我吗?"

名叫芬恩的巨狼发出声音,顶了顶亚乌菈。克亚德拉西尔则是伸出舌头，轻轻拍打亚乌菈的头。

"喂喂，还有安兹大人吩咐的工作得做喔。"

亚乌菈在纳萨力克楼层守护者中，实力只排倒数第二，甚至在领域守护者里，也有比亚乌菈强大的存在。不过那是只论单独的战力。

亚乌菈的力量不在于单独个体，而是群体。在亚乌菈能够奴役的数百只魔兽中，最高等级是八十级，如果受到亚乌菈的特殊技能支持，相当于九十级。拥有这些魔兽的她，可以发挥遥遥领先于其他守护者的个人战力。

在亚乌菈能够奴役的魔兽里，现在跟过来的两只是亚乌很喜欢的高阶魔兽——被称为神兽的芬里尔·芬恩，以及同样强大的伊察姆纳·克亚德拉西尔。听到亚乌菈说的话，芬恩和克亚德拉西尔都停止撒娇。

"很好，那么走吧！"

亚乌菈带着两只魔兽在森林里奔驰。即使置身森林，奔驰的速度一点也不受影响，有如疾风一般迅速。

奔驰了大约三十分钟，亚乌菈来到目的地。亚乌菈的年幼脸庞浮现与年龄不符的冷笑，既有种天真无邪的感觉，又带点冷酷。

"虽然有点想要占为己有，不过既然是安兹大人的命令，那也没办法了。"

不像在对宠物说话，亚乌菈以对着装饰品说话的语气念念有词。会知道森林贤王的巢穴，那是因为亚乌菈之前就想收服它的缘故。森林贤王这只魔兽和亚乌菈的魔物相比很弱，没什么价值。不过因为那是亚乌菈不知道的魔物，这一点强烈刺激她的收集欲。虽然放弃收集有点可惜，不过如果是为了那位愿意奉献一切尽忠的至高无上的主人，那么她也毫无怨言。

"好了。"

亚乌菈在肺中变更气体组成。重新组合的非自然成分气息，从微微张开的粉红色嘴唇呼出。这是操控情感的吐气方式。

本来只会在散播自己身边，范围很小，应该可以算是特别的常驻技能。不过即使是这种技能，只是有心发动，借由和射击技能组合，最远还是能够攻击两公里外的单一目标。即使是在这样的森林里也能准确命中。

不过这次不需要那样做。因为这次的目的是要消除自己的踪迹，悄悄接近目标。别说是野生动物，即使是感觉更加灵敏的魔兽都无法察觉现在的亚乌菈。

将踪迹完全消除的亚乌菈正大光明地来到森林贤王身旁，轻轻吹了一口气。气息里具有激发恐怖的成分，让沉睡中的森林贤王立刻惊醒。

森林贤王全身的体毛倒竖，落荒而逃。受到惊吓全力奔跑的四脚兽，速度快得吓人。不过在后面追赶的亚乌菈速度更快。适时吹气引导森林贤王来到安兹身边的亚乌菈，简直有如追踪的"死"。

"不过如果死掉的话，就问一下能不能收下它的兽皮吧。"

●

森林变得鼓噪喧闹。

竖起耳朵，对空气变化加以警戒的卢克洛特带着严肃的表情观察四周。"有什么东西过来了。"

听到这句话，帮忙采药的漆黑之剑成员全都拔出武器备战。安兹也握紧巨剑。

"是森林贤王吗？"

没人回答将药草收进包包的恩菲雷亚不安地发问。大家只是默默注视森林深处。

"这下不妙了。"连轻浮的卢克洛特也以严肃的语气叫道：

"有庞然大物朝这里冲过来。虽然不知道为什么对方会绕来绕去，不过从踩踏杂草的声音判断，应该很快就会到了。但是……不确定是不是森林贤王。"

"撤退。不管是不是森林贤王，留在这里都很危险。即使来的不是森林贤王，我们也已经入侵它的势力范围，所以追击的可能性很高。"如此表示的彼得看向安兹问，"飞飞先生，可以请你殿后吗？"

"没问题，包在我身上……接下来交给我们处理。"

漆黑之剑陆续声援安兹，带着恩菲雷亚向森林外面撤退。

"飞飞先生，请不要太过勉强。"

恩菲雷亚的声音带着对安兹的绝对信赖，头发下的眼瞳闪着崇拜的眼神。安兹感到浑身不自在，要他们快点离开。

目送一行人消失在森林的另一边，心中虽然掠过一丝不安，不知道光靠自己是否能够顺利离开森林，但是安兹立刻想到之后可以交给亚乌菈引导。

眼前的当务之急——

"糟糕……也有可能被认为不是森林贤王……即使要将森林贤王带回纳萨力克，也得取得打倒它的证据……砍下它的一只脚吗？"

"安兹大人。"

娜贝拉尔的目光所及之处，稍远的树林后面有个巨大影子。因为躲在树林后面无法辨识模样，阳光也照射不到，无法确认躯体是否为银白色。

"客人来了吗？"

或许自己才是客人？模模糊糊想这些事的安兹站到娜贝拉尔面前。因为不知道如何换算等级，无法得知森林贤王的战斗力，所以安兹理所当然地挡在不擅长肉搏战的魔法吟唱者娜贝拉尔前面保护她。

一站到娜贝拉尔面前，感觉空气流动的安兹举起巨剑当成盾牌加以抵挡。仿佛金属碰撞的声音响起，安兹的手臂感觉到沉重的压力。一个颇有分量的物体以极快的速度撞上安兹手上的巨剑。可以看见一条表面有如蛇鳞的长尾巴,慢慢缩回树木后面。

(尾巴像是鞭子一样袭来。不过从撞击时的感觉和声音判断,那条尾巴的硬度足以和金属并驾齐驱……攻击范围有二十米以上更是棘手,但是长着那种尾巴该如何生活呢?)

没有前锋系特殊技能的安兹,想不到有什么办法可以对付。顶多是与对方进行肉搏战。

安兹叹了一口气。当然了,没有肺的安兹只是做个样子,垂下肩膀摆出能够追击的应战姿势。对着如此的安兹,树林后面传来深沉的平稳声音:

"竟能完全挡住鄙人第一招,实是精彩……遇到如此身手的对手……或许是鄙人生平头一遭。"

"鄙人……"安兹的幻影脸庞为之僵硬,接着想起那句话也是翻译之后的说法。安兹在脑中判断,这是最接近它说的那句话的意思。

"那么,鄙人地盘的入侵者。汝若是现在才想逃走,看在之前精彩防御的分上,鄙人便不予追究……如何?"

"真是愚蠢的问题。当然是要打倒你获得好处……话说回来,躲躲藏藏是对自己的样貌没有自信,还是生性害羞?"

"真是为所欲言,入侵者!让汝见识见识鄙人的伟大容貌,感到瞠目结舌、恐怖敬畏吧!"

森林贤王从树丛当中缓缓现身,在安兹面前展露身影。

看到那副模样，安兹以幻影之术变成的伪装脸庞睁大双眼。

"哈哈哈，鄙人可以感受到汝的头盔底下传来惊讶与恐惧喔。"魔兽露出笑容皱起脸来，长长的尾巴也卷起来。覆满银白体毛的身体浮现类似奇怪文字的图案，身体的大小和马差不多，但是身高很低，属于横向发展的扁平体形。

森林贤王缓缓拉近距离。

"这是什么感觉……"

一股难以形容的情感变化袭向安兹。变成不死者的身体后，只要精神出现剧烈变化，立刻就会遭到压抑。根据这点来判断，这应该不是很强烈的情感波动。即使如此，包含在YGGDRASIL的时代在内，已经很久没有像这样在看到魔物时会出现这种感觉。

"我想问一件事，你的种族名是什么？"

"鄙人便是汝辈所言的森林贤王。除此之外，无任何名字。"

安兹吞了一口不存在的口水，开口问道："你的种族名……该不是叫加卡利亚仓鼠吧？"

森林贤王——就安兹所知，它的长相和名为加卡利亚仓鼠的生物很像。有着一身银色，或许该说是雪白色的皮毛与黑色的圆滚滚眼瞳，还有看似麻糬的圆形身体。

当然了，仓鼠没有那么长的尾巴，也不会长成超过人类那么巨大。可是除此之外，实在想不到还可以用什么动物来形容。问一百个人，绝对一百个人都会回答那是仓鼠吧。超巨大加卡利亚仓鼠，或者也可以说是突变的加卡利亚仓鼠。

偏着可爱的头——看起来不像有脖子——鼻子不断嗅来嗅去的森林贤王开口：

"这……鄙人一直以来都是过着独居生活。不知道其他同族，无法回答……莫非汝知道鄙人的种族？"

"唔……嗯……算是知道吧……在过去的同伴当中，有人曾经饲养过和你相当类似的动物……"

安兹想起那名因为饲养的加卡利亚仓鼠寿终正寝，大约一个星期没有登录YGGDRASIL的同伴。娜贝拉尔在后面发出"喔"的感叹声，大概是因为听到四十一位至尊的情报吧。

"什么！竟然把类似鄙人的生物当成宠物饲养！"森林贤王鼓起脸颊。

不知道那是感到不悦的表情还是在威吓，或是其他情绪性的表现。安兹只能够确定它并非在吃东西。

"嗯……关于那件事，愿闻其详。鄙人身为生物也得延续种族，若是有相同种族存在，便需繁衍后代，否则不配作为生物。"

如果根据森林贤王的理论，没有繁衍子孙的安兹便不配当生物了。心里想着自己已经成为不死者，并非生物的这个借口，有气无力回答："……呃，那种生物没有你那么庞大。"

"是吗……莫非是幼儿？"

"不，即使成年也小到可以放在手掌之上。"

似乎感觉有点沮丧，森林贤王的胡须无力垂下："那有些勉强……鄙人果然还是要孤独一生啊……"

"如果是帅气的种族还比较像样……不过却是仓鼠。虽然有点同情你的处境，但是如果有和你相同的种族，那么数量只会不断倍增，世界或许会因此毁灭……"

森林贤王的胡须翘了起来，圆滚滚的眼瞳还是一样，说话的声音似乎有些生气：

"太失礼了！不断延续种族非常重要！而且鄙人一直以来都是孤零零一人！想要和同伴见面也是理所当然！"

"唔……嗯……或许会有那种想法……原谅我的失言……"

安兹想起安兹·乌尔·恭的同伴，开口道歉。只是听到仓鼠的话想起同伴，还向仓鼠道歉，这种感觉让人有点五味杂陈。

"算了，原谅汝。那么，无聊对话差不多到此为止，快来一决生死。听好了……侵犯鄙人领域的入侵者，成为鄙人的腹中食物吧！"

"唔……嗯……"安兹感觉自己好像逐渐失去干劲儿。

即使那个可爱模样只是拟态，还是完全提不起劲。纳萨力克地下大坟墓的统治者和巨大仓鼠正面对决，以客观的角度来看总觉得那个景象太过可悲。

即使将它打倒，把巨大加卡利亚仓鼠的尸体拿出去告诉别人"这就是森林贤王，因为战斗过于激烈无法将它驱离"，包括漆黑之剑在内的冒险者会如何看待？即使往最好的方向想，感觉他们也只会以温柔的眼光默默安慰。

那么不要打倒森林贤王，只要活捉问出它的知识即可。

"娜贝，退下。"勉强唤起战意的安兹如此下令，娜贝拉尔以深信安兹绝对会获胜的表情，深深鞠躬之后退到广场角落。

"唔——两人一起上也无妨喔。"

"两个人打一只仓鼠，我做不出这种丢脸的事。"

看见抛下这句话的安兹举起武器摆出战斗姿势，森林贤王沉下身子绷紧全身神经："汝可别后悔！那么鄙人要上了！"

砰的一声，巨大躯体以震撼大地的气势猛力一踢，一口气扑向安兹。森林贤王靠着巨大体形使出的飞扑，若是不使出武技抵抗，一般人绝对会被撞飞。不过安兹却是用巨剑当作盾牌，正面接下森林贤王的飞扑。

虽然有着可怕的破坏力，安兹依然轻易挡下。

"喔！"

看着一步都没后退的安兹，森林贤王惊讶万分，紧接挥出让人有些意外的锐利前爪。安兹则是举起左手的巨剑挡回去，并且挥出右手的巨剑。

虽然并非全力以赴，也是颇有劲道的一击。随着高亢的声音，安兹的一击被弹回，手臂发麻。原来森林贤王也挥出爪子挡下安兹的一击，彼此的攻击在空中激烈相撞之后弹开。

"真有一套！那么此招如何！'迷惑全种族'。"

精神系攻击基本上对不死者无效。不理会对方的魔法攻击，安兹同时刺出双手的巨剑。高亢的金属声再次响起，安兹的剑又被弹开。

安兹眯起头盔底下的眼睛。虽然只是小试身手的一招，但是森林贤王却只以外皮弹开刚才的招式，可见它的外皮比一般金属更硬。

并非松软的毛皮吗？感觉有点意外，但是安兹立刻甩开这个不应出现在战斗中的想法。若以YGGDRASIL中的等级来判断安兹的物理攻击力，大约和三十级左右的战士差不多。不过会受到魔法和装备品大幅影响，因此不能如此断定。不过若是以此为基准判断，森林贤王的战斗力应该差不多也在三十级左右。

安兹皱起头盔底下的幻影脸庞："很不错……非常适合当成肉搏战的实战练习工具。"

安兹判断只要自己使出全力，毫无疑问可以战胜对方。虽然不能掉以轻心，但是当成前锋拿来练剑倒是非常适合。

安兹连续挥出双手的巨剑，森林贤王则以长着利爪的前脚，灵活地将攻击挡回去，接着亮起身上的另一个花纹，发动魔法。

"盲目化。"

和刚才的"迷惑全种族"不同，并非影响精神的盲目化魔法对安兹有效。但是安兹具有可以让低阶魔法全部无效的种族类特殊技能，因此魔法效果没有发挥就直接消失。

（刚才使用魔法时，身上亮起不同的花纹……看来身上的花纹数量，就是它能够使用的魔法数量吧。）

在YGGDRASIL里可发动魔法的魔物,能够使用的魔法数量会根据等级和种类有很大的差异,但基本的数量为八种左右。森林贤王身上的花纹差不多也是八种,因此安兹感觉像是和YGGDRASIL的魔物战斗。

森林贤王没有发觉自己的魔法遭到抵挡,继续以前脚发动攻击。安兹则以一只手的巨剑接招,另一只手的巨剑还击。

脑中回想起昔日同伴们的战斗。在YGGDRASIL中,使用剑和盾的最强战士之一塔其·米;挥舞"天照""月读"两把刀,公会中攻击力最强的贰式炎雷;号称不用第二招——即使事实并非那样——分别使用"斩神刀皇"和"建御雷八式"两把大太刀的武人建御雷。

然后也想起来最近才遇到的勇士——王国战士长葛杰夫·史托罗诺夫。安兹会以战士外形前往耶·兰提尔,或许是因为对那个人的模样有所感触吧。

(不可以在战斗中胡思乱想。虽然游刃有余,也不能大意……即使对方是仓鼠……)

安兹吐槽在脑中思考这些事的自己。脑海浮现无数同伴的剑招,安兹像是在模仿那些剑招不断发出攻击,同时也以左手的巨剑灵巧接下森林贤王的回击。

在双方都没能使出制胜一击的胶着状态,安兹的巨剑终于突破森林贤王的防御。

"什么!"

随着巨剑刺入肉里的触感，一股鲜血的臭味涌现。右手的巨剑稍微划过森林贤王的皮肤，好几根毛飞在空中。

打算以左手的巨剑继续追击，但是察觉不妙的森林贤王向后跳开。接着以倒退方式拉开大约十米的距离。

（听说仓鼠会以跳跃方式逃离巢穴，但是不知道仓鼠还会倒退……）

正当安兹以与巨大仓鼠战斗的心情，漫不经心思考时，森林贤王的身体突然向下一沉。

安兹讶异望着对方的模样。以森林贤王卷在身体后面的尾巴长度判断，应该打不到这里——

（在这样的距离，它打算做什么？如果是和刚才一样打算突击，那么我就举剑刺出让它自取灭亡……最有可能的还是发动其他魔法吧。）

"——不，不对！"安兹察觉自己的失策。

最初的尾巴攻击就是来自很远的距离。也就是说，这样的距离还在它的攻击范围。尾巴果然划出巨大弧线挥来，以超乎想象的长度袭向安兹。安兹以右手的巨剑挡下，惊讶地睁大双眼，因为尾巴竟然能以巨剑为轴直角转弯。

"啊！"

向旁边用力挥出巨剑，把缠住巨剑的尾巴甩开。但是慢了一个瞬间，尾巴擦过背部铠甲的摩擦声音响起，身体传来冲击。

安兹因为种族的特殊技能，即使被尾巴打中铠甲，这种程度的攻击也不足以造成任何伤害。但是如果想成是射击游戏，这时候就像是发生失误的感觉。

"如此一来就是一比一。"不过竟然是只仓鼠……愤怒的感觉涌现。"那么我也来远距离攻击吧。"

如此判断的安兹在握着巨剑的右手施加力道，在安兹进行准备时，森林贤王带着打从心里感到佩服的语气说道：

"那副铠甲……真是厉害。不，汝的力量与剑法都令人叹为观止，太精彩了。汝是相当惊人的超级战士。在人类社会里，汝也是知名人物吧？"

放松右手的力道，安兹有些失望地问道："我看起来像战士吗？"

"为何如此发问？除了战士还像什么？不，或许也可称为骑士吧？"

"森林贤王……真是浪得虚名。应该说在发现你是超大仓鼠时我就已经乱了套……"

的确，要把穿着全身铠甲的安兹看成魔法吟唱者有点困难。但是既然拥有森林贤王这个了不起的名号，至少希望它会发现异样，或者显示可能看穿的预兆。

让魔法无效化的状况，似乎也认为只是靠意志力抵抗。无效化和抵抗两者的特效，在YGGDRASIL中虽然没什么不同，但是至少该有点名副其实的智者模样吧。

结果就是它完全不配贤王这个名号。如果名叫巨大加卡利亚仓鼠，一开始就不会抱有那种希望。有问题的是叫它森林贤王的人，根本是夸大不实的广告，错误标示。

完全失去战斗意志的安兹，无力垂下手中的巨剑。

"汝做什么！虽然不可能……但是汝该不会想在胜负未分之际投降吧！全力以赴和鄙人战斗！这可是生死之战喔！"

每当热血沸腾的森林贤王说出令人出乎意料的言论，就让安兹受到打击。因为剧烈的精神波动会立刻遭到压抑，所以应该还有一点力气。

"已经……够了。"安兹发出有如蕴含极冷寒气的冰冷声音，朝森林贤王伸出右手的巨剑，发动能力。

绝望灵气Ⅴ。

因为这招的即死效果太强，所以减弱强度产生Ⅰ级的恐怖效果。以安兹为中心喷出气体，影响精神的寒气四散。一碰到放射状的寒气，森林贤王立刻竖起全身汗毛，以惊人的速度翻身。只看到长满银色体毛，毫无防备的柔软腹部。

"鄙人投降！是鄙人输了！"

"啊……终究只是畜生……"

安兹以有气无力的声音回答，走到森林贤王身边，俯视毫无防备的腹部，思考下一步该怎么走。

（它是这个世界的魔物，只是赶走有点可惜。可惜是只仓鼠，要当成宠物饲养吗……顶多利用它的尸体。）

在安兹取得的职业中，有一种名叫死灵法师。那是可以把尸体当作不死者加以奴役的职业，不过制作出来的不死者强度，受到尸体的种族影响。

最佳的尸体是龙那种强大种族，人类的尸体会变成僵尸和骷髅。那么森林贤王这种YGGDRASIL里没有的魔物尸体，又会变成怎么样的不死者？

（森林贤王僵尸吗？）

"要杀死它吗？"

一道响亮的声音传来。转头一看，发现亚乌菈不知何时来到娜贝拉尔身旁。

"如果要杀它，我想要把它的皮剥下。感觉可以得到不错的兽皮。"

安兹低头俯视，和泪眼汪汪地抬头仰视的森林贤王四目相交。森林贤王瑟瑟抖动的胡须，像是对自己接下来的遭遇感到害怕，静静等待今后的命运。

这时突然想起和森林贤王之间的对话。让安兹想起同伴的那段话，感到迟疑的安兹叹了一口气后做出决定：

"我的真名是安兹·乌尔·恭。如果你愿意服从我，就饶你一命。"

"谢、谢谢！饶命之恩，鄙人绝对会以忠诚之心回报！森林贤王，将这条命奉献给伟大的战士安兹·乌尔·恭大人！"

亚乌菈以有些遗憾的眼神看向跳起来宣示忠诚的森林贤王。

一离开森林,期盼安兹和娜贝拉尔能够生还的一行人一拥而上,庆祝两人平安无事。只有卢克洛特的表情有些诧异。

恩菲雷亚以夹杂惊讶与称赞的语气询问安兹:"竟然毫发无伤……是因为避开战斗吗?"

正当安兹想要回答时,卢克洛特从旁插嘴:"飞飞先生,你带了什么东西过来?没有遭到迷惑吗?"

"我和森林贤王交手,将它驯服了。喂,出来吧。"

有着银白体毛的森林贤王,从森林里缓缓现身。漆黑之剑一行人围着恩菲雷亚露出惊讶表情,举起剑往后退了一步。

(虽然是加卡利亚仓鼠,毕竟体形这么巨大……)

即使圆滚滚的眼睛相当可爱,巨大的体形还是充满压迫感。而且身为保护委托者的冒险者,会如此戒备也是理所当然。如此心想的安兹刻意放低音量轻声说道:

"请大家放心……已经被我收服,绝对不会发狂伤人。"然后靠近森林贤王,装模作样地抚摸它的身体。

"正如主公所言,森林贤王已臣服于主公,成为随身伺候的部下。向主公发誓,绝不会给各位添麻烦!"森林贤王向安兹宣示效忠。

或许大家对于它的巨大身躯有所警戒,不过它原本是可爱的加卡利亚仓鼠,习惯之后就会解除警戒吧。问题是要怎么让大家相信它就是真正的森林贤王，只有这点让安兹感到束手无策。

然而事情的发展完全出乎安兹的想象。

"这就是森林贤王！太惊人了！真是了不起的魔兽！"

（——什么？）

安兹轮流看向尼亚和森林贤王，观察他是否正在取笑，但尼亚的脸上充满惊讶表情，完全没有半点开玩笑的模样。

"哇，这只森林贤王……果然名不虚传！光是出现在眼前，就可以感受到它的强大力量！"达因发出低沉的感叹。

（——咦？强大力量？）

"哎呀，真是服了你。竟然可以成就这番丰功伟业。有这样的力量，的确有资格带着小娜贝到处跑。"

"如果遇到这样的魔兽，我们绝对会全灭。真不愧是飞飞先生。太厉害了。"

听着卢克洛特和彼得等人的称赞，安兹再次看了森林贤王一眼。

超大型加卡利亚仓鼠。

除此之外没有其他感想，他们为什么会觉得这样的魔物有威胁呢？

"各位，你们不觉得这只魔兽的眼睛很可爱吗？"

听到这句话的瞬间，大家惊讶地瞪大双眼，仿佛眼珠都要掉出来，看来这句话似乎有点荒诞不经。

"飞、飞飞先生！你觉得这只魔兽的眼睛很可爱吗？"

那还用说。在心中如此吐槽的安兹从容点头，然后开始怀疑是不是森林贤王发动了它具有迷惑效果的常驻技能。

　　"令人难以置信，真不愧是飞飞先生。尼亚看了它的眼睛之后，有什么感想？"

　　"觉得那是充满智慧的眼睛，感受到这只魔兽的强大。不管再怎么游刃有余，都不可能觉得可爱。"

　　安兹哑口无言地看向大家。接着理解这是大家的共同想法之后，瞬间感觉头昏眼花。

　　"娜贝觉得呢？"

　　"强不强大姑且另当别论，那是可以感受到力量的眼睛。"

　　"不……会……吧……"

　　大家都带着闪闪发亮的眼神，异口同声赞不绝口。这代表大家非常敬佩安兹，竟然能斩钉截铁地用"可爱"形容那样的魔兽眼睛。

　　安兹不断打量森林贤王的眼睛，根本看不出来哪里可以称得上"智慧"。

　　（该不会是变成不死者之后，连审美也有了变化？）

　　既然除了自己之外的大家都这么认为，确实有审美改变的可能性。不过还是得做个最后确认："顺便问一下，大家觉得老鼠很厉害吗？"

　　"老鼠……大型鼠吗？那种魔物没什么了不起，算不上厉害……"

"因为在耶·兰提尔的下水道里就有了。"

"大型鼠的传染病很可怕。还有人鼠也算吧……因为人鼠可以抑制银以外的武器伤害,所以也可以算厉害吧?"

(仓鼠和老鼠不是很像吗?而且森林贤王的尾巴很长,与其说它是仓鼠,不如说它更像是老鼠吧……)

感到不解的安兹做出结论,一言以蔽之就是"这个世界有点奇怪"。

正当安兹因为这点鸡毛蒜皮的小事,对这个世界和过去世界的差异感到伤脑筋时,恩菲雷亚有些担心地问道:"可是将这只魔兽带出来,其他魔兽会不会因为没有森林贤王的吓阻而袭击安……卡恩村呢?"

安兹抬起下巴指示森林贤王,看懂指示的森林贤王说道:"村庄是指那里吗?嗯……森林势力如今大幅失衡,即使鄙人在那里,恐怕也无法保证安全吧。"

"怎么会这样……"

安兹没有开口安慰受到打击的恩菲雷亚,只是在内心偷笑。

(森林贤王名不副实,就趁这个机会取得好处吧。)

正当安兹思考该如何导入话题时,察觉到恩菲雷亚的目光。只见恩菲雷亚欲言又止,嘴巴不断张合。

安兹非常清楚他的内心正在天人交战。一边的心情是希望安兹再次拯救村庄;另一边则是觉得太过麻烦,不想把一切交给自己。

当漆黑之剑一行人在后面讨论解救村庄的办法时，恩菲雷亚像是下定决心带着认真的表情开口：

"飞飞先生……"

"什么事？"暗自欣喜的安兹等待恩菲雷亚接下来的发言。

安兹打从一开始就打算保护这个在情报来源方面价值极高的卡恩村，不过重要的是能得到委托。既可以卖个人情给恩菲雷亚，又可以要求报酬，堪称一箭双雕。这正是安兹的计划，误判森林贤王的损失，打算从这里加以弥补。

可是恩菲雷亚的话大大超出安兹的想象。

"飞飞先生！请让我加入你的队伍！"

"什么？"

"我想要守护安莉……卡恩村。但是现在的我没有守护卡恩村的力量。所以我想变强！即使只是皮毛，也希望飞飞先生能够将自己的强大力量传授给我！不过我的财力无法长期雇用飞飞先生这样的优秀冒险者！所以请让我加入你的队伍！关于药学方面我还有一点自信，不管是搬行李还是什么杂事我都愿意做！无论如何还请答应！"

正当安兹眨着不存在的双眼感到迟疑时，恩菲雷亚继续说道："一直以来我都在钻研药师的学问。因为奶奶和父亲都是药师，没有多想就步入这一行……但是现在的我找到自己真正想走的路，和药师不同的路。"

"是想成为强大的魔法吟唱者，保护卡恩村这条路吗？"

"是的。"恩菲雷亚带着摆脱少年稚气、充满男子气概的真挚眼神注视安兹。

在YGGDRASIL时代,想要加入安兹·乌尔·恭这个公会的人络绎不绝。大部分的理由都是为了自己的个人利益,想要借由加入最高阶公会得到好处。并不是想为公会尽一己之力,而是希望公会能为自己带来什么。

不仅如此,甚至还有不肖之徒计划潜入公会,企图夺取情报和稀有道具。

正因为如此,安兹·乌尔·恭的成员,除了最初的成员之外没有增加太多。安兹一直小心提防,不让成员辛苦建立的心血遭到践踏。

但是不知道安兹·乌尔·恭这个公会,只是一个男人的单纯想法——这种似是而非的想法令人非常舒畅。

"哈、哈哈哈哈!"安兹开怀大笑,他笑得非常爽快。

安兹的笑声中没有半点恶意,但是安兹也知道现在不应该笑。等到停下笑声,安兹脱下头盔,以郑重、真挚的态度深深鞠躬。

可以听到娜贝拉尔倒吸一口气。

这个态度或许不符合娜贝拉尔的主人、纳萨力克地下大坟墓最高统治者的身份。但是安兹还是认为应该行礼,并且毫不犹豫付诸实行,而且不觉得向年纪只有自己一半的少年行礼是件可耻的事。

抬起头来向满脸惊讶的恩菲雷亚表示：

"抱歉，我失态了。但是希望你能明白，我不是取笑你的决心。首先要加入我的队伍必须达成两项条件，现在的你只达成一项。所以很可惜，我无法让你加入。"

那个隐藏条件是必须有半数的公会成员赞成，因此即使安兹赞成，也绝对无法擅自增加成员。不过安兹带着来到这个世界之后，受到纳萨力克守护者忠心对待的喜悦心情说下去：

"我理解你的想法，也会记住你说过想要参加我的队伍。至于保护这个村庄的事，我就略尽绵薄之力帮助你吧。只是或许也会需要你的帮忙……"

"是的！请务必让我帮忙！"

"这样啊、这样啊。"在安兹频频点头之时，不经意和尼亚对上一眼。他那像是注视有趣景象的眼神，令安兹感到有些尴尬。

"那么这件事先搁下吧。在此之前，有件还蛮有趣的事想告诉大家，就是驯服森林贤王的那件事。"

4章 **致命双剑**

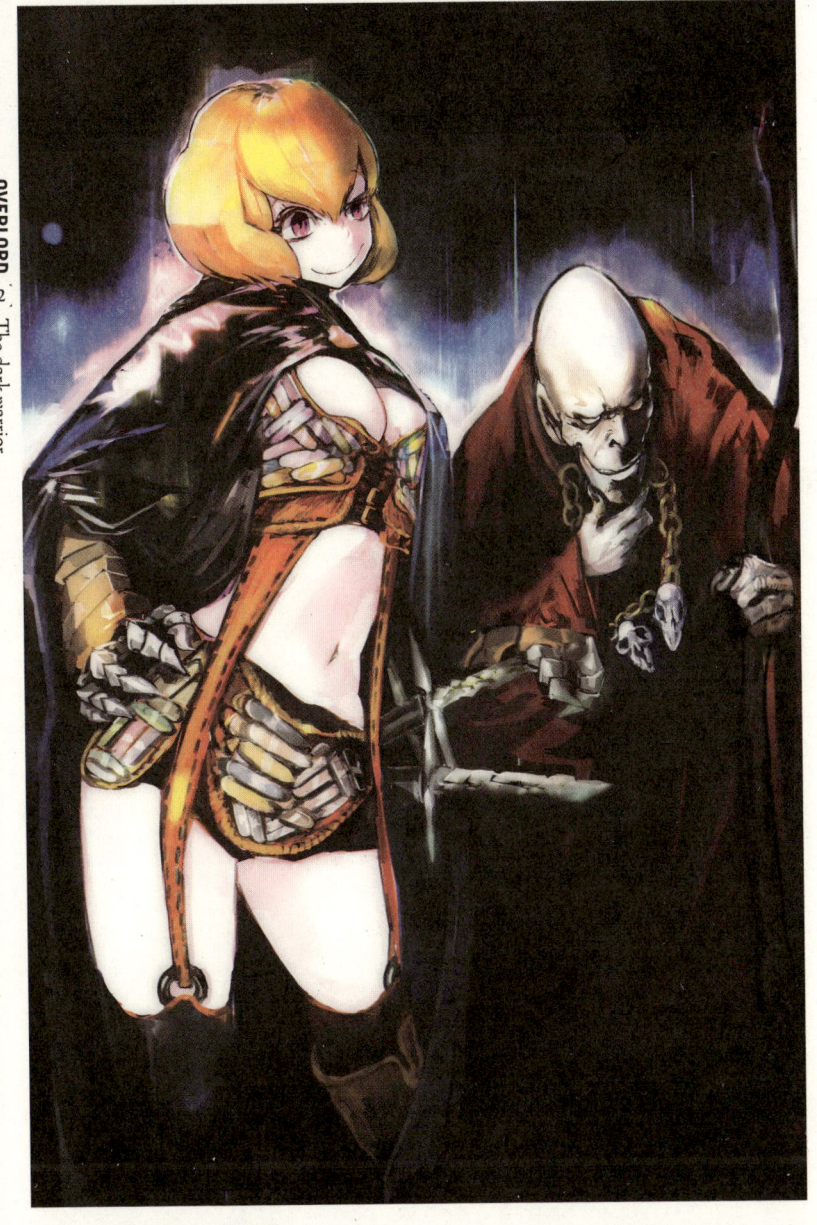

第四章 致命双剑

1

在前往卡恩村的途中过一晚，在卡恩村过一晚，然后早上离开村庄返回耶·兰提尔的三天两夜旅程就此画下句点。回到耶·兰提尔时，城镇已经逐渐露出夜晚的面貌。

大马路被永续光的白色街灯照亮，路上的行人也有了变化。已看不见年轻女子和小孩，大多是工作完毕回家的男人。并排在街道两旁的店面散发着柔和的灯光，里面传出爽朗的声音。

安兹稍微环顾四周。过了三天的城镇似乎没有什么变化。不，来到耶·兰提尔之后，隔天就前往卡恩村，所以没有足够的印象和感情进行比较，不过还是感觉得到平静的街道光景依然没变。

从大马路转个弯，安兹一行人便停下脚步。在行人来往的路上停下脚步，绝对会挡到路，但是没有人出口抱怨，那是因为没人敢靠近安兹一行人。

安兹无力地驼背观察四周的人们。几乎所有行人都望向安兹——不，是看着安兹，和旁人窃窃私语。

耳边传来议论纷纷的嘈杂声，感觉像是在嘲笑安兹。不过那只是安兹的误会，如果侧耳倾听，就可以知道大家都带着惊讶、赞赏、害怕的语气在谈论。

即使如此，还是有无法释怀的地方。

安兹默默低头俯视——底下是银白色的体毛。那是因为安兹正骑着森林贤王。

四周的人们对于森林贤王威风凛凛的英姿——关于这点安兹颇有微词——感到惊讶，口中谈论那名战士竟然骑着如此可怕又有威严的魔兽。

（应该可以抬头挺胸……吧……）

完全可以理解这个情况，因为他们赞扬森林贤王是雄伟的魔兽。但是对安兹来说，这已经接近惩罚游戏。如果打个比喻，这种感觉就像是没有家人和女友陪伴，一本正经地坐在旋转木马上，孤单望着前方的大叔。

骑乘姿势也很难看。因为森林贤王的体形与马完全不同，安兹在骑乘时屁股会往后翘，必须将双脚张得很开。如果不以这种类似跳箱的姿势骑乘，身体不容易保持平衡。

骑乘森林贤王的这个主意，当然不是安兹自己想到的。除了漆黑之剑成员们和森林贤王本身的劝说，娜贝拉尔也委婉地表示"让统治者走路未免太过分了"，他才会觉得骑着它回来也不错，结果就是这个下场。

（早知道就应该拒绝。该不会是有人想要陷害我，才会设下这个陷阱……）

骑乘仓鼠的模样，有如童话里会出现的景象，不过那是少男少女骑乘才适合。即使稍微让步，也是女人骑才说得过去。与全身铠甲的粗犷战士绝对不搭。

不过周围的民众反而觉得安兹的反应才奇怪。

（是自己的审美有问题，还是他们的审美有问题，或是这个世界的审美有问题？）

当然了，答案不言而喻。只要多数人都觉得美，那么一定是安兹的审美与众不同。正因为如此，才无法强烈反对骑乘森林贤王。而且如果还能让飞飞这名冒险者变得更加引人瞩目，建立稳固的地位，那就更加无法反对。即使如此——

（简直就是羞耻PLAY……）

安兹的精神只要产生一定的波动就会遭到压抑，但是目前没有那种感觉，也就是说没有那么难为情。这个结果告诉安兹一件事。

（这岂不代表我对羞耻PLAY已经有了免疫力……该不会是M吧……可是我觉得自己比较像S……）

"既然已经回到城镇，这么一来委托就算告一段落。"

在将过去收集的图片、影片和现在的精神状态进行比对的安兹，苦恼于自己的性癖时，彼得和恩菲雷亚聊了起来。

"是的，你说得没错，这么一来委托就结束了。那么……虽然我已经准备好规定的报酬，不过……还要支付在森林里讲好的追加报酬，可以请你们来我家的店吗？"

恩菲雷亚后方的马车上，堆了许多药草。不止如此，还堆放着树皮、长得像树枝的奇怪果实、大到足以让一人环抱的巨大蘑菇、长得很高的草等各式各样的收获。如果看在不懂的人眼里，只会觉得是单纯的植物，但是对有识之士来说，简直是座闪闪发亮的宝山。

这些全拜森林贤王被安兹收服之后，可以安全探索势力范围所赐。在那里发现了各种非常珍贵的药草和可以用来制作其他药水的药材，不断采集的恩菲雷亚向大家约定会多给他们一大笔钱。

"飞飞先生要先去工会一趟吧！"

"嗯，没错。因为将魔兽带来城镇，需要到工会替森林贤王登记。"

"虽然麻烦，不过也是没办法的事。"

"我们也一起扫荡了食人魔等魔物，如何？要不要先一起去工会？"

"这个嘛……不了，这次的工作全都倚赖飞飞先生，我们先去恩菲雷亚先生家一趟，至少得帮忙做点杂务和卸下药草。不然和飞飞先生领相同的酬劳就说不过去了。"

漆黑之剑众人点头回应彼得这番话，恩菲雷亚客气地插嘴："不必那样劳烦各位……"

"因为也有追加酬劳，这点小事就让我们免费服务吧。"

听到彼得仿佛开玩笑的发言，恩菲雷亚也表示恭敬不如从命。"那么当你们来店里买药水时，就算你们便宜一些吧。"

"那还真是令人高兴。那么麻烦飞飞先生先去工会，之后再到恩菲雷亚家。我们会直接过去恩菲雷亚先生家，处理杂务之后再前往工会办理手续。因为要到明天才能去工会提出申请，领取扫荡食人魔的报酬，抱歉要请你明天再去工会一趟……时间就约在第一次见面的那个时候。"

"了解。"

面对这个提案，安兹如释重负地点头。登记方式只要若无其事地询问柜台即可，实在不想和他们一起前往工会，面临请写这个、请看这个这类的窘境，那么一来很有可能让之前的心血付之一炬。

"那就麻烦你了。"

轻轻点头的安兹骑着森林贤王和恩菲雷亚与漆黑之剑一行人分手，在娜贝拉尔的陪伴下前往工会。

这时娜贝拉尔靠过来发问："可以相信他们吗？"

"没什么大不了的。即使遭到背叛，损失也只不过是扫荡食人魔的酬劳。如果连这点小钱都在意，而被认为小气的话，损失会更大吧。"安兹是为了成名才来到这个城市，被认为气量狭小肯定会对今后的计划产生阻碍。

打肿脸充胖子。

想着这句话的安兹摸摸怀里的束口袋钱包，一下子就能捏扁的钱包里面摸不到几个硬币，很容易知道还剩几个，不过还付得出两人今晚的住宿费。

如果把餐饮费也算进去可能不太够，不过安兹是不死者，娜贝拉尔手上的戒指也具有不需饮食的魔法，在节省开销方面有很大的贡献。娜贝拉尔能装备两个戒指，其中一个会选择这个戒指，原本只是为了提防吃到毒物，没想到会在意外的地方发挥贡献。

不过俯视胯下的森林贤王，心想"这家伙总要吃东西吧"时，娜贝拉尔再次搭话：

"的确……至尊无上的安兹大人拘泥于那点小钱也很奇怪，真是失礼了。"

"唔。"安兹再次摸摸钱包，感觉不会流汗的背好像渗出汗水，暗骂自己为什么要提高这个没什么必要的门槛。而且——

（安兹大人……别再这么称呼我了，娜贝拉尔。如果没有人听到就算了……）

他在心里感到无奈，娜贝拉尔还是喜滋滋说道："那些低等生物（大蚊），都对安兹大人的惊人实力五体投地呢。"

"还没有五体投地吧。"

"太谦虚了。虽然在安兹大人的眼里，食人魔甚至比昆虫还不如，但是安兹大人的剑术也有一级的实力，真是令人佩服。"

腰部传来森林贤王奇怪的抖动感觉，但是安兹不予理会，向娜贝拉尔说道："……只是单纯以蛮力陪它们玩玩。"

一招毙命听起来好像很帅，其实并非如此。之前在葛杰夫战斗时，安兹看过流畅的招式，但是安兹回想自己的动作，觉得那只是和小孩子胡乱挥剑一样，惨不忍睹。他们的称赞只不过是指自己的非凡臂力带来的超强破坏力，和称赞葛杰夫这种真正的战士截然不同。

"要像真正的战士那样出招,果然很困难。"

"那么利用魔法变成战士如何呢?"

在穿戴铠甲的状态下,依然能使用五种左右的魔法,其中之一是让魔法吟唱者的等级直接换成战士的等级。也就是说如果安兹使用那种魔法,可以暂时变成一百级的战士。

虽然优点是能够使用部分必须经历特定职业才能使用的武装,但缺点也很大。首先是这段时间无法发动任何魔法,而且变成战士也没有特殊技能,重新计算的能力值,以战士来说也很低。简单来说就是半吊子的百级战士化。和神官这类的准战士比剑还另当别论,要是与纯战士系职业的对手战斗,根本毫无胜算。

即使如此,还是比目前的安兹更强吧。问题是——

"缺点太大了。如果遭到同等级的对手奇袭,只要在短时间内无法使用魔法就必败无疑。即使能够使用卷轴发动魔法,但是考虑到准备时间等,缺点还是比较大。"

如今不知道是否有敌对玩家,绝对不能掉以轻心。没必要特意使用那种魔法,制造自己的弱点。

"战士只是用来隐藏身份的表演,不需要觉得受到打击。"

"啊!"森林贤王的身体抖了一下,惊讶地抬头仰望坐在上面的安兹,"属下打从刚才便一直倾听,难道主公不是战士吗?"

回望它一眼的安兹从容点头，娜贝拉尔以带着优越感的语气说明："安兹大人只是假扮战士，就好像玩游戏一样。如果发动真正实力的魔法，毁天灭地也只不过是件小事。"

面对这样的绝对信任，或者说完全认为这是理所当然的娜贝拉尔，安兹无法开口说出"不可能吧"这样否定的话。

"嗯，大概就是这样。森林贤王，很庆幸没有和认真的我战斗吧？如果我发挥真正实力，你可能活不过一秒钟。"

"原、原来如此啊，主公。属下仓助将更加誓死效忠！"

森林贤王说它想要一个名字时，自己脑中浮现的名字就是仓助。替它取名为仓助之后，森林贤王也对这个名字感到很满意，不过冷静思考便觉得仓助这个名字真是没有品位。

（仓助这个名字果然取得太急了点。或许麻糬……这个名字还比较风趣一点……公会的同伴也说过我不太会取名字……）

感觉有些遗憾的安兹，坐在森林贤王——仓助上面，摇摇晃晃前往工会。

●

直接将马车开进家里的后院，停在后门前面。拿起魔法光灯笼跳下驾驶座的恩菲雷亚解除门锁把门打开。将手上的灯笼挂在墙壁，照亮阴暗的室内。

因为灯光的缘故，可以看见放在屋内的几个桶子。里面散发干燥的药草味道，说明这个房间是保管药草的地方。

"那么不好意思，可以帮忙搬一下药草吗？"

爽快回答的漆黑之剑一行人小心翼翼地从马车上卸下一捆一捆的药草，搬进屋里。

引导放置地点的恩菲雷亚心里浮现疑问：奶奶不在家吗？

恩菲雷亚的祖母虽然年事已高，但是耳朵和眼睛都不差，听到在这里搬东西的声音，应该会出来才对。不过要是她专心制作药水，就不会留意一些小声音，觉得和往常一样的恩菲雷亚没有大声呼唤。

等到所有药草全都放到适当地点，恩菲雷亚呼唤有些喘的漆黑之剑一行人：

"辛苦了！家里应该有准备冰凉的果汁，请过去喝吧。"

"那真是太好了。"额头稍微冒汗的卢克洛特发出欢喜的声音，其他人也都高兴点头。

"那么，这边请。"

正当恩菲雷亚带大家前往家里时，另一边的门被人打开。

"嗨，欢迎回来——"

眼前站着一名外表可爱，却令人感到莫名不安的女子，金色短发随风摇曳。

"哎呀，我很担心喔？还以为你不见了。真是不凑巧——不知道你什么时候会回来，所以我一直在这里等。"

"请、请问你是哪位？"

"咦！你们不认识吗？"因为口气亲昵，以为两人是熟人的彼得发出惊讶的声音。

"嗯？呵呵呵，我是过来绑架你的。想要请人使用召唤大批不死者的魔法'死灵军团'，所以可以当我的道具吗？姐姐拜托你了。"

漆黑之剑的成员们感受到女子散发的邪恶气氛，立刻拔出武器。即使面对进入迎战态势的一行人，女子依然以轻浮的语气说道：

"那是一般人很难使用的第七位阶魔法，但是只要利用智者头冠就能办到。虽然无法控制所有召唤的不死者，但是可以进行诱导！真是完美的计划！天衣无缝呢——"

"恩菲雷亚先生，后退！快点离开这里。"拿起武器的彼得提防女子，以严肃的声音说道，"那个女人会说个不停，一定是因为很有把握可以解决我们。既然你是她的目标，那么唯一能够扭转局势的办法就是请你逃走。"

漆黑之剑一行人以身为盾，并排挡在慌张退后的恩菲雷亚前面。

"尼亚！你也退后！"继达因之后，卢克洛特也放声大叫，"带着小孩逃走！你不是还要去救被抓走的姐姐吗！"

"没错。你还有非做不可的事。虽然我们可能无法帮你到最后……至少能争取时间。"

"大家……"

"嗯，真是赚人热泪呢。连我都快哭了，嗯。不过要是被他逃走我就伤脑筋了。留一个人来玩吧——"

看到尼亚咬紧嘴唇，不知如何是好的模样，女子露出愉快的笑容，慢慢从长袍底下取出短锥。就在此时，后方的门被打开，出现一名脸色苍白、骨瘦如柴的男子。

发现遭到夹击的漆黑之剑一行人，脸上全都出现严肃的表情。

"……玩过头了。"

"嗯，说什么嘛，小卡吉。你不是帮我做好准备，让惨叫声不会传到外面吗？不过只是一个人，就让我好好玩玩嘛。"

露齿发笑的女子让恩菲雷亚感到毛骨悚然。

"你们已经无路可逃了，开始动手吧——"

2

仓助的登记本身虽然很简单，但也花了大约一个半小时的时间。其中最花时间的是写生，也就是画仓助肖像图的时间。虽然使用魔法可以很快画好，但是安兹不想多花魔法的费用才会变成这样。为了避免被认为小气，安兹只好随便捏造借口。

"虽然为时已晚，不过'对画画有兴趣'这个借口还是让我很辛苦……不过算了。那么现在过去吧。"

结束登记的安兹在工会门口向娜贝拉尔如此说道，接着走向仓助。

已经习惯了。

既然旋转木马并非胜利者——情侣或是带着家人——的专利，那么孤零零的大叔坐在上面也没什么问题吧。

自暴自弃的安兹的动作没有半点犹豫，他利用高强运动能力，以有如名垂青史的体操选手般漂亮的动作骑上森林贤王。虽然没有马鞍等任何辅助工具，但是数小时的经验足以让安兹练就利落的骑乘技巧。

看见眼前景象的路人，全都出声赞叹，甚至可以听到女性的尖叫声，其中又以冒险者的眼神最为热烈。确认安兹挂在脖子上的金属牌后，众人脸上浮现难以置信的表情。

（我才感觉难以置信，你们的审美到底是怎么了。）

这时候有人叫住在心中吐槽众人，正命令仓助出发的安兹。

"喂，你就是和我的孙子一起去采药的人吗？"

安兹听到年迈的声音，转头发现是一名老婆婆。

"您是谁？"虽然开口询问，但是安兹已经猜到答案。如果老婆婆的话是真的，那么答案只有一个。

"我叫莉琪·巴雷亚雷，是恩菲雷亚的祖母。"

"啊！果然是您吗？您说得没错，我就是和恩菲雷亚一同前往卡恩村的护卫，名叫飞飞，她是娜贝。"

莉琪对恭敬鞠躬的娜贝拉尔微笑称赞："还真是美到令人难以置信的美女呢，那么你骑乘的这只魔兽叫什么？"

"它是森林贤王，名叫仓助。"

"鄙人是仓助！以后还请多多指教！"

"什么！这只精悍的魔兽正是传说中的森林贤王吗！"

在周围偷听的冒险者们听到莉琪的叫声，全都露出更加惊讶的表情，以受到冲击的模样交头接耳说些"那就是传说中的魔兽吗"之类的话。

"是的，受到您孙子的委托，到达目的地遇到之后驯服的。"

"竟然……驯服森林贤王……"莉琪不禁瞠目结舌，"那么……我的孙子现在在哪里？"

"啊，他已经带着药草先回去了，我们现在也正要过去领取报酬。"

似乎松了一口气的老婆婆，以带着奇妙色彩的眼睛看着安兹询问："喔，原来如此……那么要一起走吗？我对你们的冒险很感兴趣。"

莉琪的提议，对安兹来说简直是雪中送炭。

"嗯，非常乐意。"

一行人在莉琪的带领下，走在耶·兰提尔的街道上。

"那么进来吧。"

到达店铺之后，取出钥匙的莉琪来到门前，低下头来。伸手一推，发现门毫无抵抗地轻轻开启。

"怎么回事，他未免太粗心了。"喃喃自语的莉琪走进店铺，安兹和娜贝拉尔也跟着进入。

"恩菲雷亚，飞飞先生来啰——"莉琪向店内呼唤，但是店内鸦雀无声，感觉不到有人。"怎么了？"莉琪偏头感到疑惑。

安兹则是简短回应："这下麻烦了。"

闻言的莉琪显得不解，但是安兹没有理会，只是将手放到巨剑的剑柄，看到他的动作立刻了解这代表什么意思的娜贝拉尔也拔剑出鞘。

"做、做什么？"

"别问了，快跟我来。"

简短回答之后，安兹拔出武器紧握在手里，走进店内。用力撞开里面的门，往通路的右边前进。虽然是完全不熟的别人家里，但是安兹的步伐没有半点迟疑。

安兹来到通路底端的门前，向总算跟上的莉琪问道："这里是做什么的？"

"这、这里面是药草的保管室，还有一扇门可以通往后门。"

虽然不知道发生了什么事，感觉气氛不太对劲的莉琪有些担忧，但安兹不予理会，直接伸手开门。

鼻子闻到的并非药草香味，而是更加刺鼻的——血腥味。

最前面的人是彼得和卢克洛特，达因在稍远处，最里面的人是尼亚。四人都瘫坐在墙边，双脚向前伸，手无力垂下，地板上有大片黑色的浓稠积血，像是身上的血都流出来了。

"这、这是怎么回事……"

大吃一惊的莉琪踏着不稳的脚步想要走进去。安兹按住她的肩膀加以制止，自己加快脚步抢先进入屋内。

这时倒地的彼得突然有如傀儡动了起来，只不过还来不及起身，巨剑的闪光便毫不迟疑地一闪而过。

彼得的头滚落地板。安兹接着反手一剑，砍落同样想站起来的卢克洛特的头。

正当莉琪对眼前的惨剧大受打击时，位于比较里面的达因已经站了起来。抬头的脸已非活人模样，脸上毫无血色，眼神混浊地瞪着安兹和莉琪。额头上有一个洞，一眼就能看出那是致命伤。

死人还会动的原因只有一个。那就是已经变成不死者。

"僵尸！"

在莉琪如此喊叫时，达因发出带有敌意的呻吟声逼近，安兹立刻刺出手上的巨剑。喉咙遭到巨剑刺穿，达因摇晃不稳的头，整个人瘫倒在地。

没有人有其他动作。在一片鸦雀无声中，安兹注视坐在地上一动也不动的尼亚。

"恩菲雷亚！"

终于理解发生什么事的莉琪冲出去寻找孙子，安兹瞄了一眼她的背影后，对娜贝拉尔下达指令：

"保护她。我的常驻技能'不死祝福'没有反应，所以房子内应该没有其他不死者，但是或许会有活人躲在这里。"

"遵命。"轻轻行礼之后，娜贝拉尔拔腿追赶莉琪。

确认两人离开的安兹再次将目光移向尼亚，慢慢在他面前跪下，伸手轻轻触摸。确定并非在 YGGDRASIL 中常用的尸体陷阱之后，抬起尼亚的脸。当然了，他并非失去意识，而是已经气绝身亡。

可能是遭到钝器殴打吧，他的脸颊肿得像是石榴。如果不知道他是尼亚，根本认不出这个人是谁。

他的左眼溃烂，玻璃体流了出来，看起来就像眼泪。手指的骨头全部碎裂，皮肤裂开，露出里面的红色肌肉，有些地方甚至连肉都没了。拉开衣服一看，安兹惊讶到睁圆双眼。

将衣服回复原状，安兹念念有词："原来连身体也是……"

身体和脸颊一样，都是遭到凄惨殴打的伤痕。全身都是内出血造成的颜色，想要找到无伤的部分还比较困难。

安兹将尼亚的眼睛轻轻闭上。

"有点令人……不舒服。"喃喃自语的声音消失在空气里。

"我的孙子！恩菲雷亚不见了！"莉琪回来时，以呐喊的声音大叫。

将尸体集中到房间一处的安兹冷静回答："我看了一下他们身上的物品，发现他们没有被搜身的迹象。如此看来，对方的目的应该是要绑架恩菲雷亚。"

"唔！"

"您看这里。"

安兹指示的地方是藏在尼亚尸体底下的血字，如果没有移动尸体，应该不会发现吧。

"这是……地下水道？是指被抓到地下水道的意思吗？"

"也有可能是制造出这场悲剧的人伪造的陷阱，而且我也不知道这里的地下水道有多大……前往搜寻可能需要很多时间，关于这点您有什么看法？"

"在那前面还写着数字！2 - 8，这又是什么意思！"

"这下更是令人疑惑。虽然不知道这个数字代表什么意思……但是我猜或许是将整个城镇纵横分为八等分的交叉点，或者单纯只是2 - 8……不过尼亚有余力想那么多吗……即使是尼亚写的，那么对方又泄露了多少情报？这个实在太巧合了。"

莉琪皱起原本就已经满是皱纹的脸，对意外冷静的安兹露出类似迁怒的情感，接着将目光移到地上的四具尸体：

"这些是什么人？"

"和我一起接受您孙子委托的冒险者。我们告别之后，他们应该是过来帮忙卸下药草的。"

"什么！那么就是你的同伴了？"

安兹摇头否定："不，不是。只是这次刚好一起冒险。"

这句冷淡的话让莉琪感到无趣。

"话说回来，我在他们的尸体前想了很多，不过我想问一下您的意见。关于他们被变成僵尸这件事，您有什么看法？"

"'创造不死者'。对方至少有个能够使用第三位阶魔法的人吧。除此之外还有什么可能？"

"我认为必须尽快想办法应付。"

"那不是理所当然吗……你到底是什么意思？"

"对方能以精神操控系魔法控制或是隐藏尸体，但是完全没有采取这类行动，只是有如玩乐般做出这种事。若非认为即使曝光也无所谓，就是有彻底逃掉的自信。嗯……不知道是哪一种。既然能将尸体变成僵尸，应该也能带回去吧？"

如果目的是绑架恩菲雷亚，只要把尸体隐藏起来，应该就能争取到足够的逃走时间。但是对方没有这么做，表示后续还有什么事要做，或者想要让莉琪做些什么。

后者还比较好办，若是前者就有点棘手。恩菲雷亚的命和能力有价值，但是派得上用场的时间很可能不长。那些杀人不眨眼的残忍犯人在利用完毕之后，会平安放了他吗？

听懂安兹话中含意的莉琪，脸色从铁青变成泛白。不知道孙子被绑架到这个巨大城镇的何处，如果必须找遍整个城镇，那就太花时间了。

唯一的线索是地下水道，但是安兹有所异议，恩菲雷亚的生命之火正在一点一滴不断地衰弱。

冷静的安兹向焦急的莉琪说道："提出委托如何？"冷静的声音继续响起："这不是应该委托冒险者的事吗？"

莉琪的眼睛闪闪发亮，似乎理解安兹说的话。

"您很幸运，莉琪·巴雷亚雷。眼前的我正是这个城镇的最强冒险者，也是唯一能够平安救回您孙子的人。要是委托我，我可以接下这份工作。不过……价格很高喔。因为我非常清楚这个工作相当棘手。"

"的、的确……如果是你……拥有那瓶药水的你……而且还带着森林贤王,实力的确毋庸置疑……雇用,我要雇用你!"

"是吗……做好付出高额报酬的心理准备了吗?"

"要出多少你才满意?"

"一切。"

"什么?"

"把您的一切全部交出来。"

莉琪惊讶地睁大双眼,身体剧烈颤抖。

"您的一切。恩菲雷亚平安回来的话,就交出您的一切吧。"

"你……"害怕得往后倒退,莉琪低声呢喃,"你所说的一切……并非金钱也非稀有药水吧……听说恶魔会以人的灵魂为代价,帮忙达成任何愿望。你该不会是恶魔吧?"

"就算我真的是恶魔又如何?您想要救您的孙子吧?"

莉琪默默不语,只是咬紧嘴唇点头。

"那么答案只有一个吧?"

"嗯……就雇用你吧。把我拥有的一切全都给你,救出我的孙子!"

"好的,契约成立。那么事不宜迟,您有这个城镇的地图吗,有的话借我一下?"

虽然莉琪觉得有些诧异,但还是立刻拿出地图交给安兹。

"那么接下来要寻找恩菲雷亚的所在处。"

"做得到这种事吗?"

"只有这次可以利用这个方法。不知道敌人是笨蛋还是……"安兹的话说到一半,目光移到安置在室内的四具尸体上。

"那么我要开始搜寻了,您到其他房间找一下,看看绑架恩菲雷亚的犯人有没有留下什么线索。因为绑架恩菲雷亚这件事本身如果也是欺敌的举动,那就很麻烦了,您比较熟悉房子的情况,比较适合这个工作。"

随便找个理由将莉琪赶出房间,安兹转向娜贝拉尔。

"您想怎么做呢?"

"很简单。你看,他们的金属牌全都不见了,恐怕是被袭击这里的家伙拿走了。问题是为什么对方没有拿走更高价的东西,而是拿走金属牌……你怎么看?"

"很抱歉,我完全不知道。"

"那是因为……"讲到一半的安兹脑中,传来一道声音。是"讯息"。

"安兹大人。"声音有些高亢,还可以听到像是次声道的沙沙声。

"是艾多玛吗?"

"是的。"

艾多玛·巴西莉莎·泽塔,和娜贝拉尔一样是战斗女仆。

"属下有事禀告。"

"我现在很忙。有空的时候再和你联络。"

"遵命。那么届时烦请联络雅儿贝德大人。"

魔法消失，安兹对看着自己的娜贝拉尔继续刚才的话题："当作奖杯，也就是狩猎的战利品。大概是犯人拿去当作纪念品了，不过那却成了致命破绽。娜贝拉尔，发动魔法吧。"

安兹从无限背袋里取出卷轴，递给娜贝拉尔。

"这是'物体定位'卷轴。目标应该不用说吧？"

"遵命。"

表示了解的娜贝拉尔打开卷轴，正要发动魔法之际，安兹抓住她的手，毫不留情地对大吃一惊的娜贝拉尔冷冷训斥：

"笨蛋。"

冰冷的斥责让娜贝拉尔的肩膀剧烈抖动："对、对不起！"

"使用情报收集系魔法时，必须充分做好防范敌人的对抗魔法准备之后再发动，这可是铁则。考虑到对方可能会使用'定位探测'，所以基本中的基本是使用'欺敌情报''反探测'保护自己。还有……"安兹准备的卷轴高达十卷，有如老师一般对娜贝拉尔一一讲解。

利用魔法收集情报时，必须事先做好防范准备，这是最基本的。安兹·乌尔·恭在PK时，会尽可能收集对方的情报，发动奇袭一口气分出胜负。这是斩钉截铁地表示"战斗在开始前就已结束"的公会成员布妞萌想出的公会基本战术："人人都能轻松进行的PK术"。

所以安兹才会把这个基本战术也教给娜贝拉尔，以便将来与玩家遭遇之际，能够在战斗中居于上风。

"就是这些。基本上还需要利用特殊技能进行强化与防范，但是对付这次的敌人应该不需要准备到那个地步。因为对方如果是可以想到更多应付方法的魔法吟唱者，就不会只对尸体施加那种程度的魔法。那么娜贝拉尔，开始吧。"

终于解脱的娜贝拉尔依序打开卷轴，吟唱写在卷轴里的魔法名称。卷轴冒出感觉不到热度的火焰，几秒后便燃烧殆尽，释放封印在里面的魔法。

将所有卷轴的魔法全部释放，受到无数防御魔法保护的娜贝拉尔终于发动"物体定位"，接着以手指指向地图上的一点：

"在这里。"

看不懂文字的安兹搜寻自己的记忆，想起那个地方是何处。

"墓地啊。不是地下水道的概率果然很高。"

耶·兰提尔也被当作军事基地，那个墓地非常广大，几乎前所未见。魔法指向那片墓地最深处的一点。

"原来如此，那么接下来使用'千里眼'，连同'水晶屏幕'一起发动，让我也能看到那边的景象。"

娜贝拉尔再次使用卷轴发动魔法，飘浮在空中的屏幕出现无数人影。不过他们的动作有些诡异，感觉非常不流畅。不仅如此，那里还有无数不是人的东西。中央有一名少年，虽然打扮与众不同，但是不至于会认错。

"确定就在那里。附近还有金属牌……是大批不死者吗？"

周围是一群不死者,虽然都是低阶不死者,但是数量相当惊人。

"您打算怎么做呢?利用瞬移一口气歼灭吗?还是利用飞行魔法发动强袭?"

"别说傻话了。那么一来问题岂不是只会在暗中解决吗?"

安兹对满脸问号的娜贝拉尔说明:"准备这么多不死者,对方一定是想利用这些不死者做出惊天动地的大事。那么救出恩菲雷亚时,顺便将这件事一起解决的话,我们就能够声名大噪。暗中解决问题只能得到莉琪的报酬,不太可能因此出名。"

话虽如此,根据状况如果不尽早解决问题,恩菲雷亚可能就会丧命。即使是安兹也无法一次召唤出这么多的不死者加以操控,所以其中应该有什么花样。恩菲雷亚的生命,很有可能就是那个花样的关键。

不过若是那样,即使牺牲恩菲雷亚也想知道那个花样的秘密。对安兹来说,最重要的课题是如何强化纳萨力克地下大坟墓。如果牺牲恩菲雷亚的性命能够强化纳萨力克,那么只好选择牺牲掉他。

"想要收集更多情报,只是准备和时间都不够呢。"如此喃喃自语的安兹走到门前,打开之后出声呼唤,"莉琪!准备好了。我们现在要前往墓地!"

"地下水道呢?"声音从远处传来,莉琪嗒嗒嗒地跑来。

"地下水道只是对方伪造的幌子,真正的地点是墓地。而且还有不死者军团，那个数量有数千人之多。"

"什么？！"

当然是随便估计，怎么可能细算！

"不用吃惊，我们预定直捣黄龙，问题在于不能保证不死者军团不会跑出墓地。您尽量将这件事告诉大家，遇到有不死者想要跑到外面时，请将它们挡回去。虽然是缺乏证据的情报，但是由这个城镇赫赫有名的您如此请托，应该会有人愿意倾听吧？若是没有任何准备便让不死者跑出墓地……那可就麻烦啰！"

安兹头盔下的脸动了一下。如果不闹得沸沸扬扬，我就伤脑筋了。事情闹得越大，解决问题之后得到的名声也越大，我就是为此才这么做的。

"我要说的话就是这些。时间紧迫，我现在过去。"

"你有办法突破不死者军团吗？"

安兹静静望着莉琪，指着背上的巨剑："办法就在这里啊！"

3

耶·兰提尔外围城墙里大约四分之一的地方，有块几乎占据大半西侧地区的巨大区域，那里正是耶·兰提尔的共同墓地。其他城镇当然也有墓地，但是没有这么大。

这是为了抑制不死者的产生。

虽然关于不死者的产生原因，还有很多不明之处，但是在生者的临终之地，时常会诞生不洁之物，其中由死于非命和没人凭吊的死者转生的可能性最高。因此战场和遗迹等处，最常出现不死者。

离帝国战场很近的耶·兰提尔，为了不让亡者变成不死者，需要巨大墓地——供人们凭吊的地方。

关于这个部分，帝国也是一样，在战斗中也会缔结协议，彼此郑重凭吊亡者。即使互相厮杀，大家还是会一致认为袭击活人的不死者是共同敌人。

不仅如此，不死者还有一个问题。那就是放任不管的话，很容易产生更强的不死者。因此每天晚上冒险者和卫兵都会在墓地巡逻，尽早消灭弱小的不死者。

墓地周围有一圈墙壁，这个围墙——就是隔离死者和活人的界线。高达四米的围墙虽然比不上城墙，但已经足够让人走在上面，大门也相当坚固结实，绝对不可能轻易突破。

大门左右有楼梯，围墙旁边设有瞭望台。每个班次五个人，卫兵打着哈欠轮流在瞭望台上监视底下的墓地。

这全是为了提防诞生在墓地里的不死者。

墓地架设施加"永续光"魔法的灯座，虽是夜晚也相当明亮。不过还是有许多阴暗处，被墓碑挡到的地方视野更差。

一名持枪的卫兵心不在焉望着墓地，打着哈欠向旁边一起监视的同伴说道："今天晚上也很平静呢。"

"是啊，之前出现了五只骷髅吧？从过去的出现频率来看，感觉大幅减少了。"

"嗯，死者的灵魂也被四大神召唤回去了吧？若是那样就太幸运了。"

其他卫兵也被这个话题吸引，纷纷加入谈论。

"只是骷髅和僵尸我们还能应付。不过用枪不容易打倒骷髅，有点麻烦。"

"我倒是认为最棘手的是尸妖。"

"我认为是蜈蚣骷髅。要不是在附近戒备的冒险者赶来解围，我早就死了。"

"蜈蚣骷髅？听说放过弱小的家伙，才会产生强大的不死者。明明只要趁对方弱小时一网打尽，就不会产生那么强大的不死者。"

"是啊，完全没错。上星期巡逻墓地的小队才被我们队长狠狠训斥一顿，虽然赔罪的酒很棒，但是我可不想再经历那种事了。"

"不过……如此一想，现在没有出现不死者，反倒让人感觉有点不妙。"

"为什么？"

"那个，只是觉得我们的监视是不是遗漏了什么。"

"你想太多了，平常才不会出现那么多不死者。听说埋了与帝国打仗时丧命的尸体，才会经常出现不死者。相反地，没有战争大概就是这样吧？"

卫兵互相点头同意这个说法。虽然各地的村庄也会埋葬人类，但是没有听说哪里时常出现不死者。

"那么说来，卡兹平原的情况似乎很夸张。"

"是啊，听说出现了超乎想象的强大不死者吧？"

卡兹平原是帝国和王国激战的平原。那个地方也是著名的不死者频繁出没的地区，接受王国委托的冒险者和帝国的骑士都会在那里扫荡不死者。这个工作的重要程度，甚至让帝国和王国的支持部门在当地建立起小城镇。

"听说……"一名正要开口的卫兵突然闭嘴。

对此感到不安的另一名卫兵开口："喂，不要吓人——"

"安静！"

闭上嘴巴的卫兵仿佛可以看穿黑暗，目不转睛地望向墓地。受到这个举动吸引，其他卫兵也纷纷看向墓地。

"你没有听到吗？"

"是你的错觉吧？"

"虽然没有听到什么风吹草动……但是好像闻到泥土的味道。之前不是挖掘墓地吗？和当时的味道很像……"

"别开这种玩笑啦。"

"咦？啊，喂！你们看那里！"一名卫兵指向墓地。

大家的目光全部集中在那一点，有两名卫兵往大门方向狂奔而来。两个人都气喘吁吁，睁大的双眼充满血丝，满是汗水的头发黏在额头上。

眼前的景象，让卫兵感到不妙。

在墓地里巡逻的卫兵，至少是以十人为一组行动。为什么只有两个人？没有拿着武器拼命奔跑的模样，看起来就像是落荒而逃。

"快、快开门！快点将大门打开！"

看见两人在门前拼命呼喊的模样，卫兵们急忙跑下楼梯开门。等不及大门全开，两名卫兵就从墓地连滚带爬冲进来。

"到底……"

离开墓地的两名卫兵脸色苍白地打断询问，一边喘气一边大叫："快、快点关门！快点！"

看到如此异常的举动，卫兵全都毛骨悚然，合力将门再度关闭，放上门闩。

"到底发生了什么事？其他人怎么了？"

听到这个问题，抬起头的卫兵露出惊魂未定的表情："被、被不死者吃掉了！"

知道八名同伴丧命，卫兵们的目光全看向队长。队长立刻下令：

"喂，一个人到上面看看！"

一名卫兵急忙爬上楼梯，走到一半便全身僵硬停止动作。

"怎、怎么了？"

不断颤抖的卫兵放声大叫："不死者！一大群不死者！"

竖起耳朵仔细倾听，果然有仿佛万马奔腾的声音从围墙另一边传来。不仅是刚才的卫兵，所有卫兵全都对眼前的景象哑口无言。

令人瞠目结舌的不死者数量，正从墓地朝着大门前进。

"这个数量是怎么回事……"

"看来不止一两百只……应该有上千只吧……"

在灯光照射不到的地方也有数不清的不死者，如果连同在黑暗中蠢动的影子，难以估计总数有多少。

带着腐败的臭味，摇摇晃晃的无数不死者，像是乌云不断朝大门逼近。里面不只有僵尸和骷髅，还有数量稀少的强大不死者——食尸鬼、饿鬼、尸妖、胀皮鬼、腐尸等。

卫兵们不由得发抖。

因为城镇被围墙包围，只要围墙没有遭到突破，不死者就无法攻击一般市民。但是即使出动所有卫兵，也不知道是否能够挡住这么一大群不死者。卫兵只是穿上防卫装备的平民，没有自信能够扫荡这些不死者。

不仅如此，有些不死者还可以让遭到杀害的人变成同种的不死者。一个搞不好，卫兵甚至可能变成不死者袭击同伴。而且虽然现在还看不到飞行的不死者，但是若不尽早扫荡，迟早会产生能够飞行的凶恶不死者，这个预感造成卫兵更大的恐慌。

不死者浪潮来到围墙旁边。

咚咚——

蜂拥而至的低智商不死者因为没有痛觉，所以胡乱撞门，好像知道只要撞破这扇门便能够攻击活人。

咚咚——

拍打声、大门遭到推挤的叽咔悲鸣，还有无数不死者的呻吟声不断传来。不需要冲车，一点都不介意自己会粉碎而不断冲撞的不死者本身就有如破城武器。

目击这个光景的卫兵，背后已经满是冒出的冷汗。

"快点敲钟！向卫兵驻扎处请求救援！你们两个去通知其他门情况紧急！"

回过神来的队长下达指令："后面的人拿枪从上方刺靠近大门的不死者！"

听到命令的卫兵想起自己的职责，开始提枪猛刺群聚在下方的不死者。像是要淹没大地的群聚不死者，随便刺出一枪都能刺中。

刺出，提起，再次刺出。

不死者冒出混浊的污血与腐败的恶臭。鼻子已经被臭味麻痹的卫兵，有如作业员重复相同的动作。几只不死者失去负向生命，倒地之后遭到后面的不死者踩烂。

因为是缺乏智商的不死者，所以没有反击不断拿枪攻击的卫兵。只是进行相同的单纯作业，让卫兵们逐渐失去危机意识。

仿佛是看准这一点——

"哇啊！"惨叫声响起，往叫声的方向一看，一名卫兵的脖子上缠着长长的东西不停蠕动。

那是一条光滑的粉红色——肠子。

伸出肠子的地方有个蛋型不死者，身体前面有巨大的纵向缺口。在那个缺口里，好几个人份的内脏仿佛寄生虫般不断蠕动。

那是名叫内脏之卵的不死者。

"啊呀！"

肠子将卫兵的身体拉过去，还来不及等人出手相救，卫兵便发出惨叫往下掉——

"救、救命！谁来救我！啊，啊呀——"

哀号响起。卫兵们都目击了同伴的悲惨命运，那人身体被群聚而来的不死者生吞活剥。被铠甲保护的身体，还有企图保护脸的举动，更是延长这个残酷的时间。手指、小腿、脸，全部都被啃个精光。

"退后！撤退到围墙下！"看到内脏之卵再次蠢蠢欲动，队长下令撤退。

所有卫兵急忙跑下楼梯，可以听到不死者撞门的声音变得更加响亮，门发出的不堪重负的声音清晰可闻。

悲壮的感觉越来越强烈。支撑到援军过来，或者不再出现更强的不死者的概率实在太低。只要门一打开，死之浪潮就会随之涌入，不知道会有多少人因此牺牲。

就在所有卫兵的脸上都写着绝望时，咔啦咔啦的金属声响起，所有人反射性地看往声音的方向。

眼前是名骑着黑色眼眸充满智慧的魔兽，装备全身铠甲的战士，旁边带着一名格格不入的美丽女性。

"喂！喂！这里很危险！快点离开——"卫兵说到这里，看到在战士胸前摇晃的金属牌。

是冒险者！

但是发现那是铜牌之后，刚涌现的一丝希望火苗立刻熄灭，最低阶的冒险者不可能有办法突破这个困境。在场的所有卫兵眼中，全都浮现失望之色。

战士身手敏捷地从魔兽身上跳下来，丝毫没有笨重的感觉。

"你没听到吗！立刻离开这里！"

"娜贝，把剑给我。"

战士的声音明显比卫兵的呐喊还要小。但是在蜂拥而至的不死者发出的喧嚣之中，那个声音显得意外响亮。美女来到战士的身边，从他的背上拔出巨剑。

"你们看看后面，很危险呢。"

听到战士警告的卫兵们往后一看，只能直视眼前的灭亡，有个比四米高的墙壁还要高大的影子。那是由无数尸体聚集而成的巨大不死者，死灵集合体巨人。

"哇啊——"

正当众人纷纷尖叫，争先恐后想要逃走时，眼前出现了惊人的光景，刚才的战士以投掷长枪的姿势举起剑。

他在做什么？这个疑问在下个瞬间立刻烟消云散。

战士以令人难以置信的速度将剑投掷出去。卫兵们急忙看向剑飞过去的地方，只看到更加令人吃惊的光景。

　　死灵集合体巨人，看起来几乎不可能被打倒的巨大不死者魔物，像是被更加巨大的敌人击中头部一般往后退，然后就此倒下，一阵轰然巨响证明巨人倒地了。

　　"挡路的不死者。"黑暗战士只说了这句话，然后拔出另一把巨剑往前迈进。

　　"开门。"

　　卫兵一下子没听懂对方在说什么，眨了好几次眼睛之后，才理解战士的话。

　　"别、别说傻话了！门的另一边可是有一大堆不死者喔！"

　　"那个吗，和我飞飞有什么关系？"

　　面对充满绝对自信的黑色战士，所有的卫兵都感到震撼，无言以对。

　　"算了，如果你们不开门也没办法，我自己过去吧。"

　　战士开始奔跑，往石板上用力一踢，就此消失在墙壁的另一边。只是轻松一跳便越过四米的围墙，而且还是穿着全身铠甲。

　　简直是有如虚幻的景象。

　　卫兵们无法相信刚才发生的事，个个张口结舌望着没有半个人的空间。

　　留在原地的美女也轻飘飘飞上空中，打算就此越过墙壁，却被人出声制止：

"请等一下。请带着鄙人一起过去！"声音来自战士刚才骑乘的强力魔兽，语气和外表一样充满威严。

美女的眉毛微微一皱——但是完全无损她的美貌——回应魔兽："……从那边的楼梯爬上来。从这点高度掉下去，不至于动弹不得吧？"

"当然！鄙人也要赶到主公身边！等等鄙人，主公！"

巨大魔兽快速通过卫兵的身边，身手敏捷地爬上楼梯，越过墙壁跳下去。

现场一阵寂静。

仿佛台风过境，目瞪口呆的时间不知道过了多久。回过神来的一名卫兵以抖个不停的声音问道："喂……你们听见了吗？"

"听见什么？"

"不死者发出的声音。"

即使竖起耳朵仔细聆听，也听不到任何声响，仿佛万籁俱寂，刚才不断传来的无数撞门声也停了下来。

害怕的卫兵全身发抖念念有词："喂，你们相信吗？那个战士……面对那样的不死者，而且还是一大群，竟然能轻易突破……安然前进。"

卫兵全都感到惊愕与崇拜。

声音会停止，是因为附近的不死者都被离开这里的新目标吸引。至于直到现在都没有声音，表示它们还在战斗，没有回来。

难以置信的想法让卫兵们全都好奇地跑上围墙，眼前的光景让卫兵怀疑自己的眼睛，忍不住发出呻吟：

"这是怎么回事……那个战士……到底是何方神圣……"

只能看到地上躺着数不清的尸体。尸体堆积如山，整个墓地都是倒地的尸体。虽然有些不死者还留有一丝负向生命，勉强抖动着身体，但是全部丧失了战斗能力。

腐败的臭味如同预期随风飘来，可以听到远方的战斗声。

"不会吧……还在战斗吗？与数量那么惊人的不死者为敌，竟然能够加以突破！真是太不可思议了！"

"那个战士到底是什么人！"

"他好像自称飞飞……那种身手只是铜牌也太扯了，绝对不可能。他应该是传说中的精钢牌拥有者吧？"

某人的低语让所有人都点头认同，那个身手绝对不可能是铜牌冒险者，应该是最高阶金属牌的拥有者——英雄。

没有其他可能。

"我们……或许见到了传说中的人物……黑暗战士……不，黑暗英雄……"

这声喃喃自语让所有人不禁点头。

●

只要右手一动就有不死者飞出去，左手一动便有不死者被一刀两断。

安兹势如破竹的一击必杀风暴终于停了下来。

"真是碍事的家伙。"

安兹的双手各拿着一把再次以魔法创造的巨剑，以受不了的眼神望向周围的不死者，把沾着污秽体液的巨剑指向它们。

不死者为之躁动，想要逃离安兹。应该不懂什么叫恐怖的不死者，看起来却像是对安兹感到害怕。

"为了鄙人的行为深感抱歉。"声音是从安兹上方很高的地方传来。森林贤王张开四肢飘浮在空中，胡须无力垂下，声音也没什么精神。

只是响应这句话的人并非安兹。

"稍微……安分一点。动来动去的很难抬。"

娜贝拉尔的声音来自森林贤王的腹部。因为森林贤王不是自己在飞，而是发动飞行魔法的娜贝拉尔抬着它飞。娜贝拉尔一半的身体几乎埋进森林贤王的腹部。

"非常抱歉……"

缺乏智商的低阶不死者，没有对突然现身的安兹表示敌意。因为对"生命"感觉很敏锐的它们，察觉到安兹和自己是同类。

但是它们不可能放过之后出现的森林贤王这个"生命"。结果就是引发将安兹牵扯进来的混战，可能因此受伤的森林贤王便被娜贝拉尔抬着飞行，好让不死者碰不到它。

安兹向前踏出一步，不死者也随之后退一步，彼此距离保持不变的圆阵。

以安兹为圆心的圆阵，随着安兹的步伐变动。虽然不死者像是在寻找攻击机会，但是只要向前跨步，立刻会被安兹一击毙命，因此不死者只是包围安兹，没人敢轻举妄动。

随便接近立刻遭到歼灭的次数，已经多到数不清，即使是低智商的不死者也得到教训，才会围起这样的圆阵。

"不过这么一来只会僵持不下啊。"对于至今还有这么多的不死者的情况，安兹只能开口抱怨同伴。

如果认真突围，这种程度的不死者集团自己可以轻松突破。不过若是强行突破，导致不死者四处逃窜，位于附近的卫兵可能会遭到杀害。如此一来就会失去目击证词，让安兹"成为解决事件的冒险者"这个目的落空。所以在前进时才必须将不死者引诱过来，尽量确保卫兵的安全。不过也因为这样，造成前进的速度变慢。

不过娜贝拉尔老实接受这句话："那么就从纳萨力克呼叫军队吧。只要有几十个援军，转眼间就能把这个墓地里反抗安兹大人的家伙全数消灭吧。"

"少说蠢话了。我不是跟你说过好几遍来到这个城镇的理由吗？"

"可是安兹大人，如果是要赢得名声，那么等待不死者破门而入，出现更多牺牲者之后再现身不是比较好吗？"

"关于这点我也考虑过了。如果详知对方的目的、这个城镇的战力等各种讯息，或许可以那么做。但是在缺乏情报的当下，要避免失去先机。如果全部按照对方的剧本走，也很令人不爽快。而且根据我的观察，可能会被其他队伍从旁夺走所有功劳。"

"原来如此……安兹大人太厉害了。竟然已经想得如此面面俱到，真不愧是至高无上的至尊，再次令属下佩服得五体投地。话说回来……有件事不知可否指点一下驽钝的属下，派遣八肢刀暗杀虫、暗影恶魔等擅长隐身的奴仆过来，在局势产生巨大变化之前从旁观察，不是更能够掌握最佳时机吗？"

安兹默默地注视飞在天空的娜贝拉尔。空气静静流动，觉得这是破绽的不死者向前踏步，接着被随手挥出的一剑打倒。

"全、全部都要我教的话，怎么能够成长？自己想吧。"

"是！非常抱歉。"

内心稍微有些动摇的安兹，用力回头确认和大门之间的距离，还有卫兵们的目光是否能够看到。

"话、话虽如此，时间还是相当紧迫。为了杀出血路，我也出招吧。"安兹解放自己的能力。

创造中阶不死者——开膛手杰克。

创造中阶不死者——尸体收藏家。

两只不死者在发动特殊技能之后现身。其中一只不死者戴着有如笑脸的面具，身穿一件风衣，手指从一半的地方变成锐利的大型手术刀。

另一只不死者拥有魁梧的体形，但是身体长满脓包，完全包裹身体的绷带已经泛黄，上面刺着好几根铁钩，与铁钩相连的铁链一直连到发出呻吟的头盖骨。

"动手。"

两只不死者听从安兹的命令，攻击聚集在周围的不死者集团。虽然只有两只，但是实力上占有绝对的优势。

在开膛手杰克以手术刀砍飞不死者的四肢，尸体收藏家以身上的锁链扯断不死者的头时，安兹继续出招。

"这里也一并解决吧。"

创造低阶不死者——死灵。

创造低阶不死者——骷髅秃鹰。

召唤出几只不死者之后下达命令："如果有什么生物入侵这个墓地，就把他们驱逐出去。若是冒险者杀了也没关系，但是切勿杀死卫兵。"

死灵的身体有如影子晃动一般消失，骷髅秃鹰也展开骨头翅膀飞向天空，准备完毕的安兹独自发笑。

派出低阶不死者的用意，在于做好事先防范，以免冒险者使用飞行魔法一口气打倒敌人首脑，抢走这份工作的好处。

"那么走吧。"

召唤出来的两只不死者大显身手，握紧巨剑的安兹往数量大幅削减的不死者冲去。

带着娜贝拉尔的安兹，来到位于墓地最深处的祠堂附近，看到有几个可疑人物在祠堂面前摆出圆阵，像是在进行什么仪式。

遮住全身的黑色长袍色泽不均、质地粗糙，每个地方的颜色都深浅不一。头上也包着一条把脸遮住、只露出眼睛的黑色三角巾，手上的木质法杖前端点缀奇怪的花纹。

身材矮小，从身体的轮廓看来应该都是男性。

只有站在中央看似不死者的男子露出脸来，身上的装扮颇为气派。男子手上握着一个黑色石头，似乎非常聚精会神。

起起伏伏的低语声，乘风传进安兹耳里。声音时高时低相当协调，听起来也像是祈祷的声音。不过感觉并非是献给死者的庄严祈祷，比较像是亵渎死者的邪恶仪式。

"要发动奇袭吗？"娜贝拉尔在耳边询问，

但是安兹摇摇头："没用吧。对方似乎也察觉到我们了。"

没有隐身类特殊技能的安兹，正大光明地走过去。虽然行进时避开墓地的灯光，但是对方只要使用"夜视"，大概就能像在大白天一样看见吧。而且根据安兹的经验，召唤的魔物和召唤者之间有着精神上的联结。既然打倒那么多不死者，对方应该已经透过精神联结察觉到了安兹的接近。

实际上已经有好几个人注视着安兹等人，他们没有发动攻击，可能是有话想说。如此推断的安兹迎面走过去。

安兹等人一走到灯光下，可疑集团立刻摆出架势，其中一人向站在中央的男子开口：

"卡吉特大人，他们来了。"

（好了，确定他们是笨蛋……不，或许有可能是假装的。应该先听听他们在说什么。）

"哎呀，真是美好的夜晚。你不觉得用来进行无聊的仪式很浪费吗？"

"哼……适不适合进行仪式由我决定。话说回来，你到底是何方神圣？怎么能够突破那群不死者？"

站在圆阵中央的男子——若非虚假，这个名叫卡吉特的男子果然地位最高——代表大家询问安兹。

"我是接受委托的冒险者，正在寻找失踪少年……名字不用我说你也心知肚明吧？"

集团稍微摆出架势，这让安兹在心中肯定他们不可能是无辜受到牵连，头盔底下的安兹对看向周围的卡吉特露出苦笑。

"只有你们吗？其他人呢？"

（喂喂，有这样问的吗？或许是想提防是否有伏兵吧……但是也稍微动脑再问吧。由此看来，可以确定这家伙只不过是个弃子。）

安兹以有气无力的动作耸肩回答："只有我们啊。利用飞行魔法一口气飞来这里。"

"说谎，那是不可能的。"

安兹从对方斩钉截铁的话中感受到某些含意，于是反问："相不相信由你。言归正传，只要那个少年平安回家，我可以饶你不死喔，卡吉特。"

卡吉特瞄了一眼呼唤自己名字的愚蠢弟子。

"你的名字是？"

"在此之前，有件事我想先问你。那边除了你们之外，还有其他人吧？"

卡吉特以冰冷的视线看着安兹说："只有我们——"

"不止你们吧？应该还有拿突刺武器的家伙……想要出其不意吗，还是害怕我们所以躲起来了？"

"喔喔，调查了那些尸体吗？还蛮有一套的——"女人的声音突然从祠堂的方向响起。

一个女子慢条斯理地现身，每走一步就会传来咔啦咔啦的金属碰撞声。

"你……"

"哎呀，已经露馅了，继续躲着也不是办法。话说回来，我只是因为不会使用'隐藏生命'，所以悄悄躲起来——"女子露出苦笑，回答声音有点凶的卡吉特。

即使撂下狠话，依然不利用恩菲雷亚这个人质——或许恩菲雷亚已经遭到杀害。正当安兹如此思考时，女子问道：

"可以请教尊姓大名吗？啊，我叫克莱门汀。请多指教。"

"虽然问了也没用，不过还是告诉你吧，我叫飞飞。"

"我没有听过这个名字……你呢？"

"我也没听过，我们收集了不少这个都市的高阶冒险者相关情报，但是其中没有飞飞这号人物喔。不过你们为什么知道是这里？明明留下地下水道的死亡讯息——"

"你的披风底下有答案。让我看看吧。"

"哇啊,变态——好色——"语毕的女子——克莱门汀的脸变得扭曲,笑到嘴巴快要咧到耳际,"开玩笑的,你是说这个吗?"

克莱门汀掀起风衣,底下似乎是每个鳞片都颜色不同的鳞铠。但是安兹的卓越视觉立刻看穿鳞铠的真相,那个绝对不是鳞铠的金属板。

那里挂着无数冒险者的金属牌。白金、金、银、铁、铜,其中甚至还有秘银和山铜的颜色。那正是克莱门汀一直以来杀害冒险者的证明,狩猎的战利品,金属的碰撞声有如无数的嗟怨声。

"就是你的那些战利品……告诉我这个地方的喔。"克莱门汀露出摸不着头绪的表情,安兹也不打算继续解释。

"娜贝。你去对付包括卡吉特在内的男人。这个女人由我负责。"安兹如此说完,稍微压低音量警告娜贝拉尔留意上方。

"遵命。"

卡吉特露出说不上是苦笑还是嘲笑的笑容,至于眼神冷冽的娜贝拉尔则是一脸无趣。

"克莱门汀,我们过去那边厮杀吧。"

安兹没有等待克莱门汀的回应便迈步而出。他很确定对方不会否定,跟在后方的优哉脚步声就是证据。

稍微拉开距离,娜贝拉尔和卡吉特所在之处出现震耳欲聋的耀眼雷击。这道雷击有如信号，安兹和克莱门汀也瞪视彼此。

"莫非我在那家店里杀的人是你的同伴？你该不会是因为同伴被杀而生气吧？"像是嘲笑一般，克莱门汀继续说道，"哈哈哈，那个魔法吟唱者真好笑。死到临头了还一直相信会有人来救他——那点体力怎么可能撑到有人来救……莫非他期待的救星是你？抱歉——被我杀了。"

安兹对笑容满面的克莱门汀摇头："不，没必要道歉。"

"是吗？那还真是可惜，能够激怒那种一提到同伴就激动起来的人最有趣了。喂，你为什么不生气？真无趣！莫非他们不是你的同伴？"

"有时候我也会做出和你一样的事。所以指责你的行为只不过是任性。"安兹慢慢提起巨剑，"不过他们是我用来提升名声的道具。他们在回到旅馆后，会把我的丰功伟业告诉其他冒险者，跟大家说我们是只有两人便击退森林贤王的英雄。竟敢妨碍我的计划，你令我非常不愉快。"

似乎从安兹的口气中感觉到什么，克莱门汀忍不住笑了："这样啊……惹人嫌的我真可怜。对了，你选择和我打是个错误喔。那个美女是魔法吟唱者吧？那么不可能打赢小卡吉，如果你们对调，运气好的话或许可以获胜。不过那个女人也不可能打赢我就是了——"

"即使只是娜贝，要打赢你也是绰绰有余。"

"别傻了，区区魔法吟唱者怎么可能赢得了我。只要三两下就能结束，一直以来都是这样——"

"原来如此，你对于自己身为战士的实力这么有自信啊……"

"是啊，那还用说。这个国家里根本没有战士打得赢我。不对，是几乎没有战士打得赢我——"

"是吗……那么我倒是想到一个好点子。我就礼让你，以这个方式向你报仇吧。"

克莱门汀眯起眼睛，首次露出不悦的表情："根据风花那些家伙探听到的情报，在这个国家只有五人能够和我好好打一场。葛杰夫·史托罗诺夫、苍蔷薇的格格兰、朱红露滴的路仙贝格·亚柏利恩，还有布莱恩·安格劳斯和已经引退的威丝契·克罗芙·帝·罗芳……不过他们就算使出全力还是赢不过我，即使在我丢掉国家赐予的魔法道具之后。"

克莱门汀对安兹露出有点恶心的笑容："我不知道你的头盔底下的长相有多恶心，不过已经超越凡人——踏入英雄领域的本小姐克莱门汀绝对不可能会输喔！"

和热血沸腾的克莱门汀相比，安兹显得从容不迫，冷静回应："正因为如此，我就礼让你吧。我绝对不会使出全力。"

4

"二重最强化·电击球。"

在娜贝拉尔张开的手上,有两个比平常大上两倍的电击球,然后同时发射。

破坏力大增的电击球迅速膨胀,向外飞出的巨大电击球波及的范围相当大,将墓地周围照亮得犹如白昼。源自魔法的电击瞬间收缩,破坏力非同小可。

位于效果范围里的卡吉特部下全都倒在地上,只有一个人屹立不摇。

"真是的……你为什么不像那些低等生物(毛毛虫)一样轻松倒下……难道你发动了'电属性攻击无效化'吗?"

如此询问的娜贝拉尔发现卡吉特的脸上有些许烧伤的痕迹。既然这样,应该是发动比"电属性攻击无效化"更低阶的防御魔法"电属性防御"吧。

娜贝拉尔对于没有一次全灭对手多少感到可惜,接着自我安慰这还算是容许范围,毕竟只用一招就结束未免太过乏味。

"你不是单纯的笨蛋,而是能使用第三位阶魔法的笨蛋吗?"

"笨蛋?你这个低等生物(蜱螨)敢骂我笨蛋!"娜贝拉尔皱起眉头。

"愚蠢捣乱我计划的人,当然是笨蛋。而且搞不懂什么人才是强者,跑到这里自寻死路!我的准备已经大功告成!就让你见识一下吸满负向能量的无上宝珠的威力吧!"

卡吉特举起手上的宝珠。那是闪耀着如黑色铁块的光芒,相当朴实的宝珠。没有经过琢磨,形状也不算工整,比较接近原石。娜贝拉尔看到宝珠里似乎有光芒为之脉动。

突然间，卡吉特被雷击烧伤全身的六名弟子爬了起来，但是那并非有生命意识的动作。六名弟子带着遭到死亡控制的动作，摇摇晃晃挡在娜贝拉尔和卡吉特之间。

娜贝拉尔纳闷地看着眼前的光景。"让僵尸当我的对手吗？"

"哈哈哈哈，说得没错。不过这样就够了！攻击！"

身为最低阶不死者的僵尸没有使用魔法的能力，娜贝拉尔对伸出爪子袭来的六名弟子发动魔法。

"电击球。"

再次发出的白色光球，在周围发出电击，将范围内的所有弟子吞没。电击瞬间消失，弟子们再次瘫倒。虽然轻易解决敌人，但是娜贝拉尔的脸上没有喜悦之色。

"创造不死者"无法一次产生多只不死者，这应该是对方使用什么特殊技能加以辅助的结果吧。

娜贝拉尔的目光移向卡吉特手上的黑色圆球，看来是那个道具的力量，让他可以一次操控数只僵尸吧。

不过是这种程度的效果，竟敢夸称是无上宝珠。纳萨力克地下大坟墓的统治者，创造我们的四十一位伟大至尊，才配得上"无上"这个说法。

正当娜贝拉尔感到不悦时，卡吉特发出愉快的声音："够了！负向能量吸收得非常足够！"

卡吉特手上的黑色圆球吸收这个墓地的黑暗，看起来似乎散发微光，并且仿佛心跳一般慢慢鼓动，比刚才更加强而有力。

看来若是放任不管，之后会变得很麻烦。正当如此判断的娜贝拉尔想要行动时，一道声音传来。那是风切声，记得主人教训的娜贝拉尔猛力纵身一跃。

巨大物体掠过娜贝拉尔的身边，然后在卡吉特面前慢慢飘浮之后，由无数骨头组成的尾巴在地上用力拍了一下，降落地面。

那是一只高约三米的人骨集合体。由无数的人骨组成，模仿的对象是脖子很长、拥有翅膀与四只脚的神兽——龙。

那是称为骨龙的魔物。

这种魔物的等级对娜贝拉尔来说不算强，但是骨龙的特征对娜贝拉尔来说很危险，她的脸上第一次露出感到惊讶的表情。

"哈哈哈哈哈！"卡吉特失控的笑声在四周响起。

"对魔法具有绝对抗性的骨龙，正是让魔法吟唱者无计可施的强敌吧！"

娜贝拉尔的魔法无法伤害骨龙，那么——取出主人以防万一要自己随身携带的剑。剑鞘和剑以绳子绑住，好让剑无法轻易出鞘。

"打死你。"娜贝拉尔跨出一步。

娜贝拉尔利落躲过打算反击的骨龙举起前脚挥下的攻击。随着前脚掀起的强风，娜贝拉尔摇曳长发顺势冲进骨龙的胸口。

接着注入全身的力道——全力挥击。

高达三米的骨龙就这么飞了出去，接着传来撼动地面的冲击。

"什么？！"卡吉特不禁瞠目结舌。

骨龙是由骨头组成，外表看起来很轻，不过那也只是看起来而已。每天都在追求魔法力量的魔力系魔法吟唱者，没有足够的力气使出这样的招式。

卡吉特慌张地躲到骨龙的庞大躯体后面大叫："你、你到底是谁！该不会是秘银……不，是山铜等级的冒险者吧！这个城市里应该没有这种冒险者，你是追着我还是克莱门汀来到这里的吧！"

卡吉特激动得咬牙切齿。

"唉，就是因为这么激动，才符合低等生物（叩头虫）这个说法喔。"

"你、你！"

耗费大量的负向能量，甚至花了两个月时间举行盛大仪式才诞生的骨龙，怎么会输得如此干脆，这可是自己花费好几年时间计划的精心杰作。

就在卡吉特气得脸红脖子粗时，骨龙发出唧唧咔咔的声音，慢慢站了起来。构成胸部的骨头上面有着巨大裂痕，不断掉落碎骨。不能再受到追击。

"不行！不行！不行！"

"负向雷射。"

来自卡吉特手上的黑色光线照在骨龙身上，以负向能量急速回复骨龙的伤。

"虽然对魔法具有绝对抗性，却可以利用魔法回复呢。"

无视娜贝拉尔的揶揄，卡吉特继续发动魔法。

"铠甲强化。低阶增强臂力。死者火焰。盾墙。"

卡吉特不断使用强化骨龙的魔法，骨龙的骨头身体变得更加坚韧，也以魔法方式强化力量，夺命的负能黑火笼罩全身，甚至还有看不见的屏障有如护盾挡在前方。

"既然这样，我也来吧。"

"铠甲强化。盾墙。负属性防御。"

娜贝拉尔也跟着发动防御魔法，等到彼此都发动防御魔法，像是钟声响起一般，两人再次开战。

娜贝拉尔挥出一剑，狠狠击中骨龙的前脚，但是娜贝拉尔皱起眉头。虽然和刚才一样可以轻松击中对方，但是现状绝对不能算好。

她既不擅长肉搏战，武器也不适合。骨龙的身体是由骨头组成，所以突刺和斩击武器的杀伤效果很差。但是娜贝拉尔没有杀伤力最佳的打击类武器，因此现在只能使用剑鞘。虽然就战况来说稍占上风，但是每次挥剑时的平衡性不佳，无法给予骨龙有效伤害。

如果是由专业的战士使用或许可以取得平衡，然而娜贝拉尔是魔法吟唱者，没有精通到这个部分。

骨龙的前脚扫过蹲下的娜贝拉尔头部。虽然笼罩骨龙身体的黑色火焰烧到躲过横踢的娜贝拉尔身上，不过受到"负属性防御"的防御效果抵挡,黑色火焰立刻消失无踪。

如果事先没有防御,即使躲过招式,也会因为这个追加效果而受伤吧。

"负向雷射。"

卡吉特使用魔法射线治疗骨龙的伤。

这也是让娜贝拉尔皱眉头的原因之一。不管给予多少伤害,后方的卡吉特马上会加以治疗。虽然想要先攻击卡吉特,可是卡吉特和娜贝拉尔之间有着骨龙,不让她这么做。

就算使用"雷击"这类贯穿系魔法,也会被魔法无效的骨龙挡住。至于范围系魔法"雷击球"也会被卡吉特的防御魔法挡下,几乎无效。

那么利用精神操控之类的方式解除防御,一招就可分出胜负的魔法——

"迷惑人类。"

"不死精神。"

娜贝拉尔和卡吉特同时发动魔法。娜贝拉尔对卡吉特发出迷惑人类的魔法,卡吉特则是对娜贝拉尔发出可让精神系魔法无效的防御魔法。

结果,卡吉特露出胜利微笑,娜贝拉尔咋舌皱眉。

可能因为卡吉特的笑容而分心,娜贝拉尔的脸蒙上阴影,娜贝拉尔的眼前出现占满视线的白色物体。难以回避——

脑袋灵光一闪,以剑尖顶着肩膀,把剑当作盾牌。持剑的手和受到攻击的肩膀传来一阵冲击，几乎快要麻痹全身，娜贝拉尔的身体因此飞到空中。

这是骨龙以脸部为目标，发出甩尾攻击造成的结果。

"喔、喔喔。"虽然娜贝拉尔没有跌倒，身手矫健地双脚着地，还是不免踉跄后退。

明明是乘胜追击的大好机会，骨龙依然坚守岗位。这是因为要保护卡吉特，无法离开太远的缘故。观察如此反应的骨龙，娜贝拉尔挥挥麻痹的手，袪除麻痹与疼痛。

这时卡吉特从骨龙背后探头——

"强酸标枪。"

"雷击。"

卡吉特发出的绿色枪状物体击中娜贝拉尔的身体。原本应该给予强酸伤害的标枪，却在娜贝拉尔的身前数厘米处遭到阻挡，失去魔法效果消失无踪。同一时间，娜贝拉尔从手指发出的雷击也被站在前方的骨龙挡下，失去效用。

卡吉特和娜贝拉尔互相瞪视。

"发动防御魔法吗？真是麻烦。"

"麻烦是我的台词，你这个低等生物。别躲在后面，正大光明应战如何？"

"为什么我非得出来？"

"你一直困在这里，计划不就被打乱了吗？"

被一针见血说中的卡吉特瞪了过来，娜贝拉尔露出若无其事的微笑。

"没办法了。"像是下定决心的卡吉特再次握紧奇怪的圆球，然后举向天际，"见识一下死之宝珠的力量吧！"

大地为之震动，娜贝拉尔的身体也跟着摇晃。那是巨大物体现身的前兆。地面在下个瞬间崩裂，白色魔物优哉现身。

"第二只。"

"哼！负向能量已经耗尽了。不过即使如此我也要除掉你和你的同伴，只要在这个都市散播死亡，多少可以回复吧！"与无动于衷的娜贝拉尔相比，卡吉特的叫声混杂愤怒情感。

"呼。"用力吐出一口气，娜贝拉尔向前冲刺，以常人无法想象的速度奔驰。出乎意料的卡吉特来不及反应。

骨龙对进入攻击范围的娜贝拉尔挥出前脚。娜贝拉尔一个转身，躲开右方骨龙的前脚攻击，不过另一只骨龙正在等她，发出仿佛要掀起地面的甩尾攻击。

娜贝拉尔向后远远跳开，差点儿击中自己的巨大尾巴在眼前发出巨响袭来。接着突然改变方向往上举起，向跳开的娜贝拉尔由上往下挥。

娜贝拉尔虽然向左避开震撼大地的重击，但是右边的骨龙也靠了过来挥下前脚。

"咕！"

举剑挡住声势惊人的前脚。虽然沉重的压力非同小可，不过娜贝拉尔还是稳稳挡住，反推回去。出招的骨龙向后退，让这场战斗出现短暂的空白。

"你到底是什么人？竟然可以不使用武技挡下……到底是如何练就这个体能？"

"因为我是由凌驾神的无上至尊们所创造的。"

"你是在耍我吗？"

"即使得知真相也无法理解，还说提出至尊无上名号的我是笨蛋……所以我才会说人类是低等生物（涡虫）。"

娜贝拉尔以锐利的眼神瞪向卡吉特，那是寒气逼人，令人不禁想要后退的犀利目光。感觉害怕的卡吉特像是要甩开惧意一般下令：

"上吧！骨龙！"

两只骨龙和卡吉特保持适当的距离，再次发动攻击。

避开骨龙的攻击想要趁机靠近，却为了回避另一只骨龙的攻击而失去良机。你来我往的攻防战胶着了好一阵子，终于出现决定胜负的关键一击。

"强酸标枪。"

娜贝拉尔下意识地把脸转开，躲过往脸飞来的魔法标枪。

这是严重的失误。即使击中也没有效果，可以不予理会。但是因为是迎面袭来，所以反射性地躲开。这是没有提升近战能力的魔法吟唱者才会出现的失误。

这个失误造成了巨大的影响。

"咻！"随着破风巨响，娜贝拉尔的视野剧烈改变。身体一口气飞向旁边。

感觉到短暂的无重力状态,然后重重摔落地面。左手挨了一招骨龙的甩尾攻击。不断滚动让她晕头转向,分不清自己身在何处。

身体受到多种防御魔法保护,因此感觉不到什么疼,但是两只骨龙正对倒地的娜贝拉尔抬起前脚。

已经无计可施了——一般来说是那样。

"投降的话可以饶你一命喔?"确信胜券在握的卡吉特,对娜贝拉尔露出嗜虐的笑容。

卡吉特当然不打算这么做。那个表情明显是在期待女子摇尾乞怜之后,依然遭到践踏的可怜模样。

挺起上半身的娜贝拉尔气到整张脸为之扭曲:"区……人……"

"什么?"

娜贝拉尔目不转睛地瞪着卡吉特:"区区的人类,还敢说这种大话,你这个垃圾。"

睁圆双眼的卡吉特气得发抖,下令要把娜贝拉尔逼到死路。

"消灭她,骨龙!"

两只巨龙的前脚举起时,远处传来一个声音,娜贝拉尔笑了。娜贝拉尔崇拜的对象发出的声音——不管他的声音距离有多远,一定都能听见。

"娜贝拉尔·伽玛!展现纳萨力克的威力吧!"

"遵命。那么接下来我不再是娜贝,将以娜贝拉尔·伽玛的身份开始应对。"

骨龙的骨头前脚向下踩,想将倒地的娜贝拉尔踩烂。在千钧一发之际,差点儿变成肉泥的娜贝拉尔发动魔法。

"传送。"

娜贝拉尔的视野立刻切换不同的景象,娜贝拉尔来到上空五百米处,没有翅膀的娜贝拉尔当然是往地面垂直掉落。

发出轰隆声的疾风拍打全身,地面越来越近。娜贝拉尔哈哈大笑:

"飞行。"

降落的速度越来越慢,娜贝拉尔的身体浮在空中,往下可以看到刚才的战场。卡吉特和两只骨龙看不到娜贝拉尔,惊讶地东张西望。

●

"唉,我已经累了——"克莱门汀的轻浮话语传进安兹耳里。

经过数分钟的交手,安兹的巨剑一次都没有碰到过克莱门汀。

"话说回来,你的身手或许不错。值得炫耀吧,不过——"表情变成肉食兽的狰狞笑容。

"你傻了吗?你只是靠着卓越的体能在挥剑,甚至连虚实都不懂,那样挥剑和小孩子拿着棍棒乱挥一样喔。就算双手各拿一把剑，但要是不会用剑，还不如只用一把剑比较聪明，你太小看战士了吧？"

"那么攻击我吧。你从刚才起就只是躲避不是吗？时间拖太久对你们比较不利吧？"安兹带着冷笑回应。

克莱门汀皱起眉头。的确，克莱门汀没有对安兹发动任何攻击，只是在闪躲安兹的攻击，那也是因为安兹的非凡体能，让克莱门汀无法抓到适当的攻击时机。

可见并非像克莱门汀说得那样游刃有余。刚才的强势发言，让她对于无法主动出击的自己感到恼火。

"你那种没有任何战士打得赢自己的自信，跑到哪里去了？"

"我……"

受到安兹挑衅的克莱门汀终于取出武器。她的腰上挂着四把名为短锥的突刺短剑，除此之外还有流星锤，现在拔出其中一把短锥。以超乎常人的视力确认流星锤沾着类似血污和肉片的秽物，正面交锋的安兹握紧双手的巨剑。

正当双方打算出招时，大地为之震动。

安兹无法从摆出架势的克莱门汀身上移开视线，只是稍微瞄了一眼，看到娜贝拉尔激战的地方，出现两只由巨大骨头组成的龙兽。

"是骨龙……吗？"

"答对了，你懂得蛮多的嘛。没错，那就是魔法吟唱者的克星。"

"原来如此，那就是娜贝拉尔无法打赢的原因啊。"

"就——是那样。"在骨龙登场后回复冷静的克莱门汀，再次以嘲讽的语气开口。

安兹皱起头盔底下的幻影面貌。对魔法吟唱者来说，骨龙是难缠的强敌，而且还是一次对付两只，以现在的娜贝拉尔来说根本毫无胜算。

似乎看穿安兹的焦躁心情，克莱门汀稍微动了一下。这个举动带有牵制的味道，应该还有后续。以战士来说，看到比自己强大的敌人露出破绽，会趁机攻击。

将娜贝拉尔的事赶出意识，安兹以吓阻的意味刺出左手的巨剑，虚晃牵制，同时慢慢提起右手的巨剑蓄势待发。

克莱门汀的武器是突刺型，不像斩击武器那样有五花八门的攻击方式，只是针对突刺进行强化的武器。而且短锥的纤细结构，没有强韧到足以和巨剑激烈交锋。

正因为如此，安兹才会以左手的巨剑牵制保持距离，等待克莱门汀自己靠近，只不过对方也很清楚这一点。

"你有办法拉近这个距离吗？"

"你说呢——"油腔滑调的克莱门汀一副游刃有余的模样，还有脸上的轻薄笑容，都在显示她绝对没有束手无策。

克莱门汀慢慢变换姿势，很接近蹲踞式起跑，不过身体却是站着，因此模样很古怪。虽然看起来有些可笑，但绝对是不能掉以轻心的姿势。

这时，克莱门汀出招了。在严加戒备的安兹眼前，克莱门汀像是拉到底的弹簧一般弹射而去。

迎面直奔而来，那是拥有非凡体能的安兹都难以置信的飞奔。

像是暴风在瞬间吞没一切，克莱门汀转眼间来到眼前，以相同速度的敏捷身手，钻过安兹伸出的巨剑下方。面对克莱门汀有如灵蛇出洞的动作，感到焦急的安兹使劲地挥出右手，斩断空气的强烈挥击带着超乎想象的破坏力袭向克莱门汀。

在不到刹那的时间里，安兹看到女子的花颜笑容变得更加强烈。

"不落要塞。"

看到不可思议的光景，安兹大吃一惊。

纤细的短锥竟然正面挡住重量超过十倍的巨剑一击。

如果乖乖挡下安兹的强力攻击，短剑应该会断掉吧，即使奇迹似的挡住，也会被强大的劲道撞飞。不过安兹的巨剑像是打中莫名结实的城墙，反倒是被剧烈弹开。

仿佛投进恋人的怀抱，克莱门汀冲向毫无防备的安兹胸口，安兹的大半视野顿时变成满脸笑容的克莱门汀。

比起退后的安兹，对方的攻击速度更快。将全力奔驰的冲劲与全身力量合而为一，活用重心转移使出的一击，简直可用流星来形容。随着闪光，金属撞击的刺耳声音在墓地里叽叽叽叽地响起。

克莱门汀躲过安兹左手随意挥出的巨剑，向后闪开，安兹也摸清楚克莱门汀这个花招的秘密。

"武技吗!"

YGGDRASIL当中没有的技能,可说是战士的魔法,必须戒备的武技。效果是防御剑击和使剑击的威力无效吧。一定是使用武技弹开安兹的攻击。

"真硬啊——那副铠甲是用什么东西做的?精钢……吗?"

虽然感觉不到疼痛,不过还是听到了摩擦声,并有锐利物体刺到左肩的感觉。

安兹望了一眼传来冲击的肩膀,铠甲只是稍微凹陷。虽然没有特殊魔力,好歹也是百级魔法吟唱者变出来的铠甲。铠甲的硬度会随着等级越来越高,即使如此还是凹损,可见克莱门汀的一击有多大的破坏力。

"算了。既然这样,下次,就攻击防御比较弱的地方吧。虽然原本想要一点一滴削弱你的力量,等到无法动弹再慢慢折磨的——可惜、可惜。"

知道克莱门汀并非随便攻击肩膀,而是企图打伤安兹的手让他无法出招后,安兹首次对身为战士的克莱门汀感到佩服。

安兹只会单纯挥剑,只想着给予对方伤害。只要能够确实命中,光是一招就足以让敌人毙命。不过若是面对高手,也必须仔细思考之后的战斗走向。

(真是获益良多……)

"嗯,那么我要上啰——"

正当安兹感到佩服时，克莱门汀又做出和刚才一样的诡异前倾姿势。安兹则是举起右手的巨剑准备迎敌，只不过这次没有刺出左手的巨剑。

对安兹的这个姿势嗤之以鼻的克莱门汀冲了过来。速度快到拥有惊人动态视力的安兹都难以捕捉，如果不是直线冲来，或许会被她逃出视野。

面对克莱门汀这支全力冲刺的恶兆之箭，打算加以击落的安兹发动攻击，挥出右手的巨剑——

"不落要塞。"

再次被对方发动的武技弹开，不过这个结果早在预料之中。在上次的过招中，安兹因为全力挥剑遭到用力弹开而失衡，所以这一击没有使出那么强的力道。

以臂力挡下仿佛被墙壁弹开的冲击，安兹挥出左手的巨剑。这次安兹很有把握，对方绝对无法挡下自己使出全力的第二招。

不过说时迟那时快，克莱门汀再次发动另一招武技。

"流水加速。"

这招武技产生了意想不到的惊人结果。

仿佛时间遭到操控的缓慢空间，像是掉进黏度极高的液体中，所有动作都变得迟钝，安兹挥出的巨剑速度也变得非常慢。

可是克莱门汀在这个缓慢世界里依然维持相同的速度，轻而易举地躲过反击，从安兹的正前方钻过来。

这或许是安兹的错觉吧。为了预防移动遭到干扰，安兹戴上魔法戒指，不让自己的行动因为外在因素——或许会有未知的情况——变得迟钝。

应该只是克莱门汀因为战斗变得激动，才会感觉她的速度急速增加吧。最重要的是安兹以前也见过这个武技，当时没有这种感觉。

"葛杰……"

葛杰夫·史托罗诺夫曾经用过这个武技。

名字才说到一半，短锥就刺了过来。瞄准的目标是头盔的狭窄缝隙——眼睛。

安兹用力偏头，虽然没有被刺中缝隙，头盔还是响起金属摩擦的刺耳声音。来不及松一口气感叹幸运逃过一劫，视野的一角立刻看到再次拿起短锥准备出招的克莱门汀。

"咋！"

即使把体能的差距考虑进去，克莱门汀直线的突刺，还是比安兹画圆的挥剑动作来得迅速。这次的短锥没有落空，不偏不倚命中安兹。

"嗯？"

"咕！"

感到诧异的声音和慌张的声音同时响起。

安兹手拿巨剑按住头盔，往后远远跳开，不过没有遭到追击。

侧眼看着狼狈的安兹，克莱门汀感到奇怪地望着短锥剑尖，以嘲笑的模样说道："别再说要让我了，再不使出全力就要一命呜呼啰——"

　　克莱门汀为了厘清自己的疑问，对着默默不语的安兹继续问道："不过你是怎么办到的？挨了刚才的一击竟然毫发无伤。我还以为那一招肯定可以打伤你耶——"

　　"哎呀哎呀。这一战……真是获益良多。首先让我知道武技的存在，不仅如此，也学会了在战斗时不能只靠蛮力挥剑，还有运用全身保持平衡出击有多么重要。"

　　"啥啊？你是白痴吗？现在才知道……根本不配当战士嘛。不过反正你都要死在这里，无所谓了——不过还是希望你回答我的问题……是防御系的武技吗？"

　　克莱门汀以受不了的模样开口，安兹在头盔底下露出苦笑，认为对方的话说得没错。

　　"哎呀，真是学艺不精呢……感谢你。不过时间紧迫，游戏就到此结束吧。"

　　不理会满脸疑问的克莱门汀，安兹放声大喊："娜贝拉尔·伽玛！展现纳萨力克的威力吧！"

　　将手中的剑柄转了一圈，把两把巨剑的剑尖向下刺进地面。安兹向前伸出空空如也的一只手，温柔地向克莱门汀招手：

　　"那么，带着必死的觉悟过来吧。"

"竟然真的会使用'飞行'魔法，看来不是虚张声势。不过刚才的那一击你是如何躲过的？我在骨龙后面没能看到……"

从天空缓缓降落的娜贝拉尔，听到充满警戒意味的疑问。想不出来她为何不利用"飞行"魔法逃走，特别是遇到骨龙时明明可以撤退却没有那么做，实在令人不解。

"哼，你有胜算吗？即使对上对魔法有绝对抗性的骨龙？"

"打赢的方法要多少有多少……不过在此之前……"

娜贝拉尔抓住肩膀，将长袍拉了下来："我是效忠于纳萨力克地下大坟墓的绝对统治者无上至尊安兹·乌尔·恭的战斗女仆（昴宿星团）之一娜贝拉尔·伽玛。能够和我战斗，你这个低等生物（人类）应该感到高兴。"

身上的装备变得全然不同。戴着以金、银、黑色金属制成的护手、护膝，穿着以漫画女仆服为概念设计的铠甲，头上以白色发饰取代头盔，手里拿着一把内金外银的手杖。

YGGDRASIL的自制道具，可以利用原有的计算机数据水晶改变性能。娜贝拉尔的长袍藏有快速更衣的水晶，不需耗费更换装备的时间，可以直接切换事先设定的装备。

取而代之的是脱下来的长袍会存放到空间里。

看到突然出现在眼前的女仆，纳闷的卡吉特不断地眨动双眼，终于理解状况——

"什么？"他接着发出惊讶的叫声。

看到眼前的魔法吟唱者突然变成女仆，当然会感到吃惊。

虽然对如此搞笑的装扮感到不快，但是娜贝拉尔从容不迫的模样让卡吉特觉得危险，他立刻命令骨龙发动攻击。两只骨龙以出乎意料的敏捷身手逼近娜贝拉尔，挥出由无数骨头组成的前脚。在攻击即将命中之际，娜贝拉尔发动魔法。

"次元移动。"

娜贝拉尔再次消失无踪。

"又来了！"为了寻找消失的娜贝拉尔，卡吉特抬头仰望天空，想起刚才的情况。不过疼痛让卡吉特知道娜贝拉尔的方向。

"呀啊……"墓地里响起卡吉特的惨叫声。卡吉特的左肩突然感到灼痛，这股疼痛随着心脏跳动扩散至全身。

震惊的卡吉特看往伤口，锐利的剑锋正要离开伤口。

"唔、唔！"

下个瞬间剑被粗鲁拔起，再次感到剧痛。体内传来划过骨头的感觉，在剧痛的加成下显得更加不舒服。被剑刺伤的伤口喷出浓稠的血液，弄湿黑色长袍。

因为太过痛苦而流出口水的卡吉特，急忙回头察看到底发生了什么事，只见娜贝拉尔以纳闷的表情站在眼前。

"有那么痛吗？"娜贝拉尔用没有拿手杖的手，把玩沾着鲜血的黑色短剑。

"呜——"卡吉特已经痛到说不出话来。

不常上前线的魔法吟唱者，受到众人服侍的卡吉特通常是给予疼痛的一方，不常体验疼痛的感觉，因此对疼痛的忍受度

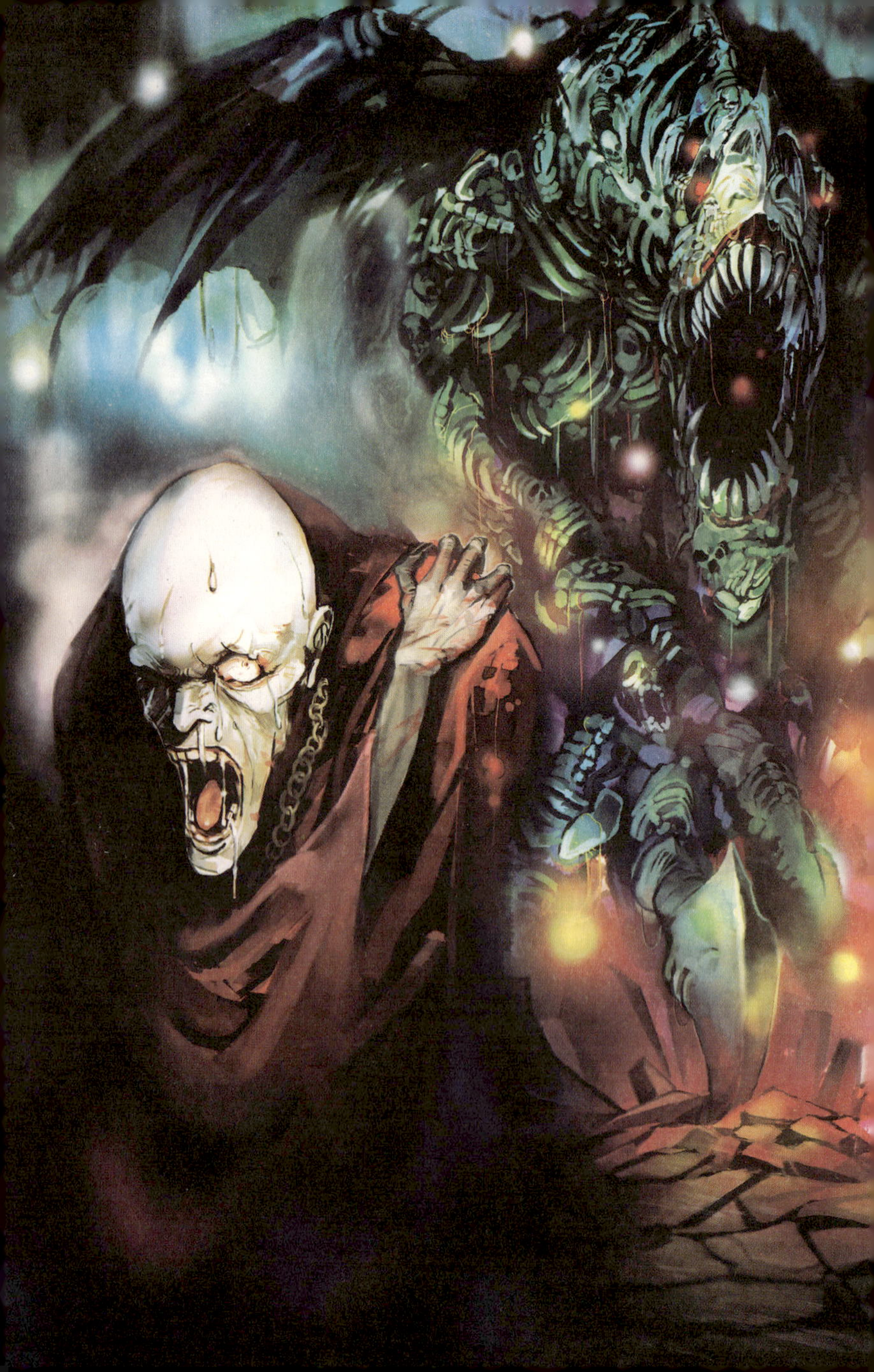

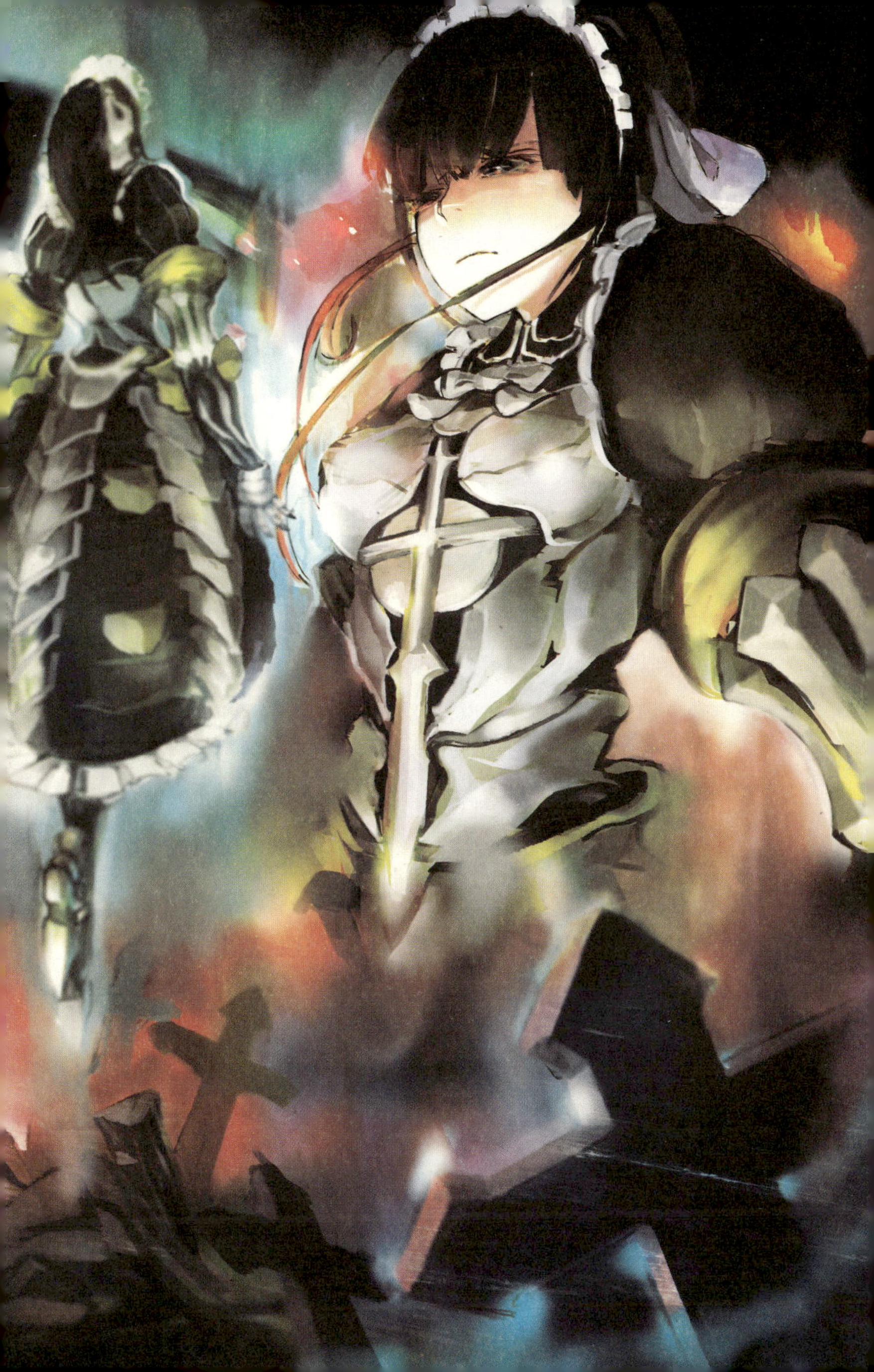

很低。

额头滴落汗水的卡吉特在脑中对骨龙下令。娜贝拉尔往后退开，与接近的骨龙拉开距离，"飞行"的速度比一般的奔跑更加迅速，两只骨龙冲进娜贝拉尔离开之后拉开的空间。

躲在骨龙后方，来到安全无虞的位置稍微回复冷静的卡吉特，终于理解娜贝拉尔使用了什么魔法。

那是——

"竟然是传送魔法！"

"次元移动"虽然属于第三位阶的魔法，不过对魔法吟唱者来说，那只是用来和对手拉开距离的逃脱魔法。

不过那只适用于运动能力不佳的魔法吟唱者。对身手不比战士逊色的魔法吟唱者来说，那个魔法的价值可比攻击魔法。不，因为防不胜防，甚至比差劲的攻击魔法更强吧。

卡吉特按着肩膀，瞪视娜贝拉尔："原来如此，你的撒手锏就是利用传送来杀我吗！刚才也是利用传送逃过一劫吧！"

的确是棘手的杀手。既然魔法对骨龙无效，只要杀死操控的施法者即可，这是理所当然的战法。而且对方又能灵活运用传送魔法，卡吉特很有可能躲不开。

不过娜贝拉尔回答得一派轻松："怎么可能！"

卡吉特无法理解话中含意，不断眨动双眼。

像是补充说明一般，娜贝拉尔把剑收回剑鞘："只是实际做给你看，我能够轻易杀了你罢了。"

娜贝拉尔展现出将危机化为转机的手段，但是自己放弃这个方法，卡吉特完全搞不清楚她的动机。

"你疯了吗？"

"虽然你只是低等生物（跳蚤），但这算是什么答案？好好动脑吧。"

看到娜贝拉尔冰冷至极的目光，卡吉特全身发抖。那并非发怒，而是——因为害怕。卡吉特的脑中涌现不安。

"差不多也该结束了。身为属下如果让安兹大人久等，那也太失礼了……你似乎认为魔法对骨龙无效，那么就给你这个低等生物（水龟）大开眼界的机会吧。代价是你的性命。"

放开手杖，拍手的声音响起——张开的双手之间有着白色弧形闪电。受到有如龙形扭曲的闪电影响，周围的空气也开始滋滋滋放电，闪闪发亮。

娜贝拉尔仿佛是被白色光芒笼罩。

"呃。"

卡吉特瞠目结舌，哑口无言。他可以理解那是超越自己智慧的惊人魔法，还可以看见娜贝拉尔在耀眼的白光中面带冷笑。

眼前是骨龙的庞大身躯，想起它们的存在，卡吉特的心中响起刺耳的警铃。

"你、你能打倒对魔法有绝对抗性的骨龙吗？上吧！把她干掉！"他带着隐藏不了内心恐惧的走音叫声，下达指令。

在两只骨龙接近时，娜贝拉尔露出冷酷师父教导愚蠢弟子的笑容："对魔法有绝对抗性？骨龙确实对魔法具有抗性，不过那个能力只能对付第六位阶以下的魔法。"

骨龙还要再一阵子才能攻击到娜贝拉尔，在这段时间，异常冷静的卡吉特理解了娜贝拉尔的话中含意。

"也就是说，骨龙无法抵抗能够使用更高位阶魔法的我，娜贝拉尔·伽玛。"

此言不虚。卡吉特的直觉这么认为。也就是说这个女人能解决骨龙，还能将他送上西天。

"为什么！我耗费五年时间的心血结晶，不到一个小时就全部付之一炬！"如此哀号的卡吉特，脑中像是走马灯出现许多景象。

卡吉特·戴尔·巴丹提尔。

因为村子里的工作，拥有结实体格的父亲和沉稳的母亲在斯连教国边境的村庄生下他，在村里度过极为"普通"的童年。

他会变成现在这个样子，起因是看到母亲的尸体。

那一天，在夕阳清晰可见的时分，卡吉特气喘吁吁跑回家中。母亲虽然要他早点回家，他却因为一些记不太清楚的小事晚归。在村郊找寻漂亮石头、拿棍棒假扮英雄……就是为了这些微不足道的小事而耽误了。

带着害怕母亲责备的心情跑回家，眼前却是倒卧地上的母亲。吓得他赶紧跑去触摸母亲，温暖的触感至今依然记忆犹新。他觉得这只是谁在开玩笑，但事与愿违。

母亲已经撒手人寰。

根据圣职者的说法，死因是"脑中长了血块"。也就是说并非人为因素，没有人有错。不，卡吉特觉得有一个人应该负责。

那就是自己。

如果当时自己能够早点回家，或许就能解救母亲。斯连教国中有许多信仰系魔法吟唱者，卡吉特的村里也有好几个。如果自己向他们求救，或许母亲现在依然能健康地展露笑颜。

心爱的母亲因痛苦而扭曲的脸，那是自己造成的。卡吉特下定决心，要学习魔法弥补自己的过错——也就是说自己要让母亲重生。

但学会的魔法知识越多，遇到的问题越大。

第五位阶的信仰系魔法里有复活魔法，不过那个魔法无法让母亲复活。因为复活时死者会消耗庞大的生命力，生命力不足的死者将会无法复活而灰飞烟灭。母亲没有足以消耗的生命力。

他没有足够的时间开发新的复活魔法。放弃人类的身份改当不死者的话，就能争取更多时间开发新的复活魔法——这是卡吉特得到的结论。

从此，他舍弃过去逐步累积的信仰系魔法，走上使用魔力系魔法变成不死者这条路。不过前方依然有障碍阻挡。走上魔力系魔法吟唱者的这条路，即使是在放弃当人之后，也必须花上很长的时间才能成为高阶不死者。当然也有才能等能力的障碍，甚至有可能当不成不死者。

突破这些障碍的方法之一，就是收集庞大的负面能量——没错，就是杀死整个城镇的人，让他们变成不死者产生负面能量。

就在这个愿望即将达成之际，为什么再次出现障碍？

"我花在这个城镇的五年准备时间！过了三十年也难以忘怀的心愿！你有资格将这一切毁于一旦吗！就凭你这个突然出现的家伙？"

一道冷笑回复卡吉特的咆哮："我对低等生物（你）的心愿一点兴趣也没有。不过你的努力还真是令人忍不住大笑。有句话可以送给你……身为安兹大人的垫脚石，真是辛苦你了。"

"二重最强化·连锁龙雷。"

娜贝拉尔的双手各自出现蜿蜒奔腾的龙形闪电。比手臂还粗的雷击打中骨龙，白色的庞大躯体为之震动。像龙一样席卷骨龙全身的雷击，将操控尸体的虚假生命燃烧殆尽。

结果瞬间揭晓。

在魔法雷击的威力之下，理应对魔法有绝对抗性的骨龙开始四分五裂。即使骨龙完全粉碎，雷击依然没有消失，两道龙雷像是在寻找猎物一般，抬头往剩下的最后猎物飞去。

卡吉特的视野被白色雷光所笼罩。

没有求饶的时间，也没有哀号的时间。眼角冒出的泪水瞬间蒸发，只留下呼唤"妈妈"的低声呻吟，卡吉特便被强光吞没，遭到雷击无情贯穿。

全身抽搐的卡吉特像是跳着奇怪的舞蹈，站在原地扭动身躯，打从体内激烈燃烧。雷击消失之后，冒烟的卡吉特滚落地面。

四周满是烧焦的臭味。

娜贝拉尔耸耸肩，对着肌肉烧焦、缩成一团倒地的卡吉特念念有词：

"即使是低等生物（虫子），烤过之后的味道也蛮香的……拿来送给艾多玛当作礼物不知道好不好。"

说着捕食人类的同僚名字，娜贝拉尔脸上露出嘲讽的笑容。

●

眼前的战士大大张开双手，摆出拥抱一般的动作。

"你在耍什么花样？放弃了吗？"

"放弃什么？既然已经对娜贝拉尔下令，我想我们也差不多该做个了结了。"

"什么？你在痴人说梦吗？又没什么上得了台面的武技，还以为打得赢本小姐克莱门汀吗？真是令人火冒三丈。"

"弱者能说出这种玩笑话，也算了不起了。"

虽然想激动地反驳"那是你吧"，但是克莱门汀将沸腾的内心压抑下来。

眼前的男人身为战士的技能虽然低，但是体能大幅超越常人。就她所知，仅次于两名神人——漆黑圣典的番外和身为首席的队长。因此他那随着情感挥剑的方式会形成杂乱无章的攻防，一不小心还有可能遭到致命一击。

装出平常的嘲笑表情，克莱门汀出言挑衅："算了，我也赞成做个了结——"

战士飞飞只是以耸肩代替回答。

克莱门汀冷静观察男子的姿势，虽然破绽百出，但是不可能只有这样。一定是陷阱。

不过克莱门汀没有选择，刚才的话虽然像是开玩笑，但其实是真心话。如果能够借用骨龙的力量应该可以逃脱，只是不能再浪费时间。虽然是为了甩开潜入这里的风花圣典成员，但自己已浪费太多时间在游玩上了。

克莱门汀慢慢蹲下，往手上的短锥施加力道。速战速决，可能的话，一招决胜负。

虽然也是因为没有时间可以浪费，但是眼前这个战士的攻防已经变得越来越协调，还是在他成长到无法收拾之前解决比较安全。

大大吐出一口气，克莱门汀向前冲刺。"疾风走破""超回避""能力提升""能力超提升"，和刚才一样使出四个武技，企图稍微拉近双方的体能差距。而且不管飞飞做了什么，都还有余力使用武技。

在加速的世界里，克莱门汀完美掌握对方的动作。会从地上拔起剑来攻击，或是使用武技、格斗技，还是隐藏武器？不，或许也会使用投掷武器。

克莱门汀猜测对方可能使用的数十种战法，有自信可以全部击溃。

然而克莱门汀的所有预测全都落空，对方没有使出任何招式。黑暗战士只是张开双手，做出等待攻击的动作。

她的背不禁发抖。那是超乎克莱门汀的想象，对于未知的恐惧。

是该勇敢向前出招，还是退后逃走？只有两条路可以选。

克莱门汀虽然残忍无情，但是绝非笨蛋。在弹指的短暂时间里，高速计算无数的可能性和应付方法。

最后激励克莱门汀的是自信和尊严。

虽然已经脱离，但是曾经隶属斯连教国的最强特殊部队——漆黑圣典，里面胜过自己的不过两人，这样的自己不该夹着尾巴逃离飞飞这个默默无闻又缺乏战士实力的泛泛之辈。

一旦下定决心，接下来一切就好办了。不再迟疑，回复一流战士的沉着冷静后，克莱门汀往飞飞的胸口奔去——近到几乎快要相拥。

"去死吧！"

动用全身肌肉的克莱门汀将短锥刺向全罩头盔的缝隙，然后加以转动，仿佛是要刺入脑袋深处一般使劲。不仅如此，还以打算破坏其他器官的动作下手，企图给予他实在的致命伤。

虽然装备铠甲的手以抱住克莱门汀的动作靠拢，但是她毫不在意，继续追击。

克莱门汀根据自己想要给予对手致命一击的想法，解放储存在短锥上的魔法力量，那个魔法是"雷击"。

安兹的全身遭到雷击贯穿。

克莱门汀的武器有施加魔法累积的附加魔法。如果将累积的魔法一次发出，虽然会消耗殆尽，但是这个附加魔法可以累积各种不同的魔法，所以能根据状况准备魔法，相当方便。

短锥刺入头盖骨，还附上雷击这份大礼，确实给了致命一击。

不过——

"还没结束喔！"

"流水加速。"

以加快的速度拔出另一把短锥刺入头盔的缝隙，然后解放储存在短锥上的"火球"。克莱门汀幻想飞飞的身体从内部燃烧殆尽的光景，感觉好像闻到肉体烧焦的味道。

不过，克莱门汀对出乎意料的景象感到惊愕，睁大双眼。

"嗯，原来如此。YGGDRASIL 倒是没有这种魔法武器。长见识了。"

安兹被短锥刺中双眼之后，依然以优哉的语气喃喃自语。克莱门汀这才惊觉之前刺入缝隙时，没有沾上血液。

"不会吧！怎么可能？！为什么不会死！"

没有听说过这种无敌的武技，还是他有什么用来对付突刺的方法？若是如此，那么之后追加的魔法攻击又如何挡下？

即使是身经百战的克莱门汀，也无法回答这个问题。

"啊！"

克莱门汀的身体被抱住，飞飞和克莱门汀靠在一起，冒险者的金属牌发出咔啦声响。

"让我告诉你正确答案吧！"漆黑铠甲仿佛烟雾消失无踪，露出底下的可怕容貌。

那是无肉无皮的头盖骨。在空洞的眼窝中——被刺穿的护目镜上面插着短锥，但是完全没有痛苦的模样。

克莱门汀知道那副外貌代表什么："不死者……死者大魔法师！"

"有很多事想问你，不过算了。只能说你的答案很接近。那么——"

克莱门汀觉得眼前的这个怪物——既然没有皮肤也没有肉，应该没有表情，但却觉得他似乎带着满脸笑容。

"你的感觉如何？拿剑和魔法吟唱者对战的感觉是什么？无法咻咻咻地结束又是什么感觉？"

"别、别小看我！"克莱门汀虽然使尽全力想要挣脱，却像是被牢固的锁链绑住动弹不得。

死者大魔法师的确是强大的不死者，擅长使用魔力等能力，但是体能并不高，相较之下应该是克莱门汀占上风。不过——

为、为什么！

——挣脱不了。

领悟到刚才的铁腕——强大的体能并非铠甲的魔法效果之后，克莱门汀全身僵硬。脑中描绘的景象是蜘蛛网上的蝴蝶，无计可施。

"这就是真相。简单来说，像你这种对手，根本不值得我使出全力——也就是使用魔法来对付。"

"该死！"

"那么既然真相大白，开始……之前，这个很碍事呢。"

滋滋滋的声音响起，死者大魔法师将插进眼睛的短锥拔出，扔到一旁。在不死者拔剑的期间，克莱门汀依然死命挣脱，但是即使全力挣扎似乎也比不上他一只手的力量，只能维持被抱住的状态，动弹不得。

两把短锥都拔掉后，空洞的眼窝发出邪恶的红色光芒，看向用尽力气而气息紊乱的克莱门汀。

"那就开始啰？"

提防着不知道对方要搞什么花样的克莱门汀，和死者大魔法师的距离比情人还要接近，接着耳里传来叽叽叽的诡异声音。

克莱门汀理解死者大魔法师想做什么，背脊传来仿佛被冰柱刺中的寒意。

"不会吧……不会吧，你这家伙——"

那个刺耳的声音来自凹陷的铠甲——这家伙想用自己的胸膛挤扁自己。

死者大魔法师也会受到铠甲压迫，但是应该用了什么方法把身体变得坚硬吧，不动如山的身体仿佛厚重的墙壁。

"你如果更弱一点……"

死者大魔法师不知从哪里取出一把短剑。黑色剑身，剑柄镶着四颗宝石。

"想用这把剑给你致命一击……不过不管是被剑刺死、被折断背脊而死，还是被挤死都大同小异吧？结果都是死。"

克莱门汀全身发抖。

听到这句轻浮的玩笑时，压力也不断增强，胸口的压迫感变得难以忍受。至今为止杀害冒险者得到的金属牌受不了不断增加的压力，像是遭到埋葬纷纷落地。第一个掉下来的是刚得到的银牌。

越来越痛苦的呼吸非常可怕，抱住自己的手臂令人怨恨。

对于为了提升回避力，为了挂上冒险者的金属牌穿着轻便装束的自己感到怨恨。

知道剑对他没用的克莱门汀，以拳头发狂地捶打死者大魔法师的脸，但是那种打法应该是克莱门汀比较痛。然而克莱门汀已经无暇感到疼痛，甚至拔起流星锤加以捶打，但是使得不顺手，反倒弄伤了自己。

可以轻易想见之后的命运，越来越难受的呼吸、不断遭到压迫的腹部，还有压扁的铠甲，这些都如实告知自己的命运。

"别挣扎了。只要移动手臂压住的位置，你可是很快就会一命呜呼喔。你在杀他们时也花了不少时间吧，所以我也要慢慢折磨你。"

克莱门汀拼命攻击。伸手想把脸推开，不断乱抓到指甲快要脱落，连牙齿都用上了——但是所有攻击都没有效果，难受的压迫依然持续。

即使再怎么挣扎，也无法挣脱手臂的束缚。即使如此，克莱门汀还是不放弃挣扎，在呼吸困难，视野缩小之中，为一线生机赌上一切。

"死亡之舞吗？"

甚至没有力气去听微弱的低语。

随着呕吐声，呕吐物喷到安兹身上。安兹空洞眼窝的红色光芒闪过厌恶之色。甩动双手，努力想要逃走的克莱门汀，已经变成不断痉挛的躯体。

安兹没有因此放松手臂的力道，反而更加用力。不久之后，安兹的手传来粗大骨头折断的感觉。

安兹放开连痉挛也做不到的身体。

随着砰的声响，克莱门汀的身体像个垃圾滚落墓地。脸上因为痛苦和恐惧皱成一团，惨不忍睹，甚至像是从深海钓起的鱼，可以从口中看见内脏。

拿出无限水壶，利用不断涌出的清水洗净黏在身上的呕吐物，同时对无法响应的克莱门汀轻轻说道：

"忘了告诉你……我非常任性。"

5

正当因为清洗肮脏的身体而弄湿衣服感到不快时,感觉好像有什么巨大的物体急驰而来。看往声音的方向,发现来者果然是仓助。

仓助的战斗力和安兹、娜贝拉尔相比天差地远,如果让它参战而受伤会造成无谓的损失,所以要它在稍远的地方待命。应该是仓助察觉没有打斗的声响,才会跑过来吧。

领悟到超巨大仓鼠可爱脸上的细微表情变化——担心安兹的安危——安兹有些无力。

不知道主人抱持这种心情的巨大仓鼠,以超乎想象的矫健身手跑来之后环顾四周,和安兹四目相交的瞬间——

"哇!"翻身露出肚子不断大叫,"这里有可怕怪物!主公!主公!"

感觉全身无力的安兹不禁抱头。话说还没让仓助看过自己的真面目,不过不能放任它继续大吵。往远方的围墙一看,冒险者们还在与不死者搏斗,虽然以距离来判断,他们应该听不到,但是谁也无法保证。

安兹以严厉的语气斥责:"不要再耍宝了。"

"唔?如此雄壮威武的声音……难道是主公吗!"

"没错。所以叫你声音小一点。"

"不会吧!如此超乎想象的模样……虽然早就知道主公拥有

超强的力量……属下仓助更加誓死效忠！"

"这样啊。不过我再说一次，音量压低。"

"太、太过分了，主公！别那么轻易忽略鄙人的誓死宣示！"

"你没听到安兹大人的话吗？蠢蛋！"仓助的身体一扁，被踢飞到远方。

娜贝拉尔的脚出现在刚才仓助的所在位置，接着缓缓收回。

"安兹大人，这只愚蠢的生物应该没有什么饲养价值吧。可以让属下以雷击将它燃烧殆尽吗？"

"不……使唤森林贤王的评价有很高的价值，光是带着活生生的它上路就有好处。言归正传，娜贝拉尔，没什么时间了，快去回收他们的所有物。可能需要将遗物交给当地的治安机关，有必要事先调查这些东西的价值。"

"遵命。"

"我在祠堂里，之后就交给你了。"

"是！请问尸体要怎么处置？要运回纳萨力克吗？"

"不，可能要把这个事件的主谋者交出去，所以只要搜刮他们的装备即可。"

"遵命。"

"好痛……"对着跑回来的仓助故意大叹一口气，娜贝拉尔送上冰冷的目光，"比起自己的一切，更要留意安兹大人说的话。这可是身为仆人的本分。像你这样的生物好歹也是最下等的仆役，一言一行都要小心谨慎，否则立刻宰了你。"

仓助全身发抖。

"下次就不是物理攻击，而是用魔法施加惩罚。在不违背安兹大人的旨意下，会让你痛到求生不得求死不能。"

"明白了……请别露出那种恐怖表情……不过主公威风凛凛的新模样真是令人惊讶，实在英明神武。"

娜贝拉尔的表情稍微变得缓和。"是啊。安兹大人的模样真的很英明神武，既然能看出这点，多少还算有点眼光。"

"谢谢称赞。如果那是主公原本的模样，莫非娜贝拉尔大人也有别的面貌？"

"我是二重幻影。这张脸只是以本身的能力变出来的。你看。"

拆开护手露出的手指只有三根，比人类的手指长，看起来好像尺蠖虫。

"原、原来如此。"

"不用那么惊讶，你好歹在繁荣的纳萨力克地下大坟墓之中名列奴仆末席，别为了这点小事大惊小怪。言归正传，我要从尸体身上回收道具，你也来帮忙吧。"

"是的！了解！"

少年恩菲雷亚就在祠堂里。看见少年的安兹，眼窝中的红色光辉变得暗沉。身穿奇怪的透明服装引人瞩目，不过安兹注意到他的脸。

脸上有着直线刀伤划过眼睛，还可看到有如眼泪的红黑色凝固血迹，明显已经失明。

"不过……失明还有救……魔法真是方便。"

问题是恩菲雷亚的现状。直直站立的他对安兹的到来没有反应，即使眼睛看不见，应该还是能够知道有人来到面前。但是没有任何反应，那就表示他的精神遭到控制。问题是遭到什么控制？

"绝对是这个吧。"

安兹的目光看着戴在恩菲雷亚头上、类似蜘蛛网的头冠。应该说除此之外，已经没有其他可疑的东西。

想要摘下头冠的安兹随意伸手时，突然停了下来。既然不知道是什么原因造成这个状况，就不应该随便出手，所以安兹对头冠发动魔法。

"道具高阶鉴定。"

在YGGDRASIL中，利用这个魔法可以得知道具的制作者和效果，而且在这个世界也能发动这个魔法。不，甚至有过之而无不及，在YGGDRASIL中不可能出现的讯息——浮现在安兹的脑中。

"智者头冠……原来如此。可是……这个道具的性能不可能在YGGDRASIL中出现……是无法在YGGDRASIL重现的道具啊。"

得到知识的安兹发出些许感叹的声音，开始思考该怎么做。

考虑的重点在于将恩菲雷亚带回地下大坟墓的好处，能够获得稀有道具和天生异能的吸引力非常大。

不过也只犹豫了一瞬间。

"既然接下工作的委托,故意失败可是有损安兹·乌尔·恭的威名——粉碎吧,'高阶道具破坏'。"

安兹对头冠施展魔法,头冠变成无数细小光芒四分五裂的景象实在美丽。安兹温柔抱住瘫软的少年,然后小心翼翼让他躺下,打量着他的脸说道:

"接下来……只剩下治疗眼睛……不过还是别在这里进行……"

安兹摸摸自己的脸,慢慢起身。召唤出来的不死者虽然还没全灭,但是的确已有几只被解决。不久之后援军——碍事者一定会找到这里。在此之前,必须重施幻术以及制造铠甲和剑才行,而且也得赶紧回收道具。

和在YGGDRASIL进行PK时不同,安兹对于可以理所当然地将所有武器、装备据为己有而窃喜。回头观望是否有必要帮助娜贝拉尔回收道具时,娜贝拉尔刚好出现在祠堂的入口。

"安兹大人。"

"怎么了?已经将对方的武装全部回收了吗?包括金钱也要喔。"

"是的,关于这件事有点问题,就是这个。"

来到祠堂入口的娜贝拉尔手上有一颗黑色圆珠,形状不太平整,与河边随处可见的石头相当类似,看起来不像具有价值。

“那是什么？”

“好像是和我战斗的低等生物（笄蛭）非常宝贝的道具。但是不知道有什么效果……”

“这样啊。”

NPC的娜贝拉尔学会的魔法数量比安兹少上许多，主要都是战斗魔法，所以才会无法判断它的价值吧。

安兹拿起那颗圆珠，再次发动刚才的魔法。

“道具高阶鉴定。”

安兹眼睛的红色光芒为之一亮：“这是什么？死之宝珠？而且……还是智慧道具？”

死之宝珠这个名字倒是很气派，但是没什么了不起。能对不死者的统治力加以辅助，还能够在一天之内使用数次不同的死灵系魔法，但是这些对安兹都没有什么吸引力。虽然能够操控害怕死之宝珠的人类，但是无法控制安兹、娜贝拉尔这种施加反精神操控魔法的对象和亚人类、异形类。

“说不上是好是坏的道具……”

只有一点让安兹很感兴趣，那就是“智慧道具”。安兹轻戳了它一下，差点儿想要叫它说话时，脑中突然响起一道声音。

“初次见面，伟大的‘死之王’。”

可以听到脑中响起这句话。安兹目不转睛地望着宝珠，因为这里是有魔法和魔物的世界，所以这种事也不值得大惊小怪。

“唔，真的是智慧道具。”

安兹灵活地在手上滚动宝珠，然后继续仔细打量，宝珠没有说话的迹象。安兹思考了一下这个状况，将想到的可能性说出口：

"我允许你说话。"

"非常感谢，伟大的'死之王'。"

这个反应让安兹想起纳萨力克那些忠心耿耿的NPC，轻轻笑了出来。

"在下对于您散发的无上'死'之气息感到尊敬与崇拜。"

应该已经解除了所有灵气系的魔法，这个道具到底是根据什么称呼我为"死之王"的？

"说下去。"

"谢谢，无上的死之尊者。能够和这么崇高伟大的您相遇，让在下对存在于这个世界所有的'死'深表感谢。"

虽然有点奉承，不过这句话似乎是发自内心的肺腑之言。这让安兹感到背脊有些发痒，骄傲地挺起胸膛：

"所以呢？除了拍马屁外，还有什么话想说吗？"

"是的，在下深知这个不情之请非常不敬，还请帮忙实现在下这个愿望。"

"什么愿望？"

"是的。一直以来，在下都以为自己是为了散播死亡才来到这个世界，但是在遇到您这样伟大的'死之王'之后，在下才恍然大悟，自己是为了什么而诞生——那就是为了服侍您才诞生到这个世界。"

"喔。"

"伟大的'死之王'啊,请接受在下的忠诚,希望在您的忠心奴仆中,也有在下的一席之地。"

声音听起来相当真挚,如果它有头的话,现在应该低下来了吧。安兹左手握拳靠到嘴边,开始思考将它收为部下的优缺点,还有是否能够信赖,等等。

安兹仔细打量这个道具。如果以"安全"考虑就是毁了它,不过在YGGDRASIL中没有这种道具,毁了它实在太可惜。

对宝珠施加几个防御魔法后,安兹呼唤位于祠堂入口的巨大仓鼠:"仓助。"

"主公有何指示?"

"拿去。"安兹将手上的宝珠丢过去。仓助身手矫捷地接住。

"请问主公此为何物?"

"是魔法道具。你会用吗?"

"嗯……应该会用!不过好吵!吵到想要还给主公。"

娜贝拉尔睁大眼睛瞪着仓助:"您要赐给这样的新人吗?"

从稍微失控的声音,可以知道娜贝拉尔有多震惊。

"虽然已经做足反探知的对策,还是不能说绝对安全,所以才把它交给仓助。"

"原来如此!不愧是安兹大人。可以说是无懈可击的明智判断。"

眼前是感到理解的娜贝拉尔，还有鼓起比人类拳头大一点的双颊、用力点头的仓助。
　　正当想要对两人下令撤退时，安兹看到了自己的鲜红披风，一时兴起玩心，抓住披风的边缘："如果回收工作已经结束，那就带着恩菲雷亚——"安兹夸张地挥动鲜红披风。
　　"荣耀而归吧。"

Epilogue

推开之前投宿的旅馆房门。

旅馆瞬间一片寂静，无数的目光全都集中在安兹身上，这次没人阻挡，安兹顺利来到老板面前。

"你……"老板和客人的视线全都被安兹脖子上的金属牌吸引。

安兹带着微笑一般的轻语："双人房。"

放下银币之后，从不发一语的旅馆老板手中收下钥匙。就这样走进房间的安兹解除自己的魔法，回复原本的面目。

挂在脖子上的秘银牌碰到涅墨亚之狮，发出清澈的声音。不久之前才在工会说明昨晚的墓地事件，之后便收到了这个金属牌。

旅馆会鸦雀无声的原因，不消说就是这个金属牌的缘故。几天前才戴着铜牌的男子，再现身时等级已经大幅提升，这恐怕颠覆了他们过去累积的常识吧。

他们的坦率反应虽然让安兹充满优越感，但也觉得不满。因为心里打的如意算盘是一口气升到山铜级，却只升到前一级。如果真的得到山铜牌，他们又会做出什么反应呢？

不过这并非不可能的事。

关于这个事件，还只有一小部分人知道。不过在工会说明事件经过时，安兹立下的功绩实在令人难以置信，原本甚至可以直接升为精钢级。结果没有受到那样的评价，是因为安兹过去没有任何功绩，而且事件调查还不充分，工会方面为了谨慎起见才会如此认定。

也就是说，在工会内部已经把安兹认定为王国里仅有两支的精钢级。

不仅如此，随着时间的经过，墓地的那一战和安兹——飞飞这个冒险者的威名，一定会传遍整个城镇，因为死里逃生的卫兵们绝对会把安兹的事当成茶余饭后的话题吧。

计划进行得太过顺利，让安兹不禁露出笑容。这何止是顺利，简直是完美的第一步。安兹用手指弹了一下秘银牌，娜贝拉尔说出心中的疑问：

"请问那两个人要如何处置？对方表示关于报酬方面会另外联络。"

娜贝拉尔说的那两个人是指恩菲雷亚和莉琪——两名药师，安兹的心里早已决定好要如何处置他们。

"莉琪说过她会支付所有一切，所以我会让她带着孙子去卡恩村。我要让她为我——不，是为纳萨力克地下大坟墓制作药水。"

"纳萨力克也有人会制作药水，为什么要特地找那种低等生物（海肠）制作呢？"

"因为我想要新的力量。"

娜贝拉尔只是目瞪口呆，没有任何反应，所以安兹继续解释：

"考虑到药水材料可能枯竭，必须开发YGGDRASIL

以外的药水制作方法，而且也应该开发融合这个世界和YGGDRASIL技术的新能力。因为我们可能已经落后六百年。当然了，必须严重警告他们绝对不能散播制作的药水……但是以她的模样来看，应该没问题。"

安兹想起将恩菲雷亚带回去时，莉琪的反应。

虽然已经治疗了恩菲雷亚的眼睛，但是可能太过震惊，直到现在还昏迷不醒。即使如此，得知孙子没有性命之忧的莉琪依然老泪纵横，心怀感激地表示绝对会支付约定的报酬。

"莉琪的事先放在一旁，目前有更要紧的事必须处理。"

安兹发动"讯息"联络雅儿贝德。虽然收到来自艾多玛的"讯息"，不过之前没什么空闲才会这么晚联络，安兹只能先请对方不予计较，解释自己在那之后实在忙得不可开交。

"讯息"终于联络上雅儿贝德后，对方说的第一句话远远超乎安兹的想象。

"安兹大人，夏提雅·布拉德弗伦造反了。"

瞬间无法理解这句话的意思。好不容易听懂雅儿贝德的话的安兹反应十分愚蠢。

"啥啊？"

角色介绍

科塞特斯

cocytus

异形类种族

冰河统治者

职位——纳萨力克地下大坟墓地下第五层守护者。
住处——地下第五层大白球 (Snowball Earth)
属性——中立————————[正义值：50]
种族等级－昆虫战士 (Insect Fighter)————10 lv
　　　　　虫王 (Worm Lord)————10 lv
　　　　　其他

职业等级－剑圣————————10 lv
　　　　　阿修罗————————5 lv
　　　　　尼福尔海姆骑士————5 lv
　　　　　其他

[种族等级]＋[职业等级]　　合计100级
● 种族等级　　职业等级
总级数30级　　总级数70级

status 能力表

[最大值为100时的比例]

	0　　　　50　　　　100
HP [体力]	▬▬▬▬▬▬▬▬▬
MP [魔力]	▬▬▬
物理攻击	▬▬▬▬▬▬▬▬▬
物理防御	▬▬▬▬▬▬▬
敏捷	▬▬▬▬▬
魔法攻击	▬▬▬
魔法防御	▬▬▬▬▬
综合抗性	▬▬▬▬▬▬▬▬
特殊性	▬▬▬▬▬▬

Character 5

迪米乌哥斯

demiurge

炎狱造物主

职位———— 纳萨力克地下大坟墓
地下第七层守护者。

住处———— 地下第七层赤热神殿

属性———— 极恶 ————————［正义值：-500］

种族等级— 小恶魔 —————————10 lv
　　　　　Imp
　　　　　最高阶恶魔 ————————5 lv
　　　　　Archdevil
　　　　　其他

职业等级— 浑沌 —————————10 lv
　　　　　黑暗王子 ————————10 lv
　　　　　变形魔 —————————10 lv
　　　　　Shapeshifter
　　　　　其他

异形类种族

［种族等级］+［职业等级］———— 合计100级
● 种族等级　　　　　　　　　　　职业等级 ●
总级数35级　　　　　　　　　　　总级数65级

status 能力表

［最大值为100时的比例］

- HP［体力］
- MP［魔力］
- 物理攻击
- 物理防御
- 敏捷
- 魔法攻击
- 魔法防御
- 综合抗性
- 特殊性

娜贝拉尔·伽玛

narberal·Γ

異形类种族

Character 7

不知变通的战斗女仆

职位——纳萨力克地下大坟墓战斗女仆。
住处——地下第九层的仆人房之一。
属性——邪恶　　　　　　[正义值：-400]
种族等级－二重幻影（Doppelgänger）——————1lv
职业等级－战士——————————————1lv
　　　　　战法师——————————10lv
　　　　　元素法师——————————10lv
　　　　　武装法师——————————10lv
　　　　　其他

[种族等级]+[职业等级]　　　合计63级
● 种族等级　　　　　　　职业等级
总级数1级　　　　　　　总级数62级

status	0	50	100
HP[体力]			
MP[魔力]			
物理攻击			
物理防御			
敏捷			
魔法攻击			
魔法防御			
综合抗性			
特殊性			

能力表　[最大值为100时的比例]

仓助

异形类种族

hamusuke

森林贤王 (名不副实 by 安兹)

职位——安兹的宠物？
(我们有意见 by 部分女性 NPC)

住处——安兹的房间？

属性——中立————[正义值：0]

种族等级 — YGGDRASIL 中没有相同种族
　　　　　所以等级不明。

职业等级 — YGGDRASIL 中没有相同种族
　　　　　所以等级不明。

＊推测略高于 301v。

能力表

[最大值为100时的比例]

status	
HP［体力］	
MP［魔力］	
物理攻击	
物理防御	
敏捷	
魔法攻击	
魔法防御	
综合抗性	
特殊性	

作者后记

各位读者，好久不见了。我是丸山黄金。

在修改战斗场面的描述时有个小插曲，那就是在实际演练动作时，挥出的左手不小心撞倒装满咖啡牛奶的杯子。咖啡色液体洒满四周着实让我欲哭无泪，床铺虽然受害，幸好范围不大，稿子幸免于难也算是不幸中的大幸……有兴趣的读者可以找一下弄倒咖啡牛奶的是在哪个场景。就是那人觉得有乳臭味的地方。

经过如此波折的《黑暗战士》，如能让各位读者乐在其中，那将是我的荣幸。

这次的故事应该可以推荐给那些已经厌倦老是前往解救女性角色的老梗剧情的读者吧？既然男女平等，那么前往解救男性的主角也不错吧？虽然主角凡事都会立刻想到自己的利益，如果各位能够喜欢这种颇富心机的角色，我将感到非常高兴。

那么接下来请让我发表心中的感谢。

这次也替本书画出美丽插画的 so-bin 大人。成品比作者脑中想象的画面更加精彩，受到完成的插画刺激，让我认真重写了战斗场景。

再次帮忙完成精美书衣与书腰的 Chord Design Studio，帮忙修改、校对难以阅读的部分的大迫大人，这次也非常感谢。编辑 F 田大人，很多地方都给您添麻烦了。还请再多增加一点红色吧！不，我知道没有比较好……

还有大学时代的好朋友 Honey，这次也多谢你了。

然后最应该感谢的是购买本书的各位读者，还有在网络连载时，赐予感想的网友们。真的非常感谢，大家的感想总会给我满满的动力。

那么下一部……应该可以比这一部更轻松吧……要再重看吗？其实不太想……不，为了创作有趣的作品就该做到……喔喔，碎碎念就到此为止，差不多要和大家道别了。

我会继续努力，希望第三部还能有机会和大家见面。

下次再会。

二〇一二年十一月　丸山黄金

Postscript by So-bin

生贄
真好呢

带着笑容
　画出第三章
　的插画…
　　年轻真棒啊…

So-Bin

OVERLORD Vol.2 The dark warrior

©Kugane Maruyama 2012
First published in Japan in 2012 by KADOKAWA CORPORATION, Tokyo.
Simplified Chinese translation rights arranged with KADOKAWA CORPORATION, Tokyo.
through JAPAN UNI AGENCY, INC., Tokyo.
Simplified Chinese translation by Beijing Hongyue Scientific and Technical Co., Ltd.

著作权合同登记图字：01-2018-4723

图书在版编目（CIP）数据

OVERLORD.1,黑暗战士／（日）丸山黄金著；晓峰译
. — 北京：新星出版社，2018.7（2024.5重印）
ISBN 978-7-5133-3048-0

Ⅰ.①O… Ⅱ.①丸… ②晓… Ⅲ.①长篇小说－日本－现代 Ⅳ.①I313.45

中国版本图书馆CIP数据核字(2018)第162914号

不死者之王·黑暗战士（OVERLORD.1）

（日）丸山黄金 著　晓峰 译

策划统筹：	贾 骥　宋 凯
责任编辑：	汪 欣
特约编辑：	张泰亚　王 凯
装帧绘图：	so-bin
装帧设计：	张恺珈　张 慧

出版发行：	新星出版社
出 版 人：	马汝军
社　　址：	北京市西城区车公庄大街丙3号楼　100044
网　　址：	www.newstarpress.com
电　　话：	010-88310888
传　　真：	010-65270449
法律顾问：	北京市岳成律师事务所

读者服务：	010-88310811　　service@newstarpress.com
邮购地址：	北京市西城区车公庄大街丙3号楼　100044

印　　刷：	北京天恒嘉业印刷有限公司
开　　本：	780mm×1092mm　　1/32
印　　张：	21
字　　数：	386千字
版　　次：	2018年7月第一版　2024年5月第十三次印刷
书　　号：	ISBN 978-7-5133-3048-0
定　　价：	99.00元（全二册）

版权专有，侵权必究；如有质量问题，请与印刷厂联系调换。

「天敌」的背叛,最强守护者雅儿贝德又会采取什么行动?

纳萨力克地下大坟墓为之震撼的

第3部
Volume Three

OVERLORD 3
鲜血的女武神
OVERLORD Kugane Maruyama | illustration by so-bin

丸山黄金 ——著
illustration ●so-bin
敬请期待第3部

在安兹以冒险者身份潜入城镇的背后,到底发生了什么事?面对堪称夏提雅的造反